新校宋文鑑

第一册

〔宋〕吕祖謙 編
李聖華 徐子敬 張婷 校

浙江古籍出版社

圖書在版編目（CIP）數據

新校宋文鑑 / (宋) 吕祖謙編 ; 李聖華, 徐子敬, 張婷校. -- 杭州 : 浙江古籍出版社, 2024. 11.

ISBN 978-7-5540-3012-7

Ⅰ. I214.41

中國國家版本館CIP數據核字第2024B9H029號

新校宋文鑑

（全五册）

〔宋〕吕祖謙 編　李聖華　徐子敬　張　婷 校

出版發行　浙江古籍出版社

（杭州市環城北路177號　郵編：310006）

網　　址　http://zjgj.zjcbcm.com

封面題字　劉　石

責任編輯　周　密

文字編輯　譚玉珍

封面設計　杭州立飛圖文製作有限公司

責任校對　吴穎胤

責任印務　樓浩凱

照　　排　浙江大千時代文化傳媒有限公司

印　　刷　浙江新華數碼印務有限公司

開　　本　880 mm × 1230 mm　1/32

印　　張　84.5

字　　數　1731千

版　　次　2024年11月第1版

印　　次　2024年11月第1次印刷

書　　號　ISBN 978-7-5540-3012-7

定　　價　580.00圓

前言

呂祖謙（一一三七—一一八一），字伯恭，婺州人，學者稱東萊先生。登隆興元年（一一六三）進士，又中博學宏詞科，授左從政郎，累遷嚴州州學教授、秘書省正字、著作郎兼編修官，以除直秘閣、主管建寧府武夷山冲佑觀致仕。呂祖謙爲南宋學術巨擘，其學『本於天資，習於家庭，稽諸中原文獻之所傳，博諸四方師友之所講』[一]，具有博大兼綜特質。淳熙四年（一一七七），宋孝宗敕修《新編文海》。呂祖謙負責選文，乞一就增損，仍斷自中興以前銓次，以成一代之書，允之。淳熙五年，《皇朝文鑑》編成一百五十卷，孝宗閱後甚喜。付梓之際，不幸有媢者詆誣，鋟板之議遂罷。《皇朝文鑑》采摭精詳，體例完備，與《唐文粹》《元文類》并稱於世。朱熹評價稱：『此書編次，篇篇有意。』[二]

北宋一代，詩文名篇焜耀琳琅，學術思想豐富深邃，奠立了兩宋文化昌明博大的基調，不亞於漢唐之世。《皇朝文鑑》選文理念有兼收并蓄、以文爲鑑之旨。如何從北宋浩如烟海的詩文中摭取有價值的作品？如何通過選文調和北宋學派紛争？呂祖謙傾注大量心力。總觀其選文，當留意以下四點：彰顯政治大節；總結學術大旨；構建古文統緒；留存一代文獻。

一、彰顯政治大節

靖康之變，汴梁失陷，徽宗、欽宗二帝爲金人俘擄，自此中原淪胥，國家處危亡之際。宋室南移，高宗有恢復之心，而少恢復之功。孝宗即位，思刷前耻，勵精圖治，國力漸復，南宋面貌爲之一新。在『孝宗中興』背景下，以文爲鑑，『有益治道』，是《皇朝文鑑》編撰最爲鮮明的主旨。此亦可視作君臣之間達成的共識。孝宗評價《文鑑》：『朕嘗觀其奏議，甚有益於治道。』〔三〕朱熹亦稱：『其所載奏議，皆係一代政治之大節，祖宗二百年規模與後來中變之意思，盡在其間，讀者着眼便見，蓋非《經濟録》之比也。』〔四〕葉適總結《文鑑》選文目的是『約一代治體，歸之於道』〔五〕。清人黄宗羲認爲：『《文鑑》主於政事，意不在文。』〔六〕《文鑑》確實意在通過選文以見一代政治得失，以爲龜鑑。那麽，吕祖謙所謂『治道』爲何？

在編選《文鑑》過程中，孝宗嘗詔吕祖謙論對。吕氏《淳熙四年輪對札子》專門闡釋了治道問題：『臣竊惟國朝治體有遠過前代者，有視前代猶未備者。以寬大忠厚建立規摹，以禮遜節義成就風俗，當俶擾艱虞之後，其效方見。如東晋之在江左，内難相尋，曾無寧歲；自駐蹕東南以來，踰五十年，無纖毫之虞，則根本至深可知矣。此所謂遠過前代者也。文治可觀而武績未振，名勝相望而幹略未優，雖昌熾盛大之時，此病已見。如西夏元昊之難，漢、唐謀臣從容可辦，以范仲淹、韓琦之賢皆一時選，曾莫能平殄，則事功不競可知矣。此所謂視前代猶未備者也。陛下慨然念仇耻之未復，版圖之未歸，故留意功實，將以增益治體之所未備，至於本朝立國之根本，蓋未嘗忘也。而臣下不足以測知宸指，獻言者多以小辯破大體，治民者多以苛政立威名，逼蹙拘制而士氣不舒，争奪馳騖而仕路益隘。凡所謂寬大忠厚、禮遜節義之屬，皆詆以爲陳腐，爲迂闊。範防既徹，無復畏葸，何所不爲！聖慮將益焦勞矣。夫浮華可抑也，繁文可減也，清談高論、不切事情者可黜也，至於祖宗化成風俗所以維持天下者，其可朘削之乎？臣竊謂今日治體，其視前代未備者，固當激厲而振起；其遠過前代者，尤當愛護而扶持。議者乃徒欲事功之增，而忘根本之損。陛下清閑之時，豈可不永念其故哉！又況寬大則豪傑得以展盡，忠厚則群衆不忍欺誣，禮遜興則潛消跋扈飛揚之心，節義明則坐長捐軀殉國之氣。然則圖維事功，亦未有捨根本而能立者也。惟陛下加聖心焉。』〔七〕認爲制度升降衹是决定國家興衰的表面因素，更爲重要的是制度决策能否符合道義。權柄者『以寬大忠厚建立規摹，以禮遜節義成就風俗』，是『有補治道』的關鍵。

吕祖謙主於經世，通過選文對歷代治體崇雅黜浮，對佛老、巫俗等不符合儒家義理者進行批判。《皇朝文鑑》選取多篇關係風俗與制度之文。如北宋初年，真宗爲洗刷澶淵議和之耻，爲王欽若等人鼓惑，掀起『天書』運動，迷信神道，虚耗國力，屢興泰山封禪、汾陰祭祀之事，致使朝野上下形成一股浮靡之風。大中祥符三年（一〇一〇），孫奭上《諫幸汾陰》，條陳十事，力求禁止迷信。同年繼上《又諫幸汾陰》，諫議：『陛下將幸汾陰，而京師民心弗寧。江淮之衆，困於調發，理須鎮安而矜存之。且土木之功未息，而奪攘之盜公行，北虜治兵不遠邊境，使者雖至，寧可保其心乎？』（《皇朝文鑑》卷四十二）這當也是吕祖謙的看法。關於此類移風革俗文章，《皇朝文鑑》還收録孫奭《論天書》、王曾《諫作玉清昭應宫》、夏竦《洪州請斷祆巫》、朱光庭《請戒約傳習異端》等。

北宋百六十年間，『三冗』問題爲政治焦點。慶曆至嘉祐間，仁宗鋭意進取，立志破除『三冗』弊病，官場爲此形成改革派與保守派。然而兩派由原先政見不同演變成曠日持久的新舊黨争，官員互相構陷傾軋，致使『三冗』問題不僅未得到根本解決，還加速了國力的衰頽。吕祖謙着眼於歷史制度升降，總結北宋亡困原因，以爲王安石變法，急於求成，未能守成祖宗歷代仁政制度。吕氏《治體論》云：『蓋自李文靖抑四方言利害之奏，所以積而爲慶曆、嘉祐之緩勢。自文正范公天章閣一疏不盡行，所以激而爲熙寧之急政。吾觀范文正之於慶曆，亦猶王安石之於熙寧也。……今文正之志不盡行於慶曆，安石之學乃盡用於熙豐。神宗鋭然有爲之志，不遇范仲淹而遇王安石。世道升降之會，治體得失之機，於是乎決矣。』〔八〕具體爲政方式上，他則認爲國家興衰在於君主能否定其本，培育君德。《館職策》云：『治道有大原。不本其原，徒欲以力救斯世，君子許其志，不許其學。天下之事，要不可以力也。……必將首明帝學，大定其本，而嗜卑憚高，令今可行之言不肯出也；必將繼論儲貳，趣擇師傅，而刑名慘刻，術數臨制之習不能入也；必將深絶私昵，防微杜漸，而近戚幸臣干法熳朝之惡不敢肆也。……大經畫，大黜陟，大因革，歷數其目，既已兼前代之長；徐計其成，尚未能半前代之效。』〔九〕以爲士人應『本大原』，務其本，興教勸學，整飭風俗；人主則應『明帝學』，『定其本』，守禮制，廣言路，遠佞臣，施仁政，規避乾綱獨斷。總之，倡行仁政，不恃刑名法令，是恢復治道的根本。

基於吕祖謙的治體觀，《皇朝文鑑》選文展現出褒慶曆新政、貶熙寧變法的態度。於前者，《文鑑》收録范仲淹《答手詔條陳十事疏》、韓琦《論減省冗費疏》《論時事疏》、石介《慶曆聖德頌》等文。於後者，收録韓琦《論時事》《論青苗》、張方平《論免役錢》、吕誨《論王安石》、范純仁《論章惇》、程顥《論新法》、蘇轍《論吕惠卿》、劉摯《論分析助役》、鄭俠《論新法進流民圖》、任伯雨《論章惇蔡卞》、陳瓘《論蔡京》等文。於黨争，吕祖謙持論較爲公正，采取就事論事的態度，反對結黨營私。以滕宗諒爲例，慶曆三年（一〇四三），鄭戩無端告發滕宗諒涇州枉費公用錢事宜，宗諒謫守巴陵郡。吕祖謙對此頗爲留意，《文鑑》特意收録范仲淹《辨滕宗諒張亢》、歐陽脩《論燕度勘滕宗諒事張皇太過》，還原事件始末，冀以勸誡世人，避免黨争糾雜。他雖然對王安石變法有所不滿，多篇選文以批評新黨爲主，但涉及黨争，亦能以公正角度看待。元祐更化，舊黨得勢，新黨盡黜，國子司業棄新學，太學生紛紛效仿，不制師服，喪失師禮。吕祖謙選録吕陶《請罷國子司業黄隱職任》，批評黨同伐異之風，倡尊師重道，可謂客觀公正。

吕祖謙關注國體、國是，還集中於建儲與立后、議大禮等方面。國本問題關乎國家大計，北宋歷史興衰與此有密切關係。仁宗三皇子皆夭，雖育宗實於宮中，但無立儲之意。嘉祐元年（一〇五六），范鎮上《請建儲》，云：『天下事尚有大於此者乎？』（《皇朝文鑑》卷四十八）最終促使仁宗下定決心，立宗實爲太子。《文鑑》還收録王珪《立皇子詔》。英宗即位之初，朝廷興濮議之争，《皇朝文鑑》所收録歐陽脩《中書請議濮安懿王典禮》、司馬光《濮安懿王典禮議》專論此事。北宋有兩位皇后頗有知名度，一位是英宗皇后高氏，一位是哲宗皇后孟氏。高皇后有執政才能，哲宗元祐時期曾垂簾聽政，扶持舊黨。聽政期間，政治清明，因而高皇后深受百姓愛戴。孟皇后則有傳奇的經歷，曾兩次被廢，及高宗立，爲南宋政局之穩定作出重要貢獻。《皇朝文鑑》收録較多與二位皇后相關的文章，如蘇軾《太皇太后賜門下詔》、范鎮《立皇后高氏制》、梁燾《立皇后孟氏制》、程頤《上太皇太后》、范祖禹《論立后上太皇太后》、鄒浩《諫立后》、蘇軾《又謝太皇太后表》、林希《賀皇后册禮表》、張耒《代文潞公謝太皇太后表》、曾肇《賀册皇后表》等，意亦在見國是之得失。

此外，諸如人材制度、官僚制度、兵事制度、民族問題等，《皇朝文鑑》都有涉及，反映出吕祖謙總觀歷史的格局，正如朱熹所評：『祖宗二百年規模與後來中變之意思，盡在其間。』〔一〇〕

二、總結學術大旨

一代有一代之學術。宋初定以文治國之略，奠定了北宋學術繁盛的基調。吕祖謙《白鹿洞書院記》總結北宋學術發展説：『某竊嘗聞之諸公長者，國初，斯民新脱五季鋒鏑之厄，學者尚寡。海内向平，文風日起。儒先往往依山林、即閑曠以講授，大率多至數十百人，嵩陽、嶽麓、睢陽及是洞爲尤著，天下所謂四書院者也。祖宗尊右儒術，分之官書，命之禄秩，錫之扁榜，所以寵綏之者甚備。當是時，士皆上質實，下新奇，敦行義而不偷，守訓故而不鑿。雖學問之淵源統紀，或未深究；然「甘受和，白受采」，既有進德之地矣。慶曆、嘉祐之間，豪傑并出，講治益精。至於河南程氏、横渠張氏，相與倡明正學，然後三代、孔孟之教始終條理，於是乎可考。熙寧初，明道先生在朝，建白學制，教養考察，賓興之法，綱條甚悉。不幸王氏之學方興，其議遂格，有志之士未嘗不嘆息於斯焉。建炎再造，典刑文憲浸還舊觀，關洛緒言稍出於毁棄剪滅之餘。晚進小生驟聞其語，不知親師取友以講求用力之實，躐等陵節，忽近慕遠，未能窺程、張之門庭，而先有王氏高自賢聖之病。』〔一二〕指出宋初諸儒革新五代陋習、崇尚經世，慶曆、嘉祐間士人講治益精，迨王安石新學倡行經義，學術始凋敝，治體不復。此可見其論學之大旨。

《皇朝文鑑》編纂重於學統之明辨，所選北宋各歷史時期文章，能清晰體現學術發展脈絡。於宋初諸儒文章，吕祖謙側重選恢復禮制，儒者勇於擔當，建立宋學道統之文。如宋初三杰之石介，其《漢論上》云：『漢順天應人，以仁易暴，以治易亂，三王之舉也，其始何如此其盛哉？其終何如此其卑哉？三王建大中之道，置而不行，區區襲秦之餘，立漢之法，可惜矣！』（《皇朝文鑑》卷九十五）從歷史政治發展的角度分析漢代由盛轉衰的原因，將歷代制度與三王道統相聯繫，凸顯出治體與道體之關係。其《陰德論》認爲『天地人異位而同治也』（《皇朝文鑑》卷九十五），言天人合一，開北宋理學心性學説之先聲。又如孫復，《儒辱》一文號召摒棄楊墨、佛道百家之術，獨尊儒家，藉以重塑社會禮制，云：『噫！儒者之辱，始於戰國，楊朱、墨翟亂之於前，申不害、韓非雜之於後。漢魏而下，則又甚焉。佛老之徒，横乎中國，彼以死生禍福、虚無報應爲事，千萬其端，始我生民。絶滅仁義，以塞天下之耳；屏棄禮樂，以塗天下之目。』（《皇朝文鑑》卷一百二十五）諸如此類的排佛矯俗、弘揚道統之文，《皇朝文鑑》還收録石介《辨惑》、賈同《禁焚死》《原古》、种放《敗諭》、柳開《上叔父評事論葬書》等。

如果説宋初三先生致力於從儒理上奠立宋學基調，那麽以范仲淹、歐陽脩爲首的慶曆、嘉祐士人則將儒者責任與國家治體相聯繫，確立宋代士人修齊治平精神。慶曆三年（一〇四三），范仲淹上《答手詔條陳十事》，内容包括明黜陟、抑僥幸、精貢舉、擇長官、均公田、厚農桑、減徭役、修武備、重命令、推恩令（《皇朝文鑑》卷四十三）。他認爲士習不正在於學術不明，學術不明在於師道不立，《四民詩》云：『前王詔多士，咸以德爲先。道從仁義廣，名由忠孝全。美禄報爾功，好爵縻爾賢。黜陟金鑑下，昭昭媸與妍。此道日以疏，善惡何茫然。君子不斥怨，歸諸命與天。術者乘其隙，異端千萬惑。天道入指掌，神心出胸臆。聽幽不聽明，言命不言德。學者忽其本，仕者浮於職。節義爲虚言，功名思苟得。天下無所勸，賞罰幾乎息。陰陽有變化，其神固不測。禍福有倚伏，循環亦無極。前聖不敢言，小人爾能億。禆竈方激揚，孔子甘寂默。六經無光輝，反如日月蝕。大道豈復興，此弊何時抑？末路競馳騁，澆風揚羽翼。昔多松柏心，今皆桃李色。願言造物者，迴此天地力！』（《皇朝文鑑》卷十五）故十分重視教育問題，《上相府書》云：『用而不擇，賢孰進焉？擇而不教，賢孰繼焉？宜乎慎選舉之方，則政無虛授；敦教育之道，則代不乏人。』（《皇朝文鑑》卷一百一十二）於精貢舉，他主張以經義取士，不專記誦。呂祖謙《歷代制度詳説》評價説：『慶曆中，范文正公、富弼公、韓魏公執政，欲先試論策，使文辭者以思治亂；簡其程式，使得以逞；問以文義，使不專記誦。自是，古文漸復。』〔一二〕

歐陽脩等人引道理學發展，成爲宋學建構的核心人物。呂祖謙對歐文極爲重視，《皇朝文鑑》收録一百六十三篇；又編《歐公本末》四卷，詳實記録歐陽脩的生平經歷與思想觀念。歐陽脩接續韓愈古文運動統緒，以文明道，并將儒家義理引至日常生活中。如《皇朝文鑑》卷九十四所收《本論》一篇，以恢復三代禮制爲主旨，認爲：『堯舜三代之際，王政修明，禮義之教充於天下，於此之時，雖有佛，無由而入。及三代衰，王政缺，禮義廢，後二百餘年而佛至乎中國。』闡釋了王政、禮義與教化之間的特殊關係，以復古爲尚。卷十五《獲麟贈姚闢先輩》則云：『春秋二百年，文約義甚夷。一從聖人没，學者自爲師。峥嶸衆家説，平地生嶮巇。相沿益迂怪，各鬥出新奇。爾來千餘歲，舉世不知迷。焯哉聖人經，照曜萬世疑。自從蒙衆説，日月遭蔽虧。常患無氣力，掃除浮雲披。還其自然光，萬物皆見之。子昔已好古，此經手常持。

超然出衆見，不爲俗牽卑。近又脱賦格，飛黄擺銜羈。聖門開大道，夷路肆騰嬉。便可剿衆説，旁通塞多歧。』卷十五《讀書》云：『正經首唐虞，僞説起秦漢。篇章與句讀，解詁及箋傳。是非自相攻，去取在勇斷。』皆是此意。他又發揮孔子『道不遠人』之義，提倡理近人情，施於事用。卷九十五《泰誓論》駁斥西伯受命稱王爲『枉説』，屢言『此豈近於人情邪』。卷八十六《送徐無黨南歸序》云：『其所以爲聖賢者，修之於身，施之於事，見之於言，是三者所以能不朽而存也。』

范、歐而後，新舊黨争競起。新黨以王安石經義之學爲主，舊黨内部分爲蜀學、朔學、洛學。吕祖謙傳中原文獻之統，《白鹿洞書院記》論云：『晚進小生驟聞其語，不知親師取友以講求用力之實，躐等陵節，忽近慕遠，未能窺程、張之門庭，而先有王氏高自賢聖之病。』此見解亦貫穿於《皇朝文鑑》之選文。於性理一派，吕祖謙盡采北宋五子之文，以彰顯理學發展脈絡。《皇朝文鑑》收録周敦頤《太極圖説》、邵雍《伊川擊壤集序》、張載《東銘》《西銘》、程頤《易傳序》《春秋傳序》《顔子所好何學論》、程顥《答横渠張子厚先生書》，皆理學經典。吕祖謙秉持儒家内聖外王的原則，還關注理學家參政議政之文，以見士人經世精神。《皇朝文鑑》收録張載《策問二首》《邊議四首》、程頤《代彭思永論濮王典禮》《論經筵事》《又論經筵事》《論開樂御宴》《上太皇太后書》、程顥《論君道》《論王霸》《論十事》《論新法》、朱光庭《請用經術取士》等文。

理學家標榜涵養立德工夫，多不免榮經陋史。吕祖謙則不然，他論學主於兼容并包，經史不分，經史比通於世用。吕氏以好讀史，被朱熹指斥爲『浙學』習氣。《皇朝文鑑》選取史評、史論相關之篇，如邵雍《觀三皇》《觀五帝》《觀三王》《觀五伯》《觀七國》《觀嬴秦》《觀兩漢》《觀三國》《觀西晋》《觀十六國》《觀南北朝》《觀隋》《觀有唐》《觀五代》、蘇軾《讀史》《留侯論》《志林》、蘇轍《三國論》《晋論》《北狄論》《三宗論》《漢武帝論》《漢昭帝論》《漢光武論上》《漢光武論下》等皆是。這既是論學取嚮使然，亦較客觀地顯現了北宋學術風尚。

三、構建古文統緒

《皇朝文鑑》一書，爲補裨治道而作，同時亦見一代學術，明其學統；亦見一代文章，明其正宗。何謂宋文統緒？何謂宋文正宗？吕祖謙自有見解。文道相合，有補治道，無疑是其論定宋文正宗的核心標準。

吕祖謙曾總結《皇朝文鑑》選文大旨説：『國初文人尚少，故所取稍寬；仁廟以後，文士輩出，故所取稍嚴。如歐陽公、司馬公、蘇内翰、黄門諸公之文，俱自成一家，以文傳世，今姑擇其尤者，以備篇帙。……本朝文士，比之唐人，正少韓退之、杜子美。如柳子厚、李太白，則可與追逐者。如周美成《汴都賦》，亦未能侈國家之盛，止是别無作者，不得已而取之。』〔一三〕

所謂『國初文人尚少』，非僅指作家作品數量少，亦謂宋初『學者尚寡』，諸説雜陳，宋文統緒肇始，可録者不多。《皇朝文鑑》收録宋初柳開《來賢亭記》《贈麴植彈琴序》《上叔父評事論葬書》《時鑑》《應責》《穆夫人墓志銘》《補亡先生傳》。《應責》有『吾之道，孔子、孟軻、揚雄、韓愈之道；吾之文，孔子、孟軻、揚雄、韓愈之文也』之語。《補亡先生傳》則云：『夫《六經》者，夫子所著之文章也，與今之人無異耳』，『觀夫補亡先生，能補《六經》之闕也，辭訓典正，與孔子之言合而爲一，信其難者哉！』（《皇朝文鑑》卷一百四十九）柳開合《六經》與文章爲一，文道相合，肇開宋文正宗。此二篇立場鮮明，尤可見吕祖謙選文之旨。吕祖謙欲見宋初諸子古文肇始之功，所收孫復《答張洞書》、孫何《文箴》、穆脩《答喬適書》等文，均有此意。葉適《習學記言序目》評云：『柳開、穆脩、張景、劉牧，當時號能古文，今所存《來賢》《河南尉廳壁》《法相院鐘》《静勝》《待月》諸篇可見。時以偶儷工巧爲尚，而我以斷散拙鄙爲高，自齊梁以來言古文者無不如此。韓愈之文備盡時體，抑不自名，李翺、皇甫湜往往不能知，而况孟郊、張籍乎？古人文字固極天下之麗巧矣；彼怪迂鈍朴，用功不深，纔得其腐敗粗澀而已。』[一四]朱熹論説：『伯恭《文鑑》有正編其文理之佳者；有其文且如此，而衆人以爲佳者；有其文雖不甚佳，而其人賢名微，恐其泯没，亦編其一二篇者；有文雖不佳，而理可取者。』[一五]

宋仁宗時期，文士競起，宋六家之文代表了北宋古文的最高成就。吕祖謙熟知唐宋古文流變，撰《古文關鍵》，主張古文可學，爲文要有法度，稱：『學文須熟看韓、柳、歐、蘇。先見文字體式，然後遍考古人用意下句處。蘇文當用其意，若用其文，恐易厭人，蓋近世多讀故也』，

『看歐文法：平淡，祖述韓子，議論文字最反覆。學歐平淡，不可不學他淵源，徒平淡而無淵源，則委靡不振』，『看蘇文法：波瀾，出於《戰國策》《史記》，亦得關鍵法。當學他好處，當戒他不純處』，『曾文專學歐，比歐文露筋骨』，『子由文太拘執』，『王文純潔，學王不成，遂無氣焰。』[一六]又教導學子不廢應制之文，提倡文行一致：『今去試尚遠，且讀秦、漢，韓、柳、歐、曾文字。（四六，且看歐、王、東坡三集，以養根本。）』[一七]《皇朝文鑑》收録歐陽脩文一百六十三篇、蘇洵文十四篇、蘇轍文四十四篇、蘇軾文二百九十一篇、曾鞏文四十三篇、王安石文一百八十九篇，總數占《文鑑》三分之一。

吕祖謙爲文注重實用，反對模擬矯飾，嘗言：『文之時用，大矣哉！「觀乎天文以察乎時變，觀乎人文以化成天下。」所謂文者，殆非繪章雕句者之爲也。「子以四教：文、行、忠、信。」冠文於四教之首，而行則次焉。至於「行有餘力則以學文」，則行先文後。參兩説而并峙，抑將何所取正耶？後世以文士名者，一觴一咏，互相標榜，傲誕縱弛，至自以不護細行自居。嗚呼！文與行果兩物，而文之所以爲文既於是歟！』[一八]又言：『有用文字，議論文字是也。爲文之妙，在叙事狀情。』[一九]《皇朝文鑑》收録文體六十一類，其中應用性文體甚多，如奏疏、詔、敕、制、誥、表、論等，尤以奏疏類最爲詳實。孝宗曾褒揚《文鑑》：『諸臣奏議庶有益於治道。』[二〇]朱熹嘗言：『伯恭《文鑑》所載奏疏甚詳。』[二一]《文鑑》收録奏疏二十一卷，名作甚多。如蘇軾《徐州上皇帝書》，抑揚馳驟，具開闔之妙，不愧天下奇作。歐陽脩《上范司諫書》，

吕祖謙評價説：『大率平正，有眼目筋骨。須看他前後貫穿、錯綜抑揚處。』〔二二〕

吕祖謙所謂『本朝文士，比之唐人，正少韓退之、杜子美』云云，意亦指明宋人應接續唐人文統。他評價韓文『簡古，一本於經，亦學《孟子》。學韓簡古，不可不學他法度，徒簡古而乏法度，則樸而不文』〔二三〕；評價『杜甫歌詩，可見本末矣』〔二四〕。《文鑑》收録穆脩《唐柳先生文集後序》、王令《代韓愈答柳宗元示浩初序書》、王安石《讀柳宗元傳》《韓子》《杜甫畫像》、宋祁《和賈相公覽杜工部北征篇》、黄庭堅《杜子美浣花醉歸圖》、孔平仲《集杜詩句》、狄遵度《杜甫贊》、王禹偁《五哀詩》、蘇軾《江月五首》、黄庭堅《大雅堂記》等，可見其標舉韓、杜正宗之意。進而言之，《皇朝文鑑》一編欲將唐宋古文正統納入到『文本六經』體系之内，以彌補北宋周程、歐蘇之裂。吕氏嘗云：『看《詩》即是史，史乃是實事。如《詩》甚是有精神，抑揚高下，吟咏諷道，當時事情可想而知。』〔二五〕詩文感發人心，富有教化意義，『惟是以樂之理見於言語之間，便有感發人處。謂之「興」者，托物引類，感發興起；謂之「道」者，從容和緩，引之於道；謂之「諷」者，倍文曰諷，聲與文皆增一倍；謂之「頌」者，先儒謂以聲節之曰頌，抑揚高下使自得之』〔二六〕。

由於文章正宗觀念重於補救治道，故《皇朝文鑑》選有大量關注現實的作品，如范祖禹《論農事》、張耒《勞歌》、文同《織婦怨》、王安石《新田》、劉敞《閔雨》《荒田行》、葉清臣《憫農》、陳師道《田家》等皆是。

此外，呂祖謙重於史，《皇朝文鑑》還有意展現北宋詩文流變的風貌。呂祖謙推尊伯祖呂本中，云：『昔我伯祖西垣公躬受中原文獻之傳，載而之南。』〔二七〕呂本中學問淵博，不廢文辭，作《江西詩社宗派圖》，尤重統緒，倡『一祖三宗』之説。《皇朝文鑑》得北宋詩人一百七十九家，詩一千零五十四首。選詩也受到呂本中影響，《文鑑》所收黄庭堅、陳師道、黄庶、謝逸、潘興嗣、汪革、洪朋、林敏功、林敏修、李彭、潘大臨、謝薖、高荷，俱江西詩派人物，合計一百二十六首。蓋呂祖謙傳承家學，視江西一派爲正宗一脈，以爲可垂典範。

四、留存一代文獻

《皇朝文鑑》具有以文存史的價值意義。呂祖謙叙編撰體例時説：『或其人有聞於時，而其文不爲後進所誦習，如李公擇、孫莘老、李泰伯之類，亦搜求其文，以存其姓氏，使不湮没。或其嘗仕於朝，不爲清議所予，而其文自亦有可觀，如吕惠卿之類，亦取其不悖於理者，而不以人廢言』，『若斷自渡江以前，蓋以其年之已遠，議論之已定，而無去取之嫌也。』〔二八〕《文鑑》共收録三百零七位作家詩文作品，有文集存世者僅一百零三位，且多刊於明清時期，少數宋本大多刊於南宋中晚期。《文鑑》編於淳熙四年，早於大部分存世文集刊印時間，其文獻價值可見一斑。

首先看校勘價值。以歐陽脩《歐陽文忠公集》爲例，通行本爲南宋慶元二年（一一九六）

周必大刻本。周本未刊前，歐集一直以多種單行本的形式存在。《文鑑》編成較周本早十九年，所收歐文與今本有較多差異。如《水谷夜行寄子美聖俞》「曉氣清餘睡」，《文鑑》作「曉氣清餘曖」。《重讀徂徠集》「聖主獨保全」，「聖主」，《文鑑》作「聖言」。《文鑑》所收歐文留存少量校記，通常爲「一作某」「一本作某」，爲他本所無。如《論日曆》「文彦博等敗王則之類」，「敗」字，《文鑑》有校記「一作破」。《鳴蟬賦》「嘉木茂樹，喜清隱者邪」，「隱」字，《文鑑》有校記「一作陰」。

其次看輯佚價值。《文鑑》所録未存文集作家的作品，有輯補佚文之用，如王回、王無咎、陳繹、張伯玉、任伯雨、陳堯佐、唐異、顔太初、章望之、袁陟、鮮于侁、竇儀、吕大鈞、謝伯初、仲訥、范質、錢易、元絳、梁周翰、种放、錢惟演等人皆是。存世文集，《文鑑》亦可作輯補。如曾鞏有《元豐類稿》五十卷、《續元豐類稿》四十卷、《外集》十卷，南宋時《續稿》與《外集》已罕睹。《文鑑》存佚文《雜識二首》《書魏鄭公傳》，《四庫全書總目》稱：「見於《宋文鑑》《宋文選》者，當即《外集》《續稿》之文，故今悉不見集中也。」〔二九〕又如余靖《武溪集》，《皇朝文鑑》有《乙夜居於外丙往吊之或責其非》《丙爲左僕射門立棨戟其子封國公復請立戟儀曹不許》佚文兩篇。周行己《浮沚集》、吕陶《净德集》、張舜民《畫墁集》、沈括《長興集》等，皆可據《皇朝文鑑》輯補佚文。值得注意的是，在佚文中，有相當部分爲《文鑑》獨有文獻，未見他本收録，如种放《諭蒙詩》、路振《伐棘篇》、羅處約《梁縣界蚜蚄蟲生》、燕肅《僻居》、丁謂《山居》、孫僅《勘書》、郎簡《訪徐冲晦》、楊億《至郡纍句惡風》《獄多重囚》、楊偕《郡舍偶書》等皆是。

再次看史學價值。《文鑑》編次以『有益治道』爲主旨。由於黨争等歷史原因，部分可資證史實文章被後人有意删去。如《文鑑》卷一百十三范仲淹《上吕相公書》，内容爲范仲淹、吕夷簡和解之文，范氏集中未見此篇。朱熹認爲：『嚮見范公與吕公書引汾陽、臨淮事者，語意尤明白，而集中却不見之，恐亦爲忠宣所删也。』[三〇]『汾陽、臨淮事』即此篇所述之事，蓋范純仁編撰文集時删去。又如鄒浩《諫立后》，北宋時爲蔡京所禁。據吕喬年《太史成公編皇朝文鑑始末》記載：『太史之取鄒公《諫疏》非他。昔鄒公抗疏之後，即遭遠貶。其後還朝，徽宗勞苦之，且問諫草何在。鄒公失於繳奏，同輩曰：「禍在此矣。」既而國論復變，蔡京令人僞撰鄒公諫草，言既鄙俚，加以狂訐，騰播中外，流聞禁中。徽宗果怒，降詔有「姦人造言」之語，鄒公遂再貶。太史得其初疏，故特載之。』[三一]此篇復見於李燾《續資治通鑒長編》，蓋吕、李二人共事時所得。諸如此類文章，還有陳師錫《與陳瑩中書》、王岩叟《請罷試中斷案人入寺》、李清臣《歐陽文忠公謚議》等，足備史料考據。

五、《皇朝文鑑》版本

《皇朝文鑑》版本總分爲大、小字本。大字本源於南宋嘉泰四年（一二〇四）新安郡齋刻本，因行十九字而得名。小字本源於南宋建陽麻沙本，因行二十一字而得名。後世版本均以兩種宋刊本爲底本，各自成獨立版本系統。大字本系統多指稱南宋官刻本，小字本系統多爲明、清刊本。『大、小字本』之説初見於明代黄佐《南雍志》，云：『《文鑑》一百五十卷，大字板缺者半，字亦模糊，難以校次。《文鑑》一百五十卷，小字好板二千二百面完。』〔三二〕明菉竹堂鈔本《皇朝文鑑》第十六册末有黄丕烈手書跋云：『予所藏亦有是書，計得五部，皆係宋刻，有大字、小字之别。』〔三三〕陸心源《皕宋樓藏書志》將端平重修《皇朝文鑑》著録爲『宋刊大字本』。今人劉樹偉《吕祖謙〈皇朝文鑑〉版本考》以大、小字本歸類考訂，將麻沙本納入小字本祖本，至此大、小字本成爲學界《皇朝文鑑》版本分類定説。

《皇朝文鑑》卷帙浩繁，成書曲折，流傳複雜，迄今《皇朝文鑑》版本尚有諸多重要問題未澄清。如麻沙本之刊行時間、麻沙本與官刻本之關係、麻沙本有何文獻價值、張蓉鏡本補配所據何本、明刻數種與宋刊本之關係等，皆待深入探討。

淳熙五年，吕祖謙編成《皇朝文鑑》，《進編文海札子》云：『所有編次到《聖宋文海》一部，共一百五十四册，并臨安府元牒到御前降下《聖宋文海》舊本一部，計二十册，并用黄羅夾複，封作七複，欲望特與敷奏繳進。』〔三四〕媢者詆誣後，孝宗『乃命直院崔大雅更定，增損去留凡數十篇，然迄不果刻也』〔三五〕。崔敦詩《進重删定吕祖謙所編文鑑札子》載：『臣昨蒙宣引奏事，令臣删定吕祖謙所編《文鑑》奏疏八册。臣學術荒疏，仰被聖訓，不敢不竭愚誠，今已删定了畢。其元降出本，一一貼黄聲説所以删去與增添，却重别繕寫净本八册進呈。但本朝繼五代之後，其始文字未遽純粹，難以求備，又不可無以充一代之言，如國初臣僚是也。至如名在當世，號稱直臣，言雖有疑，不可登載，亦不可無，聊以備一人之作，如鄒浩之類是也。大率本朝自仁宗以後，開廣言路，於是骾言讜論，表表愈偉。臣今於元降出本内，取其緩而不切者删之，别摭要而有體者增之。至於　篇之内，時有難於傳後之辭，難以小疵遂害全篇，不免參校刷本，有所删除。及其間脱錯，亦一一改定，悉已貼黄聲説。』〔三六〕此篇爲崔敦詩所作，不知因何收録於其兄崔敦禮《宫教集》。按崔氏云『重别繕寫净本八册』，删改内容屬奏疏類。陳蒼舒《崔敦詩祭文》載：『上命公更定吕祖謙所編《文鑑》中群臣奏議，其增損去留，率有意義。』〔三七〕崔氏改本，朱熹嘗言之：『後來爲人所譖，令崔大雅敦詩删定，奏議多删改之。如蜀人吕陶有一文論制師服，此意甚佳，吕止收此一篇。崔云：「陶多少好文，何獨收此？」遂去之，更參入他文。』〔三八〕張端義《貴耳集》載：『東萊修《文鑑》成，獨進一本於上前，滿朝皆未得見，惟大璫甘昪有之，公論頗不與。』〔三九〕甘昪爲孝宗宦官近習，頗知文事。《貴耳集》又載：『孝宗朝幸臣雖多，其讀書作文不減儒生，應制燕閑未可輕視』，『中貴則有甘昪、張去非、弟去爲。』〔四〇〕吕祖謙本不喜近習干政，《與周丞相》嘗言之。〔四一〕删定本是否落於甘昪之手，文獻不足徵，難以考知也。慶元六年，黨禁除，甘昪因枉費公錢被劾，其時吕祖謙已下世多年。直至民間坊本與嘉泰四年新安郡齋官刻本相繼問世，《文鑑》才爲世人熟知。

宋麻沙本與宋官刻本之關係，有以下幾點需要説明：

其一，麻沙本刊印時間早於嘉泰刊本。據嘉泰四年沈有開重刊《跋》云：『《皇朝文鑑》一書，諸處未見有刊行善本，惟建寧書坊有之，而文字多脱誤，開卷不快人意。新安號出紙墨，乃無佳書，因爲參校訂正，鋟板於郡齋。』〔四二〕知嘉泰本是因建寧坊本脱誤衆多而重刊。『參校訂正』説明重刊未更换底本，而是在原本基礎上進行校正。今存麻沙本一部，有『麻沙劉將仕宅刊行』牌記，即沈氏所云建寧書坊本。兩本俱避寧宗諱，且有『今上御諱』『太上御名』等避諱内容，可知麻沙本當刊於慶元元年至慶元六年間。對勘二本，可清晰見嘉泰本修繕訂訛之處。

其二，麻沙本底本當源自吕祖謙家本。自吕祖謙於淳熙五年進呈《文鑑》一部，至麻沙本刊印，間隔至少十八年之久。嘉定十五年（一二二二）遞修本趙彦适《跋》言及『吕公家本』，云：『暨嘉定辛巳冬，余領郡事，一日吏部喻君貽書，以東萊吕文公家本來寄，余喜而不寐，亟并取袁君所校，以相參考，易其謬誤，補其脱略，凡三萬字，命工悉取舊板及漫裂者，刊而新之，遂爲全書。』〔四三〕今存張蓉鏡本即嘉定十五年遞修本，校以麻沙本，二者除脱誤不同外，篇目、避諱均一致，可以確定俱源於『吕公家本』。細考麻沙本牌記亦可發現端倪。『劉將仕宅』爲南宋建陽麻沙鎮劉崇之家族書坊名。劉崇之字智父，號瑞樟，淳熙二年進士，授福清簿。紹熙五年，『朱文公罷經筵，命從中出，崇之率同列請留之，辭極剴切。僞學禁興，力請外，得荆湖南路常平使者。嘉泰初，起知贛州。言者論周必大，并及崇之，因請祠。久之，除成都路提刑』〔四四〕。劉崇之學於朱熹門下，其父劉大成字仲吉，紹興間曾刊印《山谷黄先生大全詩注》二十卷。崇之弟劉立之字仕父，嘗授將仕郎。疑麻沙本爲劉立之所刻。嘉泰四年新安郡齋刻本發起人沈有開爲吕祖謙門人，與吕氏私交甚篤。由此可見，麻沙本與嘉泰本具有相同的歷史背景，刊印者學術淵源亦相繫連。

其三，麻沙本爲明清刊本祖本。明天順八年（一四六四），嚴州府新刊《皇朝文鑑》一部。商輅《新刊宋文鑑序》云：『當時臨安府及書坊皆有刻版，歲久散佚，其書傳於今者甚鮮。近時提督浙學憲副張和節之偶得是書，以示嚴郡太守張永邵齡，邵齡欣然命工重鋟諸梓，以廣其傳。其問題識仍舊，款目無改，則以摹本翻刻，弗別繕寫，懼謬誤也。』〔四五〕此序未詳言張和所得《文鑑》爲何本，後世則説法不一。一説此本爲宋刻明修本。張鈞衡《適園藏書志》云：『《宋文鑑》一百五十卷，明補宋本。……凡作「皇朝文鑑」「聖宋文鑑」，或鏟去「皇朝」二字，空白不補，或斜補二「宋」字，皆舊板也。明補之葉尚少。天順商輅《序》以爲重刻，實則舊板重修。』〔四六〕另一説爲翻刻宋本。丁丙《善本書室藏書志》云：『此天順八年冬嚴州府張邵齡據宋本翻刊，後來剗去「國朝」，改爲「宋朝」，痕迹未泯，是爲明代接宋最初之刻也。有拜經樓一印，紙筆古雅，不減宋刻。』〔四七〕檢天順本，知據麻沙本覆刻。弘治十七年（一五〇四），胡韶補刻天順本，板藏於南雍。此後明清刊本皆據天順本或弘治補刻本重刊，麻沙本由此間接成爲《文鑑》流傳最廣版本。

其四，南宋官刻《文鑑》流傳不廣蓋與藏板殘缺漫漶有關。南宋官板《皇朝文鑑》自嘉泰四年刊後，歷經嘉定十五年、端平元年（一二三四）兩次遞修，沈有開、趙彦适、劉炳俱有跋述之。元中期藏板曾大修一次，入明後存世本多爲殘本。孫能傳《内閣藏書目録》著録《皇朝文鑑》兩部，一部爲五册本，眉山師顯行注釋，凡十一卷；另一部爲二十三册本，『闕一卷至十六卷、三十六至三十九卷、四十六至四十八卷、七十至七十四卷』〔四八〕。大字本雕板片藏於南雍，板面亦殘缺漫漶。黄佐《南雍志》載：『大字板缺者半，字亦模糊，難以校次。』〔四九〕明中期葉盛曾有鈔本一部，傳至其五世孫葉恭焕時已失去一部分，恭焕據顧章志（號觀海）家藏大字板《文鑑》補全。可知大字本存世稀見，不如小字本流傳之廣。

《皇朝文鑑》傳本今存：南宋建陽麻沙本（以下簡稱『麻沙本』）；嘉泰四年刻、嘉定十五年遞修、清張蓉鏡抄配本（以下簡稱『張本』）；嘉泰四年新安郡齋刻、嘉定十五年遞修、端平元年遞修本（以下簡稱『端平本』）；明天順八年刻本；明天順八年刻、弘治十七年補刻本；明正德十三年慎獨齋刻本；明嘉靖五年晋藩刻本；明菉竹堂鈔本；明五經堂刻本；《四庫》本；清光緒十二年江蘇書局刻本。端平本殘帙數種，國圖藏有二十七卷本、六十三卷本、六十四卷本，皆宋元遞修殘本；日本静嘉堂文庫藏有一部宋元明遞修本。明菉竹堂鈔本屬端平本系統。明清刻本俱屬麻沙本系統。

（一）南宋建陽麻沙本（北大圖書館藏）

《新雕皇朝文鑑》一百五十卷，共四十册。每半葉十三行，行二十一字，白口，雙魚尾，左右雙欄。版心處不記字數與刻工。第一册卷前有周必大撰《皇朝文鑑序》，下接總目、目録上。第二册爲目録中、目録下。第三册卷前有吕祖謙《序》。避諱字與宋官本大體一致，宋諱桓、完、慎等均缺筆；惇、廓缺筆，外加墨圈。不同處爲此本單字避諱上下占有一字空格。因其坊本性質，避諱不嚴謹，間有遺漏。清人曾釗云：『右《文鑑》一百五十卷，宋時刻本，經元時改印。按：此書成於淳熙六年，而光宗諱亦加以□，則其刻在光宗時可知也。蓋當時所遇各諱皆空格寫廟諱及上諱等字。後經刊補，乃改寫惇、擴等字，故遇此數字皆占二格，而敦、廓等嫌名則空一格。成公書成，孝宗賜名《皇朝文鑑》，今各卷端末仍此名。或有刻「聖宋」者，體例未畫一耳。要以《皇朝文鑑》爲定，故稱「皇朝」爲多。其有缺「皇朝」二字，獨刻「文鑑」者，則元人改刊之迹。中尚有「皇朝」二字隱然可辨，字體古雅，其爲宋刻無疑。』〔五〇〕所言可信。鈐『種玉樓藏書印』『古潭州袁卧雪廬收藏』『李氏玉陔』『明墀之印』『木犀軒藏書』『木齋審定』諸圖記。袁芳瑛字挹群，號伯芻，又號漱六，長沙人，道光二十五年進士，家有藏書樓卧雪廬。袁氏藏書多流入德化李氏木犀軒。李明墀字玉階，號晋齋，『李氏玉陔』『明墀之印』即其藏書印。李明墀之子李盛鐸，字嶬樵，一字椒微，號木齋，光緒十五年進士。

北大藏本主體爲宋麻沙本刻卷，補配明天順八年嚴州府刊本刻卷、嘉靖五年晋藩朱知烊養德堂刊本刻卷、抄補卷。總計存宋刻九十六卷，補配用明晋藩本補版十九卷，用天順本補版二十一卷，用抄補十六卷。補配之况如下：

明天順本刻卷：卷十一（見第五册）、卷十四至十六（第六、七册）、卷四十四至四十五（第十四册）、卷六十六至六十九（第十九、二十册）、卷七十五至八十三（第二十二至二十四册）、卷一百十五至卷一百十六（第三十二册）。另，單葉配補：卷十二第一葉（第六册）、卷二十五第二十九葉（第九册）、卷三十四第四葉（第六册）、卷七十三第四葉（第二十一册）、卷一百二十二後四葉（第三十三册）、卷一百四十三第八十五葉（第三十八册）。

明晋藩本刻卷：卷一百十七至卷一百十八（見第三十二册）、卷一百二十三至一百二十六（第三十四册）、卷一百二十七、卷一百二十九至卷一百三十（第三十五册）、卷一百三十一至卷一百三十三（第三十六册）、卷一百三十四至卷一百三十五（第三十七册）。另，單葉配補：卷一百十八之末葉（第三十二册）。

抄配卷：卷一百五至卷一百十一（見第二十九册、第三十册）、卷一百二十八（第三十五册）、卷一百三十六至卷一百三十八（第三十七册）。另，單葉抄補有：卷九十六第三葉。抄配卷卷端均題『文鑑卷第幾』。

麻沙本最大程度保留了宋刻本的完整。經校勘，此本確有較多文字脱漏、訛誤，與沈氏所言相符。以第一卷爲例，整卷脱誤達二十餘處。如梁周翰《五鳳樓賦》「臺卑者崇，屋卑者豐」，麻沙本脱「崇，屋卑者」四字。嘉泰本於此更正甚多。即便如此，用麻沙本校以南宋官刻本仍十分必要。

一則，可補宋大字本之闕，訂正傳本訛誤。以張本爲例，除却抄配部分，依然有較多文字缺漏。如卷三十劉攽《詆風穴》「彼鬼方之幽明昧兮」，「明」字原脱，可據麻沙本補。嘉泰本歷經嘉定、端平兩次遞修，總體上雖説趨於完善，但今存皆後印之本，經元明遞修，踵謬不乏，而增誤亦難免。今傳張本成分複雜，既保留了嘉泰初印之訛，又有遞修、抄配之失，存在不少問題，除可用大字本系統參校糾正外，麻沙本也可起到訂訛作用。如卷七周邦彦《汴都賦》「乃使力士，提挈乎陰陽，嫥捖乎剛柔」，「嫥」，張本原作「搏」，麻沙本、六十四卷本皆作「嫥」。今按：「嫥捖」爲調和之意，作「嫥」是。

二則，存有較多異文，可備參校。嘉泰本正是因爲沈有開不滿於麻沙本「文字多脱誤，開卷不快人意」而重刻，但仍存在「脱略謬誤，莫研精華」的缺陷。而後大字本系統歷經嘉定重修、端平重修，已與麻沙本文字有很大不同，但并不能據此否認麻沙本的價值。嘉泰本後兩次遞修是在「吕公家本」與作者文集基礎上進行的。據作者文集等改易，便會産生諸多異文。而文集傳本良莠不齊，麻沙本文字未必不盡可據。如張本卷十六蘇舜欽《哭尹師魯》「法冠巧椎拍」，「椎拍」，麻沙本作「權詐」；同卷王安石《司馬遷》「孔鸞負文章」，「孔鸞」，麻沙本作「自有』。卷二十一陳襄《通判國博命賦假山》『夜堆廊廡如蟲虺』，『虺』，麻沙本作『豸』。卷二十九孔平仲《了語》『青萍一揮斷人頸』，『萍』，麻沙本作『劍』。

三則，存留較多注釋，可備考據。如卷十二程顥《顔樂亭》，麻沙本題下有注『爲孔周翰作』；『天之生民，是爲物則』，麻沙本『爲』下有注曰『一作惟』；『有顔之生』，麻沙本『之』下有注曰『一作其』；『賢以學生』，麻沙本『生』下有注曰『一作行』。卷十三歐陽脩《鵯鵊詞》『上下枝間聲轉急』，麻沙本『間』下有注曰『一作閑』。同卷蘇舜欽《永叔月石硯屏歌》『或云蟾蜍好溪山』，麻沙本『蟾』下有注曰『一作兔』。卷九十二謝良佐《論語解序》『佗日識其面，今日見其心』，麻沙本『佗』下有注曰『一作昔』，『見』下有注曰『一作識』；『爲是故難讀』，麻沙本『爲』下有注曰『一作坐』。此皆宋官本所無。

（二）南宋嘉泰四年新安郡齋刻、嘉定十五年遞修、清張蓉鏡抄配本（國家圖書館藏）

《皇朝文鑑》一百五十卷，共六十四册。每半葉十行，行十九字，左右雙欄，白口，嘉泰初刻單魚尾，嘉定重修後始刻雙魚尾。每册有張蓉鏡封題『宋刊文鑑，琴川張蓉鏡精校補完善本』。鈐『張蓉鏡』『小琅嬛福地張氏藏』『芙川印』『清閟閣書』『葉盛』『與中』『菉竹堂』『吴寬』『汲古閣收藏』『毛晋』『西涯』『長沙』『宋本』『宋刊奇書』『張丑』『米盦』『萬卷堂藏書記』『錢曾』

諸圖記。

『日録上』第十三葉、目録中第五十葉、目録下、卷一至卷三、卷二十四第一至三葉、卷二十五第三十四葉、卷二十七第十四至十九葉、卷二十八、卷三十四第十三葉、卷四十四第十一至十二葉、卷四十四第二十三葉、卷四十八至卷六十八、卷六十九第十一葉、卷七十二第一葉、卷七十三第三葉、卷七十五至卷七十七、卷一百五至一百三十五、卷一百四十二至一百五十爲張蓉鏡抄配。抄配葉格式仿宋本刻葉。刻卷部分避諱嚴謹，玄、弘、殷、恒、禎、貞、徵、曙、署、書、樹、煦、勗、頊、佶、桓、構、購、穀、慎、惇、敦、墩、橔、擴、廓皆缺筆避諱，『昀』『勻』不避，知刻印於宋理宗以前。又，英宗諱如『曙』『署』，或刻爲小字『英宗御諱』『英宗舊名』。哲宗諱如『頊』，刻爲小字『哲宗廟諱』。徽宗諱如『佶』，刻爲小字『徽宗廟諱』。光宗諱如『敦』『惇』，或刻爲小字『光宗嫌名』『光宗御名』『光宗御諱』『泰安御名』。

卷首《謝表》後有題識二行：『此尚是嘉泰時初印本，在未經重修前。宋刻致佳，絶無僅有，良足寶貴。盥手展讀，心目俱開。崇禎甲戌秋日，季仙王閬借觀。』《鐵琴銅劍樓藏書目録》著録云：『是書嘉泰間新安郡齋刊行，嘉定間趙彦适修之，端平初劉炳又新之。此本「讓」「署」「桓」「構」「瑋」「敦」「擴」減筆，而理宗嫌諱「筠」「均」「馴」俱不減。又，菉竹堂鈔本目録中有「端平重修」四字，此本無之，足知其爲嘉泰原本，非端平重修。太倉王顓庵據端平本補録趙、劉兩《跋》於卷首，考之殊不審也。』[五二]傅增湘《藏園群書經眼録》云：『是書摹印精善，紙背有宋時紙坊朱記，宋槧宋印無疑。』〔五二〕國圖藏六十四卷殘本爲端平遞修本，卷三十九第十二葉版心鎸『甲午重刊』，刻工爲『文中』。此本卷九十四第一葉刻工亦爲『文中』，蓋文中先後參與嘉定、端平兩次遞修刻字。

張蓉鏡抄配部分，舛訛頗多。按卷首錢天樹《跋》：『初，寄示明時印本不缺葉，嗣復得觀元印本百卷，已爲罕覯。兹復得拜觀嘉泰時新安初刻印本，雖祇存七十餘卷，展對之下，覺古香撲人眉宇』，『是本與元印本皆經芙川先生別假得宋本補完，以成全璧，真有功於藝林不淺也。』知張氏尚藏有明印本、元印本。張氏抄配，蓋多據所藏明印本、元印本。今檢核其抄配，可歸爲三類：一爲『目録下』；二爲卷一至三、卷二十八、卷四十八至六十八；三爲卷一百五至一百三十五、卷一百四十二至一百五十。第一類寫有刻工：李忠、李中、金滋、沈三、王江、沈丰、李至、章洋、忠、王仁、李玉、章玉、沈全、王辛、陳行、高辛、陳州。臺灣圖書館藏六十三卷殘本爲宋元遞修本，『目録下』刻工爲：駱興宗、滋、古賢、劉朋、大有、孫、安中、徐仁。二者差異顯著，張氏究據何抄配，尚俟考辨。第二類抄配據嘉泰四年初刻、宋元遞修本，因有刻本存世，此不贅述。第三類未見刻工名，當抄録自小字本。如卷一百四十五歐陽脩《太尉王文正公神道碑銘》，第廿一葉左欄有張蓉鏡手記：『「侍從之臣惟」下缺一字，小字本模糊，需查。』第廿二葉右欄又有手記：『小字本「藏其子稔」，不通。』檢麻沙本、弘治本、嘉靖本，前者空缺處作『是』，未見模糊；後者作『子稔』，與張氏所言相符合。其餘抄配卷，校對麻沙本，二者訛誤大體一致。而國圖藏六十四卷宋元遞修本則多有校訂，如卷一百十八蘇軾《上韓魏公論場務書》『今也及二百千則不免焉』，『免焉』，張本、麻沙本皆作『能滿』；『一切之政當訖事而罷』，『事』，張本、麻沙本俱闕；『必將首行土道』，『必』，張本、麻沙本俱闕。雖然，張氏抄配所據未必爲宋麻沙本，其所用或爲明天順覆刻本，抑或用嘉靖重刻本，一時難以悉知也。

（三）南宋嘉泰四年新安郡齋刻本（殘，存六卷）（臺灣圖書館藏）

《皇朝文鑑》一百五十卷，存卷十八至卷二十三，三册。每半葉十行，行十九字，左右雙欄。版心上方記字數，下方記刻工。鈐『莚圃收藏』圖記。刊印清晰，避諱嚴謹，版裂與張本相類，略有小異。細審之，知爲嘉泰初刻之宋印本。

（四）南宋嘉泰四年新安郡齋刻、宋元遞修本

甲、國家圖書館藏二十七卷殘本

此本歷經嘉定遞修、端平遞修、元遞修，存十册。每半葉十行，行十九字，左右雙欄，白口。版心上刻字數，版心下鎸刻工。存卷十七至十九、卷三十三至三十五、卷四十一、卷四十三、卷四十八、卷四十九、卷六十五至七十、卷七十六、卷八十七至九十三，闕葉、漫漶嚴重。其不缺葉者計十三卷，即卷十八、卷三十三至三十四、卷四十九、卷六十六至六十七、卷七十、卷八十

八至八十九、卷九十一至九十三。卷三十九、卷四十二至四十三、卷六十八至六十九、卷七十四僅存五葉以下。即便如此，仍多有校勘價值，卷六十五至六十八、卷七十六尤可留意。

乙、國家圖書館藏六十四卷殘本

此本歷經嘉定遞修、端平遞修、元遞修，存二十三册。每半葉十行，行十九字，左右雙欄，白口。『目録中』刻有『端平重修』四字。存目録中、卷二至九、卷十四至十六、卷三十一、卷三十三至三十五、卷三十九至四十一、卷五十五、卷七十一至七十三、卷八十七至九十三、卷九十八至一百十二、卷一百十六至一百十九、卷一百二十一、卷一百二十四、卷一百三十四至一百四十三、卷一百四十六至一百四十八。缺葉爲少，刻葉字畫清晰，頗可備校勘張本尤其是抄配卷之用，卷二、三、五十五、一百五至一百十二、一百十六至一百十九、一百二十一、一百二十四、一百三十四至一百四十三、一百四十六至一百四十八特可留意。

丙、臺灣圖書館藏六十三卷殘本

此本歷經嘉定遞修、端平遞修、元遞修，存三十四册。每半葉十行，行十九字，白口，左右雙欄。版心上記字數，下鎸刻工。卷五十一、卷七十六、七十七俱存，版心下刻『甲午重刊』，『目録中』刻『端平重修』。鈐『莚圃收藏』圖記。吴興張鈞衡字石銘，號適園主人，家富藏書，多宋元珍槧，著《適園藏書志》。子張乃熊，字莚圃，能承父志，著《莚圃藏書目録》。《適園藏書志》著録端平重修本云：『目録中有「端平重修」字樣，然亦宋刻宋印，現祗存五十七卷，取校小字本，改正訛錯不勝舉矣。』[五三]此本即張鈞衡適園藏本，後傳乃熊，較《適園藏書志》所言『祇存五十七卷』多出六卷，今未詳何時補得。此本存目録中、目録下、卷一、卷七十四至九十三、卷九十八至一百一、卷一百六至一百十五、卷一百二十至一百四十五、卷一百四十九至一百五十。刻葉字畫清晰，亦頗可備校勘張本尤其是抄配卷之用，卷一、卷七十五至七十七、卷一百六至一百十五、卷一百二十至一百三十三、卷一百三十六至一百四十一、卷一百四十四至一百四十五、卷一百四十九至一百五十特可留意。又，此本間有缺葉，計爲目録中第三十七葉下、卷八十九第十八葉、卷一百三十二第一至三葉、卷一百三十五第二葉、卷一百三十九第五葉、卷一百五十第二十四葉。

（五）南宋嘉泰四年新安郡齋刻、宋元明遞修本（日本静嘉堂文庫藏）

《皇朝文鑑》一百五十卷，共六十四册。每半葉十行，行十九字，左右雙欄。版心上刻字數，中記卷數，下記刻工。每册封題『宋刊文鑑，琴川張蓉鏡精校補完善本』。第一册卷首爲吕喬年《太史成公編皇朝文鑑始末》、劉炳《跋》、周必大《皇朝文鑑序》，其中周必大《序》重出，第一篇爲抄葉。下接吕祖謙《奉聖旨銓次札子》及《總目》。第二册爲目録上，第三册爲目録中，第四册爲目録下。鈐『田耕堂藏』『張寬德宏之印』『芙川張蓉鏡心賞』『蓉鏡珍藏』『張蓉鏡』『芙川氏』『小琅嬛福地張氏藏』『歸安陸樹聲藏書之記』諸圖記。明人張寛字德宏，太倉人。

弘治十八年進士，官廣東按察僉事。此本爲張寬舊藏，後歸張蓉鏡。從張氏流出，歸上海郁松年。松年字萬枝，號泰峰，家擁鉅貲，嗜讀書，多購宋元佳本，手自校讎。身後書多散佚，此本歸陸心源，轉入靜嘉堂。

此本版心鐫『甲午重刊』之葉有：卷三十七第四、五、十葉，卷三十九第十二、十四葉，卷五十一第十三、十四葉，卷五十七第七葉，卷五十八第十九、二十三葉，卷五十九第四、七、十二、十六葉，卷六十一第十葉，卷六十二第十一葉，卷六十四第八葉，卷七十三第十二、十三葉，卷七十六第十三葉，卷七十七第八葉，卷七十八第七葉，卷七十九第三葉，卷一百十二第十六葉，卷一百三十七第三葉。凡二十五葉，然亦經端平重修。第二册《目録中》第一葉鐫『端平重修』。其餘卷目與『甲午重刊』葉、張本刻葉不同者，當爲元、明補修。

其缺葉之況如下：目録上第三十葉，卷十八第二十五至二十八葉，卷四十八第四葉，卷六十五第十七、十八葉，卷七十五第五葉，卷八十第十六葉，卷八十二第十九葉，卷一百六第三十葉，卷一百十第十、二十、二十一葉，卷一百三十五第二葉。

其鐫端平刻工：湯元奂、宣、王、安中、文中。元刻工：林茂、青之、古賢、孫、徐艾山、朱、張三、胡慶、蔣七、中、滕慶、友、徐怡祖、王付、陳永、王高、楊明、朱六、平山、何慶、徐友山、甸、高淳、盧堯、仲南、章演、陸永、陳日、王壽三、英、江和、陳、鄭埜、元、陶中、屠、安上、江惠老、郁仁、陳邦卿、亢、劉王、章文一、熊道瓊、蔡秀、童亞明、堯、上元、章著、同、程佑、朱、吴六、蔣鼉、徐愛山、朱大存、何宗、占讓、務陳秀（問作秀）、周鼎、陳、□新、宗一、吴、陳萬二、任吉甫、張名、茂實（問作實）、應子華、羅恕、吴祥、斌、王榮。明刻工：楊祖、高泰、黄毛、陳尕、葉就。

此本即張蓉鏡抄配嘉泰本所用底本之一。原亦殘本，殘損漫漶嚴重，僅第七十四卷爲完整刻卷，其餘卷目經張氏抄配而完。作爲宋槧元明遞修本，刊印晚於上述諸本。與黄佐《南雍志》所言《皇朝文鑑》「大字板，缺者半」狀況相符。蓋《文鑑》舊板經元補修，入明藏於南雍，殘損嚴重，南國子監補修之。

（六）明天順八年刻、弘治十七年補刻本（臺北「故宫博物院」藏）

《宋朝文鑑》一百五十卷，今藏臺北「故宫博物院」，影印入《原國立北平圖書館甲庫善本叢書》。每半葉十三行，行二十一字，黑口，單魚尾，四周雙欄。第一册首爲商輅《新刊宋文鑑序》、周必大《宋文鑑序》、胡拱辰《宋文鑑序》、吕祖謙《進編文海札子》。鈐「黎陽」圖記。書末有胡韶《書宋文鑑後》。天順八年，嚴州府據宋麻沙本覆刻《宋文鑑》。弘治十七年，據天順本重修。胡韶《書宋文鑑後》云：「天順甲申中，江西大方伯張公邵齡守嚴州時，浙江提學憲副張公節之偶得《文鑑》善本，以付邵齡重刻之。因以原本翻刻，弗別繕寫，無謬誤也。歷歲彌久，印摹益多，版刻字畫，益趨平乏。況以書帙浩繁，而有司紙札之費，艱於應酬，惟是人心厭忽，版籍廢棄，而或者不能無人力於其間，不亦重可惜哉！弘治戊午，韶自西曹來知府事，日

接文流，每詢天下名刻，必先是書，且以右文舉墜，責成惟勤。顧惟才力綿薄，經費不易，籌畫

久之，歷五六年，求梓鳩工，漸次克舉，復賴郡中尚文之士相成之。』麻沙本稱『皇朝文鑑』，天順本已刊削『皇朝』二字，此本沿之。

《皇朝文鑑》明代刻本數種，皆屬小字本系統。麻沙本訛誤已多，天順覆刻本沿之，新增之誤尚少。此本據天順本補刊，誤漸增多，猶勝於後來刻本。楊守敬《日本訪書志》因云：『《文鑑》宋刻世不可見，惟愛日精盧藏明葉文莊影鈔宋本，序、跋完好，惜未重刻。其次則明天順嚴州本爲佳，又其次則胡公韶補刊嚴州本，至慎獨齋、晉藩本，則訛謬不可讀矣。』〔五四〕此本改易值得留意。如麻沙本卷十二蘇軾《和陶淵明勸農詩序》『海南多荒田，俗以貿香爲業，所產秔稌，不足於食，乃以薯芋雜米作粥糜以取飽。予既哀之，乃和淵明《勸農》詩，以告其有知音』，此本作『予以紹聖元年十月到惠州，四年五月再貶瓊州別駕，傲睨之餘，慨然有感黎蠻風俗之異，乃和陶淵明《勸農》詩，以告其有知者』。卷十三王琪《吴中曉寒曲》『曾持漢節單于北，雪舞金山風捲磧』，此本作『曾持漢節單于壘，北風如刀割人耳』；『却憐凍足幸雙催，一生不向胡廷屈』，此本作『知憐凍足幸雙催，一生不向胡庭履』；『今年補郡來南州』，此本作『憑誰贈我紫綺裘』；『忽驚身被貂茸裘』，此本作『長歌白苧臨寒流』；『大白連雲尚難敵』，此本作『大白連雲尚殊克』；『長松雖老不須憂』，此本作『書窗半掩晝自開』。疑多臆補擅改。

（七）明正德十三年慎獨齋刻本（國家圖書館藏）

《大宋文鑑》一百五十卷，共三十六册。每半葉十二行，行二十五字，四周雙欄，黑口，雙魚尾。版心上刻卷數，中鎸文體。集前有商輅《新刊宋文鑑序》、胡拱辰《宋文鑑序》。《目録》首行題『大宋文鑑總目』，各卷端首行題『大宋文鑑卷第幾』。書末有胡韶《書宋文鑑後》，鎸『皇明正德戊寅慎獨齋刊』牌記。又有陸僎手書《跋》，云：『偶閲《點勘樓書目》，是書於乾隆十九年甲戌，先高祖購之王子重家，屈指已一百有五年。重讀一次，志所自來。時咸豐八年十一月廿七日，古吴陸僎記。』鈐『葉德輝』『觀古堂』『郎園』『陸對蘭』『吴門陸僎字對蘭之印』『名余曰僎』諸圖記。慎獨齋爲明建陽書商劉洪書坊。此本翻刻自明弘治本，鎸工精細，惜校訂不精，訛誤甚多，差弘治補刊本一籌。

國圖藏本有缺葉，抄補亦未盡完。臺圖藏慎獨齋刻本一部，裝爲十六册，無缺葉。集前依次爲周必大《宋朝文鑑序》、吕祖謙《宋朝文鑑表》、商輅《新刊宋文鑑序》、胡拱辰《宋文鑑序》及《宋朝文鑑總目》。《總目》尾葉鎸『皇明正德十三年慎獨齋鼎新刊行』牌記。浙江圖書館藏慎獨齋刻本二部，其一部爲汲古閣舊藏，六十四册。

（八）明嘉靖五年晉藩刻本（國家圖書館藏）

《宋文鑑》一百五十卷，共二十册。每半葉十三行，行二十一字，黑口，雙魚尾，左右雙欄。各卷端首行題『宋文鑑卷第幾』。集前有晉藩朱知烊《重刊宋文鑑序》、周必大《宋文鑑序》、吕祖謙《進編文海札子》。鈐『盱眙吴氏藏書』圖記。明代藩府刻書蔚然成風。朱知烊有感弘治本《宋朝文鑑》書板藏於南雍，流傳不廣，遂於嘉靖五年翻刻。朱知烊《重刊宋文鑑序》云：『《宋文鑑》爲宋名儒吕伯恭等編集，簡質雖不如漢，華藻雖不如唐，然其間如周、程、張、朱之書，韓、范、富、馬之疏，皆據經明道，即事切理，純粹精確，又非漢、唐人所能及也。顧其板本多在南雍，不廣，兹特命工刻之。觀者取其所長，棄其所短，於修身治民之用，無往不可。若乃因周、程之精義，以尋孔、孟之墜緒，則又係人之志力如何耳。』此本版式與弘治本一致，唯字體不同，鐫工差劣。集前刊落商輅、胡拱辰二序，書名徑改『宋文鑑』。弘治本中闕葉、訛誤，此本未能作更正。

此本傳播頗廣，今傳本亦不乏見。國圖又藏有嘉靖五年刻、嘉靖八年印本，一百五十卷，二十册。集前有周必大《宋文鑑序》、朱知烊嘉靖五年仲夏《重刊宋文鑑序》、嘉靖帝書復、朱知烊題記、吕祖謙《進編文海札子》，集末有朱知烊嘉靖七年六月《刻宋文鑑後序》。鈐『張壽鏞印』『張氏約園藏書』『詠霓』諸圖記。晉藩書於養德書院《刻宋文鑑後序》云：『《宋文鑑》

一編，視唐文則又簡帙繁多矣。學者當先取《太極圖》《定性書》《東西二銘》《王道十事論》《顔子好學論》及《經略司籌邊畫》一策，讀之而有得焉。次及韓、范、司馬之疏，于以輔世長民，將使我國家日臻隆盛，可比三代矣，又豈慮恐或削弱如宋者哉？此學子大夫之責也，因及之。』丁丙《善本藏書志》著録云：『有嘉靖五年晋藩志道堂《重刊序》、七年晋藩書於養德書院《後序》、嘉靖八年五月十三日皇帝書復一道及知烊恭謝璽書序文一道，有「光宇」「翁繩祖」二印。』[五五]美國國會圖書館亦藏有晋藩刻本一部，版面開裂、漫漶與此本相類，鈐『江山劉履芬彦清手收得』，乃劉履芬舊藏，用爲清光緒十二年江蘇書局刻本之底本。王重民《中國善本書提要》著録之，誤作『明修補宋刻本』。

（九）明五經堂刻本（國家圖書館藏）

《校正重刊官板宋朝文鑑》一百五十卷，共三十二册。每半葉十行，行二十字，白口，單魚尾，左右雙欄。版心上鎸『宋文鑑』，中刻卷數，下刻葉數。集前有周必大《宋朝文鑑序》、胡拱辰《宋文鑑序》、商輅《新刊宋文鑑序》、吕祖謙《宋朝文鑑札子》《謝賜銀絹除直秘閣表》。各卷端首行題『校正重刊官板宋朝文鑑卷之幾』。牌記曰『宋文鑑，吕東萊先生銓次，五經堂藏板』。

傅增湘嘗用此本校殘宋本，《藏園群書經眼録》著録宋刊《皇朝文鑑》云：『丁卯六月假得，校於明五經堂刊本上，改正甚多。』〔五六〕集中有傅氏多處校記。卷一百四十八末葉記曰：『己未十月十二日，校宋本殘卷止此，薑庵病起書。』傅氏所校『宋本殘卷』，當爲國圖藏六十四卷本。六十四卷本卷五十五、卷一百六至一百七漫漶嚴重，傅氏未參校。

此本據弘治本重刊，校改不多，脱誤大都沿襲。如卷二十一劉敞《朱雲》，此本與弘治本均有十七字格墨塊，宋本不闕。卷七十四歐陽脩《會聖宫頌》，此本有十四字格墨塊。然此本間事補訂，主要爲蘇軾文。如卷一百九蘇軾《制科策》『推尋前世，探觀治迹。孝文尚老子，而天下富殖』，『探觀治迹』四字，弘治本闕，此本小字補之；『使審官吏部，與外之職司』，『使審官』三字，弘治本闕，此本小字補之；『其所以得而未盡者，是儒術略用，而用儒之未純也』，『儒術略用而』五字，弘治本闕，此本小字補之；『其後纍世而至文王，文王之時，則王業既已大成矣』，『文王之時』，弘治本無，此本小字補之。以上共補十六字，其中『儒術略用而』見於宋本《經進東坡文集事略》，明刊蘇軾文集均與弘治本同。惜此類校訂不多見。

（十）明菉竹堂鈔本（國家圖書館藏）

《皇朝文鑑》一百五十卷，共十六册。每半葉十行，行十九字，黑口，雙魚尾，四周雙欄。《目録下》寫『端平重修』四字。集前有吕喬年《太史成公編皇朝文鑑始末》、沈有開《跋》、趙彦适《跋》、吕祖謙《奉聖旨銓次札子》《奉聖旨所編文鑑精當謝賜銀絹除直秘閣表》、劉炳《跋》、周必大《皇朝文鑑序》。集末有葉恭焕隆慶六年四月三日手書《跋》、顧之逵乾隆五十七年清明後一日手書《跋》、黄丕烈道光二年七月手書《跋》。鈐『蕘翁藉讀』『鐵琴銅劍樓』圖記。

葉恭焕《跋》云：『《皇朝文鑑》，計二十册，乃文莊祖於正統、天順間所録。時刻本尚少，借宋板録得，四傳而至予。隆慶壬申歲，予淹病，檢出，乃失其中一分。時謬本德用以整書，謂予曰：「顧觀海家有宋板《文鑑》，可借觀對之。」因以校勘，留對抄完，可謂全書。』顧之逵《跋》云：『此書乃前明崑山葉文莊物也。其鈔凡三手：通部前後，著録者所書也。其序目雄壯之筆，絶寫經體者，文莊筆也。（注：余以文莊跋《金石録》筆對閲，故知之。）其《目録中》，以及卷七十六至七十九四卷，九十三、四兩卷，故老相傳爲文氏二承筆，即隆慶間文莊後人失去中一分，以倩名人補録者也。其説余未之信，然要其大概，則此書鈔自宋刻，書屬名手，其爲善本可知。問嘗取慎獨齋刊本一對，其謬譌不一，益見此本之宜寶貴矣。』黄丕烈《跋》云：『此書嚮藏小讀書堆，今歸愛日精廬。予所藏亦有是書，計得五部，皆係宋刻，有大字、小字之別。惟因均已殘缺，猶爲恨恨。即效述古主人百衲《史記》之例，尚少目録之下卷，緣借抄足之，可云快事。』此本原爲明人葉盛所抄，傳至葉恭焕，遂有散失，因倩名手抄補。『文氏二承』，謂文徵明二子文彭、文嘉，皆以能書知名。顧之逵疑故老所傳『文氏二承筆』未可信。清人錢泰吉曾將此本比勘宋本，云：『是書明刻各本錯謬不可枚舉，第一篇梁周翰《五鳳樓賦》已有數處，「臺卑者崇，屋卑者豐」，明刻各本脱去「屋卑者豐」一句，緣宋版此兩句作小字雙行，所以致誤耳。芙川藏有不全宋版本，因得一讀，所以知之。此係葉文莊從宋本影鈔，亦可稱善本矣，所謂下真迹一等者。』〔五七〕此本抄寫訛誤亦時有之。如卷八十六宋敏求《謝龍圖閣直學士表》『敢不慎服官箴』，『服』訛作『眼』。卷八十四張繹《絳州思堂記》『何思何慮』，『慮』訛作『屬』。

（十一）《四庫全書》本

《庫》本《宋文鑑》，今存文淵、文津、文瀾、文溯閣寫本。此述文淵閣寫本《宋文鑑》一百五十卷，共四十五册。每半葉十行，行二十一字。第一册卷端書『詳校官監察御史臣劉湄，助教臣常循覆勘，總校官降調編修臣倉聖脉，校對官中書臣李荃，謄録監生楊遐齡』。集前有商輅《宋文鑑序》。《四庫全書總目》著録内府藏本一百五十卷，云：『此本不著爲祖謙原本，爲敦詩改本。《朱子語録》稱《文鑒》收蜀人吕陶論制師服一篇，爲敦詩所删。此本六十一卷中仍有此篇，則非敦詩改本確矣。商輅《序》稱當時臨安府及書肆皆有版，與心傳所記亦不合。蓋官未刻，而其後坊間私刻之，故仍從原本耳。……録副本以獻中官，祖謙似不至是。所謂通經而不能文章者，蓋指伊川，然伊川亦非全不能文。至此書所載論政、論學之文，不一而足，安得盡謂之無補？栻殆聞有此舉，未見此書，意其議出周必大，必選詞科之文，故意度而爲此語也。……然則朱子亦未始非之，殆日久而後論定歟！』〔五八〕内府藏本蓋即商輅序刻本，今第未細考其爲天順覆刻本，抑或弘治補刊本。

《庫》本於《宋文鑑》文字多有校改，然擅改臆測者居多，間有可取或備考訂者。如弘治本卷一丁謂《大蒐賦》『草木躶枯，原隰砥闊』，『躶枯』，《庫》本作『躶夠』。卷七周邦彥《汴都賦》『其内則檐橑榱題，宗賢楹栭』，『賢』字，《庫》本作『檻』，弘治本與宋本皆作『賢』。按：『宗』『楹』『栭』，俱爲房屋構件，『檻』字合於文意。又，明萬曆刊本《事文類聚》收此篇，『賢』字作『相』。清光緒至民國間河南官書局刻《三怡堂叢書》本《汴京遺迹志》收此篇，『賢』字作『檻』。周邦彥《汴都賦》『《山經》所不記，齊國所不睹者』，『齊國』，《庫》作『《齊諧》』，弘治本與宋本皆作『齊國』。按：《齊諧》，志怪之書，與《山經》相對，《庫》改易合於文意。又，此二字，河南官書局刻《三怡堂叢書》本《汴京遺迹志》作『《齊諧》』。弘治本有脱篇，如卷六十梁燾《請還政》、胡宗愈《請令帶職人赴三館供職》，《庫》本亦無此二篇。

（十二）清光緒十二年江蘇書局刻本

《宋文鑑》一百五十卷，共二十四册。每半葉十四行，行二十五字，白口，單魚尾，左右雙欄。有『光緒丙戌江蘇書局開雕』牌記。集前有周必大《序》、《欽定四庫全書提要》、《宋文鑑總目》、吕祖謙《銓次札子》《謝賜銀絹表》、《目録》。此本據明晉藩本翻刻，美國國會圖書館所藏劉履芬舊藏晉藩本即其所用底本。劉履芬舊藏本乃後印本，多破損、闕葉，其補葉用紅格紙（紙心或印『唐文粹』）抄寫。又，卷一百四十五末黏紅格紙半葉，附記云：『其中可疑之字，各識書眉。吾局刊《古文辭類纂》，此卷有數篇在《古文辭類纂》中者，似可參勘。』又，『一百四十五卷十二頁以下須再割移。一百四十六卷十頁以下須再割移』。又，『吴大根覆，管禮昌覆，汪之昌校』。汪之昌字振民，昆山人，有《青學齋集》。管禮昌字叔壬，元和人。王重民《中國善本書提要》著録劉履芬舊藏晋藩本（惜誤作『明修補宋刻本』），云：『持局刻本與此底本相校，凡底本誤字，均用朱筆點出，局刻本則已改正，一也。卷四十二孫奭《諫幸汾陰》後半殘缺，抄補葉有批語云：「『此』字［按『陛下必欲爲此者』之『此』］。」以下半篇及《又諫幸汾陰》一首，原本及慎獨本皆缺，兹從《古文淵鑒》中查出抄補。」是底本以外，又用明劉洪慎獨齋本相校，二也。卷百四十五識云：「此卷有數篇在《古文辭類纂》中者，似可參勘。」然則慎獨本缺者，又用《古文淵鑒》《古文辭類纂》等書校補，三也。』〔五九〕此本又據陸心源所藏宋元明遞修本校訂，如卷六十梁燾《請還政》、胡宗愈《請令帶職人赴三館供職》，題下注云：『原闕，從歸安陸氏所藏端平重修大字本借鈔補刊。』然汪氏等人并未將宋本全部校入，僅擇取小字本顯誤處更正，故舛訛亦多。

《四部叢刊》景《宋文鑑》一百五十卷，以南宋嘉泰四年新安郡齋刻、嘉定十五年遞修、清張蓉鏡抄配本爲底本，然嫌於張本多抄配卷，復多殘損、漫漶之葉，遂取國圖藏六十四卷本作替换，所换者凡十九卷：卷二至三、卷一百五、卷一百八至一百十二、卷一百十六至一百十九、卷一百三十四至一百三十五、卷一百四十二至一百四十三、卷一百四十六至一百四十九。張本抄配卷數因以降至四十五卷。又補録張本原空缺葉，凡三千一百零五字，皆據明代刊本抄寫。《叢刊》影印之書，簡作二本之補配綴合，不具有版本意義。

《宋文鑑》整理本已有中華書局、浙江古籍出版社各出一種，俱以《四部叢刊》影印《宋文鑑》爲底本。所取底本乃簡單綴合二本，價值有限，而參校本取用亦有所未妥。今重作校理，取宋本校宋本之義，以國圖藏南宋嘉泰四年新安郡齋刻、嘉定十五年遞修、清張蓉鏡抄配本爲底本（簡稱『張本』），參校北大圖書館藏南宋建陽麻沙本（簡稱『麻沙本』），臺圖藏南宋嘉泰四年新安郡齋刻殘本六卷（簡稱『六卷本』），國圖藏南宋嘉泰四年新安郡齋刻、宋元遞修殘本二十七卷（簡稱『二十七卷本』），國圖藏南宋嘉泰四年新安郡齋刻、宋元遞修殘本六十四卷（簡稱『六十四卷本』），臺圖藏南宋嘉泰四年新安郡齋刻、宋元遞修殘本六十三卷（簡稱『六十三卷本』）。以麻沙本缺卷尚多，所配明嚴州府刊本二卷、明晉藩刊本十四卷，另抄補十一卷，皆不足取用，故校讎僅用麻沙本宋刻原卷。其參校諸本存卷、補配之况，詳見《前言》後附列《〈新校宋文鑑〉所用底本、參校本存卷及配補情况一覽表》。而各卷校讎所用參校本，均用小注附書於卷端。《皇朝文鑑》，以宋本價值最高，今主於以宋本校宋本（含宋刻元遞修本），意在力存宋刻。捨日本静嘉堂文庫藏南宋嘉泰四年新安郡齋刻、宋元明遞修本，一者因張本抄配已用之，二者因所存宋刻葉少，明人補刻葉多。國圖藏明菉竹堂鈔本，録自宋端平遞修本，有一定校勘價值，然抄寫訛誤多，且散佚補抄，非盡源自端平遞修本，故亦捨之。明刻諸本，以天順本最上，次弘治補刻本，次晉藩本，次慎獨齋本、五經堂本，皆源於宋麻沙本，諸本校勘之功疏，新增訛誤不乏，今既已取麻沙本參校，明刻諸本捨而弗用。《庫》本多擅改之弊，江蘇書局刻本無多可稱道者，此亦捨之。《皇朝文鑑》所收本集傳世作者尚逾百家。《文鑑》存收篇章，相較本集所收者篇幅、文字頗見差異，蓋刪節裁取各異、成稿先後有別使然。今凡疑需出校者，盡力檢核本集，以定出校否。所取本集以宋元刻本爲上，不得已則參酌明清印本、鈔本，偶亦參酌宋元刻總集。凡撰擬校記，必檢覈本集，爲從簡計，校覈考訂之况不盡撰入校記。其底本不誤者不出校，可存異文者出校，虚字關涉文義者始出校，顯誤之字則徑改。全書新擬校記約三千五百條，逾十萬言。校書不易，此次董理合三人之力，用時幾近四年，仍有未妥。以出版時限迫近，不得已交稿，心猶惴惴不已。其錯訛不當處，惟敬祈學者批評指正，補葺於來日。

時在癸卯九月

注

〔一〕吕祖儉《壙記》，《東萊吕太史文集》附録卷一，黄靈庚點校《吕祖謙全集》第一册，浙江古籍出版社，二〇〇八年，第七五〇頁。

〔二〕呂喬年《太史成公編皇朝文鑑始末》，《皇朝文鑑》卷首，南宋嘉泰四年新安郡齋刻、嘉定十五年遞修、清張蓉鏡抄配本。
〔三〕呂喬年《太史成公編皇朝文鑑始末》，《皇朝文鑑》卷首。
〔四〕呂喬年《太史成公編皇朝文鑑始末》，《皇朝文鑑》卷首。
〔五〕葉適《習學記言序目》卷四十七，中華書局，一九七七年，第六九六頁。
〔六〕黄宗羲《明文案序上》，《南雷文定前集》卷一，清康熙刊本。
〔七〕呂祖謙《淳熙四年輪對札子二首》，《東萊呂太史文集》卷三，《呂祖謙全集》第一册，第五九—六〇頁。
〔八〕呂祖謙《治體論》，《東萊呂太史集》之《呂集佚文》，《呂祖謙全集》第一册，第九七一頁。
〔九〕呂祖謙《館職策》，《東萊呂太史文集》卷五，《呂祖謙全集》第一册，第八六—九二頁。
〔一〇〕呂喬年《太史成公編皇朝文鑑始末》，《皇朝文鑑》卷首。
〔一一〕呂祖謙《白鹿洞書院記》，《東萊呂太史文集》卷六，《呂祖謙全集》第一册，第九九—一〇〇頁。
〔一二〕呂祖謙《歷代制度詳説》卷一，《呂祖謙全集》第九册，第一〇頁。
〔一三〕呂喬年《太史成公編皇朝文鑑始末》，《皇朝文鑑》卷首。
〔一四〕葉適《習學記言序目》卷四十九《皇朝文鑑三》，第七三三頁。
〔一五〕黎靖德《朱子語類》卷一百二十二，中華書局，一九八六年，第二九五四頁。
〔一六〕呂祖謙《古文關鍵》，《呂祖謙全集》第十一册，第一—二頁。
〔一七〕呂祖謙《與内弟曾德寬》，《東萊呂太史別集》卷十，《呂祖謙全集》第一册，第五〇二頁。
〔一八〕呂祖謙《策問》，《東萊呂太史外集》卷五，《呂祖謙全集》第一册，第六九五頁。

〔一九〕吕祖謙《古文關鍵》，第三頁。
〔二〇〕吕喬年《太史成公編皇朝文鑑始末》，《皇朝文鑑》卷首。
〔二一〕朱熹《與趙帥書》，曾棗莊、劉琳編《全宋文》第二四四册，第三三九頁。
〔二二〕吕祖謙《古文關鍵》，第五二頁。
〔二三〕吕祖謙《古文關鍵》，第一頁。
〔二四〕吕祖謙《歷代制度詳説》卷十一，《吕祖謙全集》第九册，第一三六頁。
〔二五〕吕祖謙《雜説》，《吕祖謙全集》第一册，第七二九頁。
〔二六〕吕祖謙《麗澤論説集録》，《吕祖謙全集》第二册，第一四三頁。
〔二七〕吕祖謙《祭林宗丞文》，《吕祖謙全集》第一册，第一三三頁。
〔二八〕吕喬年《太史成公編皇朝文鑑始末》，《皇朝文鑑》卷首。
〔二九〕永瑢等撰《四庫全書總目》卷一百五十三，中華書局，一九六五年，第一三一九頁。
〔三〇〕朱熹《答周益公》，《全宋文》第二四五册，卷五五〇三，第四一五頁。
〔三一〕吕喬年《太史成公編皇朝文鑑始末》，《皇朝文鑑》卷首。
〔三二〕黄佐《南雍志》卷十八《經籍考》，民國景明嘉靖二十三年刻增修本。
〔三三〕吕祖謙《皇朝文鑑》，明萘竹堂鈔本。
〔三四〕吕祖謙《進編文海札子》，《東萊吕太史文集》卷三，《吕祖謙全集》第一册，第六〇—六一頁。
〔三五〕李心傳《建炎以來朝野雜記》乙集卷五，清《武英殿聚珍版叢書》本。
〔三六〕崔敦禮《宫教集》卷五，清《文淵閣四庫全書》本。

〔三七〕崔敦詩《崔舍人玉堂類稿》附録，民國十三年上海商務印書館影印日本《佚存叢書》本。
〔三八〕黎靖德《朱子語類》卷一百二十二，第二九五四頁。
〔三九〕張端義《貴耳集》卷上，清《文淵閣四庫全書》本。
〔四〇〕張端義《貴耳集》卷下，清《文淵閣四庫全書》本。
〔四一〕吕祖謙《與周丞相》，《吕祖謙全集》第一册，第四五一頁。
〔四二〕沈有開《皇朝文鑑跋》，《皇朝文鑑》卷首。
〔四三〕趙彦适《皇朝文鑑跋》，《皇朝文鑑》卷首。
〔四四〕李清馥《閩中理學淵源考》卷六《文忠劉瑞樟先生崇之》，清《文淵閣四庫全書》本。
〔四五〕商輅《新刊宋文鑑序》，《宋文鑑》卷首，明天順刻，弘治補刻本。
〔四六〕張鈞衡《適園藏書志》卷十五，民國五年南林張氏適園刊本。
〔四七〕丁丙《善本書室藏書志》卷三十八，清光緒刻本。
〔四八〕孫能傳《内閣藏書目録》卷四，清遲雲樓鈔本。
〔四九〕黄佐《南雍志》卷十八《經籍考》，民國景明嘉靖二十三年刻增修本。
〔五〇〕曾釗《面城樓集鈔》卷三，清光緒十二年刻《學海堂叢書》本。
〔五一〕瞿鏞《鐵琴銅劍樓藏書目録》卷二十三，清光緒常熟瞿氏家塾刻本。
〔五二〕傅增湘《藏園群書經眼録》卷十八，中華書局，二〇〇九年，第一二七五頁。
〔五三〕張鈞衡《適園藏書志》卷十五，民國五年南林張氏適園刊本。
〔五四〕楊守敬《日本訪書志》卷十三，光緒二十三年楊氏自刻本。

〔五五〕丁丙《善本書室藏書志》卷三十八，浙江古籍出版社，二〇一六年，第一六三一頁。
〔五六〕傅增湘《藏園群書經眼録》卷十八，中華書局，二〇〇九年，第一二七五頁。
〔五七〕錢泰吉《甘泉鄉人稿》卷九，清同治十一年刻、光緒十一年增修本。
〔五八〕永瑢等撰《四庫全書總目》卷一百八十七，中華書局，一九六五年，第一六九七頁。
〔五九〕王重民《中國善本書提要》，上海古籍出版社，一九八三年，第四六八頁。

《新校宋文鑑》所用底本、參校本存卷及配補情況一覽表

卷數	張本（國圖）	六卷本（臺圖）	六十三卷本（臺圖）	六十四卷本（國圖）	二十七卷本（國圖）	麻沙本（北大圖書館）	附《四部叢刊》影印情況
目録上	刻	/	/	/	/	刻	張本
目録中	刻	/	刻（缺第一三頁下）	刻	/	刻	張本
目録下	抄配	/	刻	/	/	刻	張本
卷一	抄配	/	刻	/	/	刻	張本
卷二	抄配	/	/	刻	/	刻	六十四卷本
卷三	抄配	/	/	刻	/	刻	六十四卷本
卷四	刻	/	/	刻	/	刻	張本
卷五	刻	/	/	刻	/	刻	張本
卷六	刻	/	/	刻	/	刻	張本

卷數	張本（國圖）	六卷本（臺圖）	六十三卷本（臺圖）	六十四卷本（國圖）	二十七卷本（國圖）	麻沙本（北大圖書館）	附《四部叢刊》影印情况
卷七	刻	／	／	刻	／	刻	張本
卷八	刻	／	／	刻	／	刻	張本
卷九	刻	／	／	刻	／	刻	張本
卷十	刻	／	／	／	／	刻	張本
卷十一	刻	／	／	／	／	刻	張本
卷十二	刻	／	／	／	／	刻	張本
卷十三	刻	／	／	／	／	刻	張本
卷十四	刻	／	／	刻	／	刻	張本
卷十五	刻	／	／	刻	／	刻	張本
卷十六	刻	／	／	刻	／	刻	張本
卷十七	刻	／	／	／	刻（原十八頁，缺第一頁）	刻	張本

卷數	張本（國圖）	六卷本（臺圖）	六十三卷本（臺圖）	六十四卷本（國圖）	二十七卷本（國圖）	麻沙本（北大圖書館）	附《四部叢刊》影印情況
卷十八	刻	刻	/	/	刻	刻	張本
卷十九	刻	刻	/	/	刻（原二十五頁，缺第一四—二五頁）	刻	張本
卷二十	刻	刻	/	/	/	刻	張本
卷二十一	刻	刻	/	/	/	刻	張本
卷二十二	刻	刻	/	/	/	刻	張本
卷二十三	刻	刻	/	/	/	刻	張本
卷二十四	刻	/	/	/	/	刻	張本
卷二十五	刻	/	/	/	/	刻	張本
卷二十六	刻	/	/	/	/	刻	張本
卷三十	刻	/	/	/	/	刻	張本
卷二十七	刻（後六頁抄補）	/	/	/	/	刻	張本

卷數	張本（國圖）	六卷本（臺圖）	六十三卷本（臺圖）	六十四卷本（國圖）	二十七卷本（國圖）	麻沙本（北大圖書館）	附《四部叢刊》影印情況
卷二十八	抄配	/	/	/	/	刻	張本
卷二十九	刻	/	/	/	/	刻	張本
卷三十一	刻	/	/	刻（缺第一六頁）	/	刻	張本
卷三十二	刻	/	/	/	/	刻	張本
卷三十三	刻	/	/	刻（缺第一頁上）	刻	刻	張本
卷三十四	刻	/	/	刻	刻	刻	張本
卷三十五	刻	/	/	刻	刻（原十八頁，存第一—一六頁）	刻	張本
卷三十六	刻	/	/	/	/	刻	張本
卷三十七	刻	/	/	/	/	刻	張本
卷三十八	刻	/	/	/	/	刻	張本
卷三十九	刻	/	/	刻	/	刻	張本

卷數	張本（國圖）	六卷本（臺圖）	六十三卷本（臺圖）	六十四卷本（國圖）	二十七卷本（國圖）	麻沙本（北大圖書館）	附《四部叢刊》影印情況
卷四十	刻	/	/	刻	/	刻	張本
卷四十一	刻	/	/	刻	刻（原十八頁，存第一二—一八頁）	刻	張本
卷四十二	刻	/	/	/	刻（原二十五頁，存第一一頁）	刻	張本
卷四十三	刻	/	/	/	刻（原二十八頁，存第二七—二八頁）	刻	張本
卷四十四	刻	/	/	/	/	刻	張本
卷四十五	刻	/	/	/	/	刻	張本
卷四十六	刻	/	/	/	/	刻	張本
卷四十七	刻	/	/	/	/	刻	張本

卷數	張本（國圖）	六卷本（臺圖）	六十三卷本（臺圖）	六十四卷本（國圖）	二十七卷本（國圖）	麻沙本（北大圖書館）	附《四部叢刊》影印情況
卷四十八	抄配	／	／	／	刻（原二十五頁，存第一一下—一五、一七—二五頁）	刻	張本
卷四十九	抄配	／	／	／	刻	刻	張本
卷五十	抄配	／	／	／	／	刻	張本
卷五十一	抄配	／	／	／	／	刻	張本
卷五十二	抄配	／	／	／	／	刻	張本
卷五十三	抄配	／	／	／	／	刻	張本
卷五十四	抄配	／	／	／	／	刻	張本
卷五十五	抄配	／	／	刻（原十六頁，缺第一—九頁）	／	刻	張本
卷五十六	抄配	／	／	／	／	刻	張本
卷五十七	抄配	／	／	／	／	刻	張本

卷數	張本（國圖）	六卷本（臺圖）	六十三卷本（臺圖）	六十四卷本（國圖）	二十七卷本（國圖）	麻沙本（北大圖書館）	附《四部叢刊》影印情況
卷五十八	抄配	/	/	/	/	刻	張本
卷五十九	抄配	/	/	/	/	刻	張本
卷六十	抄配	/	/	/	/	刻	張本
卷六十一	抄配	/	/	/	/	刻	張本
卷六十二	抄配	/	/	/	/	刻	張本
卷六十三	抄配	/	/	/	/	刻	張本
卷六十四	抄配	/	/	/	/	刻	張本
卷六十五	抄配	/	/	/	刻	刻	張本
卷六十六	抄配	/	/	/	刻	刻	張本
卷六十七	抄配	/	/	/	刻	刻	張本
卷六十八	抄配	/	/	/	刻（原十八頁，存第一—五頁）	刻	張本

卷數	張本（國圖）	六卷本（臺圖）	六十三卷本（臺圖）	六十四卷本（國圖）	二十七卷本（國圖）	麻沙本（北大圖書館）	附《四部叢刊》影印情況
卷六十九	刻	/	/	/	刻（原十六頁，存第一二—一六頁）	刻	張本
卷七十	刻	/	/	/	刻	刻	張本
卷七十一	刻	/	/	刻	/	刻	張本
卷七十二	刻	/	/	刻	/	刻	張本
卷七十三	刻	/	/	刻	/	刻	張本
卷七十四	刻	/	刻	/	刻（原二十一頁，存第一頁上）	刻	張本
卷七十五	抄配	/	刻	/	/	刻	張本（第五頁抄補）
卷七十六	抄配	/	刻	/	刻（原十八頁，存第五—一八頁）	刻	張本

卷數	張本（國圖）	六卷本（臺圖）	六十三卷本（臺圖）	六十四卷本（國圖）	二十七卷本（國圖）	麻沙本（北大圖書館）	附《四部叢刊》影印情況
卷七十七	抄配	/	刻	/	/	刻	張本
卷七十八	刻	/	刻	/	/	刻	張本
卷七十九	刻	/	刻	/	/	刻	張本
卷八十	刻	/	刻	/	/	刻	張本
卷八十一	刻	/	刻	/	/	刻	張本
卷八十二	刻	/	刻	/	/	刻	張本
卷八十三	刻	/	刻	/	/	刻	張本
卷八十四	刻	/	刻	/	/	刻	張本
卷八十五	刻	/	刻	/	/	刻	張本
卷八十六	刻	/	刻	/	/	刻	張本
卷八十七	刻	/	刻	刻	刻（原二十四頁，存第四、六—二十四頁）	刻	張本
卷八十八	刻	/	刻	刻	刻	刻	張本

卷數	張本（國圖）	六卷本（臺圖）	六十三卷本（臺圖）	六十四卷本（國圖）	二十七卷本（國圖）	麻沙本（北大圖書館）	附《四部叢刊》影印情況
卷八十九	刻	／	刻（缺第一八頁）	刻	刻	刻	張本
卷九十	刻	／	刻	刻	刻（原十四頁，存第六—一四頁）	刻	張本
卷九十一	刻	／	刻	刻	刻	刻	張本
卷九十二	刻	／	刻	刻	刻	刻	張本
卷九十三	刻	／	刻	刻	刻	刻	張本
卷九十四	刻	／	／	／	／	刻	張本
卷九十五	刻	／	／	／	／	刻	張本
卷九十六	刻	／	／	／	／	刻	張本
卷九十七	刻	／	／	／	／	刻	張本
卷九十八	刻	／	刻	刻	／	刻	張本
卷九十九	刻	／	刻	刻	／	刻	張本

卷數	張本（國圖）	六卷本（臺圖）	六十三卷本（臺圖）	六十四卷本（國圖）	二十七卷本（國圖）	麻沙本（北大圖書館）	附《四部叢刊》影印情況
卷一百	刻	／	刻	刻	／	刻	張本
卷一百一	刻	／	刻	刻	／	刻	張本
卷一百二	刻	／	／	刻	／	刻	張本
卷一百三	刻	／	／	刻	／	刻	張本
卷一百四	刻	／	／	刻	／	刻	張本
卷一百五	抄配	／	／	刻	／	抄配	六十四卷本
卷一百六	抄配	／	刻	刻（原三十頁，缺第一—九頁）	／	抄配	張本
卷一百七	抄配	／	刻	刻（原十五頁，缺第一三—一五頁）	／	抄配	張本
卷一百八	抄配	／	刻	刻	／	抄配	六十四卷本
卷一百九	抄配	／	刻	刻	／	抄配	六十四卷本

卷數	張本（國圖）	六卷本（臺圖）	六十三卷本（臺圖）	六十四卷本（國圖）	二十七卷本（國圖）	麻沙本（北大圖書館）	附《四部叢刊》影印情況
卷一百十	抄配	／	刻	刻	／	抄配	六十四卷本
卷一百十一	抄配	／	刻	刻	／	抄配	六十四卷本
卷一百十二	抄配	／	刻	刻	／	刻	六十四卷本
卷一百十三	抄配	／	刻	／	／	刻	張本
卷一百十四	抄配	／	刻	／	／	刻	張本
卷一百十五	抄配	／	刻	／	／	配明嚴州府刻本	張本
卷一百十六	抄配	／	／	刻	／	配明嚴州府刻本	六十四卷本
卷一百十七	抄配	／	／	刻	／	配明晉藩刻本	六十四卷本
卷一百十八	抄配	／	／	刻	／	配明晉藩刻本	六十四卷本
卷一百十九	抄配	／	／	刻	／	刻	六十四卷本
卷一百二十	抄配	／	刻	／	／	刻	張本

卷數	張本（國圖）	六卷本（臺圖）	六十三卷本（臺圖）	六十四卷本（國圖）	二十七卷本（國圖）	麻沙本（北大圖書館）	附《四部叢刊》影印情況
卷一百二十一	抄配	／	刻	刻（原二十五頁，缺第一—四、一〇、二四頁）	／	刻	張本
卷一百二十二	抄配	／	刻	／	／	刻	張本
卷一百二十三	抄配	／	刻	／	／	配明晉藩刻本	張本
卷一百二十四	抄配	／	刻	刻（原二十頁，缺第一—七、一六—二〇頁）	／	配明晉藩刻本	張本
卷一百二十五	抄配	／	刻	／	／	配明晉藩刻本	張本
卷一百二十六	抄配	／	刻	／	／	配明晉藩刻本	張本

卷數	張本（國圖）	六卷本（臺圖）	六十三卷本（臺圖）	六十四卷本（國圖）	二十七卷本（國圖）	麻沙本（北大圖書館）	附《四部叢刊》影印情況
卷一百二十七	抄配	/	刻	/	/	配明晋藩刻本	張本
卷一百二十八	抄配	/	刻	/	/	抄配	張本
卷一百二十九	抄配	/	刻	/	/	配明晋藩刻本	張本
卷一百三十	抄配	/	刻	/	/	配明晋藩刻本	張本
卷一百三十一	抄配	/	刻	/	/	配明晋藩刻本	張本
卷一百三十二	抄配	/	刻（缺第一—三頁）	/	/	配明晋藩刻本	張本
卷一百三十三	抄配	/	刻	/	/	配明晋藩刻本	張本
卷一百三十四	抄配	/	刻	刻	/	配明晋藩刻本	六十四卷本

卷數	張本（國圖）	六卷本（臺圖）	六十三卷本（臺圖）	六十四卷本（國圖）	二十七卷本（國圖）	麻沙本（北大圖書館）	附《四部叢刊》影印情況
卷一百三十五	抄配	／	刻（缺第二頁）	刻	／	配明晉藩刻本	六十四卷本
卷一百三十六	刻	／	刻	刻	／	抄配	張本
卷一百三十七	刻	／	刻	刻	／	抄配	張本
卷一百三十八	刻	／	刻	刻	／	抄配	張本
卷一百三十九	刻	／	刻（缺第五頁）	刻	／	刻	張本
卷一百四十	刻	／	刻	刻	／	刻	張本
卷一百四十一	刻	／	刻	刻	／	刻	張本
卷一百四十二	抄配	／	刻	刻	／	刻	六十四卷本

卷數	張本（國圖）	六卷本（臺圖）	六十三卷本（臺圖）	六十四卷本（國圖）	二十七卷本（國圖）	麻沙本（北大圖書館）	附《四部叢刊》影印情況
卷一百四十三	抄配	／	刻	刻	／	刻	六十四卷本
卷一百四十四	抄配	／	刻	／	／	刻	張本
卷一百四十五	抄配	／	刻	／	／	刻	張本
卷一百四十六	抄配	／	／	刻	／	刻	六十四卷本
卷一百四十七	抄配	／	／	刻	／	刻	六十四卷本
卷一百四十八	抄配	／	／	刻	／	刻	六十四卷本
卷一百四十九	抄配	／	刻	／	／	刻	張本
卷一百五十	抄配	／	刻（缺第二四頁）	／	／	刻	張本

注：各版本省稱來歷，見《前言》。缺卷用『／』表示。『刻』謂原本爲刻卷。『抄配』謂原本無，後人抄寫成卷。

新校宋文鑑目録

新校宋文鑑卷第十一

新校宋文鑑卷第十二

新校宋文鑑卷第十四……（二一九）

新校宋文鑑卷第十五……（二三八）

新校宋文鑑卷第十七…………………………(二七二)

新校宋文鑑卷第十九……(三一四)

新校宋文鑑卷第二十……（三三一）

新校宋文鑑卷第二十二……………………(三六八)

新校宋文鑑卷第二十三……(三八五)

新校宋文鑑卷第二十六

新校宋文鑑卷第二十七……(四六一)

新校宋文鑑卷第二十八……………………(四七七)

新校宋文鑑卷第二十九

新校宋文鑑卷第三十……(五一一)

新校宋文鑑卷第三十一……(五三四)

新校宋文鑑卷第三十二……(五五二)

新校宋文鑑卷第三十三…………………（五七四）

新校宋文鑑卷第三十六……………………(六二〇)

新校宋文鑑卷第三十九……（六六六）

朝奉郎蘇軾可守禮部郎中
…………………………王　震(六七〇)

朝散郎勾當京東排岸司胡及可依
前官權發遣開封府推官公事
…………………………王　震(六七〇)

通直郎河北西路提刑吕温卿可依
前官充河北東路提刑奉議郎河
北東路提刑吕仲甫可依前官充
河北西路提刑…………王　震(六七一)

通直郎著作佐郎豐稷可權發遣提
舉利州路刑獄公事……王　震(六七一)

朝奉大夫少府少監吕希績可權發
遣潁州………………王　震(六七一)

朝奉郎行宗正寺主簿楊完可權知
衢州…………………王　震(六七一)

左藏庫使趙諒可供備庫使供備庫

副使王繼恩盧昭用可並西京左
藏庫副使内殿崇班楊貴田珏張
僅可並内殿承制………王　震(六七二)

皇姪右千牛衛將軍士倞皇弟右千
牛衛將軍叔嫣可並右監門衛
大將軍…………………王　震(六七二)

朝請郎權發遣陝西運副葉康直可
朝奉大夫再任承議郎權發遣陝
西運副李察可朝奉郎再任
…………………………王　震(六七二)

故内殿崇班劉景男可奉職
…………………………王　震(六七三)

朝請郎吴安度等故母廣陵郡太夫
人王氏可贈榮國太夫人
…………………………劉　攽(六七三)

殿中侍御史豐稷可右司諫

新校宋文鑑卷第四十……(六八〇)

新校宋文鑑卷第四十一

新校宋文鑑卷第五十一……………………（八六九）

新校宋文鑑卷第五十二……………………（八八四）

新校宋文鑑卷第五十八……………(九七五)

新校宋文鑑卷第五十九……………(九九八)

新校宋文鑑卷第六十……………(一〇一三)

新校宋文鑑卷第六十一

新校宋文鑑卷第六十五……(一〇八五)

新校宋文鑑卷第六十七

新校宋文鑑卷第七十九……………………………………（一二八六）

記……………………………………………………（一二八六）

新校宋文鑑卷第八十……………………………………（一三〇三）

記……………………………………………………（一三〇三）

新校宋文鑑卷第八十一……（一三一七）

新校宋文鑑卷第八十二……（一三二九）

新校宋文鑑卷第八十八……………（一四二四）

新校宋文鑑卷第八十九……………（一四三八）

新校宋文鑑卷第九十三……（一四九四）

論……（一四九四）

新校宋文鑑卷第九十四……（一五〇七）

論……（一五〇七）

新校宋文鑑卷第九十五……（一五二三）

論……（一五二三）

新校宋文鑑卷第一百……（一五八九）

新校宋文鑑卷第一百一……（一六〇二）

新校宋文鑑卷第一百十八……（一八九八）

新校宋文鑑卷第一百十九……（一九一二）

新校宋文鑑卷第一百二十……（一九二九）

新校宋文鑑卷第一百二十一……（一九四八）

新校宋文鑑卷第一百二十二……（一九七一）

啓……（一九七一）

新校宋文鑑卷第一百二十三

新校宋文鑑卷第一百二十六

新校宋文鑑卷第一百二十七

新校宋文鑑卷第一百二十八

新校宋文鑑卷第一百二十九……(二〇八九)

新校宋文鑑卷第一百三十 ……(二一〇三)

新校宋文鑑卷第一百三十一

哀辭……(二一六〇)

新校宋文鑑卷第一百三十六……………………（三三四）

新校宋文鑑卷第一百三十七……………………（三四六）

新校宋文鑑卷第一百三十八……………………（三六六）

新校宋文鑑卷第一百三十九……………………（三七八）

新校宋文鑑卷第一百四十……………………（三九一）

新校宋文鑑卷第一百四十一……（一三〇五）

墓誌……（一三〇五）

新校宋文鑑卷第一百四十二……（一三二一）

墓誌……（一三二一）

新校宋文鑑卷第一百四十三……（一三三二）

墓誌……（一三三二）

新校宋文鑑卷第一百四十四……（一三五〇）

墓誌……（一三五〇）

新校宋文鑑卷第一百四十五

新校宋文鑑卷第一百四十六

新校宋文鑑卷第一百四十七

朝奉郎行祕書省著作佐郎兼國史院編修官兼權禮部郎官臣呂祖謙奉聖旨銓次劄子

先於淳熙四年十一月内承尚書省劄子：勘會已降指揮，令臨安府校正開雕《聖宋文海》。十一月九日，三省同奉聖旨：委呂祖謙專一精加校證。祖謙竊見《文海》元係書坊一時刊行，去取未精，名賢高文大册，尚多遺落，遂具劄子，乞一就增損，仍斷自中興以前銓次，庶幾可以行遠。十一月五日，三省同奉聖旨：依。祖謙尋將祕書省集庫所藏本朝諸家文集，及於士大夫家宛轉假借，旁采傳記它書，雖不知名氏，擇其文可録者，用《文選·古詩十九首》例，並行編纂。凡本門爲百五十卷，目録四卷。

祖謙竊自伏念本朝文字之盛，衆作相望，誠宜采掇菁華，仰副聖意。而祖謙學問荒凉，知識卑陋，不足以知前輩文字之工拙，黽勉承命，今已經年，簡牘浩繁，取會繆戾。加以繕寫纔畢，偶嬰末疾，尚恐疏略抵牾，未敢遽以投進。今月二十四日，偶蒙具宣聖諭，緣祖謙已除外任，俯詢所編次第，自懼稽緩，不勝震懼。所有編次到《聖宋文海》一部，共一百五十四册，并臨安府元牒到御前降下《聖宋文海》舊本一部，計二十册，並用黄羅夾複，封作七複，欲望特與敷奏繳進。祖謙不勝皇懼俟罪之至。

朝奉郎行祕書省著作佐郎兼國史院編修官兼權禮部郎官臣吕祖謙奉聖旨所編文鑑精當謝賜銀絹除直祕閣表

右臣今月四日，承中使李裕文宣諭聖旨：所編《文鑑》精當，賜銀絹三百疋兩者。奏編無取，錫命有加，既叨中祕清切之隆，復拜内府便蕃之賜，人微恩厚，感極涕零。此蓋伏遇皇帝陛下，聖學高明，皇猷淵懿。粲然衆作，思採摭以無遺；蕞爾小臣，懼討論之不稱。已逃罪戾，仍被眷私。抱槧懷鉛，曷副右文之意；賜金增秩，徒慙稽古之榮。臣無任感天荷聖激切屏營之至，謹録奏聞。謹奏。

皇朝文鑑序

中奉大夫試禮部尚書兼翰林學士兼侍讀兼太子詹事兼脩國史管城縣開國子食邑五百户賜紫金魚袋臣周必大奉聖旨撰

臣聞：文之盛衰主乎氣，辭之工拙存乎理。昔者帝王之世，人有所養而教無異習。故其氣之盛也，如水載物，小大無不浮；其理之明也，如燭照物，幽隱無不通。國家一有殊功異德卓絶之跡，則公卿大夫下至於士民，皆能正列其義，祓飾而彰大之，載於書，詠於詩，略可考已。後世家異政，人殊俗。剛大之不充而委靡之習勝，道德之不明而非僻之説入。作之弗振也，索之易窮也。譬之盪舟於陸，終日馳驅，無以致遠；摶土爲像，丹青其外，而中奚取焉？此豈獨學者之罪哉！上之教化容有未至焉爾。時不否則不泰，道不晦則不顯。

天啓藝祖，生知文武，取五代破碎之天下而混一之，崇雅黜浮，汲汲乎以垂世立教爲事。列聖相承，治出於一。援毫者知尊周孔，游談者羞稱楊墨。是以二百年間，英豪踵武。其大者固已羽翼《六經》，藻飾治具；而小者猶足以吟詠情性，自名一家。蓋建隆、雍熙之間，其文偉；咸平、景德之際，其文博。天聖、明道之辭古，熙寧、元祐之辭達。雖體制互興，源流間出，而氣全理正，其歸則同。嗟乎，此非唐之文也，非漢之文也，實我宋之文也，不其盛哉！

皇帝陛下，天縱將聖如夫子，煥乎文章如帝堯。萬幾餘暇，猶玩意於衆作，謂篇帙繁夥，難於徧覽，思擇有補治道者，表而出之。乃詔著作郎吕祖謙，發三館四庫之所藏，裒搢紳故家之所録，斷自中興以前，彙次來上。古賦詩騷，則欲主文而譎諫；典册詔誥，則欲温厚而有體；奏疏表章，取其諒直而忠愛者；箴銘贊頌，取其精慤而詳明者。以至碑記論序、書啓雜著，大率事辭稱者爲先，事勝辭則次之；文質備者爲先，質勝文則次之。復謂律賦經義，國家取士之源，亦加采擫，略存一代之制。定爲一百五十卷，規模先後，多本聖心。承詔於淳熙四年之仲冬，奏御於六年之正月，賜名曰《皇朝文鑑》，而命臣爲之序。

臣待罪翰墨，才識駑下，固無以推原作者，闡繹隆指。抑嘗竊讀《大雅》之詩，而知祖宗所以化成天下者矣。《棫樸》，官人也；《旱麓》，受祖也。辭雖不同，而俱以『遐不作人』爲言。蓋『魚躍于淵』，氣使之也；『追琢其章』，理貫之也。况夫『雲漢』昭于上，『豈弟』施於下，濟濟多士，其有不觀感而化者乎？是則祖宗啓之，陛下繼焉。樂文王之壽考，申太王、王季之福禄，人才將至於不可勝用，豈止乎能文而已！臣雖不肖，尚當執筆以頌作成之效云。臣謹序。

新校宋文鑑總目

勅　赦文　册
三十二卷
御劄　批荅
三十三卷
制
三十四卷　三十五卷　三十六卷
誥
三十七卷　三十八卷　三十九卷
四十卷
奏疏
四十一卷　四十二卷　四十三卷
四十四卷　四十五卷　四十六卷
四十七卷　四十八卷　四十九卷
五十卷　五十一卷　五十二卷
五十三卷　五十四卷　五十五卷
五十六卷　五十七卷　五十八卷
五十九卷　六十卷　六十一卷
六十二卷
表
六十三卷　六十四卷　六十五卷
六十六卷　六十七卷　六十八卷
六十九卷　七十卷　七十一卷
牋
箴
七十二卷
銘
七十三卷
頌
七十四卷
贊
七十五卷
碑文　記
七十六卷　七十七卷　七十八卷

新校宋文鑑卷第一

校者按：底本此卷抄配，據六十三卷本、麻沙本刊卷校改。

賦

五鳳樓賦

梁周翰

伊京師之權輿也，遐哉邈乎！驗河圖之象，按輿地之書。宅《禹貢》豫州之域，距天文辰馬之墟。因四履建侯之地，爲六代興王之居。城浚而都，派河而渠。結坤之絡，振乾之樞。星甍櫛堵，我民之廬；海漕山廥，我田之租。勢雄跨胡，氣王吞吴。茫茫萬國，魚貫而趨。

惟聖皇之受命，應期運而握符。光潛躍於龍德，踐元亨於帝衢。道德何師？尊盧赫胥。揖讓何比？陶唐有虞。英略神武，威懾八區。封豕必誅，長鯨盡刳。虎皮包刃，鵠板搜儒。墜典皆索，闕政咸鋪。成天下之大務，若雷奮而風驅。乃顧京室，時行聖謨。陋宸極之非制，稽紫垣之舊圖。且曰不壯不麗，豈傳萬世？禹之卑宫，蓋匆暇之計；堯之茅茨，非經久之制。矧象魏之縣法，伊億兆之所視。況我力如天，我貲如地。不漁爾民，不牟爾利。一毫之費，差足爲易。

乃詔共工，度景之中。因舊謀新，庀徒僝功。臺卑者崇，屋卑者豐。棟易而隆，椽斲而礱。去地百丈，在天半空。五鳳翹翼，若鵬運風；雙龍蟠首，若鼇載宮。丹楯霞繞，神光何融。朱楹虹植，晴文始烘。繡楣焜燿，雕栱玲瓏。椒壁塗赭，綺窗暈紅。雙闕偶立，突然如峰。平見千里，深映九重。奔星墜而交觸，靈景互而相逢。門呀洞缺，若天之裂。縱舉百武，橫駕六轍。金鋪爍人，光景明滅。舞陽之力，莫得而排；叔梁之力，胡可以抉〔一〕？其下則冠蓋葳蕤，劍佩陸離。車如流水，待漏而馳。鴛肩排踵，兼蠻渾夷。萬衆紛錯，魚龍尊卑。咸去來之由此，競奔湊於玉墀。亶皇風之無外，豈朝盈之有時？

三事庶尹，乃拜表蕭墻，謁帝未央。以落大壯，登謌永昌。曰：『元聖明兮帝道昌，威四海兮君萬方。峙高闕兮冠百常，赫宋德兮垂無疆。瞻天顔兮獻壽觴，願君王兮長樂康。』帝曰：『俞哉！爾觴且置，當聽朕言，庶曉朕意。頃於戎馬之暇，詳窺歷代之紀。乃知乎夏德之衰，璇室自庇；商政之壞，傾宮大侈。楚王章華，一身何寄？秦皇阿房，三〔二〕世而棄。漢武栢梁，孽火隨熾。陳后三閣，義師尋至。豈非乎禍生於漸，欲起於恣？亦如崇飲不已，必至昏醉。嗜色不已，必至乏瘁。遷怒不已，必絶人祀〔三〕。窮兵不已，必暴人胔。甘諛不已，必杜忠義。溺讒不已，必斥賢智。亡國之君，未嘗不爾。朕皆知之，得以趨避。淫於土木，雅不如是。美其成功，良以爲愧。不舉君觴，恐驕朕志。其大者天地，所重者神器。尾虎足冰，終日惴惴。當共重之，勿使顛墜。謹謝公卿，無忘納誨。』群臣乃退，咸呼萬歲！

籍田賦

王禹偁

臣謹按：周制，孟春之月，天子親載耒耜，躬耕籍田，所以事天地、山川、社稷、先干，醴酪粢盛，於是乎取之，恭之至也。自周德下衰，禮文殘缺，故宣王之時，有虢公之諫。秦皇定霸，鮮克由禮。漢祖龍興，日不暇給，孝文孝景，始復行焉。昭帝弄田，亦其義也。後漢永平中，明帝東巡，耕於懷縣，非古制焉。魏氏親耕，闕百官之禮，蓋草創爾。晋武太始之年，略修墜典；宋文元嘉之代，亦舉舊章。齊用丁亥之辰，梁以建卯之月。後魏北齊，沿革有異；隋朝唐室，文物可觀。太宗行之於前，明皇繼之於後。自兹已降，廢而不行，將焕先農，必待真主。皇家享國三十載，陛下嗣統十四年，武功已成，文理已定。乃下明詔，耕於東郊，百執悦隨，三農知勸。禮官博士，蹈舞而草儀；甸師嗇夫，謌詠而供職。右拾遺直史館王禹偁再拜而颺言曰：耕籍之義大矣哉！千畝之田，三推之禮，所以教諸侯而事上帝，率人力而成歲功，實邦國之彝章，皇王之大典。昔潘安仁賦之於晋，岑文本頌之於唐。今王道行矣，王籍修矣，神功帝業，焕其有光。宜暢頌聲，以播樂府。謹上《籍田賦》一章，雖不足形容盛德，亦小臣勤拳之至也。其詞曰：

十四年兮，帝業遐宣，寰區晏然。乃順考於古道，將躬耕乎籍田。務本勸農，稽前文而備矣；事神教養，奉墜典以行焉。萬國歡心而懌懌，百官供職以虔虔。章[四]儀注於有司，議沿革於遺編。築壇墠之三陛，開阡陌之百廛。文物聲明，合禮經而有度；旌旗衣服，應方色而不愆。既而屆孟春，擇元日，太史先奏，天子將出。是月也，遒人徇路，星鳥中律。當東郊之迎春，是東作之平秩。皇帝於是即齋宮，辭帝室，戒錫鸞，嚴警蹕。乘青輅以有威，儼朱紘而無逸。佩乎玉也，懸黎之色蒼蒼；載其旂焉，千呂之雲鬱鬱。屬車負播殖之器，後宮獻穜稑之實。紅縻黛耜，服葱犗以陸離；縹軛紺轅，駕蒼龍而飄欻。太常之禮具舉，司農之屬各率。甸師掌舍，警御陌以惟嚴；封人野廬，設壝宮而靡失。於國之東，千官景從。風清塵而習習，雨灑道以濛濛。時也，木德盛，陽氣充。春芒甲坼，青青兮葱葱；春土脉起，油油兮溶溶。冠蓋蔽野，珮環咽風，狀浮雲兮隨應龍；旂幟張日，車徒塞空，若衆星兮環紫宮。修農事以惕惕，襲春服之重重。爾乃配少皞，祠先農，尸祝無媿，豆籩以供。太牢之牲，薦之而肥腯；太簇之樂，奏之而春容。於是脩帝籍，勞聖躬，撫御耦以無怠，履游場而有蹤。將循乎千畝之制，豈止乎數步之中？耕鉤盾之弄田，但矜兒戲；脩建康之春籍，未煥農功。有以見萬乘之尊，三推而舍。或五或九，降殺之義有倫；爾公爾侯，貴賤之班相亞。嗇夫灑種以斯畢，庶人終畝而告罷。千耦其耕，煥乎禮成。播百穀兮率人力，謌載芟兮揚頌聲。將見乎餘糧棲畝，腐粟如京。自神倉令納乎黍稷，以備粢盛；廩犧氏收其藁秸，用餉犧牲。親畎畝兮化被，重民天而教行。得訓農之實，非貪慕古之名。然後下青壇，歸絳闕，百姓知勸，群后咸謁。在鎬之宴啓，謌虞之音發。獻萬壽兮懽呼，奏《九韶》兮鏗越。開三面以行惠，宥五刑而審罰。恩流於孝悌力田，德被於雕題辮髮。興五〔五〕土之利，固必躬而必親；同三代之風，復不矜而不伐。

大矣哉！籍田之禮，豈三年而不爲？躬耕之義，將百代而可知。我所以舉久廢之禮，定不刊之儀，慮弗勤於四體，將有害於三時。務農桑兮爲政本，興禮節兮崇教資。民乃力穡，歲無阻饑。神農斲木之功，我其申矣；后稷播時之利，我得兼之。供秬鬯以斯在，介豐年而有期。丕顯事天之禮，誕謌祈社之詩。祀山川兮神鑒明矣，配祖考兮德馨遠而。永錫純嘏，用光孝思。乃作頌曰：

倬彼東郊，公田是闢。大君戾止，言耕其籍。帝籍既脩，乃及公侯。親爾耒耜，勤爾田疇。言采黍稷，祀於圓丘。億萬斯年，以承天休。

又曰：

倬彼東郊，耕壇其崇。大君戾止，言訓其農。農功既督，乃知榮辱。爾家以給，爾人以足。言奉烝嘗，遍於比屋。億萬斯年，以介景福。

端居賦

种放

予嘗闔扉而居，不樂他游，未嘗以一詞輒於公侯，以借浮譽。門外苔封草纖，非知己之深者，無一造其居。或罪予曰：『嗟乎明逸！上有明天子、賢執事，子獨貧且賤，恥也。又《易》稱君子以征凶，子其有是乎？』予退而作《端居賦》：

山鳥寂寂，梧陰晝碧。窮居退夫，耿然不懌。精神沮而徜徉，冠屨陋而踧踖。類沈酣而未醒，豈執迷而莫析。固貽譏於獨善，尚多言而自釋。鯨鵬雖大，無風波而何益？胡粵萬里，捨舟車而奚適？在聖賢雖有志於下民，孰能無位而立辟？況予才不逮於往哲，名器敢期於苟得？在得喪不忘於明聖，顛沛必思於正直。終皮弁以自守，惡鷸冠以假飾。進不妄而嘻嘻，退不怨而戚戚。故孟軻有言，雖有鎡基，不如逢乎有年；顔氏幾聖，樂在陋巷，亦將育乎令德。兹窮通之自信，匪古今之可尤。顧竊位而擇肉兮，予誠自羞；寧守道而食芹兮，中心日休。予將息萬競，消百憂。養浩氣於蓬茅之下，飲清源於淵默之流。侶鸞鵠兮雲霓之表，終焉泯衆議之啾啾。

大蒐賦

丁　謂

司馬相如、揚雄以賦名漢朝，後之學者多規範焉。欲其克肖，以至等句讀，襲徵引，言語陳熟，無有己出。觀《子虛》《長楊》之作，皆遠取傍索靈奇瑰怪之物，以壯大其體勢。撮其辭彩，筆力恢然，飛動今古，而出入天地者無幾。然皆人君敗度之事，又於典正頗遠。今國家大蒐，行曠古之禮，辭人文士，不宜無歌詠，故作《大蒐賦》。其事實本之於《周官》，歷代沿革制度參用之，以取其麗則。奇言逸辭，皆得之於心，相如、子雲之語，無一似近者。彼以好樂而諷之，此以勤禮而頌之，宜乎與二子不類。辭曰：

仲冬，天子嚴祀事，荅神祐。佇農隙，謹蒐狩。踵教本，稽典〔六〕舊。禮容左右，武事前後。等尊第卑，上長下幼。人民豐濃，物色繁富。蓋亦閱軍實於介胄，非徒恣遊畋於禽獸者哉！前期，命虞人以萊〔七〕莽蒼，芟擁遏。卉木髁枯，原隰砥闊。視軍衆寡，度地本末。高表四立，坦場中豁。限田防而蘭織，志轅門而旌揭。青龍白虎，擁護乎行在之所；左罕右畢，分張〔八〕乎侍衛之列。風蕭蕭而野鳴，雲陰陰而晝結。麋鹿狼狽以投林，狐狸踉蹌而遷穴。由是司馬舉職，群吏咸秩。各有司存，皆給名物。備小〔九〕駕而六龍集，開武庫而五兵出。輅車金玉，旂章日月。戟牙刺舉，旄頭雪密。畫蚩尤於旆顛，匣干將於劍室。騠駃妥貼以負軛，驌驦徘徊而轉軼。召佽飛以前導，命玄武而殿卒。目恍羅列，神驚比櫛。師勑戰法，帥董戎律。始建旗以誓衆，亦斬牲而戒失。所畋之野，備物咸畢。外事尚剛，戊日惟吉。

上乃乘七騶，擁六軍。白旄方下於北極，黄纛已搴於應門。服章天地，車駕風雲。日隨月侍，嶽走川奔。列缺收聲而聽蹕，豐隆鼓力以扶輪。隊仗乎八百諸侯，殿呼乎七十二君。煙霞錯雜以垂地，河漢顛倒而失源。靈祇懾慄，恠物騰〔一〇〕騫。顓帝蒼黄而廢職，元冥倏閃以馳魂。儼方離於大内，盛已列於平原。禡表云已，銜枚而前。虵陣翼張，虎賁環匝。鼓以三闋，圍不四合。律戎索以濟濟，飭軍威而燁燁。鐶〔一一〕再振而鐃再鳴，弓斯張而矢斯挾〔一二〕。爾乃驅百獸，當一人。弓工操軒轅之弧奉御，羅氏設商湯之網擁群。熊羆之爪距摧折，虎豹之心肝分裂。射必三獸，發則五豝。雹逆毛羽，星飇角牙。肉墮庖丁之刃，血濺魯陽之戈。諸侯卒事以儼雅，百姓突圍而交加。上方歛緌以慘愴，衆乃靡旗而諠譁。圍開一方，憫盡殺也。捨順取逆，彰懷來也。出表不顧，恥逐奔也。等別三殺，貴宗廟也。得匪上以顯孝思，下以不僭乎？鳥獸之肉，不登器者無取；貔虎之士，罔用命者有誅。警進退於鉦鼓，習威儀於卒徒。戎事同，鑾輅迴。軍聲振而方〔一三〕國聳立，天仗指而九門洞開。郊饁獸而禮之勤也，廟獻禽而神其享哉！以勞飲至，以能策勳。刑必加於共棄，爵乃及乎衆尊。如是則不曰暴天物，不曰教民戰。於以辯名號而訓仁義，於以昭文章而明貴賤也。

下臣竊詳三代之書，頗究二王之典。大閱之制，昭然義見。軍旅之事，闕教則失利；祭薦之物〔一四〕，非理則不獻。施信賞，率怠倦。使夫民知方、兵識變，莫若示蒐畋而敦大勸也。後之王者，反禮叛經。荒樂誅殺，放懷蕩情。借如漢武，於古詳明。博搜聖書，廣召文英。講評謨訓，華飭聲明。凡曰大樂，闕焉不行。乃窮畋極獵，誇國耀兵。隔蜀羅設，跨秦戈横。麛卵夭死，獝狘愁聲。以至欺猛狂而手格，喜暴惡以力争。豈殘忍之足恥？唯豪勇之所京。下垂歷代，不能變更。魏晋而下，離合寰瀛。咸局促以僅守，曷禮樂之能興？粤抵李唐，時惟會昌。彼文明二帝，實驅馳百王。大畋之義，猶或廢亡。若陛下自膺寶命，臨萬方。動必法度，舉皆故常。緝犧軒之絶緒，新姬孔之舊章。郊焉而五帝肅肅，享焉而百神洋洋。九年三月，升於紏〔一五〕壇。十有三年，躬耕籍田。心以民本，事由禮先。謫王滿嗜慾乎馳騁，斥帝徹瞽瞶乎神仙。故天地不能藏祥而祕瑞，日月無以示譴而戒愆。甘露降而區宇澤，景星燭而氛祲蠲。

總治本，操化源。措慮寂爾，存神泊然。是以發狂之心，無自入焉。下臣以謂，大蒐之典，周公制於往古，陛下行於今茲。中間數千餘祀，咸杳昧而不知。彼唐漢之士，修崇禮儀。封禪之徵誕，明堂之説奇。此數事不詳於堯舜文武之書，臣寧敢狂斐而陳諸？所以賦大蒐而謌盛禮也，俾千古知至德之巍巍。

洞庭賦

夏侯嘉正

楚之南有水曰洞庭，環帶五郡，淼不知其幾百里。臣乙酉夏使岳陽，抵湖上，思作賦。明日〔一六〕披襟而觀之，則翼然動，促〔一七〕然跂，慄然駭，愕然眙。恍若駕春雲而軾霓，浩若浮汗漫而朝躋。退若據太山之安，進若履千仞之危。懵若無識，智若通微。跛若不倚，蹌若將馳。耳不及掩，目不暇逃，情悸心嬉。二三日而後神始宅，氣始正，若此不敢以賦爲事者二年，然眷眷不已。

一日登崇丘，望大澤，有雲崒兮興，欻兮止。興止未霽，忽若有遇。由是潰陽輝，沐芳澤，覩一異人，於巘之際。霞爲裾，雲爲袂。冰膚雪肌，金玦玉佩。浮丘羨門，斯實其對。因言曰：『若非好辭者也？』臣曰：『然。』『然則若智有所不通，識有所不窮，用不通不窮而循乎無端之紀，若得無殆乎？』臣又曰：『然。』『然至極則物應，思精則道來。嘉若之勤，無譁無談。吾爲若稱云：太極之生，曰地曰天。中含五精，五精之用，而水居一焉。水之疏，邇則爲江兮，遠則爲河；積則爲瀦兮，總則爲湖。若今所謂洞庭者，傑立而孤。廓然如無區，其大無徒。含陽字陰，元神之都。曖曖昧昧，百川不敢退〔一八〕。有若臣〔一九〕者，有若賓者。有若僕者，有若子者。有若附庸者，有若娣姒者。有若禹會塗山，武巡牧野。千出百會，咸處麾下。每六合澄静，中流廻睨。莽莽蒼蒼，纖靄不翳。太陽望舒，出没其間。萬頃咸沸，彊而名之，爲巨澤，爲長川，爲水府，爲太淵。縱之不踰，蹁〔二〇〕之不卑。乍若賢人，以重自持。誘之不前，犯之愈堅。又若良將，以謀守邊。澎澎濞濞，浩爾一致。又若太始，未有仁義。冲冲漠漠，二氣交錯。又若混沌，凝然未鑿。此乃方輿之心胸，溟海之郛郭也。三代之前，其氣濩落。浩浩滔天，與物廻薄。滅木襄陵，無際〔二一〕無廓。上帝降鑒，巨人斯作。乃命玄夷，授禹之機。隧山堙谷，滌源暢微。然後若金在鎔，若木在工。流精成器，夫何不通？是澤之設，允執厥中。既巽其性，遂得其正。有升有降，有動有静。』

臣應之曰：『升降動静，可得聞乎？』神曰：『水之性，非圓非方，非柔非剛；非直非曲，非玄非黄。畫象爲《坎》，本乎羲皇。外婉而固，内健而彰。降以《姤》始，升以《復》張。其静處陰，其動隨陽。六府之甲，萬化之綱。式觀是澤，乃知天常。若乃四序之變，九夏攸楚。烘然而炎，沸然而煮。群物澒洞，爍爲隆暑。澤之作，頎然其容，若去若住，若茹若吐。靈趨恠覩，杳不可覩。蒸之爲雲，散之爲雨。倏忽萬象，如還太古。真可嘉也！若乃秋之爲神，素氣清泚。肅肅翛翛，群籟四起。澤之動，黝然其姿，若挺若倚，若行若止。巽宮離離，爲之騰風；

蒼梧崇崇，爲之供雲。四顧一色，黯然氤氳。其聲瀰瀰，若商非商，若徵非徵。東湊海門，一浪五千里。又足畏也！言其狀，則石然而骨，岸然而革。氣然而榮，降户江切然而脉。有山而心，有洞而腹。有玉而體，有珠而目。穹鼻孤〔二二〕島，呀口萬谷。臂帶三吴，足跬荆巫。或跂然而望，或翼然如趨。彭蠡震澤，詎可云乎？』

臣又問曰：『澤之態，已聞命矣，水之族將如何居？』神曰：『大道變易，或文或質。沉潛自遂，其類非一。或被甲而遭，或曳裾〔二三〕而娱。或禿而跋，或角而蜿。或吞而呀，或呿而牙。或心以之蟹，或目以之蝦。或脩臂而立，或横騖而疾。或髮於首，或髯於肘。或儼而莊，或毅而黝。彪彪玢玢，若太虚之含萬彙，各備其生而合乎群者也。』

臣又問曰：『若神之資，其品何如也？』神曰：『清矣静矣，麗矣至矣，邈難知矣。肇於古，古有所未達；形於今，今有所未察。非希非夷，合其心於自然，然後上天入地，把三根六。況水居陸處，夫何不燭？彼幹鯉之賢，轡龍之仙，乃吾之肩也。其餘海若、天吴，陽侯、神胥，齪齪而遊，曾不我儔。』

臣又問曰：『《易》稱「王公設險」，是澤之險，可以爲固。而歷代興衰，其義安取？』神曰：『天道以順不以逆，地道以謙不以盈。故治理之世，建仁爲旌，聚心爲城〔二四〕。而弧不暇弦，矛不暇鋒，四海以之而大同。何必恃險阻，何必據要衝？若秦得百二而帝，齊得十二而王。其山爲金，其水爲湯。守之不義，欻然而亡。禍〔二五〕不在大，恃之者敗；水不在微，怙之者危。若漢疲於昆明，桀困於酒池，亦其類也。故黃帝張樂而興，三苗棄義而傾。則知洞庭之波，以仁不以亂，以道不以賊，惟賢者觀之而後得也。』於是盤旋徙倚，凝精流視。罄以辭對，倏然而晦。

矮松賦

王曾

齊城西南隅矮松園，自昔之閒館，此邦之勝槩。二松對植，卑枝四出，高不倍尋，周且百尺，輪囷偃亞，觀者駭目。蓋莫知其年祀，亦靡記其本原，真造化奇詭之絕品也。曾咸平中忝鄉薦，登甲科，蒙被寵靈，踐歷清顯，幾三十載。前歲秋，始罷冢司，出守青社。下車之後，省閭里，訪故舊，則曩之耆耋悉淪逝，童冠皆壯老，邑居風物，觸目遷變，惟彼珍樹，依然故態。竊謂是松也，匪獨以後凋，克固歲寒，抑由擁腫支離，不爲世用，故能宅茲阜壤，免於斤斧。向若負構廈之材，竦凌雲之幹，必將爲梁棟，戕伐無餘，又安得保其天年，全其生理哉？感物興歎，聊爲賦云：

惟中齊之舊國，乃東夏之奧區。有囿游之勝致，直廛閈之坤隅。偉茂松之駢植，軼衆木而特殊。上輪囷以夭矯，旁翳薈而紛敷。廣庭廡之可蔽〔二六〕，高尋常之不踰。枝擁閼兮以橫亘，根蹙縮兮盤紆。徒觀其前瞻林嶺，却枕〔二七〕康衢。宅寶勢兮葱鬱，據右地兮膏腴。類蟠蟄兮蛟〔二八〕螭，訝騰倚兮虎貙。將拏攫兮未奮，忽伏竄兮爭趨。色鬭鮮兮欲滴，形詭俗兮難圖。

遠〔二九〕而望之蔚兮，若搏鵬之出滄海；迫而察之黕兮，若方輿之承寶蓋。矗洞口之歸雲，堆巇阿之宿靄。談揮麈兮何多，被集翠兮增汰。度朔吹兮飀飀，含陽暉兮晻藹。吾不知其幾千歲，起毫末而碩大。昔去里兮離邦，攀緑條兮彷徨。今剖符兮臨郡，識奇樹兮青蒼。怵光景兮遄邁，嘉歲寒兮益彰。葉毵毵兮不改，情眷眷兮難忘。異古人之歎柳，協予志之恭桑。

信矣夫！卑以自牧，終然允臧。效先哲之俯僂，法幽經之伏藏。願踽影於澗底，厭争榮於豫章。鄙直木兮先伐，懼秀林兮見傷。幸高梧之垂蔭，愧脩竹之聯芳。鸞乍迷於枳棘，鶡每悮於榆枋。媿周《雅》之『蹐地』，符羲《易》之『巽牀』。既交讓以屈節，復善下而同方。自儲精於甘露〔三〇〕，不受命於繁霜。

客有系而稱曰：材之良兮，梓匠之攸貴；生之全兮，蒙莊之所美。苟入用於鉤繩，寧委跡於塵滓。俾其夭性而稱珍，曷若存身而受祉？紛異趣兮誰與歸？當去彼而取此。

聲賦

張詠

《聲賦》之作，豈拘模限韻、春雷秋蟲之爲事也？蓋取諸聲成之文，王化之本。苟有〔三一〕所補，不愧空言爾。賦曰：

罔象迷冥，大人忽生。混沌初竅，呀然震驚。二儀吐形，萬靈吐英。天機動制，軋而爲聲。故形有美惡焉，聲有小大焉。伊物類之動作，俟人事而克全。至於大雷殷〔三二〕空，萬竅吼風，不爲之隆。品物磨臬，羽足動發，不爲之末。未若人聲，與天通功，與物長雄。口吻之啓，義〔三三〕於厥躬。道機之張，騰凌鴻濛。其所聞者，羲黄唐虞，繼踵而至。宇宙隘其神，造化侔其智。在聲之偉也，得不廻天而動地？觀其得一之發，清清泠泠，凉寰洗瀛。萬類聽之，如憒而醒。仁信之發，溶溶弈弈，呼道振德。萬類聽之，如日破黑。曰禮曰義，相迭而起。嗚孝響悌，駭心清耳。萬類聽之，如愁得喜。廣成五老聞而啓齒，曰：是何帝皇之聲也？如此九道交訛，華夷和歌。蠢動鼻息，歡咍寔多。其在物也，昭昭融融，萬類〔三四〕和同。萬籟響空，荅天之功。其在人也，萬心氣平，萬口宣騰。《雲門》《六英》，荅君之聲。故知五音八聲，聲之枝歟！金石絲竹，聲之器歟！

若本不正而聲不清，何嘗動天地泣鬼神而有諸？三五迭生，異業同聲。唱古寡應，呼今得精。儀事以之繁會，時風爲之勁清。作禮者有周旋之矩，制樂者有《大武》之名。故聖人之音，鏗如鏘金。聖人之治，潺如流水。加以商辛夏癸，行無轍軌。情慾沸空，淫哇盈耳。民不知告，政聲遂毁。幽厲繼〔三五〕作，心胡可度。唱僻者輕脱，和僞者交錯。鼓鉦之響日馳，禮義之風日薄。王道民政，潰然投壑。攻乎亡國之音，聚爲終身之樂。秦恠一聲，天摇地坑。烘赫火烈，荒茫海傾。阿房輦材，枿臬山迴。紫塞築壘，訇轟震雷。鉗聖愚儒，四海睽孤。刮剥亡命，痛腦連脛。於是民失其業，怨口喋喋。野薄其農，荆榛颮風。刑失其矩，民哀無所。兵革填委，死爲怨鬼。故怨之爲氣也，散爲囂塵，積爲屯雲。閉鬱六合，陽靈不曛。怨之爲聲也，烈風相倚，怒濤兼起。鬼哭於郊，神號於市。川谷爲之鬬擊，山巒以之崩圮。陳吴一呼，而宗社瓦毁。天窮地終，醜聲不已。汨於漢唐，惟高與光。太宗纘堯，開元嗣皇。智冠絶古，氣凌旻蒼。倚天憑怒，即動盪於八荒；按劍大呼，即交映於中方。借力者黎獻，助聲者賢良。亦不能廣仁義於遞奏，使道德之激揚。掩商秦之餘韻，系唐虞之聲芳者也。

未若我后，凝神定思，誠求理致。與聖作則，爲難於易。惟禮是崇，惟仁是嗜。叩乎杳冥，清静以聽。聞古謬惑，皇心不平。於以忠良是旌，息嗟吁之聲。不肖是黜，息濫謬之聲。均物惻隱，息哀怨之聲。厚施溥斂，息流亡之聲。四人是别，息澆競之聲。狴犴是理，息冤枉之聲。道德是守，息兵革之聲。人勞是恤，息離斵之聲。小人是遠，息邪佞之聲。正音是奏，息沾灃之聲。奇哉壯矣！堯嗟舜驚。致章濩之調下，覺唐堯之頌輕。浩浩蕩蕩，無得而名。異聲之襲也，揚溢昭灼。上賢下愚，既歡且謔。鳥獸蹌蹌，蟲虺躍躍。信千〔三六〕載之一時，與有生而同樂。余欲引聲而作，未知何若？

春雪賦

錢惟演

癸亥歲二月晦訖季春旦，霧霰雪雜下，平地二尺。寒威於是凌厲，陽和爲之潛伏。問諸農，曰：『田有傷矣。』問諸圃，曰：『果不實矣。』考諸史，曰：『陰陽戾矣。』予守土者，豈不以民爲心？因愴然而賦：

春陽已中，百昌俱作。彼陰冷而忽興，何飛霙之驟落？始蒙蔽於陽烏，遂潛藏於天幕。冰霰雜下，溫寒相搏。纔衮衮而紛揉，更霏霏而交錯。因方就圓，填溪滿壑。迷匹練於素鷴，混高雲於皓鶴。七盤頓失乎巇嶮，二室僅存乎崀崿。我有爰田，既鋤既耰。我有條桑，且梀且柔。豈滅裂而是取？顧沃若之待收。罹此暴殄，予心則憂。亦有庶草群木，千芳萬琲[三七]。粉落絮起，珠傾玉碎。建森纚之高牙，垂陸離之長珮。掩藩匽之鬱栖，覆臺塘之畏於鬼切佳醉癸切。病李殭於井幹，芳蘭沉於林會[三八]。有卉[三九]敻敻，有鳴嚶嚶。趍[四〇]薦草以無所，戀危巢之欲傾。顧澤中而罷釣，之壠上而輟耕。手足瘴瘃，吾道不行。吾乃詩歎麻衣，歌悲黃竹。

兔園靡召於游客，鉼山遂休[四一]於王屬。隔瑶水之來使，没騷人之行轂。東郭歎不完之衣，梁山作思歸之曲。豈由漢女之冤，遂至衛民之哭？已而違時令，反天常。氣雖淒而不烈，風雖暴而不揚。忽曜靈之委照，佇消釋於輝光。

君可思賦　　楊　億

夫民生在世[四二]兮，事之攸同。子之能仕兮，父教之忠。念委質而勿貳兮，本陳力以首公。雖代耕而傒禄兮，曷期侈以圖豐。亦懷材而待試兮，將乘時而奮庸。夫何直諒不回，孤堅寡偶？貫歲寒而勿改兮，濯江漢而無垢。中履絜以好修兮，外葆光而虛受。筮仕逢亨，奏技承平。濯鱗禁沼，拊翼丹楹。堯文載郁，禹律惟精。荷紫囊而舐筆兮，從單于之勤[四三]兵。霜颸刮骨，流塵滿纓。自此研精藻翰，局影天扃。毫殘鷄管，香消鶴綾。鬢凋屋幘，心懸閣鈴。矧乃郢坊酒醇，武都泥紫。版急鵠頭，書詳馬尾。石屋紬書，鴻都約史。擴摭闕遺，發明統紀。竊企跡於前修，庶同〔四四〕風於古始。慮罔越思，身亦勤止。宣漢德於無窮，納舜《韶》於盡〔四五〕美。志本勿矜，言乎有憑。非施勞而伐善，豈揚己而害能？每燥吻而躑躅，屢撫心而屏營。激〔四六〕談泉而載涸，鼓思風而弗興。感外邪而遘癘，殆五日之沈冥。悵官事之孰了，汨勞府而靡寧。豈望夫連城之報，豈愛乎畫餅之名？羌民生之樸忠，希在昔之遐蹤。思不出位，罔貪天功。慕臺駘之業官，肯有二事；念犁彌之辭賞，愈激厥衷。庶克終於雅尚，聊有裨於素風。

奈何虺心昌熾，錦言萋斐。蠅薨薨以交亂，犬狺狺而迎吠。賢登朝而共嫉，女入門而各媚。乍緝緝以翩翩，競翕翕而訿訿。結合陰邪，締造疑似。俾朕師之震驚，恣星箕之華哆。幸大度之不校，專巧言而縱毀。胡能傷君德之巍巍，徒以動賢心之惴惴。然後飾衛鶴之華軒，銜黔驢之短技。竊名器以宴居，絶上下之愧畏。俟貫惡之既盈，將幽神而共棄。

若夫睟穆東房，奚望清光。定心服物，偉量包荒。耿求賢兮不及，慎乃憲而惟康。延登體貌，義問覃詳。伊蓬心之受惠，憐橘性之有常。寘之近署，采其寸長。遇忠見察，浸潤無傷。犯四禁而多恕，緩千編而不遑。丁寧一札，在宥三章。踐丹塗而乃春，宴華林而醽觴。動群倫之聳羨，曷丹心之弭忘？盛憲多憂，長卿沉疾。退迹東岡〔四七〕之陂，舉首長安之日。色變愁鬢，讒消病骨。周田食粟，聊彊飯於數升；江徑誅茅，姑却掃於一室。豈不念悲哀作主，甽畝思君？羈心蘗苦，别緒絲棼。岷江一廛，幸天羲之接畛；成周五世，庶宰樹以參雲。感騷人之遺韻，聊抒意於斯文。

校勘記

〔一〕『抉』，底本作『挾』，據六十三卷本、麻沙本改。

〔二〕『三』，底本作『二』，據六十三卷本、麻沙本改。

〔三〕『祀』，底本作『紀』，據六十三卷本、麻沙本改。

〔四〕『章』，麻沙本作『草』。宋本配吕無黨鈔本《小畜集》鈔葉作『草』。

〔五〕『五』，底本作『王』，據六十三卷本、麻沙本改。宋本配吕無黨鈔本《小畜集》鈔葉作『五』。

〔六〕『典』，底本作『與』，據六十三卷本、麻沙本改。

〔七〕『萊』，麻沙本作『採』。

〔八〕『張』，底本空缺，據麻沙本補。六十三卷本爲墨釘。

〔九〕『小』，底本無，據六十三卷本、麻沙本補。

〔一〇〕『騰』，底本作『驤』，據六十三卷本、麻沙本改。

〔一一〕『鐶』，六十三卷本作『鐸』。

〔一二〕『挾』，底本作『浹』，據六十三卷本、麻沙本改。

〔一三〕『方』，麻沙本作『萬』。

〔一四〕「物」，麻沙本作「制」。
〔一五〕「糾」，麻沙本作「紺」。
〔一六〕「日」，底本作「目」，六十三卷本、麻沙本亦然，據武英殿本《宋史·夏侯嘉正傳》改。
〔一七〕「促」，底本作「足」，六十三卷本、麻沙本亦然，據武英殿本《宋史》本傳改。
〔一八〕「退」，麻沙本作「逾」。武英殿本《宋史》本傳作「逾」。
〔一九〕「臣」，麻沙本作「神」。
〔二〇〕「蹁」，麻沙本作「跼」。武英殿本《宋史》本傳作「跼」。
〔二一〕「際」，六十三卷本、麻沙本作「霽」。
〔二二〕「孤」，底本作「呱」，據六十三卷本、麻沙本改。
〔二三〕「裾」，六十三卷本、麻沙本作「裙」。
〔二四〕「城」，麻沙本作「誠」。
〔二五〕「禍」，麻沙本作「水」。武英殿本《宋史》本傳作「水」。
〔二六〕「蔽」，底本作「庇」，據六十三卷本、麻沙本改。
〔二七〕「枕」，底本作「顧」，據六十三卷本、麻沙本改。
〔二八〕「蛟」，麻沙本作「蜈」。
〔二九〕「遠」，底本無，據六十三卷本、麻沙本補。
〔三〇〕「露」，麻沙本作「實」。
〔三一〕「有」，六十三卷本、麻沙本作「一」。

〔三二〕「殷」，六十三卷本、麻沙本作「隱」。
〔三三〕「義」，麻沙本作「出」。
〔三四〕「類」，麻沙本作「緣」。
〔三五〕「繼」，麻沙本作「縱」。
〔三六〕「千」，底本作「乎」，據麻沙本改。
〔三七〕「琲」，麻沙本作「菲」。
〔三八〕「會」，麻沙本作「薈」。
〔三九〕「卉」，底本作「奔」，據麻沙本改。
〔四〇〕「趍」，麻沙本作「移」。
〔四一〕「休」，底本誤作「僕」，據六十三卷本、麻沙本改。
〔四二〕「世」，底本誤作「三」，據麻沙本改。清嘉慶刊本《武夷新集》作「世」。
〔四三〕「勤」，六十三卷本、麻沙本作「勒」。清嘉慶刊本《武夷新集》作「勤」。
〔四四〕「同」，底本誤作「司」，據六十三卷本、麻沙本改。
〔四五〕「盡」，麻沙本作「羨」。清嘉慶刊本《武夷新集》作「善」。
〔四六〕「激」，底本誤作「敷」，據六十三卷本、麻沙本改。
〔四七〕「岡」，底本誤作「閣」，據六十三卷本、麻沙本改。嘉慶刊本《武夷新集》作「岡」。

新校宋文鑑卷第二[校者按：底本此卷抄配，據六十四卷本、麻沙本刻卷校改。]

賦

皇畿賦

楊侃

有賦家者流，欲馳名於當世，思著詠於神州。忽念前古，深懷景慕。誦《二京》於張衡，覽《兩都》於班固。於是輟卷意慙，閣筆心伏。讓而謂臣，請書簡牘。臣辭不獲已，而謂之曰：

子讀二子之賦，而知兩漢都邑之制，宫殿之麗，而未知大宋畿甸之美，政化之始也。予幸得職採風謡，官參儒雅。千里之郊圻是巡，八使之軺車斯假。若夫大邑名城，神皋沃野。畫地可記，濡毫可寫。至於宫禁之深嚴，予未聞也；都城之浩穰，衆所覩也。是故彼述其内，予言其外。蓋萬分之舉一，難盡述而備載。昔者唐綱不振，國鼎將遷。俄梁室之革命，啓浚都而應天。既觀法於左崤右隴，亦取則於西澗東瀍。大矣雄圖，昭然聖謨。所〔一〕陳留天下之衝要，謂大梁海内之膏腴。漢祖得之，則齊楚之敵敗亡相繼，咸就擒而即誅。梁王守之，則七國之師不敢西向，盡爲馘而爲俘。實王氣之長在，宜萬世而作都也。莫不廣封溝，設險固。襄平割宋之美田，戴邑裂曹之沃土。滑分屬邑之二城，陳減太康之萬户。潁川之鄢陵、扶溝，滎陽之中牟、陽武。咸命落編民於州籍，升地圖於天府。故得雄臨九州，陋視三輔。經營歷於五代，法則垂於萬古。

皇宋之受命也，太祖以神武獨斷，太宗以聖文誕敷。平江表，破蜀都；下南越，來東吴；北定并汾，南取荆湖。是故七國之雄軍，諸侯之陪臣。隨其王公，與其士民。小者十郡之衆，大者百州之人。莫不去其鄉黨，率彼宗親。盡徙家於上國，何懷土之不聞！甲第星羅，比屋鱗次，坊無廣巷，市不通騎。於是有出居王畿，掛户縣籍，興産樹業，出賦供役者矣。豈比夫秦遷〔二〕户口於咸陽，漢徙豪傑於陵邑。魏將實於河南，驅冀民而是入也！

今聖上之在東宫也，尊以皇儲，尹兹京邑。視政之初，民訟雲集。莫不察之以情僞，辯之以曲直。發伏禁姦，親剸繁劇。既而桴鼓不鳴，豪右斂迹。吏不敢欺，民用懷德。若乃龍樓曉出，奉法謹身，教民以事父也。親拜師傅，降禮國儲，教民以事師也。公退則侍講在前，出入則四賓是翼。尚老尊學，與民爲則。是時王畿之内，易俗移風。以至正南面，居域中，由内及外，化行令從。是君上德惠素立，而政教早崇也。

若乃鋭旅百營，高城千雉。孫武教陣，吴起撫士。其齊如林，其猛如虎。手擊利劍，足張彊弩。躍馬奪槊，投石拔距。入則訓練，出無征戰。身閑賞厚，家有餘羨。是故擁彊兵，衛近甸。如大郡雄藩，爲屏爲翰者，且有九縣。尉氏、咸平、陳留、雍丘、襄邑、太康、考城、東明、陽武也。天設二渠，曰蔡曰汴。通江會海，縈畿帶甸。千倉是興，萬庾是建。杜預主計，劉晏司漕。何貢何輸？吳粳楚稻。月致百萬，猶責其少。漢之太倉，積粟紅腐。使彼粒而計之，未及我斗量之數。成王之庾，萬箱以供。未若我千艘往來，運江淮而無窮。是故備九年之儲，充六軍之給。當津處要，山積雲入者，復有五邑。陳留、雍丘、襄邑、尉氏、咸平也。

若乃揔戎者貴領專城，宰邑者上應列星。簿既資高，尉亦秩清。率兵守戍者五鎮，建雄、義聲、園城、馬欄、萬勝鎮，皆置甲士防守，有使臣掌領之。統騎分巡者兩路。府界東西兩路，各置都同、巡檢二人。城皇之外，遊徼四布。京城四面，巡檢各一人。桓桓八臣，是警是護。謂東西兩路，洎[三]京城四面巡檢使臣，共八人也。郊原膴膴，春草萋萋。邊烽不警，牧馬爭嘶。厩空萬櫪，野散千蹄。陂閑牧南，汴河已南縣邑，長陂廣野，多牧放之地。沙平走西。中牟已西，地廣沙平，尤宜牧馬。一飲空川，一齕空原。去如霧散，來若雲連。地廣馬多，古未有焉。

若乃任土出於民心，獻芹比於古俗。園茄早實，時果先熟。瓜重南門，笋宜脩竹。鬻於市兮利既兼倍，進於君兮恩必霑沐。時或戴勝降桑，螻蟈未鳴。野人登麥以先至，蠶婦貢絲而已成。別有襄陵之桃，陽夏之柿。朱櫻宜於谷林，丹杏出於尉氏[四]。其或陽鄉千樹之梨，扶樂千樹之栗。比封千户之侯，亦何讓於昔日！鹹壤宜北鄉之羊，野蕢美東邑之豕。魚鼈鳧鴈之盛，西有陂兮萬頃；菱芡蓮藕之美，東沿堤兮百里。其或仲冬之月，禮尚進鮮。介麋素出於逢澤，狡兔復多於梁園。乃命萊田於虞人，選徒於司馬。四校畢陳，六飛夙駕。何千乘萬騎之馳騁，滿四通五達之郊野。西或過於圃田之藪，東或出於平臺之下。乃有孟賁之徒，烏獲之類，襢裼而來，叱咤而至。搏虎兕，擊熊豕。玄豹逆曳，白狐生致。復有負羽從獵之人，控弦伏獸之士。落孤鴈於馬首，貫雙鵰於雲裹。然猶示之以三驅之仁，寬之以一面之網。不使獸殫於下，禽盡於上。何長楊之獵，自謂於禽多；雲夢之畋，敢誇其地廣哉！

圖書載詳，境土斯見。開封則漢志之名邑，今二赤之首冠。祥符則天書之降年，易新名於舊縣。總秸之入，斯爲近甸。若乃百萬衆之分營，十二市之環城。囂然朝夕，異彼郊坰。

其東則有汴水之陽，宜春之苑。向日而亭臺最麗，迎郊而氣候先暖。鸎囀何早，花開不晚。瞻太一之清宫，壯先朝之命工。構宇煙霞之外，出俗囂塵之中。效仙人之樓居，慕老氏之玄風。青青道邊，千畝何田。端拱之初，藉於此焉。黛耜一執，青史千年。登蔘隄以東望，見高臺之百尺。居道之南，在岡之北。下有廣場，可馳可逐。我皇帝初即寶位，大閱軍旅。親乘戎輅，習戰於此。士馬秋勁，甲冑晨整。上〔五〕憑軾以將觀，衆無譁而是聽。列八陣之形，申三令之語。肅將帥，嚴部伍。頗牧授之以方略，韓彭進之以旗鼓。失軍容者戮以徇衆，有勇敢者賞而裂土。彼上林之馳射，驪山之講武，豈可同日而語哉！

其南則有崇崇清壇，肅肅齊宫。卜是吉土，龜從筮從。永奉禋祀，郊見昊穹。燔柴展禮，萬世無窮。别有景象仙島，園名玉津。珍果獻夏，奇花進春。百亭千榭，林間水濱。珍禽貢兮何方，怪獸來兮何鄉？郊藪既樂，山林是忘。則有麒麟含仁，騶虞知義。神羊一角之祥，靈犀三蹄之瑞。狻猊來於天竺，馴象貢於交趾。孔雀翡翠，白鷳素雉。懷籠暮歸，呼侶曉去。何毛羽之多奇，罄竹素而莫紀也！忽斷苑墻，又連池籞。介族千狀，沙禽萬類。盡游泳而往來，或浮沈而出處。柳籠陰於四岸，蓮飄香於十里。屈曲溝畎，高低稻畦。越卒執耒，吳牛行泥。霜早刈速，春寒種遲。春紅粳而花綻，簸素粒而雪飛。何江南之野景，來輦下以如移！雪擁冬苗，雨滋夏穗。當新麥以時薦，故清蹕而親至。輦從千官，郊陳萬騎。既觀穫以云罷，亦宴犒而後已。

其西則有池鑿金明，波寒水殿。鷁首萬艘而壓浪，虹橋一道而通輦。太液無濫觴之深，靈沼有潢汙之淺。時或薰風微扇，晴瀾始暖。命樓舡之將軍，習昆明之水戰。天子乃駐翠〔六〕華，開廣宴。憑欄檻於中流，瞰渺茫於四面。俄而旗影霞亂，陣形星羅。萬棹如風而倏去，千鼓似雷而忽過。則有官名佽飛，將號伏波。驤江中之龍，避舩下之戈。黄頭之郎既衆，文身之卒且多。類虬龍而似蛟蜃，駭鯨鯢而走黿鼉。勢震動於山嶽，聲沸騰於江河。別有浮泛傀儡之戲，雕刻魚龍之質。應樂鼓舞，隨波出没。鑾輿臨賞以盡日，士庶縱觀而踰月。彼〔七〕池之南，有苑何大！既瓊林而是名，亦玉輦而是待。其或桂折天庭，花開鳳城。則必有聞喜之新宴，掩杏園之舊名。於是連鑣上苑，列席廣庭。蓋我朝之盛事，爲士流之殊榮。一派如飛，通槽〔八〕架虛。越廣汴湍流之上，轉皇城西北之隅。貫都注御溝之口，轉漕通廣濟之渠。京索導源而於彼，金水名河而在茲。

其北則瑞聖新名，含芳舊苑。四方異花，於是乎見。百囀好鳥，於是乎聞。十洲得景，三島分春。延廄之設，是名天駟。伐大宛以新求，涉渥窪而遠致。群驅八駿〔九〕，隊數十驥。雖輓粟之千車，乃嘗秣之一費。彼沙臺之崔嵬，聳佛刹之千尺。岡阜連延於西南，原田平坦於東北。何沙海之飛揚，忽到此而止息？莫不地多賢士，代出異人。何干旄之孑孑，向浚郊而雲臻？雖梁多於長者，非安國而不聞。過信陵之祠宇，想英風而若存。何侯嬴之白首，尚抱關於夷門？遇公子之好賢，忽枉駕而咨詢。既同載而過市，謁隱屠而駐輪。果嘉謀之斯得，救邯鄲而義伸。奪晉鄙之十萬，終自將而却秦。設守冢而奉祀，值漢皇之東巡。

若乃過陳留之故邑，訪地名之所因。蓋二留之分別，彼彭城而此陳。昔赤帝之起義，會子房而於此。始錫賢於上天，終受封於茲地。既萬户以建侯，亦千年而崇祀。千屯比縣之郛郭，三月南河之鄽市。何飛梁之新遷，患横舟之觸柱。今之雍丘，古曰杞國。民厚風俗，土繁貨殖。縣之西郊，山曰谷林。其或花迎野望，煙禁春深。景當妍麗，俗重登臨。移市景日，傾城賞心。幄幕蔽野，軒蓋成陰。暮而忘歸，樂不絶音。既同歡於萬室，罔惜費於千金。厥篚織文，出於襄邑。池濯錦以爲名，蜀有江而焉及。復有咸平大縣，我宋〔一〇〕新建。因紀年以命號，詔將作而營繕。公宇之制，甲於畿甸。中有大川，通闤帶闠。貫都邑而北來，走江湖而南會。何客棹之常喧？聚茶商而斯在。千舸朝空，萬車夕載。西出玉關，北越紫塞。徵尉氏之名，本大夫之邑。蓋鄭國之上田，俾獄官而世襲。何彼樂郊，今爲畿地？爰有仁木，應乎嘉瑞。二棠合生，雙榆連理。槐獨秀而通枝，木異類而同氣。良宰畫圖而來聞，大尹飛章而奏異。莫不召虎殿之宿儒，集麟閣之名士。驗彼祥經，考乎信史。表六合之一家，而帝德之光被也。加以地多藪澤，利有蒲魚。晴瀾〔一一〕望島陂之色，山水觀惠民之渠。乃有檝師炭商，交易往復。素衣化緇，漆身同色。行舟則夏瞻雲雨，售貨則冬禱雪霜。經宋樓而關征既薄，歷朱曲而市稅有常。潺潺洎溝，涣涣洧水。入鄢陵而碧截原田，過扶亭而清映閭里。珍貨奔馬欄之道，豪俠聚建雄之市。彼東昏之舊城，易美號於新室。似興廢之有時，而圖讖之預出。何以明而代昏，符作畿於聖日？考城之人，舊俗剛毅。鄉出勇夫，里多壯士。椎埋爲姦，任俠尚氣。睚眦必報，盃間刃起。今爲畿民，禮束化被。暴虎之徒，聞義則畏。南徂太康，淮陽甚邇。地宜瑯玕，家有蒼翠。城過兩扶，溝踰二偖。地既成於上田，人不趨於末利。桑成陰而春繁，棗結實而秋美。問中牟之耆民，歎魯恭之仁宰。何三異之善政，有千年之遺愛？遇我后之盛明，西朝拜於園陵。瞻路隅之靈廟，想前史之嘉名。祭以上公之禮，爵以太師之榮。

若夫八澤《圖經》有八澤：清口澤、管澤、鴈澤、蓼澤、淳澤、卑澤、龍澤、滑澤〔一二〕也。九溝，九溝謂醋溝、鸛鳥溝、青陽溝、泥溝、蓼溝、渡没溝、丈八溝、浮家溝、白馬溝也。二池青陽、蓮藕。三固。潘固、朱固、鄭固也。按《圖經》取高阜堅固爲〔一三〕名也。周流原野，表界境土。指〔一四〕萬勝以遥觀，見斗門之雙注。吸驚浪以横來，絶長隄而可懼。其始也，患彼決溢，利其填閼。溉萬頃之陂澤，變終古之舃鹵。盡若膏腴，咸通耒耜。有若決漳灌鄴旁之田，鑿涇沃關〔一五〕内之土。然後疏導入白溝之流，會同爲漕渠之助。彼梁固之在東，亦派分於波勢。梁固、斗門，在萬勝鎮東三十里，景德四年置。沿流有一舍之遥，則水無寸差之異。何一啓而一閉，常若合於符契？始注陂而雷聲，終入渠而馹逝。散濁浪以澄沙，廣良田而濟世。指陽武以北邁，涉博浪之長沙。岡斷續以千疊，塵飛揚而四遮。人迷途而莫辨，鳥投樹以何賒。策不進兮我馬，輪欲埋兮何車〔一六〕。過户牖之名鄉，乃曲逆之舊里。何分社之稱平，已宰國而有志？經計相之里中，思張蒼之善筭。屈柱史以事秦，榮列侯而佐漢。宜二賢之靈祠，歷千古而輝焕。

西望河流，襟〔一七〕帶二邑。高岸山立，回灣箭急。蟻壤憂漏，衝決莫救。基根相扶，萬柳千榆。輿梢畚土，常設備禦。建營置卒，轉粟實庾。堅彼金隄，鑒乎前古。秋防夏扞，守以朝暮。冬計春修，役均編户。岸艤連航，兵屯兩渡。阻浩浩之波，扼憧憧之路。北棹謳晨，南帆落暮。唯姦是防，非利是務。右倚太行，横絶雲霧。夫雍阻二崤之險，洛憑九河之固。方之於是，彼若平路。過濮水之長渠，經封國之舊域。寥落兮桐牢之亭，湮没兮黄池之迹。何昔也明誓重重，諸侯於此以會同；今也京邑翼翼，四方於此以取則？涉長垣之塗，歷古衛之境。城有婦姑之名，人慕〔一八〕孝慈之行。嘉孔子之入蒲，先宰予以觀政。美大家之《東征》，復農田而發運。若乃南瞻潘里，北指蘭岡。樹新文於二碑，易美號於兩鄉。因東封之行幸，感瑞應之非常。忽有鳴唳，降於穹蒼。丹頂未辨於煙際，玉羽已穿於仗旁。九其數，象君道之體陽；再而降，符帝運之重光。何德動於上天，而道盛於前王也如是哉！

客既聞臣之説，而知漢以宮室壯麗威四夷，宋以畿甸風化正萬國。彼尚侈而務奢，此謌道而詠德。乃曰使孟堅可作，平子再生，讀子之賦，不敢復談於漢京也。

大酺賦

劉筠

臣謹按前志，酺之言布也，王德布於天下，而合聚飲食焉。肇自炎漢初興，日不暇給，罰其合醵之會，著於三尺之法。逮乎孝文，崇修禮義，賜酺之惠，繇是流行。況我朝盛德形容，汪洋圖諜，固不可以寸毫尺素孟浪而稱也。臣今所賦者，但述海内豐盛，兆庶歡康，爲負暄獻芹之比爾。其辭曰：

聖宋紹休兮，三葉重光。祥符薦祉兮，萬壽無疆。昭景貺於紀元之號，還淳風於建德之鄉。慶無邈而不被，俗無細而不康。乃下明詔，申舊章。賜大酺之五日，洽歡心於庶邦。爾乃京邑翼翼，四方是則。通衢十二兮砥平，廣路三條兮繩直。固不以列肆千里，集民萬億。群有司而先置，戒掌次而具飭。幕九章兮，燦若舒霞；廊千步兮，軒如布翼。外饔之百品有叙，酒正之六物不忒。分命司市，遷闤闠於東西；鳩集梓人，校輪輿於南北。將以極瑰奇詭異之歡，示深慈至惠之澤也。於是二月初吉，春日載陽。皇帝乃乘步輦，出披香。排飛闥，歷未央。御南端之嶢闕，臨迥望之廣場。百戲備，萬樂張。仙車九九而並騖，樓船兩兩而相當。昭其瑞也，則銀瓮丹甑；象其武也，則青翰艅艎。聲砰磕兮，非雷而震；勢憑凌兮，弗葦而航。且觀夫魚龍曼衍，鹿馬騰驤。長蛇白象，麒麟鳳凰。吞刀璀璨，吐火熒煌；或歕氣而爲霧，或叱石而成羊。文豹左拏兮右攫，玄珠倏耀兮忽藏。畫地而川流淜淜，移山而列岫嶈嶈。神木垂[一九]實，靈草擢芒。髼鬙巨獸，綽約天倡。曳綃紈而綷縩，振環珮兮鏗鏘。赤刀受黃公之祝，大面[二〇]體蘭陵之王。木女發機於曲逆，鳥言流俗於冶長。千變萬化，紛紜頡頏。前者拗怒而欲息，後者技[二一]癢而激昂。舞以七盤之妍袖，間以九部之清商。彈箏擫籥，吹竽鼓簧。南音變楚，隴篴鳴[二二]羌。琵琶出於胡部，摻鼓發於禰狂。方響遺銅磬之韻，羯鼓鬭山花之芳。箜篌之妙引初畢，笳管之新聲更揚。洞簫參差兮上處，燕筑慷慨兮在旁。琴瑟合奏而奚辨，塤篪相須而靡違。信滿阬而滿谷，豈止乎盈耳洋洋而已哉！

又若橦末[二三]之技，趫捷之徒。籍其名於樂府，世其業於都盧。竿險百尺，力雄十夫。望仙盤於雲際，視高絙於坦塗。俊軼鷹隼，巧過猿狙。銜多能於懸絶，校微命於錙銖。左廻右轉，既亟只且。嘈囋沸漬，鼓譟歑歈。突倒投而將墜，旋斂態而自如。亦有侲僮赤子，提携叫呼。脱去襁褓，負集危軀。效山夔之躑躅，恃一足而有餘。欻對舞於索山，跳丸劍而争趨。偃仰拜起，如禮之拘。雜以拔距投石，衝狹戲車。虵矛交擊，猿騎分驅。韓嫣之金丸叠中，孟光之石臼凌虚。習五案者，於斯盡矣。透三峽者，何以加諸？復有俳優旃孟，滑稽淳于。詼諧方朔，調笑酒胡。縱横譃浪，突梯囁嚅。混妍醜於戚施，變舒慘於籧篨。乃至角抵蹴踘，分朋列族。其勝也，氣若雄虹；其敗也，形如槁木。誰謂乎狼子野心，而熊羆可擾？誰謂乎以彊凌弱，而猫鼠同育？斯固藝之下者，亦可以娱情而悦目。

是時也，都人士女，農商工賈。鱗萃乎九達之逵，星拱乎兩觀之下。舉袂兮連帷，揮汗兮霈雨。鈿車金勒，雜遝而晶熒；袨服靚裝，藻縟而容與。網利者罷登龍斷，力田者競辭甽畝。屠羊説或慕功名，斲輪扁亦忘規矩。寂寂兮巷無居人，憧憧兮觀者如堵。以遨以遊，爰笑爰語。始乃抃舞於康莊，終乃含歌於罇俎。旁有相如滌器，濁氏賣脯[二四]。乘時射利[二五]，鬻良雜苦。勺藥之味，蚳蝝盡取。既賈用以兼贏，咸滿志而自許。又乃百工居肆，衆貨叢聚。錦繡之設，餤朗甍廡。競相高以奢麗，羌難得而覼縷。於以見國家蓄富，上下充足。女有餘絲，男有餘粟。顧金土兮同價，興禮讓兮郁郁。

若夫七相茂族，四姓良家。蟬聯鼎盛，照耀繁華。皆結駟而連騎，雖兩漢其寧加！則又有菟裘老臣，逍遥高尚。乘下澤之車，曳靈壽之杖。爰稽首於堯雲，挹衢罇而無量。鄉里俊造，草澤英才。覽德輝而狎至，覩國光而聿來。顧鼎食之可取，豈直野蘋之謂哉！羽林戴鶡之夫，期門佽飛之子。罷羽獵於長楊，投賓壺於棘矢。襲楚楚之衣裳，喜[二六]交臂於廛里。大矣哉！惟堯舜之作主兮，盛德日新；矧皋夔之爲佐兮，嘉猷矢陳。奏君臣相悦之樂，會比屋可封之民。湛露未晞，在藻之懽允洽；人牢如享，登臺之衆咸臻。老吾老以幼吾之幼，不獨子其子而親其親。鰥寡孤惸兮各有所養，蠻夷戎狄兮孰非我臣！粟帛之賜已厚，牛酒之給仍均。春醴惟醇，炮炙薌芬。皤髮者駕肩而洩洩，支離者攘臂而欣欣。莫不含和而吐氣，蹈德而詠仁。一之二之日，樂且有儀；三之四之日，不醉無歸。五日兮饜飫斯極，但見乎含哺而嬉。介爾眉壽，和爾天倪。非夫上聖之乾乾致治，其孰能逸豫而融怡者哉！敢爲系曰：

於鑠我宋，巍乎帝先。創業垂統，静直動專。威烈既茂，文德是宣。謙而不宰，讓之於天。上帝允荅，靈貺昭然。厥慶惟大，庶民賴焉。爰錫酺飲，流惠周旋。有殽如阜，有酒如川。既醉既飽，無黨無偏。體安舒兮被堯日，氣和樂兮暢薰絃。祝聖祚兮揚純懿，永延長兮彌億年。

中園賦

晏殊

在昔公儀，身居鼎軸。念家食之憑厚，斥芳蔬之薦蔌。粤有仲子，堅辭廩禄。率齊體於中野，灌百畦而是足。惟二哲之高矩，藹千齡之信牘。雖顯晦之非偶，諒謨猷而可復。豈不以崇高宅乎富貴，聲教移乎風俗！四民謹舊德之業，百乘鄙盜臣之畜。義利愧〔二七〕於交戰，矛盾蚩兮並鬻。代工而治兮，戒在貪競；付物以能兮，使其茂育。斯有位之良訓，乃群倫之所屬。天地閉兮賢隱，罝網張兮獸伏。怖炎火之焚石，恧東龜之毁櫝。甘田畝以昏作，晦膏蘭而擇福。我負子戴兮，終年靡勞；夏葛冬裘兮，匪躬是辱。斯遯世之攸處，詎紛華之可瀆？

眷予生兮曷爲？幸親逢乎盛時。進寬大治之責，退有上農之貲。求中道於先民，樂鴻鈞於聖期〔二八〕。寓垣屋於窮僻，敞林巒於蔽虧。朝青閣以夙退，飭兩驂兮獨歸。窈藹郊園，扶疎町畦。鮮巾組以遨遊，飾壺觴而宴嬉。幼子蓬鬟，孺人布衣。嘯傲蘅畹，留連渚湄。或捕雀以承蜩，或摘芳而翫蕤。食周粟以勿踐，詠堯年而不知。琴風颯以解愠，田雨滂兮及私。爾乃壇杏蒙金，蹊桃銜碧。李雜紅縹，柰分丹白。梨誇大谷之種，梅騁含章之飾。烏勃旁挺，來禽外植。櫻胡品糅而形別，棠棣名同而實析。大椑朱柿兮駢發，梬棗安榴兮間拆。榠楂以馨烈蒙采，枳椇以甘芳見識。援蘡薁於林際，桀蒲萄於沼側。况夫霜薤含潤，露[二九]葵薦澤。芹自南楚，蒜來西域。蘇荏抽穎，蓼荾凝液。堇薺更茂，菲葑代殖。苜蓿麗蓰，蘘荷羃歷。鍾山之菘韭早晚，吴郡之莧茄紫白。織女耀而瓜薦，大昴中而芋食。匏瓠在格以增衍，藜藿緣陰而可摘。

若其愈疾栽菊，忘憂樹萱。香珍緑蕙，媚服崇蘭。玉蘂金荳，相思杜鵑。辛夷襲紫，芍藥含丹。游龍出隰，芳苡生原。籬槿彫暮，宫槐合昏。四衢綺錯，五出星聯。蓑蓑蘇回切落蘗，纂纂初妍。護臺香而蝶亂，聚崖蜜以蜂喧。與夫豬苓馬勃，澤茈溪蓀。荔芸禦凍，椒桂含温。茰房入佩，菰首登飱。薜荔成帷，昔邪在垣。獨椹除渴，酸漿治煩。菖蒲感於百陰，亭歷萌於大寒。卷施心拔而不死，虎虆蔓生而白懸。彘首牛脣之夥，鷄腸烏喙之繁。紅鬚緗膚，丹房碧延。或《山經》之號著，或《藥録》之名傳。至夫松檜被徑，梧楸蔭軒。江蕉凝牛餕切緑，海栢渾圓。石南薈蔚，扶老縈纏。矗嶰筩之東美，垂溪柳之三眠。或後彫而秀出，或總翠以相先。叢灌駢滋，翾飛所據。驗九扈以農正，察五鳩而民聚。戴鵀興蠶織之候，布穀起耕耘之務。當陸成而鶗鴂云止，麰麥秀而倉庚始翥。伯勞鶩於早寒，盍旦戒乎將曙。晨風不擊而逐雀，斲木無聲而食蠹。鷸介立以擅澤，烏群嗷而反哺。鶡匪陋於荆棘，鷃無營於鍾鼓。順時律以弄吭，樂天和而命侶。鸎溢溢以交賀，鵲翛翛而告〔三〇〕語。既罿罻之不設，在橧巢而可俯。談王道於樵子，接歡歌於壤父。鑿坎井之凝洌，决清渠而灌注。愚抱甕以殫力，智設槹而盡慮。咸不病於夏畦，各無憂於稡茹。

懿夫觀品彙之零茂，識元精之所存；覩百嘉之穰儉，明四序之無忒。動植飛潛兮，得宜乃悦；雨暘寒燠兮，叶度而蕃。且復諭名花於君子，興瑶草於王孫；采家臣之秋實，歌上瑞之豐年。資旨蓄而御冬，擷衆芳而鍊顔。至若嚴客幸臨，良辰是遘。戴掃危榭，爰張宴豆。蒙山騎火之茗，豫北釀花之酎。或秋弈以當局，或唐弓而在彀。哨壺枉矢之設，博簺樗蒲之侑。誠一笑兮相樂，亦千金而爲壽。灑毫牘以摛思，極朋情而卜晝。送歸鴻兮海壖，揳鳴瑟兮賓右。舞長袖兮相屬，命歡謡兮遞奏。無取次公之狂，不遺椒舉之舊。春畹晚兮氣佳，臨高臺兮淑華；夏恢台兮日永，陰茂林兮脩迴。涼月皎兮鍾漏寂，朔霰飛兮天宇夐。廓丹府以懲忿，悦靈龜而繕性。兹所謂袪魯相之介節，略於陵之獨行。却園夫之利兮，取彼閑適；荷王國之寵兮，遂夫游泳。禽託藪以思騖，獸安林而獲騁。倡佯乎大小之隱，放曠乎遭隨之命。庶樂育於嘉運，契哲人之養正。

明堂賦

范仲淹

臣聞明堂者，天子布政之宮也，在國之陽，於巳之方。廣大乎天地之象，高明乎日月之章。崇百王之大觀，揭三宮之中央。昭壯麗於神州，宣英茂於皇猷。頒金玉之宏度，集人神之丕休。故可祀先王以配上帝，坐天子而朝諸侯者也。

粤自蒼牙開極，黃靈耀德。巢穴以革，棟宇以植。徹太古之弊，明大壯之則。風雨攸止，宮室斯美。將崇高乎富貴之位，統和乎天人之理。乃聖大造，明堂肇起，明以清其居，堂以高而視。壁廓焉而四達，殿巋焉而中峙。禮以潔而儉，必表之以茅；教以清而流，故環之以水。暨二帝之述焉，合五府而祭矣。

逮夫夏禮秩秩，奉以世室。商祀穆穆，制以重屋。神禹卑宮，階以一尺之崇；成湯受命，革以三尺之盛。赫赫周堂，制度景彰。七筵兮南北之廣，九筵兮西東之長。堂并包於五室，室辨正於五方。左青陽而右總章，面明堂而背北堂。耽然太室，儼乎中黃。都徽名之在南，取盛德之向陽。或謂厥堂惟一，厥室惟九。闢闔其三十六户，疏達兮七十二牖。亦規上而天覆，復矩下而坤厚。近郊之宮，廣而能受。通天之宇，高而弗偶。八方象其幅員，九陛參其前後。肅肅一作桓桓焉聽政之廟，應辰而周彰；趪趪焉承天之柱，列宿而相望。環林兮葱葱，圓海兮泱泱。既方舟而經梁，復素飾其廻墻。陳位序以有嚴，議法象而必臧。示邦域之景鑠，期人神之樂康。左有辟雍，天子學宫。墳籍浩以明備，文物森其會同。奉三壽以勗天下之孝，設三乏以勸諸侯之風。右有靈臺，庶民子來。若經始於神明，廼占候於昭回。天之道也，惟默默以有象；聖之心也，蓋惕惕而無灾。此三雍之大者，故百世以欽哉！

若夫約周之禮，稟夏之正。天子升青陽之位，體大德之生。彼相協謀，有司奉行。慶賜必均，歷象必明。布農事於準直，習舞德於和平。止伯益之伐木，禁蚩尤之稱兵。惟倉廩兮賑天之窮，惟幣帛兮禮邦之英。無隱不彰，無潛不亨。蒙蕩蕩之至仁，浸灝灝之醇精。此明堂之春也，萬物爲之榮。

又若炎以繼天，羲以永日。始於仲吕之管，復於清宫之律。天子乃登諸明堂，曁夫太室。無命盛樂以象德，致大雩以祈實。升高明而有豫，定心氣而無逸。静百官之事，驅五穀之疾。無索於關，無難於門。止北伐之威，以助養於生生；導南風之和，以飾喜於元元。此明堂之夏也，萬物爲之繁。

爾乃象正火位，德王金行。羽漸於以南嚮，穀萬斯而西成。天子乃居總章之奥，奏清商之聲。圖有功而專任，詰不義而徂征。脩法制以謹收藏之令，養衰老以惻摇落之情。同我度量，平子權衡。人社以崇，厚兆民報本之志；神倉以祕，示萬邦致孝之誠。此明堂之秋也，天下爲之清。

及夫蟲介時分，虎威夕永。詩人發其涼之詠，日官賓可愛之景。天子乃北堂以居，南面而省。錫飲蒸之慶，從祀寒之請。於是戒門閭，備邊境。勞三農於休息，警百辟於恭靖。關市必易，宮室必整。無用之器斯徹，無事之官必省。飭國典以俟來歲之宜，講武經以肅萬邦之屏。此明堂之冬也，天下爲之靜。斯乃順其時與物咸宜，適其變使民不倦者也。

稽大宗祀之文，大享之辰。上儀乎皇皇，盛節兮彬彬。比於郊也，我則取文之勝；方其廟也，我則取質之純。損益其禮，尊嚴其親。五天之坐，曄曄以陳；五帝之席，弈弈而倫。惟太室之位，迺上帝之神。作配者先王，從祀者五臣。樽罍離離，玉幣莘莘。牲牢之舉，既遵於夏后；蔬果之薦，復本於周人。禮無不當，誠無不臻。聖人於是出齋宮而肅肅，被法服而循循。酌一獻以從質，躬百拜以表寅。司儀實相，樂正攸賓。進俎豆之吉蠲，羅籩簴之輪囷。六樂咸在，統美乎列皇；八風相盪，同和乎大鈞。下舞上歌，蹈德詠仁。非常之祭，駿奔者萬國；莫大之孝，蟻懷者兆民。於是神醉其德，人樂而極；太史書於策，大夫頌於國。頌曰：明堂崇之，明王祀之。禮以成之，樂以歌之。光天之下，教以化之。

若夫元朔會同，群后對越。穆穆乎舜門之闢，晰晰乎宣燎之發。帝時待旦而久，求衣以先。紆黃組，冠通天。建日月，服乾坤。佩干將，外崑崙。進山嶽之圭，當雲龍之軒；正聖人之大寶，示天下之有尊。巍巍焉負扆[三二]而立，濟濟焉辨色而入。太常正其等衰，九賓序其名級。中階之前，三公屹然。應門之外，九采察焉。阼階之東，諸侯以同；西階之西，諸伯以齊。門東北面者子之位，門西東上者男之次。東門之外，則有樂浪、蟠木、九夷之國，西面而北上。

西門之外，則有蒙汜、大秦、六戎之屬，南上而東向。南門之外，則有朱垠、越裳、八蠻之族，唯北是望。北門之外，則有葷粥、幽陵、五狄之種，唯東是尚。於是兟兟旅進，鏘鏘肆覲。嚮明者蓋取諸《離》，觀光者受之以《晉》。君臣之位定，禮樂之道振。雅韶以奏，文鐸以徇。皆望雲而就日，必歌堯而頌舜。上和而下樂，金聲而玉潤。况乎晨光赫曦，天顔弗違。冕紱兮霞集，玉帛兮川歸。盛乎王庭之聲明，焕乎天家之光輝。若北辰之會衆星，咸粲粲而在共；如太陽之臨多露，普湛湛而將晞。莫不君三揖於上，臣載拜於下。行典禮，揚風雅。訪雋良，議窮寡。人曷幽而覆盆，賢曷側而遺野？於以盛名器，於以休宗社。署聖法於圓闕，馳神教於方夏。皇哉耀今昔之榮觀，至哉敷億兆之純嘏。故曰揖讓而治天下者，明堂之謂也。

惜乎三代以還，智者間間；諸儒靡協，議者喋喋。而皆膠其增損，忘禮樂之大本；泥於廣狹，廢皇王之大業。使朝廷茫然有逾遠之嘆，惘然有中輟之議。殊不知五帝非沿樂而興，三王豈襲禮而至！爲明堂之道，不必尚其奥；行明堂之義，不必盡其制。適道者與權，忘象者得意。大樂同天地之和，豈匏竹而已矣！大禮同天地之節，豈豆籩之云爾！自漢魏之下，暨隋唐之際。堂或三五之上，道非三五之世。蓋不取其厚而取其薄，不得其大而得其細。享配之文，或然未分。政教之烈，斯焉弗聞。是則帝道不施，胡取乎總章；皇德不隆，胡取乎合宫？故夫明堂之設也，天子居之，日敬日思。思之何也？萬微存乎消息。敬之何也？兆靈繫之安危。繇是惟克念以作聖，思堯舜之齊名。懼巍巍之弗逮，廼孜孜於鷄鳴。唯至平之休代，思阜財於吾民。懼四維之有艱，尚瘡痍而百辛。故聖人之寶儉，弗下剥而上侈。思寡費而薄索，民庶幾於格恥。惟《下武》之太寧，亦省躬於干戈。取諸《豫》於四方，慨風雲以長歌。惟知人其古難，思濟濟乎賢者。蓋舉一於臯陶，廼連茹於天下。惟好生之至德，思與物而爲春。懼幽陋之靡及，常咨命於仁人。惟及人之德，始若晦而彌彰。故三五之君子，騰茂實而無疆。惟皇極之大範，思天下而與平。懼萬物之或差，持我心於誠衡。然後見天下齊於無體，和於無聲。厖眉而壽，吾何仁之有？含哺而嬉，吾何力之爲？但淵淵繇繇，無反無偏。浸淳澤以咸若，樂鴻化於自然。此明堂之道也，蓋無德而稱焉。

我國家凝粹百靈，薦馨三極。東升煙於岱首，西展琮於汾側。未正天神之府，以讓皇人之德。祖考來格，侯配天之儀；諸侯入朝，思助祭之職。豈上聖之謙，而愚臣之惑也！臣請考列辟之明術，塞處士之横議。約其制，復其位。儉不爲其陋，奢不爲其肆。斟酌乎三王，擬議乎簡易。展宗祀之禮，正朝會之義。廣明堂之妙道，極真人之能事。以至聖子神孫，億千萬期。登於斯，念於斯，受天之禧，與天下宜而已乎！

校勘記

〔一〕『所』，麻沙本作『謂』。

〔二〕『遷』，麻沙本作『選』。

〔三〕『洎』，底本誤作『泊』，據六十四卷本、麻沙本改。
〔四〕『氏』，麻沙本作『池』。
〔五〕『上』，麻沙本作『止』。
〔六〕『子乃駐翠』四字，底本空缺，據六十四卷本、麻沙本補。
〔七〕『彼』，麻沙本作『波』。
〔八〕『槽』，麻沙本作『漕』。
〔九〕『駿』，麻沙本作『騎』。
〔一〇〕『宋』，底本作『家』，據麻沙本改。
〔一一〕『瀾』，麻沙本作『澗』。
〔一二〕『澤』，底本作『邏』，據麻沙本改。
〔一三〕『固爲』，麻沙本作『按圖』。
〔一四〕『指』，麻沙本作『宿』。
〔一五〕『闢』，底本作『門』，據六十四卷本、麻沙本改。
〔一六〕『理兮何車』，底本作『理兮何博』，六十四卷本亦然。據麻沙本改。
〔一七〕『襟』，麻沙本作『經』。
〔一八〕『慕』，麻沙本作『恭』。
〔一九〕『垂』，底本作『華』，據六十四卷本、麻沙本改。
〔二〇〕『面』，底本作『而』，據六十四卷本、麻沙本改。

〔二一〕『技』，麻沙本作『疫』。

〔二二〕『鳴』，麻沙本在『明』。

〔二三〕『末』，底本作『木』，據六十四卷本、麻沙本改。

〔二四〕『脯』，底本誤作『用』，據麻沙本改。

〔二五〕『乘時射利』，底本作『以兼贏咸』，據麻沙本改。

〔二六〕上句『裳』字，此句『喜』字，底本空缺，據麻沙本補。

〔二七〕『愧』，麻沙本作『貴』。

〔二八〕『期』，底本作『明』，據六十四卷本、麻沙本改。

〔二九〕『露』，麻沙本作『雲』。

〔三〇〕『告』，麻沙本作『吉』。

〔三一〕『宸』，底本誤作『戾』，據六十四卷本、麻沙本改。

新校宋文鑑卷第三

校者按：底本此卷抄配，據六十四卷本、麻沙本刻卷校改。

賦

松江秋汎賦

葉清臣

澤國秋晴，天高水平。遥山晚碧，别浦寒清。循遊具區之野，縱泛吴松之濡。東瞰滄海，西瞻洞庭。槁葉微下，斜陽半明。樵風歸兮自朝暮，汐溜滿兮誰送迎？浩霜空兮一色，橫霽色兮千名。於是積潦未收，長干[一]無際。澄瀾萬頃，扁舟獨詣。社橘初黄，汀葭餘翠。鶩鷺朋飛，别鵠[二]孤唳。聽漁榔之遞響，聞牧笛之長吹。既覽物以放懷，亦思人而結欷。若夫敵寇初平，覇圖方盛。均憂待濟，同安則病。魚貪餌而登鈎，鹿走險而忘命。一旦辭禄，揚舲高泳。功崇不居，名存斯令。達識先明，孤風孰競？又若金耀不融，洛塵其蒙。宗城寡扞，王國争雄。拂衣客[三]右，振耀江東。拖翠綸兮波上，膾蟬翼兮枓中。儻即時之有適，遑我後之爲悯。至如著書笠澤，端居甫里。兩槳汀洲，片帆煙水。夕醉酒壚，朝盤魚市。浮游塵外之物，嘯傲人間之世。富詞客之多才，劇騷人之清思。緬三子之芳徽，諒隨時之有宜。非才高見棄於榮路，乃道大不容於禍機。申屠臨河而蹈壅，伯夷登山而食薇。皆有謂而然爾，豈得已而用之？別有執簡仙瀛，持荷帝柱。晨韜史氏之筆，暮握使臣之斧。登覽有澄清之心，臨遣動光華之賦。荷從欲之流慈〔四〕，慰遠游之以懼。肇提封之所履，屬方割之此憂。將濬疏於匯川，期拯濟乎沴〔五〕疇。轉白鶴之新渚，據青龍之上游。濯埃垢於緇袂，刮病膜乎昏眸。左引任公之釣，右援仲由之桴。思勤官而裕民，廼善利之遠猷。彼全身以遠害，蓋孔臧於自謀。鮮鱗在俎，真茶滿甌。少廻俗士之駕，亦未可爲兹江之羞。

鳴蟬賦

歐陽脩

嘉祐元年夏，大雨水，奉詔祈晴於醴泉宫，聞鳴蟬，有感而賦云：

肅祠庭以祗事兮，瞻玉宇之峥嶸。收視聽以清慮兮，齋予〔六〕心以薦誠。因以静而觀動兮，見乎萬物之情。於時朝雨驟止，微風不興。四無雲以青天，雷隱隱其餘聲。乃席芳筠，臨華軒。古木數株，空庭草間。爰有一物，鳴於樹巔。引清風以長嘯，抱纖柯而永歎。嘒嘒非管，泠泠若絃。裂方號而復咽，凄欲斷而還連。吐孤韻以難律，含五音之自然。吾不知其何物，其名曰蟬。豈非因物造形，能變化者耶？出自糞壤，慕清虚者耶？凌風高飛，知所止者耶？嘉木茂樹，喜清隱一作陰者邪？呼吸風露，能尸解者邪？綽約雙鬢，修嬋娟者邪？其爲聲也，不樂不哀，非宫非徵。胡然而鳴，亦胡然而止？

吾嘗悲夫萬物，莫不好鳴。若乃四時代謝，百鳥嚶兮。一氣候至，百蟲鷩兮。嬌兒姹女，語鸝庚兮。鳴機絡緯，響蟋蟀兮。轉喉哢舌，誠可愛兮。引腹動股，豈勉彊而爲之兮？至於汙池濁水，得雨而聒兮；飲泉食土，長夜而歌兮。彼蝦蟇固若有欲，而蚯蚓又何求兮？其餘大小萬狀，不可悉名。各有氣類，隨其物形。不知自止，有若争能。忽時變以物改，咸漠然而無聲。

嗚呼！達士所齊，萬物一類。人於其間，所以爲貴。蓋已〔七〕巧其語言，又能傳於文字。是〔八〕以窮彼思慮，耗其血氣。或吟哦其窮愁，或發揚其志意。雖共盡於萬物，乃長鳴於百世。予亦安知其然哉？聊爲樂以自喜。方將考得失，較同異。俄而陰雲復興，雷電俱擊。大雨既作，蟬聲遂息。

秋聲賦

歐陽脩

歐陽子方夜讀書，聞有聲自西南來者，悚然而聽之，曰：異哉！初淅瀝以蕭颯，忽奔騰而砰湃，如波濤夜驚，風雨驟至。其觸於物也，鏦鏦錚錚，金鐵皆鳴。又如赴敵之兵，銜枚疾走，不聞號令，但聞人馬之行聲。予謂童子：『此何聲也？汝出視之。』童子曰：『星月皎潔，明河在天。四無人聲，聲在樹間。』予曰：『噫嘻悲哉！此秋聲也，胡爲而來哉？蓋夫秋之爲狀也，其色慘淡，煙霏雲歛。其容清明，天高日晶。其氣慄冽，砭人肌骨。其意蕭條，山川寂寥。

故其爲聲也，淒淒切切，呼號憤發。豐草緑縟而争茂，佳木葱蘢而可悦。草拂之而色變，木遭之而葉脱。其所以摧敗零落者，乃其一氣之餘烈。夫秋，刑官也，於時爲陰。又兵象也，於行用金。是謂天地之義氣，常以肅殺而爲心。天之於物，春生秋實。故其在樂也，商聲主西方之音，夷則爲七月之律。商，傷也，物既老而悲傷。夷，戮也，物過盛而當殺。嗟乎！草木無情，有時飄零。人爲動物，惟物之靈。百憂感其心，萬事勞其形。有動於中，必摇其精。而況思其力之所不及，憂其智之所不能？宜其渥然丹者爲槁木，黝然黑者爲星星。奈何以非金石之質，欲與草木而争榮？念誰爲之戕賊？亦何恨乎秋聲！』童子莫對，垂頭而睡。但聞四壁蟲聲唧唧，如助予之歎息。

圓丘賦

宋　祁

若夫天地之區，既奥而腴，王者所以作京焉；神明之隩，匪攻而築，上帝所以定位焉。我朝之擁歸運也，譏函鎬保界之陋，鄙周雒渟瀯之淵。乃據梁之芒芒，偵河之渾渾。畫邦畿之千里，於以宅天子之尊。然後翼翼乾乾，作邦乎先。禘其祖之所自出兮，遂有事乎昊天。占國南之七里，得高丘之崛然。自乾寓之初闢，保坤靈而不遷。藏偉兆於遐葉，震元符於兹年。此列祖所以裒神之對，神宗所以旅物之蠲。臯考之所陟降，丕后之所周旋。藹列聖以烝衎，總萬靈而賓延。翕降監之厚福，焯巍巍而亡原。則晋考卜乎委粟，漢肸飾乎甘泉。曾不得望我之末光絶炎，況並驅而齊肩哉？

敢問圜丘之狀也，其何如矣？廣矣大矣，略可詳矣。上崔嵬以鬱律兮，外博敞而神麗。遡朱鳥以高蟠兮，槩瑶魁而邪峙。休氣回復乎其椒兮，榮泉滋滲乎其趾。魑魅不若，泯伏於其遠兮；神明肅然，離衛乎其邇。於是攘之辟之，其菑其翳；修之平之，其坎其畷。上三陔以積高，外四門而疏陛。列道糊頳，重營界紫。無縮板以作勢，不藉斸而昭侈。因天質之自然，非人力之攸致。崒兮似高山之在周邦，巀焉若隆脽之亘汾澨。及夫涓日肇祀，於郊之宫。陶匏尚質，金石有容。璧奠褥以蒼蒼兮，鼎歊雲而隆隆。百神服食，曼衍乎坎間兮；有司守燎，粲爛乎壝中。穆穆天子，相維辟公。咸盛氣〔九〕以彊力，相升降兮穹崇。披大紫之莫莫，招翠黄之雍雍。合蕭薌於欽柴，曳高煙乎璇穹。塞天淵以隤祉，奮光明於亡窮。踆乎已事，罔有不恭。若乃自内出者，無匹不行；自外至者，無主不止。故我率乎祖而推本，正乎位而升配。使禮動乎上則神饗，樂交乎下而人喜。畢九州以獻力，罄一純以盡意。

君子曰：觀天下之物，無以稱其德。所以因天事天，取至誠之爲貴。則斯丘也，實國家集福之清場，事神之實畤。國聽之所馮厚，靈心之所翔會。駐魄寶於飈欻，賁黄圖之方志。彼草樓列仙之館，像設梵王之廬。豚蹄穜祠之託，鱗長九淵之居。皆祠官之細，祀族之餘。尚且落成者鼓吻而極嘆，乞靈者舐筆而爭書。叛宣父以語怪，溺丘明之好巫。獨圜丘巋而遺美，寧儒者佁儗〔一〇〕而未之思歟？遂作頌曰：

屹圜壇，赫旴旴，大盤盤兮。君之升，帝是饗，鞏而安兮。禮無違，福不回，委如山兮。聖繼聖，萬斯年，長監觀兮。

右史院蒲桃賦

宋祁

癸酉之仲夏，予授詔修書，寓於右史院。紬繹多暇，裴回堂除，有蒲桃一本，延蔓踈瘠，垂實甚寡。予且玩且唶〔一一〕，以爲省户凝切，禁廷敞閑。人不夭摧，禽不棲啄，與平原槁壤有間，匪灌叢宿莽所干。而條悴葉芸，不爲時珍，何邪？得非地以所宜爲安，根以屢徙爲危？封殖浸灌，信美非願。因爲小賦，代其臆對。云：

昔炎漢之遺使，道西域而始通。得蒲桃之異種，偕苜蓿以來東。矜所從以至遠，遂徧殖乎離宫。去葱雪之寒鄉，託崤函之福地。並萬寶以均載，歷千古而舒粹。玩之可使蠲煩，食之足以平志。不由甘而取壞，廼因少而獲貴。鄙柚苞之輕侻〔一二〕，賤蔗境之塵滓。粵何人斯，殖我於兹？託深嚴之祕署，切轇轕之文榱。培孤莖以膏壤，引柔蔓乎標枝。泉石渠以蒙浸，露金莖而泣滋。布涼影於宫月〔一三〕，獵重葩於禁颸。蔽周〔一四〕廬之岑寂，隱肅唱而透遲。彼得地而逢辰，宜欣欣以茂遂。奚敷華而委質，反慘慘而兹瘁？乏磊砢於當年，讓紛華於此世。是必野荄非層掖之玩，菲實異太官之味。困枳橘之屢遷，嘆匏瓜之徒繫。亦猶鬱柳有性，不願桮棬之華；海鳥取容，非榮觴酒之饋。胡不放之巖際，歸之壠陰？上敷榮於樛木，外結庇於緇林。

蒙煙沐霧，跨野彌岑。豐茸大德之谷，棲息無機之禽。保深根以庇本，誠繁實之披心。窮天年以善育，奚斤斧之可尋？亂曰：

階藥衒華，堂萱争麗。枝以萬年爲名，木以五衢稱瑞。是皆託中涓以進執，荷鈎盾之爲地。結賞心以自如，非孤生之所冀。

詆仙賦

宋祁

予既守壽春，覽郡圖得八公山。故老争言，山上有車轍馬跡，是淮南王上賓之遺。耕者往往得金，云丹砂所化，可以療病。因取班固《書》、葛洪《神仙》二傳，合而質之。嗟乎！人之好奇而不責實也尚矣，而洪又非愚無知者，猶憑浮證僞，况鄙人委巷語耶？作《詆仙賦》：

憫兹俗之鮮知兮，徇悠悠之妄陳。常牽奇以合恠兮，欲矜己以自神。操百世之實亡兮，唱千齡之僞存。彼淮南之有將兮，固殊刺而殞身。緣《内篇》之丕誕兮，眩南公之多聞。謂八人者語王兮，歷倒景而上賓。餌玉匕之神藥，託此謳[一五]乎霄晨。王負驕以弗虔兮，又見謫於列真。雖長年之彌億兮，屏帑偃而念愆。葛《傳》云：仙伯主者奏安不恭，乃謫守郡[一六]都厠，後爲散仙。蹇[一七]斯事之吾欺兮，聊反復乎遺言。號聖仙之靈禀兮，宜常監德而輔仁。不足察王之倨貴兮，遽引内於天門。已乃悟其非是兮，胡爲賞罰之紛紜？寧仙者之回惑兮，無以異乎常人？國爲墟而嗣絶兮，載遺惡而不泯。故里盛傳其遺金兮，證礎石之餘痕。武安陰語而前死兮，更生僞鑄以贖論。彼逞詐以罔時兮，宜自警於斯文。

憫獨賦

宋　祁

憫前人之抗志兮，雖有適而遂迷。恃我醒於皆醉兮，矜獨是於衆非。吾固知高木不得林兮，孤音鮮與之諧。特立廢於曹踞兮，一姸掩於萬媸。舉吾黨以同痳兮，挈予覺其何之。越家祝〔一八〕而訶冕兮，裸户裎而哂衣。奮單辭以正議兮，安足救與談之參差？發介瞭之精覽兮，何預群蒙之倀嬉？屈自高以赴淵兮，夷己信而餓薇。波潰流而無益兮，返蒙譴而被訾。今吾有道於此兮，請質古而瑩疑。狂者以不狂爲狂兮，飲泉流而後宜；非聖者以聖爲非兮，均獵較而免譏。挫爾方而殺廉兮，常偶欣而儷悲；保獨行以中晦兮，庶明哲而爲期。

靈烏賦

梅堯臣

烏之謂靈者何？噫！豈獨是烏也。夫人之靈，大者賢，小者智。獸之靈，大者麟，小者駒。蟲之靈，大者龍，小者龜。烏之靈，大者鳳，小者烏。賢不時而用，智給給兮爲世所趨。麟不時而出，駒流汗兮擾擾於脩途。龍不時而見，龜七十二鑽兮寧自保其堅軀。鳳不時而鳴，烏鵶鵶兮招唾罵於邑閭。烏兮，事將兆而獻忠，人反謂爾多凶。凶不本於爾，爾又安能凶？凶人自凶，爾告之凶，是以爲凶。爾之不告兮，凶豈能吉？告而先知兮，謂凶從爾出。胡不若鳳之時鳴，人不怪兮不驚？龜自神而刳殼，駒負駿而死行。智鶩能而日役，體劬劬兮喪精。烏兮爾靈，吾今語汝，庶或汝聽。結爾舌兮鈐爾喙，爾飲啄兮爾自遂。同翱翔兮八九子，勿噪啼兮勿睥睨，往來城頭無爾累。

凌霄華賦

梅堯臣

厥草惟夭，厥木惟喬。草有柔蔓，木有繁條。緣根兮附蔕，一作質。布葉兮敷苗。朱華粲兮下覆，本幹蔽兮不昭。嗟兮一作乎此木，幾歲幾年，而至於合抱？夫何此草，一旦一夕，而遂曰『凌霄』！是使藜藿蒿艾慕高艷而仰翹翹也。安知蘋藻自潔，蕙蘭〔一九〕自芳。芙蓉出汙而自麗，芝菌不根而自長。或紉珮帶，或采頃筐。或製裳於騷客，或登歌於樂章。故得爲馨爲薦，爲嘉爲祥。皆無附著，亦以名揚，奚必託危柯而後昌？吾謂木老多枯，風高必折。當是時，將恐摧爲朽荄，不復萌蘖，豈得與百卉並列也耶！

栟櫚賦

劉敞

圓方相摩，純粹精兮。剛健專直，交神靈兮。馮翼正性，栟櫚榮兮。中立不倚，何亭亭兮。受命自天，非曲成兮。外無附枝，匪其旁兮。密葉森森，劍戟鋩兮。温潤可親，廉而不傷兮。雪霜青青，不畏彊兮。壽比南山，邈其無疆兮。被髮文身，何佯狂兮。沐雨櫛風，蹇無所妨兮。

苦身克己，用不失職兮。摩頂至踵，尚禹墨兮。黄中通理，類有得兮。屹如承天，孔武且力兮。懍其無華，不尚色兮。表映衆木，如繩墨兮。播棄蠻夷，反自匿兮。遁世無悶，曷幽嘿兮！明告君子，吾將以爲則兮。

離憂賦

劉敞

抱戚戚以長處兮，弔悸悸以自睎。魂離離以駿邁兮，精蒙蒙而就翳。氣貿亂以轇轕兮，形爽沕〔二〇〕而荒瘁。信民生之多囏兮，伊天命之方摯。知隕性之無續兮，畏忝經而遺義。日月騰以漂忽兮，春與秋其狎至。卒撫心以抑志兮，諒投艱以遺大。胄帝堯之餘烈兮，歷三正而相仍。下天漢而逾熾兮，啓東藩於大彭。胡亂夏以泯棼兮，賢辟世而迅征。遡江介以幽處兮，汔三徙而弗聲。求王明而受福兮，祖來儀於太平。自彭城以來，凡三徙，皆江南。友群龍以登績兮，勑休命於遠夷。兆別子於都邑兮，更名數於京師。繇清白以象賢兮，爰頹慶而歷茲。馭長策以遹駿兮，周窮荒而不疑。敵輪歡以馴教兮，婡變服而來娛。中心實使生外兮，諶大道之難推。惟保姓〔二一〕之蟬聯兮，上參差以千歲。裕後葉之孔艱兮，憚情申而事廢。志激揚之未究兮，不克荷而爲罪。誨丁寧之在耳兮，洵僶俛而違殆。忽馳思於昊天兮，又寤擗而自懟。發與齡以交永兮，且命訢〔二二〕而罔害。凉不肖而遘愍兮，曾夫人之髣髴。原本始而罔豫兮，心涫湯以崩潰。覥履厚而戴高兮，顧久生〔二三〕其誰賴。願去人間以超舉兮，復供養以弭憂。苟一覩於顏色兮，豈餘生之足留。中悁忽而自失兮，恭聞命乎前脩。天不可以忌兮，道不可與謀。毋苟襲匹婦以圖諒兮，固將徇騖父以寡尤。

石室賦

狄遵度

石室之幽，古城之陬。煙剥雨落，苔萃蘚稠。斷勁頑而植立，攢衆磊而互鳩。鼇〔二四〕首屹以孤挺，虹氣攄而外浮。誚築金之用侈，陋銘燕〔二五〕之積偷。傑立西土，邈視千秋。何愛人而思樹，卒頽否之靡由。

室之經始，請稽其紀。其人則遠，其室甚邇。其室也奠，維人之繫。其繫維何？維德之被。其被維何？撤華於裔。棄民而夷，嘗亦聞之。易夷而民，俟其偉而。惟蜀之啓，邈乎遠矣。會牧野而微〔二六〕盧與同，導嶓冢而樏橇斯洎。或斃力而啓其隘，或窮兵而伐其地。東抗諸夏之喉，右得秦原之臂。地不爲之限，天不設其閉。氣清肅而休晏，物菴茂而被麗。奈何椎〔一九〕髻之與雜，卉服之與俱？貪其地，則地或爲己有；視其民，則曰非吾徒。己雖善忍，彼亦何辜？有大人者，民之是圖。視爾之鄙，嗟予其吁。曰吾不智〔二七〕，將彼之愚。教而有類，聖其欺予？解辮而冠，削衽而裾。疏之濬之，使蕩其瀦。培之養之，使豐其枯。誘而利之，麾〔二八〕督而趨。圜而規之，不縶而拘。乃豫乃詠，以嬉以娱。處乎其變，泱乎其舒。始也夷貉之弗如，今也鄒魯之靡殊。始也自我兮居居，今也視我兮姁姁。孰我有德，室其視諸。

室之奠兮，知公之德，安以肆兮。室之堅兮，知公之德，純以一兮。室之磊兮，知公之德，傑以卓兮。室之魁兮，知公之德，碩以鉅兮。德不可忘，室不可隳。隳其室，則胡以見公之德？泯其德，則胡以示後之規？孰治其業，我將趨之，孰締其跡，我將經之。故教無俗兮不變，俗靡教兮弗移。曰吾之智，斯亦其宜。曰彼之愚，故甚之欺。況乎位天下之正位，居天下之廣居？其所爲民，皆二帝三王之故俗；其所治具，皆二帝三王之成謨。法不更造，事不更謀。曰是懵者，奚足以教？則斯室也，其謂何乎？

鑿二江賦

狄遵度

予始至蜀，詢諸古之賢於蜀有功者，以爲無出文翁上者，於是作《石室賦》。已而復聞有李侯者，於蜀有大功焉。二人者用力於民，雖有勞逸，然參其功，亦其等耳。於是又爲之賦鑿二江，使蜀之民知蜀之所以爲蜀，皆二公之力乎！

嗚呼！吾聞魚鳧氏以〔二九〕降，秦太守之前，蜀之爲國，不幾千萬年。方二江之害被茲土，以禹之功不是施兮，嗟後來亦奚言？彼民之昏溺兮，無乃得之於天。不能遷土而改宅兮，其流漂亦誰冤？勁崖挺以中亞兮，激狂瀾而右旋。橫騖折走，莽知其所之兮，吼穹谷而下穿。蛟鼉鼈蟹，呀以相濡兮，何允蠢而緣延。嘬膚吮血，沸以咀嚼兮，咸飫腐而飽羶。萑蒲菱芡，紛以相被兮，汙百頃之良田。土不藝而民無所食兮，孰與奏其艱鮮？民之害固不可終極兮，歷百千萬世，天乃授之以賢。曰：噫！中國之無人，遂使民至於此焉。天之生斯民兮，固使之食飽而居安。降巨菑以漂之兮，天之意不然。水之性固就下善利兮，決之則宣瀹九川而距四海亦奚艱？且九載之孜孜，民不憚苦而訴煩。蓋因利而爲利兮，勞之在先。不忍一勤其力兮，乃至鶩萬世而害弗捐。胡不浚發其利源，剷削其害根？巨崖剖以罅裂兮，砉頹乾而陷坤。怒石奮以失〔三〇〕墜兮，吁雹走而雷奔。蕩重淵以傾覆兮，喪百恠之精魂。雲轉霧溢，盤薄蹙蹐兮，注壑於其間；寂寥歲漫〔三一〕，肆以長往兮，若氣散於坯渾。決其餘以旁溉兮，居其側數百頃，皆膏腴之上珍。民降丘而下宅兮，若蟻聚而蜂屯。則幾年幾世之積害，一日刷去兮，不啻捐芥而蕩塵。

嗚呼！蜀之爲國，非地之中。宜乎夷貊之雜處，魚鼈之與同。有李侯者至，然後別類於水物；有仲翁者至，然後同俗於華風。然則今所以棟宇而處，衣冠而嬉，皆二公之所翳。若李侯之事，固所莫得而繼。彼仲翁之教，亦何憚而弗爲？嗚呼！以禹之功，至大至神。括六合以橫被，疇有存而勿論。胡茲爲害，獨不得聞？無乃力所不洎兮，抑亦遺其功於後人？而今而後，乃知民未得所欲，事或有不利。先世所未暇除去，聖人所未及裁制。苟有志於生民，皆吾人之所事。若曰茲事體大，必聖人而後爲，則小子也不敢與知。

交趾獻奇獸賦

司馬光

皇帝御天下三十有六載，化洽於人，德通於神。邇無不協，遠無不臻。粵有交阯，來獻其麟。其爲狀也，熊頸而烏噣，豨首而牛身。犀則無角，象則有鱗。其力甚武，其心則馴。蓋遐方異氣之産，故圖諜靡得而詢。於是降軺車之使，發旁縣之民。除塗於林嶺之隘，引舟於江淮之濱。曠時月而陟萬里，然後得入覲乎中宸。與夫雕題卉服之士，南金象齒之珍。欵紫闥而坌入，充彤庭而並陳。

於是群公卿士，百僚庶尹，儼然垂紳，薦笏旅進。而稱曰：『陛下功冠邃古，化侔儀極。恭承神祇，嚴奉宗稷。純孝烝烝，小心翼翼。出入起居，不忘於訓典；進退周旋，必咨於軌則。體文王之卑服，遵大禹之菲食。宫室觀臺，無礱〔三二〕刻之華；輿馬器用，無珠玉之飾。遊必備於法駕，燕不廢於朝夕。此皆帝王所不能爲，而陛下行之，尚不忘於怵惕。是以方内乂寧，黎民滋殖。垂髫之童，耳皆習於詩禮；戴白之叟，目不睹夫金革。至於根著浮流，跂行喙息，無不翔舞太和，涵濡茂澤。此殊俗所以嚮臻，靈獸所以來格。雖漢室之初，黑鷳貢於絶徼；周家之隆，白雉通於重譯，殆不足方也。臣等謂：宜命協律播之聲歌，詔太史編之簡策。以發揮不世之鴻休，張大無倫之丕績，不亦偉乎！』

皇帝乃穆然深思，愀然不怡，曰：『吾聞古聖人之治天下也，正心以爲本，脩身以爲基。閨門睦而四海率服，朝衆和而群生悅隨。故務其近不務其遠，急其大不急其微。今邦雖康，未能復漢唐之宇；俗雖阜，未能追堯舜之時。況物尚疵癘，而民猶怨咨。朕何敢以未治而忘亂，未安而忘危，享四方之獻，當三靈之釐？且是獸也，生嶺嶠之外，出沮澤之湄。得〔三三〕其來，吾德不爲之大；縱其去，吾德不爲之虧。奈何貪其琛賮之美，悅其鱗介之奇。容其欺紿之語，聽其諂諛之辭。以惑遠近之望，以爲蠻夷之嗤！不若以迎獸之勞，爲迎士之用；養獸之費，爲養賢之資。使功烈烜赫，聲明葳蕤。廢耳目一日之玩，爲子孫萬世之規，豈不美歟？』於是群臣拜手稽首，咸曰：『此盛德之事，臣等愚戇所不及。陛下誠有意於此，臣等敢不同心竭力，對揚而行之？』

皇帝於是御《棫樸》之篇，觀《大畜》之繇。延黃髮之儒，顯巖穴之秀。善有可旌，無間於幽遠；言有可采，不棄於微陋。位匪德而不升，官無能而不授。使稷契居左，皐夔立右。伊呂在前，周召侍後。相與講經藝之淵源，覽皇王之步驟。求大化之所未孚，訪惠澤之所未究。興民之利，若療夫飢渴；除民之害，若憂夫疾疢。賜予簡而功無所遺，刑罰清而姦無所漏。浮費省而物不屈於求須，苛役蠲而農不妨於耘〔三四〕耨。使之夏有葛而冬有裘，居有倉而行有糗。絲纊之饒，足以養其老；甘脆之餘，足以慈其幼。地不加廣而百姓足，賦不加多而縣官富。道塗之人，恥争而喜讓；閭閻之俗，棄漓而歸厚。户知禮義之方，人享期頤之壽。然後旃裘之長，頓顙而讋服；祝髮之渠，回面而奔走。靡不投利兵而襲冠帶，焚僭服而請印綬。於是三光澄清，萬靈敷佑。風雨時若，百稼豐茂；休氣充塞，殊祥輻湊。甘露霢霂於林薄，醴泉觱沸於嵌竇。平慮羅植於階戺，朱草叢生於庭霤。鳳凰長離，騈枝而結巢；黄龍騶虞，群友而爲畜。由是觀之，則彼裔夷之凡禽，瘴海之怪獸。皮不足以備車甲，肉不足以登俎豆。夫又何足以秏水衡之芻，而污百里之囿者哉！

思歸賦

王安石

蹇吾南兮安之？莽吾北兮親之思。朝吾舟兮水波，暮吾馬兮山阿。亡濟兮維夷，夫孰驅兮亡巇。風脩脩兮來去，日翳翳兮溟濛之雨。萬物紛披蕭索兮，歲逶迤其今暮。吾感不知夫塗兮，徘徊徬徨以反顧。盍歸兮，盍去兮，獨何爲乎此旅！

歷山賦

王安石

餘姚縣人有與季父争田於縣，於州，於轉運〔三五〕，不直。提點刑獄令余來直之。將歸，閔然望歷山而賦之。歷山在縣西，上虞縣界中，或曰舜所耕云。

歷山之峩峩兮，予汝耕之，孰汝彊之？此匪予私云然兮誰汝使，子人之子兮余師。歷山之峩峩兮，則維其常。人之子兮，云曷而亡？云曷而亡兮我之思，今孰繼兮我之悲。嗚呼已矣兮，來者爲誰？

事君賦

王回

北面以受命兮，命同而功則異。矢中心而自賛兮，非〔三六〕有道曷明其所爲？蓋圖國之在人兮，我得之故爲貴。若貨利〔三七〕之不敢愛兮，奉君欲之所便。役股肱而忘死兮，濟君難於已然。豈不輸忠而塞報兮，奈何猶憾於天！倬我圖而孔臧兮，志常足而名全。閲萬物之至衆兮，孰一人之至寡？呼同德以佐佑兮，賴先權於取捨。張有司而賦政兮，寄聰明於夙夜。儻虚其人而瘝厥官兮，雖有食而誰暇？彙以進夫賢能兮，磐崑澤而無留。但見朝大夫士兮，曁四方之守侯。咸顯任其所知兮，迓交泰之時休。君無爲而垂拱兮，我亦退食而優游。昔重華之弼唐兮，拔獄牧與禹稷。文命躡其近武兮，晤皋陶而謨九德。摯虺夾以相湯兮，美遂良而舉直。文公作周衡兮，尚勤訓於三宅。其誠可薦於天地兮，況我民之馴格。君臣享其淑問兮，詒萬世之矜式。亞斯之不敢緩兮，亦何世而無人？隨小大以成功兮，但挾覇而未純。諒要道之自然兮，如歲運於陽春。迷咫步以它之兮，固治亂之所分。臧仲之蔽展禽兮，坐掛譏於竊位。公孫託擯於仲舒兮，衆交詆其疾忌。夫豈不念於善傳兮，反貪巧而速累。曾莫望於貨之徒兮，猶可以逃罪。彼匠者之構厦兮，操斧墨〔三八〕而自能。使楩楠老於深林兮，斧墨〔三九〕具而焉程？惟得人而事君兮，乃受命而有成。感先儒之話言兮，聊頌箴而一明。

校勘記

〔一〕「干」，麻沙本作「江」。

〔二〕「鴟」，底本作「鶴」，據六十四卷本、麻沙本改。

〔三〕「客」，麻沙本作「洛」。

〔四〕「慈」，麻沙本作「玆」。

〔五〕「期」「沴」，麻沙本分作「其」「珍」。

〔六〕「予」，底本作「寸」，據六十四卷本、麻沙本改。

〔七〕「已」，底本原爲空缺三字格，六十四卷本亦然，麻沙本作「以（一作已）」，玆補作「已」。宋慶元二年周必大刻本《歐陽文忠公集》、《四部叢刊》景元本《歐陽文忠公集》作「已」。

〔八〕「是」，底本誤作「足」，據六十四卷本、麻沙本改。宋慶元二年周必大刻本《歐陽文忠公集》、元本《歐陽文忠公集》作「是」。

〔九〕「氣」，底本作「德」，據六十四卷本、麻沙本改。

〔一〇〕「僶」，底本作「僅」，據麻沙本改。清《武英殿聚珍版叢書》本《景文集》作「儗」。

〔一一〕「啃」，底本誤作「惜」，據六十四卷本、麻沙本改。清《武英殿聚珍版叢書》本《景文集》作「啃」。

〔一二〕「倪」，底本誤作「悅」，據六十四卷本、麻沙本改。清《武英殿聚珍版叢書》本《景文集》作「倪」。

〔一三〕「宫月」，麻沙本作「月宫」。清《武英殿聚珍版叢書》本《景文集》作「月宫」。

〔一四〕「周」，麻沙本作「風」。

〔一五〕「謳」，底本作「軀」，據六十四卷本、麻沙本改。清《武英殿聚珍版叢書》本《景文集》作「軀」。

〔一六〕「郡」，底本空缺，據麻沙本補。清《武英殿聚珍版叢書》本《景文集》作「郡」。
〔一七〕「蹇」，麻沙本作「念」。
〔一八〕「祝」，麻沙本作「祀」。
〔一九〕「蕙蘭」，底本作「蘭蕙」，據六十四卷本、麻沙本改。
〔二〇〕「沕」，麻沙本作「洶」。
〔二一〕「姓」，麻沙本作「性」。
〔二二〕「訢」，麻沙本作「請」。
〔二三〕「久生」，麻沙本作「生久」。
〔二四〕「鼇」，底本無，據麻沙本補。
〔二五〕「燕」，底本無，據麻沙本補。
〔二六〕「微」，底本誤作「維」，據六十四卷本、麻沙本改。
〔二七〕「智」，麻沙本作「至」。
〔二八〕「麾」，底本誤作「靡」，據六十四卷本、麻沙本改。
〔二九〕「皃氏以」，底本空缺，據麻沙本補。
〔三〇〕「失」，麻沙本作「交」。
〔三一〕「歲漫」，麻沙本作「散漫」。
〔三二〕「礱」，底本誤作「龔」，據六十四卷本、麻沙本改。宋紹興本《温國文正公文集》作「礱」。
〔三三〕「得」，麻沙本作「安」。宋紹興本《温國文正公文集》作「得」。

〔三四〕「耘」，底本作「耕」，據六十四卷本、麻沙本改。宋紹興本《温國文正公文集》作「耘」。

〔三五〕「轉運」，麻沙本作「轉使」。宋刻元明遞修本《臨川先生文集》作「轉運使」。

〔三六〕「非」，底本作「邦」，據六十四卷本、麻沙本改。

〔三七〕「利」，麻沙本作「私」。

〔三八〕「斧壘」，底本作「斧斤」，據六十四卷本、麻沙本改。

〔三九〕「斧壘」，底本作「斧斤」，據六十四卷本、麻沙本改。

新校宋文鑑卷第四

校者按：底本爲刻卷，據六十四卷本、麻沙本刻卷校改。

賦

抱關賦　王回

嘉祐五年，回始仕，爲衛真主簿。日負吏責，憫己之不如古人也，作《抱關賦》。

抱關之無責兮，聊可充吾食兮。匪可食兮，吾何易兮。抱關之無愧兮，聊可由吾仕兮。匪可仕兮，吾何累兮。抱關之無悶兮，聊可託吾遯兮。匪可遯兮，吾何慁兮。

駟不及舌賦　王回

彼駟能行，騤騤萬里。此舌能言，人纔聞耳。萬里遠矣，駟行有彊。聞耳甚微，舌言無方。六轡在手，縱之吾游。見險逢艱，不可控留。一出諸口，死傳吾志。善惡吉凶，孰追孰避？蓋古君子，取物以箴。學士誦焉，可毋慎今？

責難賦

王回

臣卑而君尊兮，侔地道之承天。北面贊以伏朝兮，南面受之偃然。役股肱於夙夜兮，須有命而後虔。含厥美以自忠兮，避成功而不敢先。何責善於難行兮，奄恭名而獨傳？蓋曰善之爲猷兮，匪身修而弗克。五事生之所禀兮，覺初微而漸碩。儻一失其本源兮，外物來而横逆。况宅勢於人上兮，百度叢而歸責。治則身安而名榮兮，亂甚者喪其家國。賢臣出而登用兮，爵既好而禄又豐。師保阿焉受教兮，箴諫謹於群工。匪聖法而不敢述兮，推天命於始終。使吾君至誠兮，執忠信以自主。使吾君達其所忍兮，仁無不恕。使吾君恥不若先王兮，遵義之路。使吾君不敢慢於匹夫兮，禮乃大具。使吾君察天下之理而無蔽兮，智足以成務。勤君之思而劬君之力兮，誰謂吾〔二〕倨？蓋志行則爵禄可報兮，否則遁而去。

昔舜禹之相堯兮，斯猷著於《典》《謨》。商摯慕其遺風兮，引撻市而爲虞。説冢宰於武丁兮，繩正木而靡渝。周公之告孺子兮，揚文武之永圖。召伯又歌乎公劉兮，美厚民而匪居。雖孔孟之游於衰世兮，固守經而嚴如。宜其名實之一揆兮，彼興廢何區區！後千載豈無臣兮，忘鑽仰於我極。逢君欲以就利兮，凡枉尋而直尺。量君才爲不及兮，聊順時而姑息。詆高論曰迂闊兮，喜近己而循迹。嗚呼！君名貶於雜霸兮，專頌美於在昔。臣不恭莫甚於此兮，徒没齒而愧惕。

竊獨嘉夫魏公兮，沃唐文而迓衡。知正己而民服兮，破俗辨之刑名。既柔遠而能邇兮，尚惜其學略而功速成。作正〔二〕位之儆戒兮，雖芻蕘者亦聽。匪吾言之能賦兮，唯尚文之易明。

愛人賦

王　回

俶天民之秉彝兮，同懿德而自好。縱百骸以徇物兮，義與利其殊報。彼君子兮，唯先覺是號。故忠恕以愛人兮，捨元元其焉肖？竊誦夫曾氏之求志兮，忘違禮而寢於大夫之簀。感童子之闕諷兮，雖疾病猶扶而反席。元與春務養吾欲兮，何屑屑而姑息？詒話言於一朝兮，可推而措諸靡極。

蓋曰德之爲物兮，在己而不在他焉。其形輶於鴻毛兮，其力重於太山。吾人所以相保而生死兮，固賴此而能然。俾各達其常心兮，因厥類敺而復還。孝莫大於尊親兮，不格姦於幾諫。慈莫隆於燕子兮，擇明師而講善。忠莫美於致君兮，專責難於可願。禮莫隆於任臣兮，敕欽職而有間。莫戚於夫婦之際兮，風雎鳩而誰溷？莫孺於兄弟之間兮，泣關弓而弭怨。莫樂於朋友之交兮，競切磋而成信。其餘泛吾義之所及兮，亦應乎求而敢倦。異此則陷父於惡兮，晉申生纔謚爲恭。納寵孽於驕奢兮，衛莊侯卒覆其宗。逢主欲以厚斂兮，冉求服鳴鼓之攻。王僚試於私人兮，形變雅之《大東》。恣同床之干政兮，嬉妲繼以興戎。小不忍於咈母兮，鄭克叔而俱凶。損友之三科兮，匪孔門之所容。况巧言與佞色兮，實媚衆以雷同。

嗚呼！是非之甚明兮，成敗亦不爲効。歷萬古而猶惑兮，寧醉昏而夢未覺？惜勞心而日拙兮，竊方循理而造要。庶無忝於曾氏之言兮，聊矢賦而彌邵。

大報天賦

范　鎮

大宋七十有二載，符節合於聖神，陶鈞運於真宰。化至而乾用九，令行而風不再。泰山四維兮，固基圖而靜寧；黃河一清兮，撫期運而茂對。元尊降休其如響，富媪効珍而弗愛。星氣交見，景炎青赤之光；魚馬兩至，道出東西之海。於時百靈會鈞天之游，萬物極崇丘之大。鑿井者罔識帝力，仰盆者不知天蓋。以上方游神治古之表，垂意幾成之會。道皇極以甚夷，基太平而無外。重茲盈成，罔或遑怠。若曰時靡愆伏，物不疵癘，協氣洪鬯而融然無際者，上穹之保艾。邊鄙不聳，干戈倒載，生靈相〔三〕與而讙然於內者，三后之大賚。按物理以順考，曾朕躬之弗逮。不有反本之報，曷爲含生之賴？況夫事具往聖之行，文備前世之載。嫣庭有六宗之禋，周家有始祖之配。《書》以巡嶽而冂事，《禮》以掃地而展采。總條貫於先猷，赫聲文乎當代。

上一其唱，下百其響。伯夷秩宗之典，叔孫奉常之掌。咸謹職以先次，率參謀而來上。僉曰：用日之至，吾道之長。就國之南，吾君之嚮。可以爲人而祈福，示聖人之能饗也。涓辰之良既如是，講儀之盛又如彼。將命以方底，飛文以疾置。鼓先令於民聽，俾咸知於上意。西踰月毳之垠，東走天池之紀。北窮祝栗之野，南極濮鉛之地。雷出而奮豫，風興而披靡。穹居卉服，革體木薦之酋；髽首貫胸，離身反踵之師。尋聲望景，知中國之有至仁；梯虛航深，示戎狄之無外事。順走我轍跡，服馴我邊轡。廼有雙[四]觡共觝之獸，赤汗赭沫之駟。浮琛没羽之珍，文鉞碧砮之異。諸福之物，倜儻奇偉。衆變之狀，燦爛譎詭。按圖諜而未書，歷封禪而不至。滔滔焉，峩峩焉，來助祭者，波委而嶽峙。吾皇游巖廊，操絶瑞，嘉聞聲教之遠，樂觀儀物之備。

迺飭四方，近逮周行。搜傑索俊，提忠挈良。相與齊於蟺蜎蠖濩之中，思所并而周流常羊者，已在出警之先期也。闕觚削其如倚，鋪首呀而欲驤。行幄默而下垂，樂宫屼其高張。八校拱著，五旗司方。禮器之葳蕤，軍裝之陸梁。錯文以章藻采兮，四會五達之莊。既法從之肸飭，倏呼鞭之對揚。神扶絳扆，乾行東箱。左黄鍾兮，五應以俱動；前式道兮，三候而相望。始乘輿也，顒顒昂昂，奮至德之光。大明登兮，重昏破而群陰藏。既遵途也，秋秋蹌蹌，走萬人之望。駭飈馳兮，浮埃沉而瑞氣翔。參忠信於倚衡兮，遠何適[五]而不臧？揔德法於銜勒兮，大何爲而不防？嶽然其不動兮，躬自厚而矜莊。春然其太和兮，躬不違而滋涼。顓儲思於逆鼇之事也，徑息駕乎列仙之場。儼陟降以肅潔兮，杳悟靈於忽恍乎。

款謁之辭稱畢，孝思之容外溢。葦然如傷，沛然不懌。念報天之罔極，顧履霜而懷惕。莫重乎《禮經》之五，以觀乎世廟之七。内則樂穆羽，舞旄狄，薦苾芬，儀赫奕，遲奉乎明靈之來格；外則熊司旗，虎視戟，威振厲，氣勃鬱，肅陳乎游徼之駢坒。俄而傳呼旦之聲，嚴出廟之蹕。昞重闈以南直，届夫禮神之室。

觀大涂大朱以洞闢，壇八觚而翼嶲。颯紳緌之綷縩，頴貂蟬之葱芊。上摩星以旓雲，下藻野而縟川。聖人凝旒以則數，薦璧而象圓。樂六變而導和，爵三獻而告虔。百神受〔六〕瑞以祖洽，四方承宇而來旋。啓脺膋之芬膏，焜樵蒸於高煙。杳馨明之升聞，藹嘉休而肅延。廻五輅兮清道，御兩觀於中天。歌塗巷而沸涌，觀堵墻而駢填。或陰而霞紛，振衣而瞀袂；方冬而暑盛，叠跡而側肩。

靚糀千車，廻轅衝轍。岌若移山之行，隱如奔雷之聲。礚砰礓硡，以拱乎神庭。鐵衣萬騎，奮蹻橫逸。畠如積雪之釋，迅如衝風之疾。宛轉絡繹，以環於帝室。嚴辦兮中外，臚句兮上下。繩鶴馭以飛書，絙鶏竿而肆赦。縱係縲以畢出，普疪吝而一灑。重离之曜，大繼明以照四方；泰山之雲，不崇朝而徧天下。飭飫賜，沐純嘏。受釐而延膝席，飲福而奏需雅。太室之聲，曼延於壽曆；覆盂之安，盤固於宗社。彼甘泉汾陰，后土之祠；交門竹宫，神光之拜。或孜孜於曲請，或屑屑於末戒。隘哉陋乎！曾未知福含生，懷萬靈之爲大也。

有一二眉壽，顧謂臣曰：『子游都而盛其際，吉其逢者，所謂觀國之光，利用賓於王矣。亦嘗知盛際之所自出，吉逢之所由來者乎？子少留，吾其語汝。夫聖人之將有爲也，必本於仁義。聲而爲樂，文而爲禮。柄而刑賞，統而祠祭。崇讓以樹之，懷遠以固之，作德以茂之，此古先之能事，教化之肇基也。故其始下詔，則有司指圖有經，叩天進辭，相與上乎號榮者，當宁却而不名，斯崇讓之至誠也。將僎儀則，百蠻款塞移珍，謁讙象譯，厥角於北闕者，本朝羈而不絕，斯懷遠之上烈也。既已事，則縣官去煩削密，輕徭緩租，驅躋於仁壽者，庶黎愉然而在宥，斯作德之洪覆也。夫一舉而關衆目，非曰躬聖發憤，其孰能大圖而殫究？子盍〔七〕亦案胥庭之圖，披羲農之籙。援結繩造契之具，迹卷領垂衣之躅。料平基緒之馮厚，準元精之回復。揚波以挹其腴潤，摛芳以搴其稠縟。然後攄文心，散辭氣，伏天庭而進牘。』臣蹶然而仰曰：『富哉言乎！微丈人，後進生其不識王澤之滲漉也。』謹拜手而系曰：

赫赫鉅宋，體元垂統，升中而奉兮。恢恢大圓，應聖何言，隤祉以蕃兮。吾皇之隆，彼蒼之崇，合符無窮兮！

鴻慶宮三聖殿賦

劉敞

臣伏見陛下，追述祖考，崇奉明祀，新作三聖殿，以昭孝明功於天下。臣以文學中第太常，試官祕書，目覩盛事，不敢以鄙薄自絀，輒作古賦一篇，以歌詠盛德。昔《靈光》《景福》之作，世稱其美麗，然其所謂壯大，不出乎彫刻畫繢，文彩之煌煌而已。又盛道工人之巧，民力之衆，材木之多，金玉之偉。臣以謂聖王有作，則必智者獻其巧，壯者輸其力，山林不敢愛其材，府庫之聚，皆所供億也。是物理之常，不足以夸大，臣愚竊陋之。若夫天命廢興之際，聖王授受之符，非敏智通達，未有能究知其始終者，固難爲寡見淺聞者道也，臣竊大之。是以略所陋而張所大，不敢仰希風人雅頌之列，庶幾有其志云爾。

蓋上帝之所選建明聖，命以天位者，乃所以享德而報功焉。未有德盛於前，功播於後，而其子孫寂寥，千載無聲者也。賢哲所談，六籍之云，德莫著於有虞，功莫隆於五臣。禹平水土，夏姒以家。司徒后稷，是教是食，肇商興周，歷載累百。皋陶大理，五刑以明，於其苗裔，乃興於唐。若夫董淳耀以攸司，奏庶民之鮮食，焚山烈澤，害服妖息，鳥獸咸若，草木允殖，固伯益之力焉。天報以位，俾秦周繼，於其子孫，誣祖不紹，去火即水，叛禮尚刑，法以慘急，然猶兼六國，一天下。而不知變於初，二世以斃。非天不相朕虞之後，乃其否德得罪於祖而斷棄也。惟伯益之功未報，是以大命復集於趙氏焉。

五代喪德，九土分裂，海水横流，民用墊溺。鳥獸昌熾，黔首失職，滔滔惑惑，蓋若洪流之未闢。於是太祖乘火而帝，繼益之功，天胙吉土，曰惟商丘。是爲星火，大辰之居。亦曰明堂，布政之由。出潛離隱，或躍在淵，以有九有，百度正焉。削禍戡亂，出民塗炭，風揮〔八〕日舒，天地正觀。荆燕吴蜀，楚越并冀，懾威懷仁，奔走失氣。崛强者執服，柔從者加賜。太宗承之，真宗成之，登封降禪，矢直砥平。巍巍乎邈三五而儔儷，彼漢魏之瑣瑣，曾何比京！

夫伯益始掌火而底績，而宋以火帝，興於火墟，天之報施，豈不昭昭可推而類也哉！且夫積功以凝命而創業，因物以胙土，由土以建號，欒以反初，禮不忘其本。是故作於原廟，建之别都，三聖鼎列，大厦以居，以荅景貺，以昭成功。俾子孫知厥所由，億兆仰德而不窮也。厥後烈風雲雨，雹雷震曜，儆戒於下，濫炎流燒。天子怵於大異，反己正德，伏念七年，乃其有得。曰：『天以德訓予，而以威震予，依類託諭，予敢不信？夫政不變不足以日〔九〕新，禮不修不足以化民。天之示人，若曰政禮之敝，雖祖宗之爲，猶當勿憚乎改更。』於是詔三事，飭九卿，和布於舊，載損載益，以荅天誡，以舉聖職。

夫既天行而日白矣，乃復閟宮，奬夫神衷，三后在天，對越上穹。經之營之，不日成之。閎偉奇麗，所以使宮寢之勿踰也；清閑窅密，鬼神之所都也。絜百圍而置楹兮，度千仞以架棟。擇一木於萬章兮，顧餘羨者猶衆。般倕獿人之儔，獻巧而林立兮，莫不心競而賈用。亘長廊其如城兮，闢重門其似洞。欒拱粲其如星兮，侏儒屹其承重。如翬斯飛，如鳥斯革兮，誠可慓其將動。闔陰房之密静兮，雖六月其必寒；闢陽榮之敞麗兮，蓋中夜而已旦。涉廣除而徑上兮，每百尺而一級；歷青琨之瑩滑兮，曾不得而側立。顧風雨之在下兮，足以避夫燥濕。良非人力之所爲兮，宜鬼神之攸集。於是使夫設色之工，後素之巧，想像形容，圖寫必效。夫其龍顔日角，天質之顒昂兮，臣乃今知真人之異表。

於是駕鑾輅，登玉虯。千乘萬騎，雲動而景附兮，想平生之豫游。旂常繽紛以赩翕兮，鍾鼓軒轟，簫管發而啁啾。雜魚龍之奇技兮，蜿蜒曼延於道周。百神紛而並迎兮，出閶闔而御夫龍舟。爾乃川后静波，屏翳息風。舳艫相銜，若複道之延屬兮，亘千里而相通。百工備官而夙設兮，棹夫讙呼而奏功。惟吉行之五十兮，餘日力而靡窮。既屆既止，威儀若初，以幸夫壽宮。乃即前楹，以脩祀事，威神如在，望之可畏。殫金玉以備用，罄飛潛以薦味。帷帳筦簟之安肆，几杖筆研之儲偫。靡一物之蓋闕兮，所以廣孝思而盡心志。守臣侍祠，罔不肹飭，既事而旋，閟而莫覿。列仙之儒，偓佺之倫，迎神頌祇於其側。若夫祝融重黎，相土閼伯，固已喜動乎魄，情見乎色，護清蹕而晞盛德也。

巍巍大哉！不可得而記已。且夫天命之不忘，人生之大寶也；祖宗之有繼，子孫之勿替也。兹聖王所以繼統垂業，超商邁周，衂嗣錫羨，貽厥孫謀。使萬有千歲，得以晞風而承流也。遂作頌曰：

崇崇商丘，大火主兮。曰宋之興，道是配兮。建邦設都，以有九土兮。有皇上帝，明德輔兮。伯益之功，邈不可忘兮。三聖承承，有烈光兮。奕奕寢廟，神翺翺兮。胥於萬年，尚無疆兮！

秋懷賦

劉敞

世量力以爲智兮，孰不自師其成心？不强短以彼修兮，亦各濟其所任。蓋周任之明清兮，予嘗服於德音。羌專直其似愚兮，遂底滯而廢沈。惟古人有不遇兮，亦奚慨於斯今？昔既冠而從仕兮，冀陳力而帥職。何日月之不淹兮，亹亹至乎不惑。世與我其異衷兮，增余懷之默默。數廢日而陪參兮，願自竭而安得？將奔走而及事兮，愧初心而變色。譬游者之無術兮，念愈躁而愈没。苟衆賢之并容兮，曾介善之不遺。辱與廉之末舉兮，遂以造夫攸司。君之門不可以徑入兮，既待詔而歷時。唯褊心之狷狹〔一〇〕兮，樂繩墨其自持。誠詭遇其有獲兮，雖得獸而恥之。信天命之有在兮，非智勇其孰勿疑？時既秋而凉風兮，草木落而變衰。皎〔一一〕月麗於西厢兮，蟋蟀迅而鳴悲。閲四序之代謝兮，既逝者之如斯。悼我心之弗獲兮，起惆悵而稱詩。

校勘記

〔一〕『謂吾』，麻沙本作『吾謂』。

〔二〕『正』，六十四卷本作『在』。

〔三〕『相』，六十四卷本作『勇』。

〔四〕『雙』，底本作『變』，蓋誤，據六十四卷本改。宋咸淳廖氏世綵堂刻本《昌黎集》注有『司馬相如所謂雙觡共抵之獸』云云。

〔五〕『適』，六十四卷本作『道』。

〔六〕『受』，底本作『愛』，據六十四卷本改。

〔七〕『盍』，底本作『蓋』，據六十四卷本、麻沙本改。

〔八〕『揮』，麻沙本作『指』。

〔九〕「日」，麻沙本作「化」。
〔一〇〕「狷狹」，六十四卷本作「狷狷」。
〔一一〕「皎」，麻沙本作「日」。

新校宋文鑑卷第五

校者按：底本爲刻卷，據六十四卷本、麻沙本刻卷校改。

賦

不寐賦

劉攽

忳鬱邑其憑中兮，何鑒寐其弗夷？方永夜之未艾兮，廓靜處而長思。悼既往之弗及兮，慨來今之曷知？緒將絶而復續兮，精發越而淫移。倏四海其再撫兮，泯萬朞乎須臾。武勝商而歸周兮，天保定其千億。叔旦兼乎三王兮，仰勤思而有獲。孔潛精於好學兮，致憤懣於無益。欒好善而用魯兮，孟見喜乎顔色。仁弗遇於衛頊兮，願奮飛而不得。翟相氛而見祥兮，獻肇謀乎虞虢。彼遠慮之與近思兮，智與愚皆從其職。嗟民生之多艱兮，羌以心爲形役。君子有不安其命兮，小民有不度其力。非蚊虻之噆膚兮，曾内懷於大棘。惟昔夢之蘧蘧兮，既悵然而獨寤。亮伐柯之不遠兮，何内蘉而宩固？晞聖人之大覺兮，綿萬世而不遇。幸曲肱而自怡兮，庶無迷於初度。

拙賦

周惇頤

或謂予曰：『人謂子拙。』予曰：『巧，竊所恥也，且患世多巧也。』喜而賦之：

巧者言，拙者默。巧者勞，拙者逸。巧者賊，拙者德。巧者凶，拙者吉。嗚呼！天下拙，刑政徹。上安下順，風清弊絶。

洛陽懷古賦

邵　雍

洛陽之爲都也〔一〕，居天地之中，有終天之王氣在焉。予家此，治平歲，會秋乘雨霽，與殿院劉君玉登天宫寺三寶閣，洛之風景，因得周覽。惜其百代興廢以來，天子雖都之，而多不得其久居也，故有懷古之感，以通諷〔二〕諭。君玉好賦，以賦言：

秋雨霽，日色清。景方出，秋益明。何幽懷之能快？唯高閣之可憑。天之空廓，風之輕冷。覽三川之形勝，感千古之廢興。乃眷西北，物華之妍。雲情物態，一氣茫然。擁樓閣以高下，焕金碧之光鮮。當地勢之拱處，有王居之在焉。

惜乎！天子居東都，此邦若諸夏。不會要於方來，不號令於天下。聲明文物，不此而出；道德仁義，不此而化。宫殿森列，鞠而爲茂草；園囿碁布，荒而爲平野。鑾輿曾不到者三十餘年，使人依然而歎曰：虚有都之名也。噫！夏王之治水也，四海之内，列壤惟九，而居中者，實曰豫州。荆河之北，此爲上流。周公之卜宅也，率土之濱，建國爲萬，而居中者實曰洛陽。瀍澗之側，此唯舊都〔三〕。迄於今日，二千年之有餘，因興替之不定，故靡常其厥居。我所以作賦者，閱古今變易之時，述興亡異同之迹。追既失之君王，存後來之國家也。

噫！太昊始法，二帝成之，三王全法，參用適宜。伊六聖之經理，實萬世之宗師。我乃謂治民之道，於是乎大盡矣。逮夫五霸抗軏，七雄駕威，漢之興，乘秦之弊；曹之擅，幸漢之衰。始鼎立而治，終豆分而隳。晋中原之失守，宋江左之晝䥫，或走齊而驛魏，或道陳而經隋。自元魏廓河南之土，植六朝之風物；李唐蟠關中之腹，孕五代之亂離。其間或道勝而得民，或兵强而懵下；或虎吞而龍噬，或鶉狂而犬詐；或創業於艱難，或守成於逸暇；或覆餗而終焉，或包桑而振者。故得陳其六事，雖善惡不同，其成敗一也。

其一曰大哉德之爲大也，能潤天下。必先行之於身，然後化之於人。化也者，效之也，自人而效我者也。所以不嚴而治，不爲而成，不言而信，不令而行。順天下之性命，育天下之生靈。其帝者之所爲乎！其二曰至哉政之爲大也，能公天下。必先行之於身，然後教之於人。教也者，正之也，自我而正人者也。所以有嚴而治，有爲而成，有言而信，有令而行。拔天下之疾苦，遂天下之生靈。其王者之所爲乎！其三曰壯哉力之爲〔四〕大也，能致〔五〕天下。必先豐府庫，峙倉箱，鋭鋒鏑，峻金湯。嚴法令於烈火，肅兵刑於秋霜。竦民聽於上下，慴夷心於外荒。其霸者之所爲乎！其四曰時若傷之於隨，失之於寬，始則廢事，久則生姦。既利不能勝言，故冗〔六〕得以疾賢。是必薄其賦歛，欲民不困而民愈困；省其刑罰，欲民不殘而民愈殘。蓋致之之道，失其本矣。其五曰時若任之以民〔七〕，專之以察，始則烈烈，終焉缺缺。既上下以交虐，乃恩信之見奪。是必峻其刑罰，欲民不犯而民愈犯；厚其賦歛，欲國不竭而國愈竭。蓋致之之道，失其末矣。其六曰水旱爲沴，年歲豐虛，此天地之常理，雖聖人不能無。蓋有備而無患。不得中者，加以寬猛失政，重輕逸權，不有水旱而民已困，而況有水旱兵革焉？所謂本末交失，不亡何待！天下有成敗六焉，此之謂也。

君天下者，得不用聖帝之典謨，行明王之教化？士可殺不可辱，民可近不可下。上能撫如子焉，下必戴其后也。仲尼所以陳革命，則抑爲人之匪君；明遜國，則杜爲人之不臣。定《禮》《樂》而一天下之政教，修《春秋》而罪諸侯之亂倫。删《詩》以揚文武之美，序《書》以尊堯舜之仁。贊《大易》以都括，與《六經》而並存。意者不可以地之重易民之教，不可以民之教悖天之時。教之〔八〕各備，則居地而得宜，是故知地不可固有之也。君上必欲上爲帝事，則請執天道焉；中爲王事，則請執人道焉；下爲霸事，則請執地道焉。三道之間，能舉其一，千古之上，猶反掌焉。則是洛之興也，又何計乎都與不都也。如欲用我，吾從其中。

灔澦堆賦

蘇軾

世以瞿唐峽口灔澦堆爲天下之至險，凡覆舟者，皆歸咎於此石。以余觀之，蓋有功於斯人者。夫蜀江會百水而至於夔，瀰漫浩汗，横放於大野，而峽之小大，曾不及其十一。苟先無以齟齬於其間，則江之遠來，奔騰迅快，盡鋭於瞿唐之口，則其嶮悍可畏，當不啻於今耳。因爲之賦，以待好事者試觀而思之。

天下之至信者，唯水而已。江河之大與海之深，而可以意揣，唯其不自爲形，而因物以賦形，是故千變萬化而有必然之理。掀騰悖怒，萬夫不敢前兮，宛然聽命，惟聖人之所使。予泊舟乎瞿唐之口，而觀乎灧澦之崔嵬，然後知其所以開峽而不去者，固有以也。蜀江遠來兮，浩漫漫之平沙，行千里而未嘗齟齬兮，其意驕逞而不可摧。忽峽口之逼窄兮，納萬頃於一盃。方其未知有峽也，而戰乎灧澦之下，喧豗震掉，盡力以與石鬭，勃乎若萬騎之西來。忽孤城之當道，鉤援臨衝，畢至於其下兮，城堅而不可取。矢盡劍折兮，迤邐循城而東去。於是滔滔汩汩，相與入峽，安行而不敢怒。嗟夫！物固有以安而生變兮，亦有以用危而求安。得吾説而推之兮，亦足以知物理之固然。

屈原廟賦

蘇　軾

浮扁舟以適楚兮，過屈原之遺宫。覽江上之重山兮，曰惟子之故鄉。伊昔放逐兮，渡江濤而南遷。去家千里兮，生無所歸而死無以爲墳。悲夫！人固有一死兮，處死之爲難。徘徊江上欲去而未决兮，俯千仞之驚湍。賦《懷沙》以自傷兮，嗟子獨何以爲心！忽終章之慘烈兮，逝將去此而沉吟。吾豈不能高舉而遠遊兮，又豈不能退默而深居？獨嗷嗷其怨慕兮，恐君臣之愈疏。生既不能力争而强諫兮，死猶冀其感發而改行。苟宗國之顛覆兮，吾亦獨何愛於久生？託江神以告冤兮，馮夷教之以上訴。歷九關而見帝兮，帝亦悲傷而不能救。懷瑾佩蘭而無所歸兮，獨惸惸乎中浦。峽山高兮崔嵬，故居廢兮行人哀。子孫散兮安在，況復見兮高臺。自子之逝今千載兮，世愈狹而難存。賢者畏譏而改度兮，隨俗變化斵方以爲圓。黽勉於亂世而不能去兮，又或爲之臣佐。變丹青於玉瑩兮，彼乃謂子爲非智。惟高節之不可以企及兮，宜夫人之不吾與。違國去俗死而不顧兮，豈不足以免於後世！

嗚呼！君子之道，豈必全兮？全身遠害，亦或然[九]兮。嗟子區區，獨爲其難兮。雖不適中，要以爲賢兮。夫我何悲，子所安兮！

昆陽城賦

蘇軾

淡平野之靄靄，忽孤城之如塊。風吹沙以蒼莽，悵樓櫓之安在。横門豁以四達，故道宛其未改。彼野人之何知，方傴僂而畦菜。嗟夫！昆陽之戰，屠百萬於斯須，曠千古而一快。想尋邑之來陣，兀若驅雲而擁海。猛士扶輪以蒙茸，虎豹雜沓而横潰。罄天下於一戰，謂此舉之不再。方其乞降而未獲，固已變色而驚悔。忽千騎之獨出，犯初鋒於未艾。始憑軾而大笑，旋棄鼓而投械。紛紛籍籍死於溝壑者，不知其何人，或金章而玉佩。彼狂童之僭竊，蓋已旋踵而將敗。豈豪傑之能得，盡市井之無賴。貢符獻瑞一朝而成群兮，紛就死之何怪。獨悲傷於嚴生，懷長才而自浼。豈不知其必喪，獨徘徊其安待？過故城而一弔，增志士之永慨。

赤壁賦

蘇　軾

壬戌之秋，七月既望，蘇子與客泛舟，遊於赤壁之下。清風徐來，水波不興。舉酒屬客，誦明月之詩，歌窈窕之章。少焉，月出於東山之上，徘徊於斗牛之間。白露横江，水光接天。縱一葦之所如，凌萬頃之茫然。浩浩乎如馮虚遇〔一〇〕風，而不知其所止；飄飄乎如遺世獨立，羽化而登仙。於是飲酒樂甚，扣舷而歌之。歌曰：『桂棹兮蘭槳，擊空明兮泝流光。渺渺乎予懷，望美人兮天一方。』客有吹洞簫者，倚歌而和之。其聲嗚嗚然，如怨如慕，如泣如訴。餘音嫋嫋，不絶如縷。舞幽壑之潛蛟，泣孤舟之嫠婦。

蘇子愀然，正襟危坐，而問客曰：『何爲其然也？』客曰：『「月明星稀，烏鵲南飛」，此非曹孟德之詩乎？西望夏口，東望武昌，山川相繆，鬱乎蒼蒼，此非孟德之困於周郎者乎？方其破荆州，下江陵，順流而東也，舳艫千里，旌旗蔽空，釃酒臨江，横槊賦詩，固一世之雄也，而今安在哉？况吾與子漁樵於江渚之上，侣魚蝦而友麋鹿。駕一葉之扁舟，舉匏樽以相屬。寄蜉蝣於天地，渺浮海之一粟。哀吾生之須臾，羡長江之無窮。挾飛仙以遨遊，抱明月而長終。知不可乎驟得，託遺響於悲風。』

蘇子曰：『客亦知夫水與月乎？逝者如斯，而未嘗往也。盈虛者如彼，而卒莫消長也。蓋將自其變者而觀之，則天地曾不能以一瞬。自其不變者而觀之，則物與我皆無盡也，而又何羡乎？且夫天地之間，物各有主。苟非吾之所有，雖一毫而莫取。惟江上之清風，與山間之明月。耳得之而爲聲，目遇之而成色。取之無禁，用之不竭。是造物者之無盡藏也，而吾與子之所共食。』客喜而笑，洗盞更酌。肴核既盡，杯盤狼籍。相與枕藉乎舟中，不知東方之既白。

後赤壁賦

蘇　軾

是歲十月之望，步自雪堂，將歸於臨皐。二客從予，過黄泥之坂。霜露既降，木葉盡脱。人影在地，仰見明月。顧而樂之，行歌相荅。已而歎曰：『有客無酒，有酒無肴，月白風清，如此良夜何？』客曰：『今者薄暮，舉網得魚。巨口細鱗，狀似松江之鱸，顧安所得酒乎？』歸而謀諸婦，婦笑曰：『我有斗酒，藏之久矣，以待子不時之須。』

於是攜酒與魚，復遊於赤壁之下。江流有聲，斷岸千尺。山高月小，水落石出。曾日月之幾何，而江山不可復識矣。予乃攝衣而上，履巉巖，披蒙茸。踞虎豹，登虬龍。攀栖鶻之危巢，俯馮夷之幽宫，蓋二客不能從焉。劃然長嘯，草木震動。山鳴谷應，風起水涌。予亦悄然而悲，肅然而恐，凛乎其不可留也。反而登舟，放乎中流，聽其所止而休焉。時夜將半，四顧寂寥，適有孤鶴，横江東來。翅如車輪，玄裳縞衣，戛然長鳴，掠予舟而西也。

須臾客去，予亦就睡，夢一道士，羽衣翩僊，過臨皋之下。揖予而言曰：『赤壁之遊樂乎？』問其姓名，俛而不荅。嗚呼噫嘻，我知之矣！疇昔之夜，飛鳴而過我者，非子也耶？道士顧笑，予亦驚悟。開户視之，不見其處。

秋陽賦

蘇　軾

越王之孫，有賢公子，宅於不土之里，而詠無言之詩。以告東坡居士曰：『吾心皎然，如秋陽之明；吾氣肅然，如秋陽之清。吾好善而欲成之，如秋陽之堅百穀；吾惡惡而欲刑之，如秋陽之隕群木。夫是以樂而賦之，子以爲何如？』

居士笑曰：『公子何自知秋陽哉？生於華屋之下，而長遊於朝廷之上。出擁大蓋，入侍幃幄，暑至於温，寒至於凉而已矣。何自知秋陽哉？若予者，乃真知之。方夏潦之淫也，雲烝雨泄，雷電發越。江湖爲一，后土冒没。舟行城郭，魚龍入室。菌衣生於用器，蛙蚓行於几席。夜違濕而五遷，晝燎〔一〕衣而三易。是猶未足病也。耕於三吴，有田一廛。禾已實而生耳，稻方秀而泥蟠。溝塍交通，墻壁頽穿。面垢落壓之塗，目泫濕薪之煙。釜甑其空，四鄰悄然。鸛鶴鳴於户庭，婦宵興而永歎。計無食其幾何，矧有衣於窮年？忽釜星之雜出，又燈花之雙懸。清風西來，鼓鐘其鎧。奴婢喜而告予，此雨止之祥也。蚤作而占之，則長庚澹其不芒矣。浴於暘谷，升於扶桑。曾未轉盼，而倒景飛於屋梁矣。方是時也，如醉而醒。如瘖而鳴，如痿而起行。如還故鄉，初見父兄。公子亦有此樂乎？』

公子曰：『善哉！吾雖不身履，而可以意知也。』居士曰：『日行於天，南北異宜。赫然而炎非其虐，穆然而温非其慈。且今之温者，昔之炎者也。云何以夏爲盾而以冬爲衰乎？吾儕小人，輕慍易喜。彼冬夏之畏愛，乃群狙之三四。自今知之，可以無惑。居不障户，出不御笠，暑不言病，以無忘秋陽之德。』公子拊掌，一笑而作。

中山松醪賦

蘇軾

始予宵濟於衡漳，車徒涉而夜號。燧松明以記淺，散星宿於亭皋。鬱風中之香霧，若訴予以不遭。豈千歲之妙質，而死斤斧於鴻毛！效區區之寸明，曾何異於束蒿！爛文章之糾纏，驚節解而流膏。喜構〔一二〕厦其已遠，尚藥石之可曹。收薄用於桑榆，製中山之松醪。救爾灰燼之中，免爾螢爝之勞。取通明於盤錯，出肪澤於烹熬。與黍麥而皆熟，沸春聲之嘈嘈。味甘餘而小苦，歎幽姿之獨高。知甘酸之易壞，笑凉州之蒲萄。似玉池之生肥，非内府之烝羔。酌以癭藤之紋樽，薦以石蟹〔一三〕之霜螯。曾日飲之幾何，覺天刑之可逃。投拄杖而起行，罷兒童之抑搔。望西山之咫尺，欲褰裳以遊遨。跨超峰之奔鹿，接掛壁之飛猱。遂從此而入海，眇翻天之雲濤。使夫嵇阮之倫，與八仙之群豪。或騎麟而翳鳳，争榼挈而瓢操。顛倒白綸巾，淋漓宮錦袍。追東坡而不可及，歸餔歠其醨糟。漱松風於齒牙，猶足以賦《遠遊》而續《離騷》也。

懷歸賦

沈括

歸休乎！嗟生亦勞兮，歲常九行而一息。四方已莫不異兮，欲終往而安即？披荆榛以孤騖，涉大塗之梗塞。投孱顔以坌入，孰爲晏眠而朝食謦欬？一山而百折兮，況千里之綿邈。高浪鱗卷而電劃兮，近不保乎咫尺。嗟乎！子乘此而安之兮，託扶摇以寸翮。吾一念子之往兮，意久兀硉而屹栗。彼夫人之聖哲，寧有欲乎顛躓[一四]？摩冥冥之無窮，抽萬世之潛默。雖皎中而自信，亦終壈坎而莫覿。來之不可與謀兮，果去亦庸何傷？既振轡而大驅兮，盍[一五]倡佯其所適。期無羨於古人兮，苟亦善吾之令德。終曠蕩之可驤兮，信幽履之不惑。

黄樓賦

蘇轍

熙寧十年秋七月乙丑，河決於澶淵，東流入鉅野，北溢於濟，南溢於泗。八月戊戌，水及彭城下，余兄子瞻適爲彭城守。水未至，使民具畚鍤，畜土石，積芻茭，窒隙穴，以爲水備。故水至民不恐。自戊戌至九月戊申，水及城下二丈八尺，塞東西北門，水皆自城際山。雨晝夜不止，子瞻衣製履屨，廬於城上，調急夫、發禁卒以從事，令民無得竊出避水，以身帥之，與城存亡。故水大至民不潰。方水之淫也，汗漫千餘里，漂廬舍，敗冢墓，老弱蔽川而下，壯者狂走，無所得食，槁死於丘陵林木之上。子瞻使習水者浮舟檝，載糗糧以濟之，得脱者無數。水既洄，朝廷方塞澶淵，未暇及徐。子瞻曰：『澶淵誠塞，徐則無害。塞不塞天也，不可使徐人重被其患。』乃請增築徐城，相水之衝，以木堤捍之，水雖復至，不能以病徐也。故水既去，而民益親。於是即城之東門爲大樓焉，堊以黄土，曰『土實勝水』。徐人相勸成之。轍方從事於宋，將登黄樓，覽觀山川，弔水之遺迹，乃作黄樓之賦。其詞曰：

子瞻與客遊於黄樓之上，客仰而望，俯而歎曰：『噫嘻殆哉！在漢元光，河決瓠子。騰蹙鉅野，衍溢淮泗。梁楚受害，二十餘年。下者爲汙澤，上者爲沮洳。民爲魚鼈，郡縣無所。天子封祀太山，徜徉東方。哀民之無辜，流死不藏。使公卿負薪，以塞宣房。《瓠子》之歌，至今傷之。嗟惟此邦，俯仰千載。河東傾而南洩，蹈漢世之遺害。包原隰而爲一，窺吾墉之摧敗。吕梁齟齬，横絶乎其前；四山連屬，合圍乎其外。水洄洑而不進，環孤城以爲海。舞魚龍於埤壑，閲帆檣於睥睨；方飄風之迅發，震鞞鼓之驚駭。誠蟻穴之不救，分閭閻之横潰。幸冬日之既迫，水泉縮以自退。棲流枿於喬木，遺枯蚌於水裔。聽澶淵之奏功，非天意吾誰賴？今我與公，冠冕裳衣。設几布筵，斗酒相屬。飲酣樂作，開口而笑，夫豈偶然也哉？』

子瞻曰：『今夫安於樂者，不知樂之爲樂也，必涉於害者而後知之。吾嘗與子凴茲樓而四顧，覽天宇之宏大。繚青山以爲城，引長河而爲帶。平皋衍其如席，桑麻蔚乎旆旆。畫阡陌之從横，分園廬之向背。放田漁於江浦，散牛羊於煙際。清風時起，微雲霮䨴。山川開闔，蒼莽千里。東望則連山參差，與水背馳。群石傾奔，絶流而西。百步涌波，舟楫紛披。魚鼈顛沛，没人所嬉。聲崩震雷，城堞爲危。南望則戲馬之臺，巨佛之峰。巋乎特起，下窺城中。樓觀翱翔，嵬峨相重。激水既平，眇莽浮空。駢洲接浦，下與淮通。西望則山斷爲玦，傷心極目。麥熟禾秀，離離滿隰。飛鴻群往，白鳥孤没。横煙澹澹，俯見落日。北望則泗水湠漫，古汴合焉。匯爲濤淵，蛟龍所蟠。古木蔽空，烏鳥號呼。賈客連檣，聯絡城隅。送夕陽之西盡，導明月之東出。金鉦薄於青嶂，陰氛爲之辟易。窺人寰而直上，委餘彩於沙磧。激飛楹而入户，使人體寒而戰慄。息洶洶於群動，聽川流之蕩潏。可以起舞相命，一飲千石。遺棄憂患，超然自得。且子獨不見夫昔之居此者乎？前則項籍、劉戊，後則光弼、建封。戰馬成群，猛士成林；振臂長嘯，風動雲興。朱閣青樓，舞女歌童。勢窮力竭，化爲虚空。山高水深，草生故墟。蓋將問其遺老，既已灰滅而無餘矣。故吾將與子弔古人之既逝，閔河決於疇昔。知變化之無在，付杯酒以終日。』於是衆客釋然而笑，頹然就醉。河傾月墮，攜扶而出。

校勘記

〔一〕『也』，麻沙本作『地』。

〔二〕『諷』下，底本空一字格，六十四卷本、麻沙本有一『誦』字。

〔三〕『都』，麻沙本作『邦』。

〔四〕『爲』，底本無，據六十四卷本、麻沙本補。

〔五〕『致』，麻沙本作『教』。

〔六〕「冗」，麻沙本作「況」。
〔七〕「民」，六十四卷本作「明」。
〔八〕「教之」前，六十四卷本、麻沙本有「必時」二字。
〔九〕「然」，麻沙本作「全」。宋本《經進東坡文集事略》作「然」。
〔一〇〕「遇」，六十四卷本作「御」。宋本《經進東坡文集事略》作「御」。
〔一一〕「燎」，麻沙本作「燥」。宋本《經進東坡文集事略》作「燎」。
〔一二〕「喜構」，麻沙本作「嘻作」。宋本《經進東坡文集事略》作「嘻締」。
〔一三〕「蟹」，麻沙本作「盤」。宋本《經進東坡文集事略》作「蟹」。
〔一四〕「蹐」，麻沙本作「蹄」。清刻本《長興集》作「躓」。
〔一五〕「盍」，底本作「蓋」，據六十四卷本、麻沙本改。清刻本《長興集》作「盍」。

新校宋文鑑卷第六

校者按：底本爲刻卷，據六十四卷本、麻沙本刻卷校改。

賦

感山賦

崔伯易

客有爲予言太行之富，其山一名皇母，一名女媧，或於此煉石補天，今其上有女媧祠。因感其説，爲之賦。其辭曰：

曲轅先生從先大夫之南征，省黑許於紫霄，訪武王於朱陵。授羅浮之隱書，擷三茅之神英。息肩淮泗之濱，閉關〔一〕弦歌，與世無營。一日梁國公子、銅鞮處士闖然踵門，悦然相親。叙山曰：『先生倦游者矣，祈有異聞。』先生不對，賓請愈勤。於是爲論山中之物，山中之民。中之遺懽，詠山中之淳文。二客相視而笑，曰：『先生唐相之家，族蕃西京。京於吾鄉，駕材累程。連聯高山，見於群經。兹其不言，疑未之行。試爲先生陳之何如？』公子贊之。

處士曰：『夫坤厚之勢，猶一人之體。崑崙爲之首，自首而下，峡岝屹嵫，無復平地。陵轢百國，有陰山焉，横二千餘里。北爲戎狄，南爲古聖之所治，測中言之，殆吾國之乾位。昕天銅渾，《周髀》保章。參地之形，兹爲最詳。上正樞星，下開冀方。逢胃而畢，自柳以張。亂則冀安，弱則冀强。起爲名丘，妥爲平岡。巋乎甚尊，其名太行。挾大河於楚東，瞰北嶽其在旁。其高也，邐迤而上。始莫知其高也，登躡千里，昂目而前望，駭實與夫天當。其深也，繚繞盤辟。始莫知其深也，馳朔東而左轉，垂三月而見脊。盛連延乎碣石，傳曰東海之水不盡，而此山也，吾莫知其所極。此其知言哉！如彼大邦，圻鉤壤連。如彼大川，洲維浦聯。殊鄉異觀，習乎所傳。坳然若鞍者曰鞍山，突然若竈者曰竈山。色黑者黑山，形方者方山。如此之類，名何可殫？墨翟察而知驥之貴，尸佼過而辨牛之難。穆王升由雀道而出，世宗行自大河而還。孝明嘗登幸上黨郡，章帝以游至天井關。孟德北上，紀摧輪之恐；謝公西顧，引憂生之端。阮籍失路而詠懷，劉峻懷交而發嘆。歸晋陽子惠之便道，對二坂祖濬之祥觀。開元錫問於逢車，武德置縣而當煩。霍褰吾襟，共附吾肘。纏午壁之勢，探長城之口。天門揭其部分，烏嶺支其躪蹂。姑射王屋，隆慮雷首。靡迤嶔岑，參錯飣餖。或拱其左，或捧其右。或導其前，或贊其後。讓以奇巘，貢以重岫。曾夸娥之輪力，攤大帝之實授。上晻曖兮鵬擊，下砰磕兮鯨鬭。又若王畿之外，五等諸侯，奉命守土。率屬千萬，悉面内而騰輳。此山之形也。汾潞丹洹，淳池滱易。涑沁淇漳，清源濟溴。奄呴將迎，縱横嗽激。安陽巨馬出其夸，白絜北涿度其液。觸遥阜以孤引，瀲滎光而歷冪。凝染漸漬，哀青貯碧。此山之容也。奠荒有神，開社有伯。以風主威，以雲主澤。翻手熯陽，覆手霹靂。近靡百城，遠霈萬域。暴暑亟寒，暗天一白。煙不得爲瘴，氣不得爲疫。豈其幽深也，深其欲而難期；其并合也，合其力則無敵。此山之氣候也。軒后以來，至於成王。自時建都，遷徙不常。遠近表裏，其陰其陽。春秋之前，封國既多；春秋之後，唯晉爲彊。大抵以兵爲阻，以險爲防。守不敢弛，戰不敢忘。越至卑耳，而齊桓以霸；一入孟門，而平公幾亡。燕趙中山，衛韓與魏。或主山東，或主河内。或主山西，或主河外。或城其隈，或據其會。或保作咽頸，或恃爲腹背〔二〕。屯留有常阻，山陽有常界。跬步之側〔三〕，萬人死之。復驅萬人，而地不少退。如羆斯林，如虬斯壑。左顧右眄，爪牙鋒鍔。乘間薄人，肝腦塗地，以搴旗虜將而爲樂。不然，假息竊視，扞以城郭。從姬歌兒，名琲重璞，不敢不獻，雖欲藏之，亦終歸乎攫搏。駭乎哉！固嘗一朝之中，一舍之間，烹四十餘萬之衆，築頭顱之山，舉長平爲鼎鑊。舊壁荒城，豆分棊錯，今千餘年，幽陰寂寞。此山之勢勝也。當時雄豪，迭指交質。行野者非樂其野，逐獸者非即其獸。裴徊陵陸，踰跐阪阜。裁約六國，睥睨九道。孰爲龍首，孰爲天竈？向背孰徙，草木孰遘？器械孰便，憑倚孰厚？東西孰廣，南北孰袤？爲蛇孰尾，爲鸛孰噣？孰方孰圓，孰牝孰牡？衝輪孰敏，沮鴈孰懋？孰利襲掩，孰利藏覆？孰此出擊，孰此入寇？孰可徒搏，孰可騎驟？孰可啗誘，孰可斥候？孰可接戰，孰可挑鬬？孰最恐夜，孰不欲晝？勝此孰遂，敗此孰救？佯遁孰止，乘亂孰走？孰要於邇，孰閉其後？記省在目，陳説在口。憑軾結軥，忿拳去就。所過之邑，鶚視狼吼。詰無不講，嚮無不偶。入軍則建旗鼓，入朝則佩印綬。以國試膽，以民試手。爲縱横家，隨以此售。闞警遲速，稱畫貧富。矯尾〔四〕厲角，恐愓翻構。鬼神不能窺其密，賢畯不能糾其繆。中人主之利欲，移將相之恩舊。其後或主或臣，建功立業，尤顯聞於後世。則有決羊腸之險，壍此山之道，攻滎陽伐韓以威天下，應侯爲秦昭王之謀也。據敖倉之粟，杜中山之阨，距飛狐之口，守白馬之津，使天下知所歸者，酈食其爲漢高祖之謀也。踰此山，入射犬，破青犢之衆，殺謝躬於鄴，以收復天下爲心者，漢光武之謀也。濟河降射犬之衆，還軍敖倉，屬魏种以河北事，然後西向以争天下者，魏武帝之謀也。進據武牢，扼其襟要，俾竇建德不能踰山入上黨，收河東之地，而卒以併天下者，唐太宗之謀也。徐思以覩，亦吾之近藩。北壓燕薊，西臨順檀。籠裹控外，聯區接寰。州開其隅，邑疏其間。衡而爲壘，缺而爲關。有朝歌、内黄、黎陽之支離，有五原、高平、廣武之依攀。前規成皋，逆嬰邯鄲。收褰帷趣駕之威，宰簪笏假轡之官。大城望之如雲，小城夾而金宗。各負城勢，熊驤虬蟠。宿貔貅之倘佯，峙芻粟之嶛峞。此又其山古今因人以明效者也。偏隅之祲，蒸鬱成象。或爲樓闕，或類亭障。下利墾闢，其土白壤。穀備五種，穎栗豐穰。以陶則不窳，以牧則易長。騂騂駩騔，騧驪驖駔。繁鬣赤喙，黄脊白顙。奇毛異骨，駧駾駚驣。或出凹揜，或會廣敞。或隨齕而乍散，或就飲以群往。秦青覩之而目眩，造父逢之而伎癢。若乃邊風夜號，寒氣朝蕩。木葉晝脱，川原蕭爽。挺逸彩之踈瞬，厲雄心之倜儻。分騰而郊野暗，聚鳴而阮谷響。最下者籯糧載士，日中而馳百里，鳳臆蘭筋，探前抉後，何止乎蹄間三丈？馬之所施，險之所依，有德者然後能之。其或守之不以道，用之失其宜。則是二者，在所爲盜賊之資。

司馬侯告晉侯以先王之不務者，非棄之也。而吴起言商紂之國，志有激於當時。何則？宣帝處先零金城，而終貽漢患；武帝倚元海并州，而俄傾晉基。自後聰曜石勒，姚萇季龍；元魏高齊，諸苻慕容。呼侶嘯類，提羌占戎。或屯於定襄，或保於居庸。或建都鄴下，或渡軍河中。或改元離石之北，或僭號沙河之東。胡塵一踰，三關遂空。長安之城，洛陽之宫。摇轡長驅，傳國都而扼蹤。暴衣冠於塗炭，客宗廟於妖兇。更帝迭王，抑爲盛衰，其四方簡册，不可得而書者，凡幾戰而幾攻？由是觀之，爲彼君者，始失之[五]一朝，遂使天下之人，親戚離散，一百二十六載，挂性命於兵鋒。此又當世賢人君子，登高慮遠，所宜追述爲萬世深誡者也。當彼之時，國中[六]窄而山中寬，天下危而山中安。外儉人苟容以盗官兮，內浩歌乎《考槃》。外吁嗟愁涕之辛酸兮，內遊鹿豕其方歡。外窮奢極侈以相殘兮，內交讓乎瓢簞。外仍椹縮劍以銜冤兮，內樂天其盤桓。仁智所依，仙聖所迹。其動如龍，非迅雷烈風不起；其出如鳳，非醴泉甘露不食。服皇媧之妙道，藏補天之神石。或餌木而採芝，或吞陽而嗽液。或自耦於樵釣，或偶懷於《老》《易》。引公和之餘韻，振文舉之歸策。壄王二老，猶自輕之士；壺關令狐，殆多言之客。至精元以友造化，緒餘尚足以治萬國。此其山之隱逸也。即以仰之，首名歸山。嶺嶒紆餘，巉巏孱顔。曳泉紳之飄飄，束雲衣之廻還。樌衆精於寶姹，糝靈氣於天丹。矗雰霞之朝覆，豁光恠之宵環。其金則鈑盪鏐銑，鐐鑗鏋鑀；其玉則瓊玖璓琄，瑿琪璵璠。石黄緑而青碧，珠玟瑰而木難。餘糧石脂之磽砐，赭堊理長之爛媥。陰映宛倚，穹注蟠聯。絲絺氈罽，鉛鹽銅礬。備先賦之不名，距三力而祖繁。復有紫沙黄霧，神鋼是取。逗落液於庫澗，萃堅英於弱土。播蚩尤之遺勇，回歐冶之靈顧。下分擅乎百源，上夾輸於六務。此其山之琛賂也。其鳥五色豪鷹，窟生崚崚〔七〕。貌如秋胡，目如明星〔八〕。呴撥利戟，足卷枯荆。鵰趨鶚隨，往還青冥。木栖則鶬鸍鸒鸛，水止則鳿翠鳧鵠。殊種詭類，莫可殫名。其狀如麋有距，四角馬尾。聲若鍾磬，以出爲瑞。赤虎文豹，黄熊封豕。麢鹿瑞玃，行搏坐噬。草則紫團之葠，勒母〔九〕漏盧。麋銜牡蒙，蓯容首烏。牛膝豹足，龍沙虎須。赤節紫蒨，如雷茈胡。雲英玉支，解蠡菴蕳。鹿腸鶴虱，彭根屈据。澤態夭粿，芳臭粉敷。或同葩異實，或冬榮暑枯。或珍傳太一，或用講臾區。木則有榛有栗，其桐其椅。篁篠懷風，桃李成蹊。梗柟楓檜，思仲蕪荑。梓漆樞栲，青檀紫葳。樅檍槐棗，棠榴椁黎。陽櫨檿桑，枌榆棪槐。交柢並節，簫唐蔭隄。身緣中材，實資療肌。松柏千歲，蹇金石姿。彌根萬仞之峰，落影千丈之溪。孤榦直出，百尋而後有枝。遠而望焉，或如翔鸞，或如蟠螭。其大蔽牛，其圓中規。參差欑橑，下隔百步，猶轇轕而相羈。』

公子矍然曰：『陸産之盛，僕知焉，不若是之詳也。且聞之，漢甘泉肇於武帝，唐含元建於高宗。或決事於上，或受計其中。始用材之有餘，終興利於無窮。陛下臨御以來，四十餘年，未聞圖苑囿之觀，事土木之工。户牖朱緑之飾，詔五歲而一易；服玩帷帳之具，雖屢補而尚供。四方黎元，自視怢然，咸願獻力京師，進娱皇躬。聽鐘鼓管籥之音，瞻車馬羽旄之容。儻有司因億兆之心，率懷衛磁、相澤潞之人，被蒼莽，伐崆巄。賤新甫之得，簡徂徠之封。激春淫之悍豪，扶丹濟其來東。經營庶民，作爲新宮。以壯閫乎中區，以周嚴乎九重。高閈祕廬，侍從兮蜿蟬；翠華黄屋，徃來其沖融。追三雍養老之法，申其孝慈；復延英訪〔一〇〕問之迹，考其邪正。更取士之弊法，著久官之新令。明剌舉勸沮之典，絶苛簡異同之政。廣廡長廊，翼其兩旁。左選天下經術辯通之士，以爲議郎。居講朝廷疑難之義，補百司之闕；出委觀民决獄之事，以信其所詳。右選天下材勇温恭之人，以爲衛士。居講司馬軍機之要，掌諸門之禁；出委偏裨别屯之任，以覩其所莅。興利如此，顧不爲偉歟？山日以開，貨日以通。衆庶習知，勿爲牢籠。欲發者發，欲攻者攻。登者揁者，剥者斲者，烹者掇者，爇者弋者，四時憧憧，皆民所同。庶寶之輪幽，萬模之紛紜。雕臒彩製，羽須毛群。弓矢鎧楯之材，輿馬骨革之倫。被服纖華，鼓鑄精珍。三十取一，歸於縣官，寧有聞子富而父貧？興利如此，顧不爲偉歟？』

公子再言，處士再思之，曰：『公子之惠，亦云善矣。且「民可與樂成，不可與慮始」。況乃三晋，人號沉鷙。孕鶉火之流烈，感斗極之勁氣。瞻顧端巧，手足便利。蔑淫蠱狂厲之感，無喘夜〔一一〕皸瘃之累。專思慮而喜任俠，貴然諾而多懻忮。重淪姦侈之化，孤守而莫變；由滲唐虞之澤，彌久而未墜。平居之際，以氣義相視。馳馬射獸以爲樂，投石拔距以爲戲。悲歌慷慨以攄其鬱，矜誇功名以見其志。自古受命之主，不先得其土，則先得其士。不得其地，不足以控諸夏；不得其兵，不足以威萬寓。粤天寶失御之後，事雖近而不復言；而五代不綱之時，其迹甚明而可以數。朱梁失守，則晋人南下而急攻河陽；師厚不死，則魏博六州據山口之路。

莊宗之禍，由鄴郡而起；清泰之敗，緣上黨之助。蕃戎陷相而石滅，鄴兵過河而劉去。或群盜乘隙而並出，或前軍自此而先渡。河東之舉，昧李驤疾度，控孟津之策；世宗之征，賴車駕倍程，有南平之遇。可畏也，如人懷心腹之疾；難去也，如木受根柢之蠹。故吾太祖皇帝之興也，踐祚五月，親平澤潞。念賊失仲卿之計，不西下而直趨懷孟；而我用向拱之言，速濟河而擊其未聚。離穴成擒，吴祚之前料；登無難色，李氏之深諭。如洪波薄江，借海以爲力；大霆擊空，與雹而俱赴。交廣閩蜀之區，淮海江漢之壖。彊侯暴王，襲頓蹁躚。納土稱臣，冠佩鄰聯。雖天命之所在，亦主威之使然。其勢如此，猶藏太原。謝將休戎，十有九年。太宗之弔伐也，指師爲林，轉糧如川。斷石嶺之應，劉隆成之堅。躬擐甲胄，劘鋒易弦。晝夜圍督，六師争先。壓之以天下之重，然後始能破焉。迨我真宗，撫養其人。留蹕授關南之師，促使益安陽之屯。許北虜之通和，勑猛將之疏軍。以至陛下，仁風德澤，扶導長養，踰八十春。賦不聞竭其才，力未嘗疲其身。憙辯者不知約從連衡之謀，尚勇者不知收城奪邑之勳。室家熙熙，老於耕耘。如養虎者不與之全物，賞先至者不導於一津。兹奈何合之深山，觸鷙猛而爲勍敵之怒心？鐵鑿棘矜，若南國之茶，海濱之鹽，千百良民，化爲頑兵。或蒙欲而拒捕，或負恃而貪凌。始逭罪而群亡，終盛氣而横行。鎮之常員，則威有所不足；列之大誅，則民轉相震驚。陸機謂「興利不足以補害」，君焉孰懲？』

公子曰：『不然。古初生民，禽獸雜居。無機械以薦食，無衣裳以被軀。累聖哀之，俾其所無。鑽燧取火，爍金於鑪。銳以鋒刃，俾持以趨。逐其蟲虵，創其室廬。刳木成舟，結繩爲罟。剡木爲矢，弦木爲弧。以飲以食，以畋以漁。服牛軺馬，紡績鑁鋤。後王因之，訖今以娱。安有至治之世，導民以利，復争亂之是虞？太公封齊，熊繹封楚。魚鹽之義，山林之阻。公一發之，民往如鶩。不數十年，齊楚以富。彼諸侯之國，民且守法；豈天下之廣，人或敢侮？調發存邑里之籍，出入視保伍之名。倚之守令之良，護以使者之能。蓋建隆初興通餽之役，奚今日之政姑息而艱行？是有司不復舉因民之利，四方無時有可勞之氓。弗卹所治之法何如而已，亟此禁山搉海之圖，疑所思之未明。』

處士曰：『君不聞天子之建宫乎？猒江陵之瑰幹，空鄧林之巨樹。山鬼見榮而儵爍，坤后斥緼而容與。青帝執規，白帝司矩。攝離朱之魄，覼其徽纆；捨倕薾之神，相其斤斧。裁魯鎮以爲址，判湘巒以爲礎。趨步而龜鳥正，叱咤而虹蜺舉。星覆重撩，雲縮萬堵。塗以齊赭，甓以虢土。華薦金石之美，梁修牙角之賦。揚瑶琨與織貝，荆砮丹而箘簵。蒙羽之纖縞，澗瀍之枲紵。優尊而百禮六樂，華國則東房西序。邦賄豐息，寧主是耶？』

公子曰：『嘻！上方東被於流求，西薄乎羊同。南暢於訶陵，北憺乎空峒。積摯鴻臚，填貨大農。天人之交，何求而不充？徒念覃懷之域，三河之衝。滑斷乎滄溟，背栖乎犬戎。齊楚甌越，魯鄭巴卭。轅有所不適，檝有所不通。重兵之常處，列城之所宗。將帥之治守，詔使之過從。壤地所生，衣食所庸。不疲其貲，即疲其力；不出於官，則出於農。帑焉而乏，府焉而空。或驕陽淫雨之灾，或成發備河之逢。流離其民，易資梟雄。或陰會於朋仇，或椎埋以成風。故先諸權，俾怡其衷〔一二〕。禹散歷山之金，而贖賣子之虐；湯鑄莊山之幣，而救無糧之凶。非先君不足以説士，非首衆不足以就功。如彼泉源，我發其蒙。如彼委藏，我啓其封。設坐視天財而不知發，猶有此民而不以爲兵，徒示二虜之涵容。』

處士曰：『君知其一，未覩其二。琉璃之河，華林之莊，昔居臣民，今游犬羊。然黠虜奚民，視此而莫敢乘焉，吾非有以守之，殆由天設於王公，帝限乎豺狼。若之何侵而夷之，以紓其行，餌之可欲，以發其狂？義未聞於灌瓜，兵或興於争桑。投蒭生心，文子之至喻；牛甘必鬪，管堅之所量。國家近邊，雖上腴之地，久禁而不耕。所棄甚輕，爲利甚明。發丁以通驛，隋政之已失；治氣〔一三〕而未盡，魏室之旋傾。彼烏足陳於治朝哉！山東之兵，三十五將之師，君所聞也，請置其説。』

公子曰：『大農之家，不患穿墉而廄囷倉；善賈之行，不念胠篋而捐金珠。備得其術，則害何能擾？利果大入，則小或可踈。今防秋之兵，不寄之土豪，而歲起屯戍；繕治之物，不蓄於逐州，而授於京都。不募人訪銅，而私或自鑄；重給民曠土，而争糴於胡。遺計若此，庸爲利歟？由衆人焉，南牧之慮；將智者兮，北伐之涂。推石傅土，决其成功；束馬懸車，胙乎能事。突收燕樂，捐范陽涿郡三道之師；直壓懷柔，拒虎北石門四兵之勢。引輕軍，發羌夏之東穴；出奇道，斬匈奴之右臂。』

二客紛辯既久，色相不平。抗袂俱起，質於先生。先生囅然而笑，適然而興。曰：『坐，吾告汝。夫有財而弗取，無道者之言也；取而不以先王之制，無法者之言也。二者吾聖人之深惡。不順乎冬夏，不相乎陰陽。禽獸之殄暴，貨幣之誅戕。不時而源枯，不禁而山傷。逆於天元，降爲灾祥。則雖傳道之人，豈容無責哉！古者大德大功之人，天子尊之公侯之爵，殊其奉養之方。功厚者享亦厚，德長者報亦長。推之四海之内，入爲公卿，出爲牧伯，盛不過數十，土地所育，人民所藏。其貨易供，其財易當。然報非天子之獨私焉，蓋天下皆樂其有以報也，故其民賢者勉焉以脩其業，愚者雖甚欲焉而無敢望。其志易平，其勞易償。今高貲大姓之家，列肆侔於府庫，邸第羅於康莊。金紺采綴，鏤劘焜煌。被以黼繡，裹以雕墻。狗馬棄齊民之食飲，輿妾賤士夫之衣裳。賓昏祠葬，隳敗紀綱。通吏買法，陰淫陸梁。其憑荒負險之民，擅彌山絡野之疆。畜奴如兵，占田論鄉。主逋夆寇者攸衆，竇龜藏甲者爲常。州縣徒史，私爲之視察；鄉亭部夫，公隨之奮攘。是天下山林之出，除公上之賦，守令吏寺，略有常制；每郡每邑，宛轉麋潰，輸幾侯而幾王？彊桀相師，極欲爲威。怒網而川貧，笑斧而林飛。孰察諸刊剥水火之遺製，孰恤乎堅稺曲直之所宜？積之徒多，而器用殊寡；舉之或遠，而民資自疲。富者售之益輕，貧者勞而愈微。暫窮原藪之饒，而況膏腴之歸。乃方乃州，或蝗或饑。民以爲灾，而彼反爲宜。從是其氓，匿税併田之不暇；益令群猾，藏租隱地之無疑。南方諸山，非復昔時。材不愛而木不蕃，木不蕃而獸不滋。迨有千里不毛，裹餱莫支。是天地陰陽，晝夜長養，猶不能以充其欲。則吾民何負，獨爲貍而畜雞！蓋馭民無予奪之政，厚生無發斂之期。萬物失《由儀》之道，四海廢《崇丘》之詩。或者縣官列膠幹皮羽之須，營棟宇舟車之材。上苛之以敲笞，下撓之以追催。索之於邇，則此既莫有；求之於遠，則險孰能來？方此之時，跱蓄之家，驩相比朋，固所以制百姓之命，朞年而簒其業，更歲而竭其財。如是不已，饑寒怨愁，不委於溝壑，則聚爲盗賊。非此二者，吾不知其安所爲哉！始於傷財，則終於害民；察其蠹國，必固乎亂俗。故國家以皇祐之版書，較景德之圖録。雖增田三十四萬餘頃，返減賦七十一萬餘斛。由是言之，土地財利，名制約束。不用先王之法，其爲弊也，民失其平，若之何而可復？高者愈貪而肆虵豕，下者抵禁而趨口腹。刑罰日增，戕害日續。蓋兼并不去，不足以語政；制度不立，不足與言治。禁錫存省米之説，賤肉有愛牛之意。此言雖小，可以推類，事爲之法，物爲之制。數罟之得，非不多也，先王禁之，以其傷生；原蠶之利，非不博也，先王禁之，以其害氣。果實未熟，木不中伐。用器不中度，禽獸不中殺。鬻於市者，執而有罰。不以其時，不順其教。捕一禽折一草，謂之不仁；斷一樹伐一木，謂之不孝。公卿大夫，群士黎庶。居室有品，器械有度。車馬有等，衣服有據。飲食有常味，人徒有常數。戮民不敢服絻，君子不履絲屨。爲農者不得爲工，爲士者不得爲賈。天王之尊也，合圍猶惡其盡物；諸侯之貴也，殺牛尚戒於無故。小既無越，大豈容負？草木鳥獸，而舜以命益；水火土穀，而堯以任禹。名山大川，縱封國而不盼；至其漆林，獨二十而征五。著於後王，脩之愈明。典之於天官，圖之於地卿。任之九職之事，辨其五物之征。主山而有虞，主林而有衡。中士下士，贊其政令。府史胥徒，頒其所行。貙祭而弓矢陳，隼擊而罻羅興。司險達其道路，山師辨其物名。鷙獸在前，穴氏火物而誘之出；阱擭既設，冥氏伐鼓而使之驚。然後萬民隨之，詔焉以程。斬材者有期日〔一四〕，竊木者有常刑。至於金玉錫石，丱人之專取；犀象麋鹿，角人之所登。率避其孳育，以待其豐成。必以其時，素王稱其大順；不可勝用，孟軻陳其養生。貴賤有差，六器五輅之資，民得而無所用；興造不妄，五金六材之屬，民用而無所傷。禁發之有期，重輕之有常。天生時而寒暑平，地生財而品類昌。碩以盆鼓，蓄以谷量。暴暴如山岳，渾渾如河江。山出銀甕丹甑，棷聚麒麟鳳凰。追前世之盛，被於此時，以吾君之聖，方諸先王。陶唐之二宮，姚虞之總章。商人之重屋，周人之明堂。雖尨眉耆耇，愛惜朝夕，期有以必覩也，子之言曾何比今於漢唐？陛下慈仁如天，廣厚如地。任臣則勿疑，聞諫而必喜。賞罰不濫，切愛乎民命；祭祀罄虔，動交乎天祉。遠民之弊，雖守臣不知，而知之甚詳；克己之誠，在匹夫難行，而行之甚易。至若五帝憲老之禮，三王觀風之制。六典建官之法，三適進賢之例。患有司不得其術，不患朝廷之不行；患臣下不舉其職，不患信任之不至。今也輔相大臣，左右良士，重君子爲臣去就之節，思古人得君功烈之致。施以善俗爲本，學以力行爲貴，居朝廷不以先後持其嫌，守藩鎮不以内外疑其勢。同德一心，齊力協議。皐陶謨而矢契稷之業，伯夷讓而中夔龍之志。以共察天下之善，不使有蓋虛驕士之黨；以共收天下之傑，不使有妬功蔽賢之吏。以衆人之耳爲耳，聽衆耳之所不聽；以衆人之目爲目，視衆目之所不視。授百司因革於吏，而總其成績；委二邊軍賦於將，而責其必治。法制素具，東南既饒，天府宏壯，講練有時。吴越皆霸王之兵，朝令乎西，西納十四州之地；夕使乎北，北歸十三州之城。渾然臨之以至徤，隤然載之以不傾。伊洛之水，畫乎其前，戎夷畏之，踰黄河之湍；丘垤之山，箕乎其旁，戎夷阻之，甚太行之横。與其邀近功於一山，增衆糅之弊；牽危疑於往代，汩因循之名。使王者之興，百有餘年，神聖在位，而仁愛之澤，獨未及於禽獸草木，曷可同世而語哉！』

二客離席踧踖，媿謝不敏，請爲弟子，既而少進，曰：『問阜財得阜民之法，問治山得治國之風。日昔者將大有爲之君，必有所不召之臣。欲有謀焉則就之，不得已而後起。有學焉而後臣者，有不可得而臣者。今山之隱逸，亦如是而後至乎？』曰：『莫可得而知也。神農之於悉諸，黄帝之於崆峒，顓頊之於緑圖，高辛之於柏招，帝堯之於務成，帝舜之於尹壽，禹之於國先生，湯之於伊尹，文王之於鬻熊，武王之於尚父，周公之於虢叔，齊桓之於管仲，然尊德樂道，説者如此也。吾觀之，彼數子者之心，將如是而已乎？莫可得而知也。』二客怳若自失，再拜而罷。

校勘記

〔一〕「閉闢」，六十四卷本作「閉關」，皆通。
〔二〕「背」，麻沙本作「心」。
〔三〕「側」，六十四卷本作「利」，麻沙本作「例」。
〔四〕「尾」，麻沙本作「中」。
〔五〕「失之」，麻沙本作「之失」。
〔六〕「國中」，六十四卷本作「中國」。
〔七〕「崚崚」，六十四卷本、麻沙本作「崚嶒」。
〔八〕「目如明星」，底本作「明星明星」，麻沙本作「月明星」，今據六十四卷本改。
〔九〕「勤母」，底本作「勤」，據六十四卷本改。麻沙本作「勸母」，亦通。
〔一〇〕「訪」，六十四卷本作「廣」。
〔一一〕「夜」，六十四卷本作「液」。
〔一二〕「衷」，麻沙本作「秉」。
〔一三〕「氣」，六十四卷本作「器」。
〔一四〕「日」，麻沙本作「月」。

新校宋文鑑卷第七

校者按：底本爲刻卷，據六十四卷本、麻沙本刻卷校改。

賦

珠賦

崔伯易

高郵西北，有湖名甓社。近歲夜見大珠，其光屬天。嘗問諸漁，皆言或遇於它湖中。有竊謀之者，則風輒引舡而去，終莫能至。賦曰：

萬物之精，上爲列星。其在下者，因物而成形。故天下之偉寶，不妄其所託；託物之主，實内鍾乎神靈。吾嘗臨東海，旅南溟。泛淮江之湯湯，濟岳陽之洞庭。覷其溶液衍裕，蓋天地之委藏，祕恠惚恍，鮫虬峥嶸，豈世人敢指名哉！若乃雲夢震澤，浮梁合浦。獸潛宫亭，神見牛渚。直湘沅以南浮，懷涇渭而北注。顧導東而成滄浪，激西而爲灔澦。延平誕奇，漢臯殊遇。率傳載之雜出，爲異物之所處。或設限於藩服，或效琛於王府。鑠高郵之經治，裂揚州之故部。有湖隸旁，將三千所；大或萬頃，小亦千畝。迤邐兮聯絡，參錯兮駢布。由卑以自處兮，傾十數州之羡沃。穹山大野，豁谷原藪，晝夜走險，越千里而來赴者，莽不知其幾千百處。

壓東南之湠漫，勢滲漷而無涯。魚則鰋鯉鯿鱖，鯩鰱鰽魦。鳥則鴇鴰鶂鷺，鵁鶄鴻鴐。翯若煙海，會如泥沙。蟲螺蠏若蝦蛤，卉菱芡而荷華。水不數舟，陸無箄車。溉灌乎民田，漕引乎國家。夾埭長陂，程水壤之固護；飭官命屬，厭功利之紛拏。迨夫地脉泉源，孰爲要遮？潛合陰附，應淮海之谽谺。微風翻瀾，矧其甚邪？其或駭怒決溢，隄防之所不加，決漭千里，農民播溺，宛轉流離而不相救，又況其廬舍之與桑麻？噫！是亦涉者之厖觀矣，瑰祥恢恑，庶幾乎託焉。

間乃省貢書，考圖編。所陳者特盤飧之微，固不聞有把握之貴，爲當世之所傳。發詠乎川珍，翱翔乎水邊。爰有蘆人漁子，相語而來前。曰：『先生之念者，貨也。若夫川澤之精，理則不然。不寶於人，獨寶於天。今此有夜光之珠，産於深淵。我意其神，先生辨旃！其始也，天和景晴，湖波夜平。煙冉冉以四收，萬籟息而無聲。則是珠也，凛氣將之，若海月之升。含彩吐耀，周隅皆明。呀紺石而爲宫，被緑苔以垂纓。挹奔星之光芒，吸沆瀣之精英。木散景兮扶疎，草露實兮紅青。林烏驚而移枝，群犬愕兮争鳴。於是邛人徐呼，上流俱起。撫鴻罾以先趨，領罾笱之已試。連徽挺扠，灑綱持枻。嗟雖鑑其眉睫，疑未曉其機器。方詭罝之漸張，果造形而已逝。而況伏見靡時，欻彼倏此。與蛟龍之爲朋，曾風雨而作衛。彼能三足而在籞，鼈九肋而充饋。漢蛟鮓[一]之青骨，鄭黿羹之異味。勍牛悦水而黄奪，澤馬翫繩而足躓。犀狎偶而解角，翠因媒而折翅。江使被執於行役，巨魚爲腊於貪餌。文貝瑇瑁，出禍其腸腹；金華玉英，坐窮於淘緺。蜃蜃胎寒，熠燿自喜。怵絶意於遐引，適足殺其軀而已矣。是故號數選者，我固謂之貨也，能不爲珠之笑耶？』

予曰：『嗚呼噫嘻！信子言也。既明且哲，則大雅君子者耶！不常所居，擇利害而去就者耶！用以晦明，知在己者耶！色斯舉矣，學孔子之徒者耶！薄泥塗而不辱，不恥下賤者耶！川不涸，岸不枯，有德鄉里者耶！久而不聞，其遯世者耶！』既而復曰：『嗚呼噫嘻，照魏王之乘耶！燭隋侯之室耶！謂上幣耶！飾冠冕而佩耶！』客有聞者，亦矍然而興曰：『嗚呼噫嘻！吾聞諸石室之書曰：「工者得之，長有天下，四夷賓服。」然則得之者或非其心，獨王者之心耶！』

煎茶賦

黄庭堅

洶洶乎，如澗松之發清吹；皓皓乎，如春空之行白雲。賓主欲眠而同味，水茗相投而不渾。苦口利病，解膠滌昏。未嘗一日不放箸，而策茗椀之勳者也。余嘗爲嗣直瀹茗，因録其滌煩破睡之功，爲之甲乙。建溪如割，雙井如霆，日鑄如絶。其餘苦則辛螫，甘則底滯，嘔酸寒胃，令人失睡，亦未足與議。或曰：『無甚高論，敢問其次。』涪翁曰：『味江之羅山，嚴道之蒙頂。黔陽之都濡高株，瀘川之納溪梅嶺。夷陵之壓甎，臨邛之火井。不得已而去於三，則六者亦可酌兔褐之甌，瀹魚眼之鼎者也。』或者又曰：『寒中瘠氣，莫甚於茶。或濟之鹽，勾賊破家。

滑竅走水，又况鷄蘇之與胡麻！』涪翁於是酌岐雷之醪醴，參伊聖之湯液。斮附子如博投，以熬葛僊之堊。去藙而用鹽，去橘而用薑。不奪茗味，而佐以草石之良，所以固太倉而堅作彊。於是有胡桃松實，菴摩鴨脚，勃賀靡蕪，水蘇甘菊。既加臭味，亦厚賓客。前四後四，各用其一。少則美，多則惡。發揮其精神，又益於咀嚼。蓋大匠無可棄之材，太平非一士之略。厥初貪味雋永，速化湯餅。乃至中夜，不眠耿耿。既作温劑，殊可屢歃。如以《六經》，濟三尺法。雖有除治，與人安樂。賓至則煎，去則就榻。不游軒后之華胥，則化莊周之胡蝶。

別友賦 送李次翁。

黄庭堅

曩聞義於孫李，指尊選以見招。惜予行之舒舒，曰其夜以爲朝。予望道於垝垣，見萬物之富有。恨逸駕之絶塵，又驂予以四牡。喟車後之無策，其四方乎索友。仰雲飛而注弋，俯淵靚之沈鉤。或一能之勝予，忘日月之不予謀。或登吞舟之鱗，或下垂天之翼。手予弓而不釋，恐斯道之或息。維廬江之四李，三隱約於龍眠。維若人之仕蚤，懷明月而麗川。歲庚午而會梁，語聞道之大用。吸江漢以爲深，累丘嶽以自重。尾擊之而首應，西犯之而東抗。棄旗鼓而不逐，儼其陳之堂堂。偉道學之崇崛，增懦夫之激昂。覩出日於東方，雖於食馬而不吝。無肯綮以自試，居自喜於餘刃。彼覆却之萬方，期斯言之猶信。水渾渾而進舟，風剡剡而侵裘。恐事親之不勸，則惟是之同憂。

汴都賦

周邦彦

臣邦彦頓首再拜〔二〕，曰：自古受命之君，多都於鎬京，或在洛邑。惟梁都於宣武，號爲東都，所謂汴州也。後周因之，乃名爲京。周之叔世，統微政缺，天命蕩杌，歸我有宋。民之戴宋，厥惟固哉！奉迎鑾輿，至汴而止，是爲東京。六聖傳繼，保世滋大。無内無外，涵養如一，含牙帶角，莫不得所。而此汴都，高顯宏麗，百美所具，億萬千世。承學之臣，弗能究宣，無以爲稱。伊彼三國，割據方隅，區區之霸，言餘事乏。而《三都》之賦，磊落可駭，人到於今稱之。矧皇居天府，而有遺美，可不愧哉！謹拜手稽首，獻賦曰：

發微子客游四方，無所適從。既倦游，廼崎嶇邅迴，造於中都。觀土木之妙，冠蓋之富，煒燁焕爛，心駴神悸，瞁䁯而不敢進。於是夷猶於通衢，彷徨不知所届。適遭衍流先生，目而招之，執其袪，局局然嘆〔三〕曰：『覼子之貌，神采不定，狀若失守。豈非蔽席隱茅，未游乎廣厦？誅草鉏棘，未擷乎蘭蔎？披褐挾緼，未曳乎綺縠？微邦陋邑，未覩乎雄藩大都者乎？』發微子恬然有赧色，曰：『臣翺翔乎天下，東欲究扶桑，西欲窮虞淵，南欲盡反户，北欲徹幽都。所謂天子之都，則未嘗歷焉。今先生訊我，誠有是也。然觀先生類辯士，其言似能碎崑崙而結溟渤，鏤混沌而形罔象，試移此辯，原此汴都，可乎？臣固不敏，謹願承教。』先生笑曰：『客知我哉！』於是申喙據牀，虚徐而言曰：

『噫！子獨不聞之歟？今天下混一，四海爲家，令走絶徼，地掩鬼區。惟是日月所會，陰陽之中，據要總殊，搹〔四〕鍵制樞。拱衛環周，共安乘輿。而此汴都，禹畫爲豫，周封鄭地。觜觿臨而上直，實沈分以爲次。惟蓬澤之故境，昔合縻之所至。芒碭渙渦截其面，金隄玉渠累其脊。雷夏灉沮繞其脅，礨丘訾婁夾其胰。梁周帝據而麇沸，唐漢尹統而寧一。故此王國，襄故不徙。恢坼甸域，尊崇天體。司徒制其畿疆，職方辨其土地。前千官而會朝，後百族而爲市。分疆十同，提封萬井。舟車之所輻輳，方物之所灌輸。宏基融而壯址植，九鼎立而四嶽位。仰營域而體極，立土圭而測晷。蜀險漢坌〔五〕，荆惑閩鄙。惟此中峙，不首不尾。限而不迫，華而不侈。環睎睋於郡縣，如岣嶁之迤邐。覩其高城萬雉，埤堄鱗接。繚如長雲之方舒，屹若崇山之礧磋。坤靈因贔屭而跼蹐，土怪畏榨壓而妥貼。靡胥不可緣而登，鼯鼠不可噣而穴。利過百二，嶮踰四塞。鄙秦人之踐華，陋荆州之却月。頓捷步與超足，矧蹣跚與蹩躠。

闉城爲門，二十有九。瓊扉塗丹，金鋪〔六〕鏤獸。列兵連卒，呵夜警晝。異物不入，詭邪必究。城中則有東西之阡，南北之陌。其衢四達，其塗九軌。車不理轚互，人不争險易。劇驂崇期，蕩夷如砥。雨畢而除，糞夷茀穢。行者不馳而安步，遺者惡拾而恣棄。跨虹梁以除病涉，列佳木以安怵惕。殊異羊腸之詰曲，或踠蹏而折轊。顧中國之闤闠，叢貲賨而爲市。議輕重以奠賈，正行列而平肆。竭五都之瓌富，備九州之貨賄。何朝滿而夕除，蓋趨贏而去匱。萃駔儈於五均，擾販夫於百隧。次先後而置敘，遷有無而化滯。抑彊賈之乘時，摧素封之專利。售無詭物，陳無窳器。欲商賈之阜通，廼有廛而不税。銷卓鄭猗陶之殖貨，禁乘堅策肥之擬貴。道無游食以無爲，矧敢婆娑而爲戲？其中則有安邑之棗，江陵之橘，陳夏之漆，齊魯之麻，薑桂藁穀，絲帛布縷，鮐鮆鮿鮑，釀鹽醯豉。或居肆以鼓鑪槖，或鼓刀以屠狗彘。又有醫無閭之珣玗，會稽之竹箭，華山之金石，梁山之犀象，霍山之珠玉，幽都之筋角，赤山之文皮。與夫沉沙棲陸，異域所至，殊形妙狀，目不給視。無所不有，不可殫紀。

若夫帝居宏麗，人所未聞。南有宣德，北有拱辰。延亘五里，百司雲屯。兩觀門峙而竦立，罘罳逕望而相吞。天河群神之闕，紫微太一之宫，擬法象於穹昊，敞閶闔〔七〕而居至尊。樸桷不斲，素題不枅，上圓下方，制爲明堂。告朔朝歷，頒宣憲章。謂之太廟，則其中可以敘昭穆；謂之靈臺，則其高可以觀氛祥。後宫則無非員無録之女，佞倖滑稽之臣。陋甘泉與楚宫，繆延壽與阿房。信無益於治道，徒竭民而怠荒。故今上林仙籞，不聞乎鳴蹕，瓴甋歲久而苔蒼。其西則有寶閣靈沼，巍峨泛灎。繚以重垣，防以回隄。雲屋連簃，瓊欄壓墀。池水則溶溶沄沄，洋洋湜湜，涵潤滉瀁，潚灂浩溔。微風過之，則瀾沉瀺灂，漫散泂淀，潏潏漣漪。大風過之，則汩涌湁潗，瀰漭滆汎，掀鼓渼溢，不見津瀿。僊欄景以斷續，漾金碧而陸離。恍渦浯與方壺，帝令鬼鑿而神移。其中則有菰蒻萑蘆，菡萏蓮蕅，蕢蘋蘮蕣。其魚則有鱣鯉鯊鮀，鮤鮍鰋鮧，魴鱒鰌鰝，鱖歸王鮪，科斗魁陸，黿鼉鼈蜃，含螿巨鰲，容與相羊，蔭藻衣蒲。其鳥則有鶇鷗〔八〕鵝鴰，鶃鷺皃鷖，鷞鶾鳷鶄，鶤鶆鵬鶬，鴿鷉楚雀，鸛鷞揮霍，鸙鸙鸓鸓，群鴿沓啄。其木則有樧櫝栟櫚，梗楠栒樅，櫨櫄檳榔，檿柘桑楊，梓杞豫章，勾科扶疏，蔽芾竦尋，集弱椅施，拏枝刺條，條榦蟠根，矯躩鱗皴。其下則有申葉蘭茝，芸芝荃蓀，髮布絲勻，馥鬱清芬，其氣襲人。上方欲與百姓同樂，大開苑圃。凡黄屋之所息，鸞輅之所駐，皆得窮觀而極賞，命有司無得彈劾也。於時則有絶世之巧，凝神之技。恍人耳目，使人忘疲。是故宫旋室浮，艫艦移也。蛟螭蜿蜒，千橈渡也。虓虎蹩艚[九]，角抵戲也。壘流電掣，弄丸而揮劍也。鸞悲鳳鳴，纖麗歌也。鴻驚燕居，綽約舞也。霆震雷動，鈞天作也。犇驫駉騤，群馬闖也。轔輷録轠，萬車輸也。灑天翳日，揚埻壒也。杌山蕩海，歡聲同而和氣浹也。震委虵而嘑罔象，出鮫人而舞馮夷者，潛靈幽怪，助喜樂也。

若廼豐廩貫[一〇]廥，既多且富。永豐萬盈，廣儲折中，順成富國，星列而棊布。其中則有元山之禾，清流之稻，中原之菽，利高之黍，利下之稌。有虋有芑，有秠有秬。千箱所運，億廩所露。入既夥而委積，食不給而紅腐。如坻如京，如崗如阜。野無菜色，溝無捐瘠。攟拾狼戾，足以厭鰥夫與寡婦。備凶旱之乏絶，則有九年之預。又將敦本而勸稼，開帝籍之千畝。良農世業，異物不覩。播百穀而克敏，應三時而就緒。蹠鎛鎧[一一]閧，灌瞹雨霔。孰任其力？侯疆侯以。千耦其耘，不怒自力。疏遨其理，狼莠不植。奄觀堅阜，與與薿薿。溝塍畹畦，亘萬里而連繹。醜惡不毛，磽陿荒瘠。化爲好時，轉名不易。

惟彼汴水，貫城爲渠，並洛而趨。昔在隋葉，禩丁大業，欲爲流連之樂，行幸之游。故鑿地導水，南抵乎揚州。生民力盡於畚鍤，膏血與水而争流。鳳翮徒見於載籍，玉骨已朽於高丘。顧資治世以爲利，迄今抗筏而浮舟。桃花候漲，竹箭比駃。汹涌淈瀄，瀰泄沸潰，掏防齧岸，涬瀯迅邁。匪江匪海，而朝夕舞乎滂湃。掀萬石之巨艘，比坳堂之一芥。舵艫不時而相值，篙師䮩拱而俟敗。智者不敢睥睨而興作，鯀千禩而爲害。豈積患切病，待聖人而後除耶？厥有建議，導河通洛。引宜禾之清源，塞擘華之渾濁。釐廣堤而節暴，紆直行而殺虐。其流舒舒，經炎涼而靡涸。於是自淮而南，邦國之所仰，百姓之所輸，金穀財帛，歲時常調，舳艫相銜，千里不絶。越舲吴艚，官艘賈舶，閩謳楚語，風帆雨楫。聯翩方載，鉦鼓鏜鎝，人安以舒，國賦應節。

若夫連營百將，帶甲萬伍，控弦貫石，動以千數。其營則龍衛神勇，飛山雄武，奉節拱聖，忠靖宣效，吐渾金吾，擲颭萬勝，渤海廣備，雲騎武肅。材能蹶張，力能挾輈。投石超距，索鐵伸鉤。水執黿鼉，陸拘羆〔一二〕貅。異黨之寇，大邦之讎。電鶩雷擊，莫不縶纍而爲囚。於是訓以鸛鵝魚麗之形，格敵擊刺之法。剖微中虱，貫牢徹札。揮鉈擲鏢，舉無虚發。人則便捷，器則犀利，金角丹漆，脂膠竹木，以時取之，遴棄惡弱。割蛟革以連函，劘兕觡以爲弭，剸魚服以懷鍔。百工備盡，鍟〔一三〕磨鍥削。其成鑒鋼而鋠鑢，植之霜凝而電爍。故有彊衝勁弩，雲梯轒車，脩鎩〔一四〕延鏦，銛戈兑殳。繁弱之弓，肅慎之矢，谿子之弩，夫差之甲。鼉蛇之旐，鳥隼之旟。軍事亟正，用戒不虞。

其次則有文昌之府，分省爲三，列寺爲九，殊監爲五。左選爲文，右選爲武。曰三十房，二百餘案，二十四部。黜隋之陋，更唐之故。補弊完罅，剔朽焚蠹。人夥地溥，事若織組。滋廣莫治，亹亹成蠱。纖弱不除，將勝戕斧。雖離婁之明目，迷簿書而莫覩。豪胥倚文以鬻獄，庸吏瘝官而受侮。各懷苟且以逃責，孰肯長慮而却顧？官有隱事，國有遺利。紛訟牘於庭戺，縶纍囚於囹圄。此浮彼沉，甲可乙否。操私議而軋沕，各矛盾而齟齬。於是合千司之離散，儼星羅於一宇。千梁負棟，萬楹鎮礎。誅喬松以爲煤，空奧山而斸楮。官有常員，取雄材偉器者，以充其數。上維下制，前桉後覆。譬如長虵，抶其脊膂，而首尾皆赴。闔户而議，飛檄乎房闥，應荅乎秦楚。披荒榛而成徑，繹繳絢而得緒。崇善廢醜，平險除穢，纖悉不遺乎一羽。於是宣其成式，變亂易守者，刑之所取。貽之後昆，永世作矩。至若儒宫千楹，首善四方，勾襟逢掖，褎衣博帶，盈仞乎其中。士之匿華鏟采者，莫不拂巾袵褐，彈冠結綬。空巖穴之幽邃，出郡國之遐陋。南金象齒，文旄羽翮，世所罕見者，皆傾囊鼓篋，羅列而願售。咸能湛泳乎道實〔一五〕，沛然攻堅而大叩。先斯時也，皇帝悼道術之沉鬱，患詁訓之荒繆。諸子騰躪而相角，群言駘蕩而莫守。黨同伐異，此妍彼醜。挈俗學之蕪穢，詆淫辭而擊掊。滅窔突之熒燭，仰天庭而覩晝。同源共貫，開覆〔一六〕發蔀。盲鄙生詭見之目，掩處士横議之口〔一七〕。於是俊髦並作，賢才自厲，造門闑而臻壼奥，騁辭源而馳辯囿。術藝之場，仁義之藪。温風扇和，儒林發秀。宸眷優渥，皇辭結糾。榮名之所作，慶賞之所誘。應感而格，駒行雉呴。磨鈍爲利，培薄爲厚。魁梧卓行，捼鋒露穎，不驅而自就。復有珮玉之音，籩豆之容，絃歌之聲，盈耳而溢目，錯陳而交奏。煥爛乎唐虞之日，雍容乎洙泗之風，誇百聖而再講，曠千載而復覯。又有律學以議刑制，筭學以窮九九。舞象舞勺，以道幼稚；樂德樂語，以教世胄。成材茂德，隨所取而咸有。

若夫會聖之宮，是爲原廟，其制則般輸之所作，其材則匠石之所掄。萬指舉築，千夫運斤。揮汗霡霂，吁氣如雲。鼛鼓弗勝，靡有諗勤。赫赫大宇，有若山踊而嶙峋。下盤黃壚，上赴北辰。蘂珠廣寒，黃帝之宮，榮光休氣，龍瓏往來，葱葱鬱鬱而氤氳。其内則檐橑榱題，宋賢楹栭，閉栱闈闥，屏宇閎〔一八〕閣。聳張矯踞，龍征虎蹲。延樓跨空，甬道接陳。黝堊備昈，燦爛詭文。菱阿芙蕖之流漫，驚波迴連之瀷淢，飛仙降真之縹緲，翔鵷[illegible]鷗之[illegible][illegible]。地必出奇，土無藏珍。球琳琅玕，璠璵瑤琨。流黃丹沙，玳瑁翡翠，垂棘之璧，照夜之蠙。鵲象觷角，剒犀劌玉，鍥刻雕鏤，其妙無倫。焜煌煥赫，璀錯輝映，繁星有爛，彤霞互照。軒廡所繪，功臣碩輔，書太常而銘鼎彝者，環列而趨造。龍章鳳姿，瑰形瑋貌。文有伊周，武有方召。猶如蹇諤以立朝，圖寧社稷，指斥利害，踟蹰四顧而不撓。其殿則有天元、太始、皇武、儷極、大定、輝德、熙文、衍慶、美成、繼仁、治隆之名，重瞳隆準，天日炳明。皇帝步送，百寮拜迎。九卿三公，挾輈扶衡。儀仗衛士，填郛溢城。於時黔首飈集，百作皆停。地震嶽移，波翻海傾。足不得旋，耳不得聽。神既安止，窮閻微巷，惟聞咨嗟嘆異之聲。於是山罍房俎，犧樽竹筐，踐列於兩楹。瞽史陳辭，宰祝行牲。案芻豢之肥臞，視物色之犂觧。登降祼獻，百禮具成。

至於天運載周，甲子新曆。受朝萬方，大慶新〔一九〕闢。於時再鼓聲絶，按稍收鏑。儼三衛與五仗，森戈矛與殳戟。探平明而傳點，趣校尉而唱籍。千官鶩列以就次，然後奏中嚴外辦也。撞黄鍾以啓樂，合羽扇以如翼。佽飛道駕以臨座，千牛環帝而屏息。爐烟既升，寶符奠瑞。聆乾安之妙音，仰天顔而可覿。羌夷束髮而蹈舞，象胥通隔而傳譯。宣表章以上聞，奏靈物之充斥。群臣廼進萬年之觴，上南山之壽。太尉升奠，尚食酌酒。樂有《嘉禾》《靈芝》，《和安》《慶雲》。舞有《天下大定》，《盛德外聞》。飲食衎衎，燔炙芬芬。威儀孔攝而中度，笑語不譁而有文。故無族譚錯立之動〔二〇〕衆，躐席〔二一〕布武之紛紜。蓋天子以四海爲宅，有百姓而善群。廷内不灑掃而行禮，則天下雲擾而絲棼。故受玉而惰，知晉惠之將卒；執幣以傲，知若敖之不存。聞樂而走者，爲金奏之下作；雖美不食者，爲犧象之出門。賦《湛露》《彤弓》，而武子不敢荅；奏《肆夏》《大明》，而穆子不敢聞。蓋禮樂之一缺，則示亂而昭昏。是以定王享士會〔二二〕以殽烝，而刑三晋之法；高祖因叔孫之制，而知爲帝之尊。豈治朝之禮物，尚或庡〔二三〕翳而沉湮？此所以舉墜典而定彝倫者也。其樂則有《咸池》《承雲》，《九韶》《六英》，《采齊》《肆夏》，《簫韶》《九成》。神農之瑟，伏羲之琴，倕氏之鍾，無句之磬。鏗鏗鍠鍠，和氣薰烝。於以致祖考之格，於以廣先王之聲。昔王道既弱，淳風變澆。樂器遭鄭衛而毀，矇瞽適秦楚而逃。朝廷慢金石之雅正，諸侯受歌管之敖嘈。文侯聽淫聲而忘倦，桓公〔二四〕受齊樂而輟朝。季子始無譏於鄶，仲尼廼忘味於《韶》。故使制度無考，中聲浸消。非細則摦，非庳則高。惟今也求器得耕野之尺，吹律有聽鳳之簫。或灑或離，或蕤或馨。或鏞或棧，或管或笅。衆器俱舉，八音孔調。鸑鷟離丹穴而來集，嗚噰喈而舞脩蟜。又有賨旅巴渝之舞，僸佅狄鞮之倡。遠人面内而進技，踰山海而梯航。故納之廟者，周公所以廣魯；觀之庭者，安帝所以喜其來王。

若其四方之珍，以時修職。取竭大産，發窮人迹。砥其遠邇，陳之藝極。厥材竹木，厥貨龜貝。厥幣錦繡，厥服絺綌。旂貢羽乇，祀貢祭物，嬪貢絲枲。物貢所出，器貢金錫。礪砥砮丹，鉛松怪石。惟金三品，惟土五色。泗濱浮磬，羽畎夏翟。龍馬千里，神茅三脊。方箱楯篚，肆陳乎殿陛；豐苞廣匱，亟傳乎騎驛〔〕。連檣結軌，川咽塗塞，歌歈終歲而不息。至於羌氏僰翟，儋耳雕脚，獸居鳥語之國，皆望日而趨。累載而至，懷名琛，拽馴獸，以致於闕下者旁午。廼有帛氎罽毲〔二五〕，蘭干細布。水精琉璃，軻蟲蚌珠。寶鑑洞膽，神犀照浦。《山經》所不記，齊國所不覩者，如糞如壤，軡積乎内府。或致白雉於越裳，或得巨獒於西旅。非威靈之遐暢，孰能出瑰奇於深阻？蓋徼外能率夾穉來以修好，則中土當有聖人出而寧宇。然皇帝不寶遠物，不尚殊觀。抵金於巉巖之山，沉玉於五湖之川。洞罸之劍，廼入騎士之鞘；騊駼之馬，或服鼓車之轅。至於乾象表貺，坤維薦祉。靈物仍降，嘉生屢起。暈適背鐍，虹蜺抱珥。鳴星隕石，怪飆變氣。垂白鮐背者，不知有之，况能言孺倪？豈獨此而已也？復有穹龜負圖，龍馬載文。汾陽之鼎，函德之芝，肉角之獸，簫聲之禽。同穎之禾，旅生之穀，游郊栖庭，充畦冒畤。非煙非雲，蕭索輪囷。映帶乎闕角，葱蔚乎城壘。鸑鳥不攫，猛獸不噬，應圖合諜，窮祥極瑞。

史不絶書，歲有可紀。』

發微子於是言曰：『國家之有若是歟？意者先生快意於吻舌而及此耶？』先生曰：『國家之盛，烏可究悉？雖有注河之辯，折角之口，終日危坐，抵掌而譚，猶不能既其萬一，此特汴都之治迹耳！子亦知夫所以守此汴都之術，古昔之所以興亡者乎？』客曰：『願聞之。』先生曰：『緊此寰宇，代狹〔二六〕代廣，更張更弛。黄帝都涿鹿，而是爲幽州；少昊都窮桑，廼今魯地。伏犧都陳，帝嚳都亳。堯都平陽，廼若昊天而授人時；舜都蒲阪，廼覲群后而輯五瑞。公劉處豳，而兆王業之所始。太王徙邠者，以避狄人之所利。文王作酆，方蒙難而稱仁；武王治鎬，復戎衣而致乂。蓋周有天下，三百餘年，而刑措不用；及其衰也，亦三百餘年，而五伯更起。星離豆割，各據轂兵以專利。彊侯脅帶於弱國，不領人君之經費。天下日蹙而日裂，中國所有者無幾。當時權謀爲上，雌雄相噬。孰有長距，孰有利觜？兵孰先選，糧孰夙峙？孰有橋關之卒，孰有憑軾之士？孰有素德，孰有彊倚？孰欲報惠，孰欲雪耻？或奉下邑以賂讎，或舉連城而易器。骸骨布野，介胄生蟣。肘血丹輪，馬鞍銷髀。勢成〔二七〕莫格，國墟人鬼。噫彼土宇，凡幾吞而幾奪，幾完而幾弛〔二八〕？秦中形勢之國，加兵諸侯，如高屋之建瓴水；神皋天邑，以先得者爲上計。其他或左據函谷，右界褒斜，號爲百二之都；東有成皋，西有崤澠，定爲王者之里。以至置舂陵之俠客，興泗上之徤吏，扼襟控咽，屏藩表裏。名城池爲金湯，役諸侯爲奴隸。拓境斥地，輮轥荒裔。東包蟠木，西卷流沙；北繞幽陵，南裹交趾。厥後席治滋永，泰心益侈；或慢守以啓戎，或朋淫而招宄。横調無藝而垂竭，游役不時而就斃。盧令日縱而不紲，鷺翿〔二九〕厭觀而常值。睚眦則覆尸而流血，愉悦則結纓而珮璲。粉墨雜糅，賢才逆曳。腫微紒絬而竊肉食，賊臣廻穴而圖大器。郡國制節，侯伯方軌。或爲大尾而不掉，或爲重膇而屢踕。室有丹楹，城有百雉。朝廷無用於揚燎，冠冕不閑〔三〇〕於執贄。天維披裂，地軸杌棿，群生燋𤏸而殄瘁。雖有城池，周以鄧林，縈以天漢，曳輂可以陟崇巘，設汭〔三一〕可以濟深水。故魏武侯浮西河而下，自哆其地，而進戒於吴起。蓋秕政肆於廟堂之上，則敵國起於蕭墻之裏。奚問左孟門而右大行，左洞庭而右彭蠡？』

發微子曰：『天命有德，主此四方，如輻之拱轂，如桷之會極。其磍犖者，天與之昌；其闒砢者，天與之亡。且非易之所能壞，亦非險之所能藏；非愚之所能弱，亦非賢之所能彊。故將吞楚也，白虵首斷於大澤；將繼劉也，雄雉先雊於南陽。龍漦出櫝，而檿弧隱亡周之語；蓐收襲門，而天帝貽刑虢之殃。人力地利，信不能偃植而支仆，而皆聽乎彼蒼。故鯨鯢劚解，決一死於吻血；兕虎闐闟，踐巍嶽爲平崗。蹂生靈如蹋塊，簸天下如揚糠。其敗也，抉目而析骨；其成也，頂冕而垂裳。由此觀之，土地足以均沛澤而施靈光而已，易險非所較，賢否亦未可議也。』先生曰：『以易險非所較者，固已乖矣；以賢否非議者，烏乎可哉？客不聞「王公設險以守其國，有德則昌」者乎？地欲得險，勢欲參德。迫隘卑陋，則無以容萬乘之扈從，供百司之廩餼；據偏守隅，則無以限四方之貢職，平道理之遠邇。膴原申區，割宅製里。走八極而奔命，正南面而負扆。舉天下於康逵，力士軆鞔而不敢取，貪夫汗縮而不敢睨者，恃德之險也。襟馮終南太華之固，背負清渭濁河之注。搤人之吭而拊人之脊，一日有變而萬卒立具。然而布衣可以窺隙而試勇，匹夫可以争衡而號呼。彼天府之衍沃，適爲人而保聚，此以地爲險者也。地嚴德暢，然後爲神造之域，天設之阻。大哉炎宋，帝眷所矚。而此汴都，百嘉所毓。前無湍激旋淵吕梁之絶流，後無太行石洞飛狐句望浚深之岩谷。豐樂和易，殊異四方之俗。兵甲士徒之須，好賜匪頒之用，廟郊社稷百神之祀，天子奉養群臣稍廪之費，以至五穀六牲，魚鼈鳥獸，闔國門而取足。甲不解纍，刃不離韣。秉鉞匈奴，而單于奔幕；抗旌西僰，而冉駹蟄伏。南夷散徒黨而入質，朝鮮畏菹醢而修睦。解編髮而頂文弁，削左衽而曳華服。逆節躑躅而取禍者，折箠呼之而就戮。眈眈帝居，如森鍉利鏃之外向，死士逡巡而莫觸。仁風冒於海隅，頌聲溢乎家塾。伊昔天下阽危，王猷失度。皇綱解紐，嗥豺當路。帝懷寶曆，未知所付。可受方國，莫越藝祖。圖緯協期，謳謡扇孺。赤子雲望而風靡，英雄螽趯而蠅附。玉帛駿奔者萬國，冠冕充塞乎寰宇。絶塞税鎧而免軸，障壘熄燧而摧櫓。拜〔三二〕檻神威，有此萬旅。奕世載德，蔑聞過舉。髪櫛禾耨，子攜稚哺。擊菓懋穗，疏惡鑿嫵。銚觚角之磣刻，剗槐槍而牧圉。爰暨皇帝，粉飾朴質，稱量纖鉅。鍠鍠奏廟之金玉，瑑瑑夾楹之簠簋。訓典嚴密，財本豐阜。刑罰糾虔，布施優裕。田有願耕之農，市有願藏之賈。草竊還業而斂迹，大道四通而不廢。車續馬連，千百爲群，肩輿梱載，前卻而後跙。摶壤歌咢者萬井，未聞欧嘎而告痡。雖立壝爲界，其誰敢欂膊以批捭？况此汴都者乎！抑又有天下之壯，客未嘗覩其奥也。且宋之初營是都也，上睎天時，下度地制，中應人欲。測以聖智，建以皇極，基以賢傑，限以法士。垣以大師，屏以大邦，扞以公侯，城以宗子。以義爲路，以禮爲門。鍵鑰以柄，開闔以權，掃除以政，周裹以恩。廼立室家，以安吾君。有庭其桓，社稷臣也。有楹其桷，衆材會也。有闈孔張，通厥明也。有牖孔陽，達厥聰也。其檻如衡，前有憑也。其壁如削，後有據也。其陛則崇，止陵踐也。其極則隆，帝居中也。邑都既周，宫室既成，於是上意自足，廼駕六龍。乘德輿，先警蹕，由黄道，馳騁乎書林，下觀乎學海。百姓欣躍，莫不從屬車之塵而前邁。妙技皆作，見者膽碎。廼使力士，提挈乎陰陽，嫥〔三三〕捖乎剛柔，應乎成器，方圓微碩，或粉或白，隨意所裁。上方咀嚼乎道味，斟酌乎聖澤，而意猶未快。又欲浮槎而上，窮日月之盈昃，尋天潢之流派。操執北斗之柄，按行二十八星之次，奪雷公之枹，收風伯之鞴，一瞬之間而甘澤雱霈。因孛彗於幽獄，敷景雲而黯靄。統攝陰機，與帝唯諾而無閡。如此淫樂者十有七年，疲而不止，諫而不改。吾不知天王之用心，但聞夫童子之歌曰：「孰爲我已〔三四〕，孰釐我載？茫茫九有，莫知其界。」』客廼覰覰然驚，拳拳然謝，曰：『非先生無以刷吾之矇，藥吾之瞶。臣不能究皇帝之盛德，謹再拜而退。』

校勘記

〔一〕「鮓」，底本作「蚱」，據六十四卷本改。

〔二〕「拜」下，六十四卷本有一「言」字。

〔三〕「嘆」，六十四卷本作「唉」。

〔四〕「搹」，麻沙本作「揭」。

〔五〕「坌」，六十四卷本作「貧」。

〔六〕「鋪」，六十四卷本作「鉞」，麻沙本作「鏞」。

〔七〕「闐闔」，麻沙本作「閶閣」。

〔八〕「鵯鶋」，六十四卷本作「烏鵯」。麻沙本作「鵯」，殆有脱字。

〔九〕「艚」，六十四卷本作「朁」。

〔一〇〕「貫」，六十四卷本作「實」。

〔一一〕「螘」，底本作「鎧」，據六十四卷本改。

〔一二〕「羆」，六十四卷本作「貔」。

〔一三〕「鋥」下，六十四卷本有一「其」字。

〔一四〕「錣」，底本作「鍜」，據六十四卷本改。

〔一五〕「實」，六十四卷本作「德」。

〔一六〕「覆」，麻沙本作「天」。

〔一七〕「盲鄙生詭見之目，掩處士横議之口」十四字，底本無，據六十四卷本補。

〔一八〕「閔」，六十四卷本作「閎」。
〔一九〕「新」，六十四卷本作「斯」。
〔二〇〕「動」，六十四卷本、麻沙本作「洞」。
〔二一〕「席」，麻沙本作「廣」。
〔二二〕「定王享士會」，「定王」，麻沙本作「宣王」；「會」，六十四卷本作「季」。按：《禮記疏》作「《春秋》宣公十六年，王享士會殽烝」。《白氏六帖事類集》作「定王享士會」。
〔二三〕「扆」，底本作「展」，據六十四卷本改。
〔二四〕「桓公」，六十四卷本作「桓子」。
〔二五〕「帛」「氈」，六十四卷本分作「白」「氍」。
〔二六〕「狹」，六十四卷本作「狄」。
〔二七〕「成」，六十四卷本作「或」。
〔二八〕「弛」，六十四卷本作「阤」。
〔二九〕「翿」，六十四卷本作「翮」。
〔三〇〕「閑」，麻沙本作「杌」。
〔三一〕「泭」，底本作「跗」，據六十四卷本、麻沙本改。
〔三二〕「拜」，六十四卷本作「總」。
〔三三〕「嫥」，底本作「搏」，據六十四卷本、麻沙本改。
〔三四〕「已」，底本作「尸」，據六十四卷本、麻沙本改。

新校宋文鑑卷第八

校者按：底本爲刻卷，據六十四卷本、麻沙本刻卷校改。

賦

大禮慶成賦

張耒

惟宋六世，皇帝踐祚之七年，所以和同天人，綏静中外，垂鴻襲裕，增高累厚，以對神祇祖考者，固已蒙被充塞，光融翕赫，六合一意，四海一口，無得而言矣。粤以壬申之仲冬，將有事於南郊，乃詔列位，恪職賦事。而有司建言：『惟我國家，因時施禮，郊丘之位，天地咸在，牲幣並薦，禮樂合舉。而古者乃以陰陽之至，即南北之郊，别位殊時，薦獻異數，有司其何從？』於是天子惕然深思，祇畏敬戒，曰：『兹大事，我其敢專？群公卿士，典禮之官，竭思和會，以訂不易。』於是議者曰：『先王齊明以享帝，而帝之享否，雖聖人未由知之，惟受福者，其享之占也。恭惟國家，合祭天地，於兹六世矣。惟我太祖，躬膺駿命，以遏亂略，堂皇二儀，拓落八極，以定萬世之業。太宗威定宇内，震蕩大鹵，以一九有，定天下於一尊。真宗熙洽富盛，符瑞委積，南牧之猘，不戰請命，威加北荒，奏功岱宗。仁宗席安據厚，不動指顧，孽獠猾羌，含毒内向，吏士未頓，藏竄屈伏。終始太平，垂五十年。英宗入纂，百姓與能，神考有爲，六服承德，此可謂受大地之福矣。然則神祇之安，吾享也其久哉！』

於是天子乃翳青雲之屋，乘雕玉之輿，應龍受轡，招摇翼輈。建虹霓之修竿兮，飀彗星之飛斿。太一執節以先驅兮，二十八星拱手布武，經營而周流。貔貅六師，雷霆萬乘。初海沸而雲涌，忽山峙而川静。蓋天子粹然玉温，健然天運。望宫門而動色，顧執策而命進。惟烜赫之靈源兮，實鼻祖於神明。覽光德而來降兮，館玉宇之嚴清。張《咸》《英》之廣樂，備千籥之盛舞。景光交徹，鸞鶴來下；神嬉靈豫，醉爵飽俎。翼翼清廟，觀德之宫。七聖在天，時降于宗。時降于宗〔一〕，世有哲孫。豈弟無疆，惠我文人。瞻祖祏而念功兮，顧禰室而感親。聖孝〔二〕油然發中兮，在位望而含辛。霽暘告旦，祥飈掠塵。從我髦士，來祇精禋。御史肅吏，司馬飭兵。既逶逶遲遲，雲流而日行兮；又洶洶業業，海運而天聲。靈旗洪旆，翕赫歘霍兮，攫挐龍虎而亂鯤鵬。雄鶩憎威而震伏兮，柔良化禮而肅清。弛威弧戢天戈兮，固已熄滅蚩尤而折欃槍。執飛廉，囷商羊，屬之有司兮，羲和磨刮披拂，盡獻其光明。蓋傾都空閭，翹首跂足。俯窺履綦，傍覘佩玉者，忽焉不知手之加額，口之成祝也。於是背都城，望帷宫。郊坰坦其迤邐兮，場圃既寒而畢功。頮青雲以連屬，粲虹霓之經緯。紫微下屬於兩觀，勾陳錯施於萬雉。扶傾之神，仰立而拱；翔德之龍，下抱而曳。疑神變之歘成兮，涌九地而出峙。連廡千柱，廣殿萬栿。飛甍鬬桷，洞牖屹壁。酸股之隅，眩目之極。唐洛執筭而莫計，班倕操斤而自惑者，類非資材於斵墁，而皆機杼之紡績也。一室之用，足以温一家；一宮之費，何啻衣一國！驚霆之蹕既震，洶聱之聲咸寂。敞齋寢之静深兮，何清虚而邃密。

天子方端而虚，儼而一，多儀未舉，精意已塞。甲夜始晦，嚴鼓載作。飛斂走伏，神讋鬼愕。望舒騰精以燭宵兮，玄冥收威而布德。靈鼉五震，軫車將中。天子乃被衮執玉兮，齊明莊栗之誠。動於進趨，表於形容。千燎具揚，萬炬畢融。上揜熒惑，旁爍燭龍。近爲朝暘，遠爲融風。赫赫曦曦，煌煌輝輝。列次之士，野屯之師，歸如酌醇醪而御兼衣。黄流汪洋，璧玉照徹。祥祲衡布，協氣下浹，音爲樂和，形爲人悦。白質之獸，簫聲之鳥，紛披雜沓，應奏而舞節。陟降既周，燎煙始升。奔星走虹，奉璧薦牲。豐隆〔三〕奔馳而仰騖兮，祝融焜煌而上征。開閶闔兮闢清都，后帝燕兮百神愉。圓錫蓋兮方獻輿，岳輪固兮溟效濡。於是禮備樂成，整車而旋。萬類環極，端門闢天。賞出千庾，恩流百川。北包大壤，南盡島蠻。西越流沙，東窮海壖。令未脱口，雷運風傳。野無窮人，獄無宿愆。破械解縲，負帛囊錢。車反其舍，士復其伍。效技呈才，千鐃萬鼓。天子舉酒，以屬群公。咸曰休哉，天子之功！系曰：

於穆聖主，建皇極兮。嚴恭精禋，帝來格兮。柔祇並位，儼牲璧兮。文祖右坐，臨有赫兮。於惟祖宗，有常則兮。諱兵畏刑，後貨食兮。政有損益，兹不易兮。帝則鑒之，戩穀錫兮。兢兢業業，日一日兮。三載一祀，年萬億兮。

齋居賦

張耒

仲夏之月，陰氣始至。陽既盛而初剥，陰浸亨而用事。水伏畏涸，火燎方熾。其於人也，心實過炎，而腎受其弊。惟人之生，受命在子。推卦曰《坎》，於行爲水。微陽所潛，元氣之始。故火甚烈，則正氣或因而衰。則水受害者，君子之所深畏。於是屏〔四〕事燕息，滌慮齋居。既静事以無〔五〕形，又遠眺而高居。却紛華而弗陳，與淡泊乎爲徒。絶嗜窒慾，愛精嗇神。聲色不御，滋味罕〔六〕親。冲然與和俱遊，湛兮以道合真。故能躰强志寧，愉樂壽考。遠去疾厲，保此難老。

嗚呼！苟能推此以盡道，考此以察物，則豈惟齋戒以御時，宜其顛沛而勿失。且夫冰炭相乘，利害交至。隕真盜和，豈獨陰沴？道心惟微，易失難常。困於侵陵，有如微陽。則浣心滌志，以却外垢；虚中保和，以全天君。故能涉至變而不濡，更萬變而常存。蓋將窮年以齋居，豈特養生而善身乎！

鳴雞賦

張耒

先生閑居學道，昧旦而興。家畜一雞，司晨而鳴。畜之既老，語默有程。意氣武毅，被服鮮明。峨峨朱冠，丹頸玄膺。蒼距矯攫，秀尾翹騰。奉職有恪，徐步我庭。啄粟飲水，孔肅靡争。山川蒼蒼，風霰宵凝。黯幽窗之紞紞〔七〕，恍余夢之初驚。萬里一寂，鍾鼓無聲。聞振衣之膈膊，忽孤奏而泠泠。委更籌之雜亂，和城角之凄清。應雲外之鳴鴻，弔山巔之落星。歌三終而復寂，夜五分而既更。萬境皆作，車運馬行。先生杖屨而出，觀大明之東生。

雨望賦

張　耒

淡海天之蒼茫，覩驟雨之霶霈。飄風擊而雲奔，曠萬里而一蔽。卒然如百萬之卒，赴敵驟戰兮，車旗崩騰，而矢石亂至也。已而餘飄既定，盛怒已泄，雲逐逐而散歸，縱横委乎天末。又如戰勝之兵，整旗就隊，徐駈而回歸兮，杳然惟見夫川平而野闊。夫雲霞風月之容，雷雨雹雹之變，非巧力之能爲，蓋人間之絶觀。必也登雄樓傑閣之峥嶸，憑高山巨海之空曠。徹除耳目之障蔽，而後能窮極變化之奇狀。嗟我居之卑湫兮，東視聽於尋丈。顧所欲之莫得兮，徒臨風而惆悵。

鳴蛙賦

張　耒

余寓山陽學舍，夏大雨，屋四隅成塘，聚蛙以千計，聲鳴不絶，夜爲不能寢〔八〕寐。客有獻予以殺蛙之術，曰：『投余藥一丸，蛙無類矣。』童子將用之，予曰：『不可。』復爲賦示之：

夏雨初止，積潦過尺。有蛙百千，更跳互出。幸此新霽，夜月清溢。我勞其休，歸偃於室。

於時蛙鳴，若嘯若啼。若訴若歌，若歡若悲。若喜而語，若怒而詬。若嘁而嘔，若咽而嗽。瘖者之呼，吃者之鬭。或急或緩，或清或濁。若羌絲野鼓，雜亂無節兮。又似夫蠻歌獠語，詭怪之迭作也。爾其困於泥潦，失其所處而悲；又若夫旱暵既久，得其所處而樂也。爰有童子，持燭來謁，曰：『蛙群夜鳴，君寢其聒。考之《周官》，灑灰黽蛤。君其教之，余得盡殺。』余語童子：『爾無是酷！爾樂而歌，而哀則哭。哭則悲嗟，樂有聲曲。聚語群争，引吭而呼。一日之間，不寧須臾。蛙不汝嫌，汝奚蛙誅？萬物一府，誰好誰惡？爾奚自私，己厚蛙薄？參通彼己，樂我自然。弭爾怒心，置燭而眠。』

夜半，張子援枕而吁，顧謂童子：『記吾言歟？前言未究，請卒吾説。物各有時，大誰敢遏。爾觀夫春露初霭，朝華始敷。文羽清喙，飛鳴自如。若奏琴箏，而和笙竽。清耳悦心，聽者爲娱。及夫陽春既徂，炎火將極。惡草蕃遮，淫潦瀦積。蛙於此時，生養蕃息。跳梁號呼，噫氣横逸。子如之何？時不可逆。時乎時乎！美惡皆然。當其盛時，誰得而遷？及其雪霜既降，木實草衰。飛蠅聚蚊，孽無所施。於是此蛙，歛吻收足。匿然土中，一聲不出。黨散巢披，不可終日。盛不可常，與衰迭來。子姑忍之，奚以殺爲哉？』

哀伯牙賦

張耒

伯牙鼓琴，後世無如。我哀伯牙，似智而愚。天地之間，四方萬里。知爾琴者，一人而已。

鍾子既死，其一又亡。欲彈無聽，泣涕浪浪。己奏己聞，欲語不可。愊塞滿懷，無所傾寫。《折楊》《黄華》，巷歌里曲。入邑娱邑，入國悦國。回視伯牙，面有矜色。夫操至伎者，必不和衆人之耳。而媚衆耳者，又善工之深恥。違衆者常孑孑其無與，而冒恥者乃身安而獲利。則亦安知夫至藝之非禍，而庸工之非祉也？嗟夫！將爲至巧者，必無顧於終身之無與。則至巧之於人，乃不祥之上器。操不祥之器，終身而不知，則伯牙者，乃後世之深戒。

求志賦

晁補之

幼余不自知惷兮，願求古人而與之遊。高平邑於大野兮，魯東鄙而北鄒。固余心其悃款兮，求前聖又不遠。豈無鄰莫可與謀兮，治郕氏而俗泮。幽離房誠不忍兮，棄此而莫能。歲[九]執徐之青陽兮，余先子兮東征。横武林之大江兮，睢始寧之南邑。路會稽以周流兮，求歷山之所在。昔封嵎之世守兮，以後夫而致刑。越懲恥於夫椒兮，進樵女而抑心。懿二臣以國覇兮，卒焉異夫出處。行束薪而自言兮，妻不忍而求去。助申威於司馬兮，卒殞聲以淮南。睚訴[一〇]死於婆娑兮，悲綽約之亦纖。彼章程之詭嘯兮，既睊眙於甲夜。何仲御之清激兮，而亦云駭夫觀者。紛回穴其莫識兮，泮千載而迹陳。思苗山猶若兹兮，又何悲乎曲水！惟鄭公之志約兮，逢神人焉靡求。山茀崪而谷紆兮，風瀏瀏乎旦暮。耿吾何不可留此土兮，竊悲越人之機。豈其食鮭而化音兮，無所用吾之綏？

冬曚曚其多雨兮，夏癉熱以生蠚。溪水之淺深兮，舟上下而擊石。吾遵夏蓋之山兮，聊以觀乎遠海。吾先子之初服兮，羌董道而不改。小人之有心兮，猶不假器。末余從於東安兮，依哲人而聞誼。蜀蘇子之有廛兮，漢遺化而多儒。往者其不可及兮，曷不從子之廬？朝〔一二〕余食兮山中，夕余宿乎江上。悲世俗之近市兮，余安能忍而與之皆往！余令樓季爲右兮，使王良前余。世解轡而馳石兮，緬余得此坦塗。良吾輈使環濁兮，密吾牙使撲屬。攬九州而顧懷兮，夫安知余力之不足？遘余生之罹憫兮，歸將母乎故都。伏里門而畏鄰兮，幽獨守此四隅。時命大繆兮，吾遑遑欲何之？慨永夏之宜養，霜蔆然其萃之。增歔欷以啜泣兮，殺身其安可？宇摧榮而藩穴兮，雀鼠去而不舍。憯四序之不淹兮，春藹藹其既菲。攬卉木猶若茲兮，吾獨不聊此時！悲予仲之婉孌兮，饒其心以詩禮。吾不能操贏而坐閭兮，耘東山而自食。歲旱暵而不雨兮，螟又生余之場。屬歲秋之有穀兮，河出墳而湯湯。於陵子之終褊兮，井上李其猶飽。服芬芳而潔腹兮，夫豈不足以忘老？衆虎豸而好朝兮，咸得時而的皪。持衣裳而鬻暑兮，余固知余賈之不售。思遐舉而莫從兮，心紆軫而晝傷。訊黄石以吉凶兮，綦十二而星羅。曰由小基大兮，何有顛沛？既非初志之敢期兮，曾何以知其所繫？頮清濟以去垢兮，芝九莖而爲華。肖倚楹而悲咤兮，嚋獨憂余之無家。蕭苑候之慷慨兮，孰云非食之故！濟澶淵之靈津兮，橫中流而飈怒。思城闕之挑達兮，勉踵夫昔之人。羿之志於彀兮，亦反求夫余身。小人不知學禮兮，畏罪罟之所尋。

宋七世之炳靈兮，皇純佑此下土。舉賢而授能兮，哀縈獨此黎庶。牧羊而肥兮，式亦用而有聞。辟雍之洋洋兮，宇干日而糾紛[一二]。連袵以成雲兮，汗而爲雨。豈余不足於同門兮，獨惆悵而延佇。先事而後得兮，惟其食者之費[一三]。舉九鼎於鯢淵兮，亦人假夫一臂。

余張子之好修兮，蹇博大而無朋。雪霏而宇棟兮，松栢不改其青。固黄子嘗語余兮，曰此是爲明月。雖工師不以佩兮，保厥美亦未艾。彼喔咿爲已甚兮，羌浮石而沉木。子雲之好思兮，亦衆誶其寂寞。虞氏之爲政兮，舉五臣而與言。彼霡霂之射谷兮，何足以容江潭之鱣？衆不察余之情兮，求余初猶未沫。超孤舉而遠尋兮，唯夫不足以論世。良恫韓而成漢兮，皓保惠而悟高。成功則去兮，曾何足以介其一毛？融躬行既卒驕兮，禹服義亦太靡。陳輜車與乘馬兮，桓榮亦酋乎富貴。蕃居室以不理兮，滂之志以四海。允膺之激烈兮，羌不以生而害義。意豈弟神所嘏兮，何以[一四]罹此不祥？豈其莫忍鄰之捽兮，紛救鬭而得傷？嘉林宗之善裁，要成敗而不失。寧遵不知時之可爲兮，行漁瀨以畢世。喟嵇康之蹈盡兮，愧孫子其安補。阮清舌而咎目兮，潛固自識而遠去。謂道不可爲兮，爲者敗之。衆悖[一五]然咸不留兮，惟至人焉在之。泮千祀而語鄰兮，孰與至人之服？意神龍之乘雲兮，吾欲從焉以足。士生各有遇兮，吾何爲侘傺兮此時？曾藿菽不足以化兮，求余身其庶幾。滋蘭以皆蓄兮，菊以爲糗。脩忠信以抑躁兮，夫安知余之後？圖前聖吾永賴兮，攬百子與並輿。時翺翔於道奥兮，歷年歲以爲娛。

校勘記

〔一〕『時降于宗』，底本無，據六十四卷本補。

〔二〕『孝』，麻沙本作『考』。六十四卷本空缺。

〔三〕『隆』，底本誤作『降』，據六十四卷本改。

〔四〕『屏』，麻沙本作『居』。

〔五〕『無』，麻沙本作『爲』。

〔六〕『罕』，六十四卷本作『弗』。

〔七〕『紞紞』，麻沙本作『沉沉』。

〔八〕『寢』，底本空缺，據六十四卷本、麻沙本補。

〔九〕『歲』，底本誤作『藏』，據六十四卷本改。

〔一〇〕『睚訴』，六十四卷本作『盱泝』。明刊本《雞肋集》作『盱泝』。

〔一一〕『朝』，底本誤作『胡』，據六十四卷本、麻沙本改。明刊本《雞肋集》作『朝』。

〔一二〕『糾紛』，六十四卷本作『糾糾』。明刊本《雞肋集》作『糾紛』。

〔一三〕『費』，六十四卷本作『責』。明刊本《雞肋集》作『責』。

〔一四〕『何以』前，六十四卷本有一『固』字。明刊本《雞肋集》亦有『固』字。

〔一五〕『悖』，六十四卷本作『竇』。明刊本《雞肋集》作『竇』。

新校宋文鑑卷第九

校者按：底本爲刻卷，據六十四卷本、麻沙本刻卷校改。

賦

北渚亭賦

晁補之

北渚亭，熙寧五年集賢校理南豐曾侯鞏守齊之所作也。蓋取杜甫《宴歷下亭》詩以名之，所謂『東藩駐皂蓋，北渚凌清河』者也。風雨廢久，州人思侯，猶能道之。後二十一年，而祕閣校理南陽晁補之來承守乏。侯於補之丈人行，辱出其後，訪其遺文故事，廑有存者。而圃多大木，歷下亭又其最高處也。舉首南望，不知其有山。嘗登所謂北渚之址，則群峰屹然，列於林上，城郭井閭皆在其下。陂湖迤邐，川原極望，因太息語客：『想見侯經始之意，曠然可喜，非特登東山小魯而已。』廼撤池南葦間壞亭，徙而復之。請記其事，補之曰：『賦可也。』作《北渚亭賦》。其詞曰：

登爽丘之故墟兮，睇岱宗之獨立。根旁礴而維坤兮，支扶踈而走隰。跆琅邪與鉅野兮，梁清濟而北出。前淼漫而將屯兮，後摧嶉其相襲。坯者扈者，嶧者峘者，礐者礉者，障魯屏齊，曰惟歷山。或肺附之，箕拱環連。勢厓絶而脉泄兮，萬源發於其間。谷射沙出，浸淫滐濈，瀺灂汩泌，澎濞潎潏，忽瀵起而成川。經營一國，其利汾澮。防爲井沼，壅爲碓磑。得平而肆，廼滉漾而滂沛。經民閭而貫府舍兮，豬爲池之千畝。惟守之居，面巖背阻。邈闤闠之遺址兮，肇嘉名乎北渚。悲經始之幾何兮，牛羊牧而宇顛。非境勝之爲難兮，善擇勝之爲難。嘗試觀夫其園，千章之萩，合抱之楊，立而成阡。躋歷下之岧嶤，望南山之孱顔。脩榦大枝，出櫩造天。藐砠岫之蔽虧，乍髣髴其雲煙。思僊人之樓居，尚輕舉而高翻。盍駕言其北游，登斯渚而盤桓。崗巒忽其翔舞，萩楊眇以如簪。撫千里於一瞚，收城郭乎環堵。其下陂湖汗漫，葭蘆無畔；菱荷荇藻，蘅茎杜茝。衆物居之，浩若煙海。歲秋八月，草木始衰。乃命罾罟，觀魚其脽。鳴根四合，方舟順涯。鱠鯉窘乎深塘兮，鴻鴈起於中沚。復有桂舫蘭枻，浮游其中。榜歌流唱，自西徂東。纖餌投隈，微鱗掛空。客顧而嬉，傾盃倒鍾。明月出於缺嶺，夕陽眇其微紅。天耿耿而益高，夜寥寥其方中。駭河漢之衝波，披海岱之泠風。恐此樂之難留兮，願乘槎乎星渚。期韓終與偓佺兮，采芝英乎瑶圃。庶忘老而遺死兮，路漫漫其脩阻。

於是酒酣太息，中座語客曰：『自昔太公，奄有此丘，是征五侯。桓公用之，攘狄尊周。方其盛時，山河十二，號稱東秦。臨菑遨樂，中具五民。秋田青丘，實囿海濱。而薛又其小邑也，區區之賦，食三千人。其彊孰與比哉！觀華不注，揭其孤巘。虎牙桀立，芙蓉菡萏。尚想三週，追奔執韅。下車取飲，僅以身免。困責質於蕭同，尚何私乎紀甗？而齊自是亦不競矣。

夸奪勢窮，雖彊安在？事以日遷，而山不改。則物之可樂，固不可得而留也。認而有之，來不可持。所玩無故〔一〕，去何必悲？此齊侯之所雪涕，而晏子之所竊嗤也。今我與客，論古人則知迷〔二〕，屬有感而歔欷，豈不重惑也哉！仕如行賈，孰非逆旅？託生理於四方，固朝秦而暮楚。曾無必於一笑，尚何知乎千古？』於是客矖然喜，再拜舉觴而前曰：『凡主人言，理實易求。而我曠然，已忘昔憂。使客常滿，使酒不空。請壽主人，如漢孔公。』主人亦矖然喜，受飲反觴，執客之手而言曰：『《詩》固有之：「未見君子，憂心忡忡。既見君子，云胡不樂？」』再拜洗觴而酬客，舍然大笑。

黄樓賦

秦觀

太史蘇公守彭城之明年，既治河决之變，民以更生，又因修繕其城，作黄樓於東門之上，以爲水受制於土，而土之色黄，故取名焉。樓成，使其客高郵秦觀賦之。其辭曰：

惟黄樓之瓌瑋兮，冠雉堞之左方。挾光晷以横出兮，干雲氣而上征。既要眇以有度兮，又洞達而無旁。斥丹雘而不御兮，爰取法於中央。列千山而環峙兮，交二水而旁奔。岡陵奮其攫拏兮，谿谷效其吐吞。覽形勢之四塞兮，識諸雄之所存。意天作以遺公兮，慰平日之憂勤。繄大河之初决兮，狂流漫而稽天。御扶摇以東下兮，紛萬馬而争前。象罔出而侮人兮，螭蜃過而垂涎。微精誠之所貫兮，幾孤墉之不全。偷朝夕以昧遠兮，固前識之所羞。慮異日之或然兮，復壓之以茲樓。時不可以驟得兮，姑從容而浮遊。儻登臨之信美兮，又何必乎故丘？觴酒醪以爲壽兮，旅殽核以爲儀。儼雲霄以爲侍兮，笑言樂而忘時。發哀彈與豪吹兮，飛鳥起而參差。悵所思之遲暮兮，綴明月而成詞。噫變故之相詭兮，遒傳馬之更馳。昔何負而遑遽兮，今何暇而遨嬉！豈造物之莫詔兮，惟元元之自貽。將苦逸之有數兮，疇工拙之能爲！韙哲人之知其故兮，蹈夷險而皆宜。視蚊虻之過前兮，曾不介乎心思。正余冠之崔嵬兮，服余佩之焜煌。從公於樓兮，聊裴回以徜徉。

送將歸賦

蔡確

昔人之言秋意也，曰：『若在遠行，登山臨水送將歸。』此其平日游子之所悲，怨慕悽愴，尚不能自支，而況於予乎！戀高堂之慈愛，積三歲之違離。余親屬子以侍我行，且復命於庭闈。其送子也，乃在粵嶺之南，溟海之西，洗亭之側，瀘水之湄。出門躑躅以將別，仰天涕泣之交頤。浮雲爲我變色，行路爲我嚬咨，而況於予乎！予方省愆念咎，藿食布衣。髮如秋霜，形如槁枝。子見吾親，勿以告之。明明二聖，仁如天也。雷霆雨露，固有明也。孤臣放逐，久當憐也。晨夕定省，歸可期也。子告吾親，其以斯也。居乎天下之險，處乎人跡之稀。觸氛霧以罙入，仗忠信而不疑。以余之故而兩走乎萬里，嗟如子者其誰？周楚之郊，余親所棲。瞻彼白雲，予留子馳。安得借翰於鴻鵠，徑從子而奮飛也？

天下爲一家賦

呂大鈞

古之所謂天下爲一家者，盡日月所照以度地，極舟車所至以畫疆。以八荒之際爲藩衛，以九州之限爲垣墻。列國則群子之舍，王畿則主人之堂。凡民之賢而不可遠者，皆我之父兄保傅；愚而不可棄者，皆我之幼稚獲臧。理其財，乃上所以養下之道；分責之事，乃下所以事上之常。渾渾然，一尊百長，以斟酌其教令；萬卑千幼，以奉承其紀綱。貿遷有無，而不知彼我之實；損益上下，而不辨公私之藏。大矣哉！外無異人，旁無四鄰。無寇賊可禦，無閭里可親。一人之生，喜如似續之慶；一人之死，哀若功緦之倫。一人作非，不可不媿，亦我族之醜；一人失所，不可不閔，亦吾家之貧。尊賢下不肖，則父教之義；嘉善矜不能，則母鞠之仁。朝覲會同，則幼者之定省承禀；巡守聘問，則長者之教督撫存。

嗚呼！周德既衰，斯道斯屈。析爲十二，并爲六七。勢不相統，亂從而出。忘祖考之訓，則劫奪其屢盟之時；輕骨肉之命，則戰死於争城之日。曲防遏糴，以幸其灾；縱諜用間，以乘其失。乖睽有甚於鬩[三]墻，鬪很不離於同室。迨至秦政，以强自吞。推所不愛，以殘自昏。斧斤親刃其九族，塗炭自隳其一門。興阡陌而廢井田，則委貨財於盗賊之手；置郡縣而罷封建，則託婦子於羈旅之屯。貧富不均，幾臣僕其昆弟；苟簡不省，皆土苴其子孫。自漢以來，終亦不復。雖有王侯，而不得輒預其政；雖有守令，而不得久安其禄。譬之錦衣玉食，縱無所用之子；雖車良馬，委不善御之僕。門庭雖存，亦何足以統制？閨門無法，則何緣而雍睦？豪彊日横，而略無鞭朴之制；單弱日困，而不識襁褓之鞠。豈天理之固然，寔人謀之不足。

嘗聞之，治亂有數，廢興有主。昔既有離，則今必有合；彼既可廢，則我亦可舉。惟盛德之難偶，故曠時而未覩。豈有待於吾君，將一還於治古？

南征賦

邢居實

嗟予生之賤貧兮，常坎壈而多憂。汩東西與南北兮，無畎畝以歸休。皇六世之十祀兮，揭來賓夫京師。奉晨昏於庭闈兮，忽十年其於兹。哀衆人之夢夢兮，乘巇危以射利。騖精神於末流兮，固廉士之所耻。慕前哲之高蹈兮，臨川流而盥耳。懼離群之孤陋兮，將遠舉而復已。彼世論之糾纏兮，謂白圭爲多疵。何我公之潔清兮，亦見尤於盛時？

皇命之不可淹兮，方仲春而戒行。惟甲子之良晨兮，侍安輿而南征。昔仲尼之去魯，車遲遲以淹留。此雖非吾之舊邦兮，猶慘慘而懷憂。賓朋肅駕而來餞兮，班豆觴於水湄；執余手以踟躕兮，不覺涕下而霑衣。轔軋軋而不能前兮，馬蕭蕭而反顧。念長路之超遠兮，恐白日之云暮。敕僕夫使整駕兮，遂奮袂而辭去。

將發軔而回首兮，望國門之穹崇。唯小人之眷戀兮，情鬱結乎余衷。經土山之盤紆兮，入空谷之鴻豁；野曠蕩而無垠兮，榛林蕭條而來風。鹿呦呦以鳴群兮，鳥嚶嚶而求友。悵違違於中野兮，徒悁悒其誰咎？

晨脂車於諸阡兮，夕稅駕於尉氏。登高丘以長嘯兮，聲慷慨而凌厲。想阮氏之風流兮，停予車於山椒。斯人不可得而見兮，寄陳迹於蓬蒿。時荏苒其不淹兮，春草生兮青青。群雉挾雌以高飛兮，倉鶊得意而和鳴。麥漸漸以被隴兮，遵微行而徂征。欲淹留以容與兮，心摇摇而靡寧。平原坱莽以阤靡兮，迥極目乎百里。獨煢煢以遠遊兮，曾不得而少止。

歷釣臺之故丘兮，涉潁水之溱溱。望周襄之蕪城兮，弔封人之圮墳。魂飛揚而不反兮，墓蕪穢而不治。曾不得其死所兮，豈純孝之可恃？蹇邅回於水濱兮，日掩掩其黄昏。問捷徑於野人兮，釋予馬於汝墳。中旦展轉而不能寐兮，起視夜之何其。僕夫告予以肅裝兮，指明星而疾馳。群山崴嵬而造天兮，踐羊氏之北境。企余足以長望兮，南路眇其方永。

經昆陽之遺墟兮，聊裴回而逡巡。高城曲弟而特起兮，雉堞隱嶙而猶存。狐狢穴處於其下兮，鼪鼯吟嘯而成群。蒿艾蓊薆以相依兮，枳棘鬱其榛榛。悼漢氏之絶滅兮，想世祖之中興。方巨滑之滔天兮，恣豺狼之噬吞。肆横行於天下兮，駈虎豹以爲群。仗大義而奮討兮，實南土之裔孫。運欃槍而一掃兮，忽電滅而無存。彼百萬之貔貅兮，曾一旅之莫亢。信天道之輔順兮，豈人謀之不臧？迄於今幾千祀兮，魂魄遊乎何鄉？冀髣髴其神靈兮，步徙倚而彷徨。

過宛葉而弭節兮，陟方城之峨峨。歎羈旅之無友兮，彈劍鋏而浩歌。覽陵阜之參差兮，實礨熊之舊疆。不修德而恃險兮，曾幾何而不亡！

宿上唐之候館兮，聽晨雞之悲鳴。濯予纓於泌水兮，瞻桐栢之嶔嶔。飄風慓怒以來東兮，薄寒慘悽而中人。雲漫漫以承空兮，霰雪下而繽紛。念佳人之阻脩兮，嘆行役之多艱。車陷淖而不進兮，馬頓轡而盤跚。僕夫憔悴以懷歸兮，憩章陵而南邁。奠濁醪於漢祠兮，顧白水之如帶。真人一去而不返兮，佳氣葱鬱而如在。

歷崎嶇之九邑兮，涉川路之千里。心澹澹而忘食兮，筋骨疲乎鞭箠。唯君子之無累兮，雖九夷其可居。矧神農之所宅兮，土深厚而無虞。誦孔氏之法言兮，疾没世而無名。就寂寞以閑處兮，非予心之所憑。植木蘭以爲籬兮，塗申椒以爲堂。荃蕙披靡而盛茂兮，衆香鬱其芬芳。優游偃息靜以索志兮，又何必歸夫故鄉！

宣防宮賦

劉攽

余以事抵白馬，客道漢瓠子事，感其語，故賦曰：

元封天子既乾封，臨决河，沉璧及馬，慷慨悲歌。河塞，築宣防之宮，燕其群臣。乃稱曰：『隤林竹兮楗石菑，宣防塞兮萬福來。』顧盼意得，詔問：『東方大夫樂乎？』朔進而跽曰：『君王佩乾符，妥坤靈。封岱岳，禪云亭。雷行猋馳，一蹕四海。力餘氣盈，爰覽德水。至於人靡遺智，天不愛祉。石城金墉，屹立亭峙。則又經廣輪，度棟宇。裴回領略，心解目覩。八隅九維，千門萬户。沈嚴神麗，秦帝之府。於是植翠華，喧靈鼉。觴川流，浩長歌。神哉沛，君心和。患去喜至，無所復加，可謂樂矣！然臣觀之，未可謂無憂也。』

天子愕眙不怡，少焉，顧曰：『亦有説乎？』朔再拜曰：『主臣！蓋聞大川之源，發乎崑崙之神墟，出陽紆與陵門，道積石而沉游，包渾淪與俱逝，羌亹亹其徂征。千里一曲，萬里九折。盤礴瀇滉，呼洽沕潏。蕩然長波，激爲迅湍。莽不知其幾何，遂異派而同瀾。已而略廣武，循大伾。轔沛轢洛，積爲委輸。瀵沸出乎地上，悦莫際其焉如。粤若神禹，繼道作德。範圍天儀，聯絡地脉。疏排湠漫，鐫鑿窄客。平野其藝，人有安宅。化鱗介爲冠冕，蓋千有八百國。臣曾問遺黎，遵海隅。繇平成之徒駭，下東光之胡蘇。淵然覆鬴，脩若馬頰。如鬲及盤，以簡以潔。太史分流，參匯衆折。然後安翔徐回，脉脉並釃。紆餘衍漾，緜眇逶遲。虬潛蛟伏，波不得興。視榮光與休氣，茂玉檢而金繩。焕乎三日而五色，何必千歲而一清？若夫群雄逐兮位隔并，山川圍兮氣弗宣。訖洶涌以爲貨兮，阻厜巇以自藩。崇墉連蜷，矗以相售兮，巨浸瀺灂，汩乎宛延。立遮害之亭，謹白馬之津。雉堞瞰其東，區脱臨其西；又東北留其行，又西北繫其歸。垂天之翼，横海之鱗。陊隤膠葛，曾不得搶榆枋而泛蹄涔。匒匌勃鬱，靡所容怒。霆擊電掣，欻已脱兔。益以桃華之流，駛乎竹箭之馭。瀰滿澒洞，千里四顧。乃始伐薪石，程畚鍤。汰鷄距之防，横鐻牙之木。上下連環，旁側伏闕；竹落千緷，夾㮴而下。岌乎喘牛，蹶若踶馬。糗糧齊山，徒庸成林。商羊鼓舞，澤門謳唫。析骸樵蘇，慘於長平之禍；累塊珠玉，埒乎水衡之藏。諒人謀之或違，將度數之適逢。今夫呼吸潮汐，闞竅丘源。洲潬浮空，瀰洹旁穿。井乍甘而撤舍，麥未槁而培根；何靈龜之下伏，寓三峰乎層巔。表泰紫之嶕嶢，陋靈光之巋然。長封爲扃，土鍵石鐍。守如崤函，葉萬不拔。然而燕雀賀而人弔，枝葉茂而本撥。財乏力屈，河且再塞。君王方且駐屬車以流觀，啓離宮而落成。却四〔四〕載之乘，勞負薪之臣。舉烽賦酒，飛輪奉牲。戢長慮於一笑，起駕望而憑陵。神閑意定，澹然無營。』語未既，天子數顧尚席，推几欲興。臣朔逡巡却立，不謝而退。其後館陶之役，竟如東方大夫言。

校勘記

〔一〕『故』，底本作『固』，據六十四卷本改。明刊本《雞肋集》作『故』。

〔二〕『迷』，底本作『述』，據六十四卷本改。明刊本《雞肋集》作『迷』。

〔三〕『閱』，底本作『闚』，據六十四卷本改。

〔四〕『四』，麻沙本作『兩』。

新校宋文鑑卷第十

校者按：底本爲刻卷，據麻沙本刻卷校改。

賦

南都賦

王仲旉

洛陽王仲旉侍親客於宋，十有餘年矣。宋，南都也。山川城邑，人物風俗，禽獸草木，博觀而窮覽，粗得其凡焉。因藉華陽先生、涣上公子爲問荅以賦。詞曰：

華陽先生與涣上公子步於西山之隈，環於竹圃之左，《水經》曰：睢水東南流，歷於竹圃，有竹數百頃，周四十一里。曰：『美哉邈乎，土地之沃，人物之夥也！』公子喟然歎曰：『先生睹斯而已，獨不聞往者之事歟？上自五帝，中接三代，下訖漢唐，目擊而可知，指陳而可喻，請爲先生言之：

於顯樂國，在睢之陽。其地則宋，其分則房。夏豫周青，秦碭漢梁。帶以黍丘之野，包以閼伯之疆。盟豬出其右，汳水更其旁。涣穀濊猚，漻涞逐黃。八水出宋城。黃見《左傳》，濊見《北征記》，穀、猚見《水經》，涣見《元和志》，涞、逐、漻見《圖經》。從横馳騖，源分派張。過乎隕石之壄，徑乎龍丘之岡。行乎釣臺之渚，出乎穀城之塘。上接大河，通於銀潢。下達渦泗，匯於淮湘。淜湝礐瀰，淼淼洋洋。滮瀷濃澱，滈滈湯湯。若乃歷華里，經汋陵，乘襄塢，陟貫城。傍空桐而過沙隨，陼鴻口而升橫亭。伊高辛之帝子，主大火而脩祀。鄙葛伯之仇餉，猗湯征之攸始。嘉微子之啓封，卒繼承於商氏。訪桐盧之兩門，孰世遠而難紀。企蒙城之故邑，懷漆園之傲吏。登北岡而遠矙，想橋公之德懿。銘三鼎與征鉞，曾餘光之未墜。仰子喬之飆馭，世獨尚其丘墳。臨繪水而徙倚，睢、涣二水謂之繪水。見《述異志》。誦相如之高文。閟雙廟之靈宇，欽張許之威神。忠義焕乎日月，世彌久而逾新。英風激於萬代，如想見乎其人。

　　觀山川人物之舊，纔得其凡而略之，僕固未能詳也。若宮室苑囿之盛，池沼臺榭之廣，侈靡誇前，光輝絶後，惟梁孝王有足稱者。僕願繼其説，而先生自覽其切焉。漢有天下，至文而昌。九族敦序，帝室以光。乃命子武，俾侯於梁。惟梁大國，城四十餘。北限泰山之險，西界高陽之墟。禦備東南，則九州之奥區焉。廣衍沃壤，則天下之膏腴焉。於是舍大梁之故土，卜睢陽之新都。傍濸城而連屬，起甬道以縈紆。外廣池洫，内經郭郛。陋九筵與百堵，法上國之規模。發小鼓以始倡，下節杵而和之。流樂府而度曲，豈餘音之獨遺。於是乃作曜華之宫，儗阿房與林光。鬱正殿之嵲嶫，巍然起乎小央。散彤彩而澔汧，復煒煒以煌煌。鶩虬龍於金楹，乍矯首以騰驤。軒鸞翥於飛甍，欲乘風而下翔。歷太階之寶砌，駢璧瑛與玉瑠。光陸離而眩目，足幾仵而徜徉。旁有曲室，後連洞房。叫窱窈窕，仰不見陽。列方疏而散騎，玉女睨而悠颸。又有宴閒之館，寔曰忘憂。文章灝博，卓落瑰奇者，萃乎其中，貢以文鹿白鶴，參以淥酃細柳。間以連璋沓璧，綴以清管弱絲。東苑望囿，三百餘里。鵔鸃鷓鶓，山鶻野雉。守狗戴勝，鴝鴿翡翠。聲音相聞，翱翔往來。萬端鱗崪，不可勝記。其木則樫松楩柟，楸梧柘橿。欃檀木欄，栟櫚豫章。華楓翠槐，古檜朱楊。雲封霧鏁，臨谷被岡。其果則樝梨楟栗，素柰朱櫻。紫棗來禽，吴橘楚橙。其草則蕙若蘭茝，蘼蕪蓀蘢。杜蘅菥蓂，江蘺芎藭。庭蕉聳緑，堦藥翻紅。糅以忘憂合歡之嘉植，雜以避暑延壽之芳叢。芬芬馥馥，蒙蒙芃芃。其竹則篔簹籦篁〔一〕，箬笴〔二〕篣〔三〕篃。踈篁密篠，布壠夾池。檀欒蓊茸，婀娜陸離。露滋雪映，風靡雲披。於是乎複道連綿，亘數千步。飛閣層樓，動以百數。

望平臺與離宫，瞟眇忘其何所。中有百靈，煙嵐奇秀。表以落猿之巖，環以棲龍之岫。既盤紆以茀鬱，亦映帶其左右。面百尺之深潭，瀨鳴玉之清溜。升望秦之峻嶺，懷故關而回首。驚斗維彼蠡臺，在城之西。勢千仞而崛起，豈終日之可躋？攀未半而神悸，意欲下而復迷。上杓之頫逼，頎霓鬣之下垂。疑真仙之攸館，非人寰之所棲。屹清泠之對峙，復偃蹇以穹隆。憑危檻之峥嶸，怳忽不知其幾重；下瞰清淵之澄澈，金碧倒影乎其中。旁接鴈池，緑争漪漣。秋浪漲雨，春波拍天。鶴州背其後，鳧渚面其前。棹女謳而蕩槳，漁人集而叩舷。水禽則有鷫鷞鵁鶄，鴛鵝鷺鷗。鳧鷖鶴子，鵠侶鴻儔。翺翔翩翩，載沉載浮。既瀺灂而隨波，蟨蛩鳴而驚舟。水草則有藨苧蘋莞，蒹葭蒲蔣。白蘋緑荇，芡實蓮房。雨濯幹而增緑，風掀華而吐芳。

王臨是國，綽有餘閑。思遊東苑，縱獵乎其間。於是乘雕玉之輿，馴寅褭之馬。紛萬騎之徒，騖千乘之駕。服太阿之雄劍，靡彩虹之珠旂。鳴和鑾以玲瓏，翳羽蓋以葳蕤。安國奉轡，嚴忌附輿。扈從橫出，並山之隅。左許少，右專諸。依岡爲罝，因川爲漁。奮駭百獸，電激雷驅。搤雄螭，蹵豪豬。轥犀犛，轔麖麋。轢游鹿，躪駏驉。弓不妄發，應聲而殊。鋋不虛擲，洞胸穿髑。山殫谷盡，孑然無餘。於是梁王弭節而還，容與委蛇。徘徊徃來，其樂未衰。相與賓客，復遊於鴈鶩之池。登龍艦，飛鳳蓋。釣錦鱗，出文貝。弋白鷳，挂黄鶴。鶬鴰下，鸕鶿落。薄暮日斜，俛仰極樂。獲獸之多，弋禽之衆，子虛之所遺，西賓之所略也。

馳騁少怠，明日乃宴於平臺。召相如，延鄒枚。綺席列，雕屏開。膾猩脣，炙豹胎。酌金漿之酎，觴縹玉之醅。吹紫鳳之簫，擊靈鼉之鼓。聆遼濵之歌，睇巴渝之舞。又有邯鄲曼姬，燕代麗女。輕袪靚粧，綽約媚嫵。明眸微睨，色授神予。於是衆客皆醉，頹然忘歸，浩歌起舞，獻壽考無疆之詩，曰：君王淵穆德日躋，閑暇遊宴樂無涯。願千秋兮萬歲，常與日月争光輝。』

先生曰：『噫！公子何謂玆邪？若公子所謂重耳而輕目，榮古而陋今，膠以人物之陳迹，炫以山川之舊經，又烏覩大宋之盛乎？夫大宋之開基也，肇自商丘，大啓土宇。創洪圖而遺億代，一帝統而超邃古。萬國被德澤，四裔暢皇武。西盪巴蜀，東澹海澨。北指幽薊，南曜朱垠。天乙七十里而興王，姬周三十世而卜宅，曾何足云！至於祥符之際，累盛而重熙。增太山之高，禪梁父之基。神祇安妥，日星光輝。寶符瑞應，萃乎斯時。於是巡方寓，幸亳社。

動天輅，備法駕。海夷獻珍，黄雲覆野。就見百年，存問鰥寡。明壹法度，赦宥天下。當是時也，翠華迴馭，龍旆載揚。廼睠茲土，如歸故鄉。觀紫氣於芒山，辨白水於南陽。洒翔鸞之神翰，挾鴻藻之天章。於是建南京，陪上國，首諸夏，作民極。對列乎浚郊，相輝乎洛宅。頒慶洞開，歸德峻峙。正殿曰歸德，端門曰頒慶。若閶闔之特闈，連馺娑與枍指。偉宮室之光明，仰觚稜之神麗。儉不至陋，奢不逾侈。旁立原廟，三聖神御，奉安鴻慶宮，宮官日事酌獻。巋嶫穹崇。殿實有三，一祖二宗。顯文謨而承武烈，彌萬祀而無窮。觀其英豪之域，冠蓋相望。元勳儁老，五姓寔昌。杜正獻、趙康靖、王文忠、蔡敏肅、張文定，寓睢陽者凡五族。蹈先生之學舍，祥符中，正素戚先生始建學舍於睢陽，爲諸郡之先，祠堂存焉。溢誦聲以洋洋。敬鄭公之碩德，仰文正之餘芳。富鄭公、范文正嘗游學於此。俯浪宕之舊渠，汴渠一名浪宕。迴伊洛之清流。熙寧中引洛水入於汲。釃江吴之漕粟，浮賨鷁之千舟。若乃昭仁崇禮，迴鸞祥輝。南都四門名。連闤帶闠，列隧通畿。萬商千賈，鱗集羽歸。星布織麗，山積瑰奇。來不可抑，往不可羈。南獠蠻而東濊貊，紛大貝與明璣。其軍旅，則棘門細柳，連總百營。馭以驍將，厲以犀兵。時以蒐獮之際，陣以魚麗之形。扼一都之衝會，耀萬里之天聲。其原野，則田疇彌望，不可計數。浸以曜漁之源，被以沃壤之土。舉趾即雲，荷鋤廼雨。芃芃離離，禾麥稷黍。其亭館，內之則有流觴〔四〕淥波，檜陰四合，照碧妙峰，武備道接；外之則有朝雨暮雲，暖風殘月，又有玉觴金縷，光華宴喜，嘶馬落帆，芳草柳枝之列。自『流觴』至『柳枝』，十二〔五〕亭名。聯觀光與望雲，觀光、望雲，二亭名。指中天之巍闕。其池沼，則東西二湖，淴淴迢迢。水澄似鏡，波泛如潮。窺馴鷺於別渚，晏元獻放馴鷺於南湖，作賦以紀。識海鴈於舊橋。夏文莊自青社携二鴈置湖中，名其橋曰海鴈。爾乃金魚分籥，玉麟剖符。命夫輔弼耆德，侍從鴻儒。鎮撫東土，保釐此都。視先王之遺民，愛風俗之安舒。乘軺繁之多裕，覺坐嘯而有餘。陟高臺而環望，悟神意之自如。臨緑水而暫止，疑放曠於江湖。若予之所舉，僅知其髣髴，十分未得其一隅。吾子徒聞孝王之遺風舊迹，不睹大宋之豐功偉烈也；徒詫梁國故墟之名，不知藝祖興王之實也；徒誇兔園之大，鴈沼之廣，不識原廟之尊，帝宫之美也。曜華故基，鞠爲茂草，孰若都城佳氣，鬱與雲翔？諸侯僭上，游宴無度，孰若天子巡守，動静有常？珍怪之翫，奇木異卉，孰若農夫之慶，黍稷稻粱？』

先生之言未終，公子矍然若驚，惘然若醒，茫然若有所失者。既而幡然改曰：『鄙哉予乎！嗟予舍近而取遠，習迷而遂非，其亦久矣。先生博我以皇道，宏我以王圻，使數十年所眩曜，釋焉無疑。僕雖不敏，請終身而誦之。』先生於是作歌以遺焉，其辭曰：

翼翼神都，皇祖起焉。煌煌巍闕，真人巡焉。有睟其容，三殿位焉。於萬斯年，天子明焉。

颶風賦　蘇過

仲秋之夕，客有叩門指雲物而告予曰：『海氣甚惡，非祲非祥。斷霓飲海而北指，赤雲夾日而南翔。此颶之漸也，子盍備之？』語未卒，庭户肅然，槁葉蔌蔌；驚鳥疾呼，怖獸辟易。忽野馬之决驟，矯退飛之六鷁。襲土囊而暴怒，掠衆竅之叱吸。予乃入室而坐，斂衽變色。客曰：『未也，此颶之先騈爾。』

少焉，排户破牖，殞瓦擗屋。礧擊巨石，揉拔喬木。勢翻渤澥，響振坤軸。疑屏翳之赫怒，執陽侯而將戮。鼓千尺之濤瀾，襄百仞之陵谷。吞泥沙於一卷，落崩崖於再觸。列萬馬而並騖，會千車而争逐。虎豹讋駭，鯨鯢犇蹷。類鉅鹿之戰，殷聲呼之動地；似昆陽之役，舉百萬於一覆。予亦爲之股慄毛聳，索氣側足。夜拊榻而九徙，晝命龜而三卜。蓋三日而後息也。父老來唁，酒漿羅列，勞來僮僕，懼定而説。理草木之既偃，輯軒檻之已折。補茅茨之罅漏，塞墻垣之穨缺。已而山林寂然，海波不興。動者自止，鳴者自停。湛天宇之蒼蒼，流孤月之熒熒。忽悟且歎，莫知所營。

嗚呼！小大出於相形，憂喜因於所遇。昔之飄然，若爲巨耶？吹萬不同，果足怖耶？蟻之緣也，嘘則墜；蚋之集也，呵則舉。夫嘘呵不足以振物，而施之二蟲則甚懼。鵬水擊而三千，摶扶摇而九萬。彼視吾之惴慄，亦爾汝之相莞。均大塊之噫氣，奚巨細之足辨？陋耳目之不廣，爲外物之所變。且夫萬象起滅，衆怪耀眩。求髣髴於過目，視空中之飛電。則向之所謂可懼者，實耶虚耶？惜吾知之晚也。

思子臺賦

蘇　過

余先君宮師之友史君，諱經臣，字彦輔，眉山人。與其弟沆子凝，皆奇士，博學能文，慕李文饒之爲人，而學其議論。彦輔舉賢良不中，弟子凝以進士得官，止著作佐郎，皆早死，且無子，有文數百篇，皆亡之。予少時常見彦輔所作《思子臺賦》，上援秦皇，下逮晋惠，反復哀切，有補於世。蓋記其意而亡其辭，乃命過作補亡之篇，庶幾君子猶得見斯人胸懷髣髴也。

客有自蜀遊梁，傃關而東。覽河華之形勝兮，訪秦漢之遺宫。得巋然之頹基兮，並湖城之西墉。弔漢武之暴怒兮，悼戾園之憫凶。聞父老之哀歎兮，猶有歸來望思之遺恫。吁犬臺之讒頰兮，實咀毒而銜鋒。敗趙國於俛仰兮，又將覆劉氏之宗。間漢武之多忌兮，謂左右之皆戎。殺陽石而未厭兮，又瘞禍於宫中。狃君王之好殺兮，視人命猶昆蟲。死者幾何人兮，豈問骨肉與王公？惑狂傅之淺謀兮，不忍忿忿而殺充。上曾不鑒予之無聊兮，實有豕心；自此名而欲亡兮，天下其孰吾容？苟道死於泉鳩兮，冀稍久而自理。遘大患於倉猝兮，懷孤憤於永已。念君老而孰圖兮，嗟肉食其多鄙。獨三老與千秋兮，懷愛君之拳拳。犯雷霆之方怒兮，消積禍於一言。洗沉冤之無告兮，戮讒人其已晚。幸曾孫之無恙兮，或慰夫九原。雖築臺其何救兮，固知已矣之不諫。魂煢煢其歸來兮，蓋庶幾於復見也。

昔秦之亡也，禍始於扶蘇。眇斯高之羸豕兮，視其君猶乳虎。曾纊息之未定兮，乃敢探其穴而啗其雛。在晉四世，有君不惠。孽婦晨雊，彊王定制。惟愍懷之遭離兮，實追二於漢戾。顧孱后之何知兮，亦號呼於既逝。寫餘哀於江陵兮，發故臣之幽契。仍築臺以望思兮，蓋援武以自例。嗚呼噫嘻！可弔而不可哂兮，亦各言其子也。彼茂陵之雄傑兮，係九戎而鞭百蠻。笑堯禹而陋湯武兮，蓋將與黃帝俱仙。及其失道於幾微兮，狐鬼生於左臂。如嬰兒之未孩兮，易耳目而不知。甘泉咫尺而不通兮，與式乾其何異！一既上配於秦皇兮，又下比於晉惠。君子是以知狂聖之本同，而聰明之不可恃也。

覽觀古初，孰哲孰愚？皆知指笑乎前人，而莫知後之視予。方漢武之盛也，肯自比於驪山之朽骨，而況於金墉之獨夫乎？自今觀之，三后一律，皆以信讒而殺子，暱姦而敗國。吾築臺以寄哀，信同名而齊實。彼昏庸者固不足告也，吾將以爲明主之龜策。自建元以來，張湯主父偃之流，與兩丞相三長史之徒，皆以無罪而夷滅，一言以就誅。曾無興哀於既往，一洗其無辜。獨於據也，悲歌慷慨，泣涕躊躇。嗚呼哀哉！莫有以楚靈之言告者，曰：『人之愛其子也，亦如余乎？』天道好還，以德爲符。惟孟德之鷙忍兮，以嗜殺以爲娛。彼楊公之愛脩兮，豈減吾之蒼舒。恨元化之不可作兮，然後知鼠輩之果無。同舐犢於晚歲兮，又何怨於老臞？吾將以嗜殺爲戒也，故於末而并書。

參賦

米黻

武帝既祠太一，受釐頒胙，意得氣泰，神怡志豫。閱符合瑞，至於嚮暮。於是升通天之臺，攬沉寥之路。覩三星聯影，晻然當户。顧侍臣曰：『是何星也？』侍臣枚臯進曰：『參星也。』帝曰：『是何主？』對曰：『是主民。』帝曰：『可聞其晻歟？』臯曰：『臣之淺學，俳儕優隊，捷語翩言，奉歡承話。稱道盛德，受况甚人。此大對也，臣不敢。』帝曰：『先生無辭！』臯乃跽而進曰：『自周衰道喪，百里一王。嗜欲加僭，民財用傷。貪如碩鼠，墮號鵜梁。匪鳶匪鮪，或潛或翔。至於暴秦，虁冕而狼。趙郊坑肉，魏野封瘡。粤嶺山斷，遼海城長。驪丘虚地，阿房繡墻。則是星也，晻晻而無光。』帝曰：『亦嘗有明乎？』曰：『有。古有治君，曰堯與禹。敬時命官，以民爲主。民之樂生，鼓腹歌舞。次逮成湯，視民如傷。一夫不獲，如己納隍。周之文武，汔於成康。道德化洽，禮義興行。刑措不用，至於百齡。則是星也，亦常煒煒而晶熒。』帝曰：『宜乎！自此不復有光矣？』曰：『有。昔秦籙不究，上天悔亡。乃命高祖，匹夫奮張。一洗世亂，惠綏四方。化其姦宄，約以三章。及我文景，恭儉惇朴。隱恤賑周，德澤甚渥。太倉積紅腐之粟，司農朽不較之索，則是星亦嘗爗爗而灼灼。今陛下承累聖之休光，翕五福於仰戴。坐明堂神明之會，據建章珍陸之海。臣萬國，朝四裔，名王系於祈連，宛馬來於天外。致赤鴈駮麃之異物，獲寶鼎芝房之珍恠。名在百王之上游，德並五帝之左界。而乃晻晻而無光，臣臯所以堙鬱而未快，逡巡而不對也。古訓有言曰：「民猶水也，可以載舟，可以覆舟。」』言未及休，命蓋陳鈎。寢不得寐，三起問籌。翌日坐明光殿，封富民侯。

校勘記

〔一〕『箽』，麻沙本作『箽』。
〔二〕『笉』，麻沙本作『翗』。
〔三〕『釣』，麻沙本作『箹』。
〔四〕『觴』，底本、麻沙本俱作『觸』，今按本校改作『觴』。
〔五〕『二』，底本空缺，據麻沙本補。

新校宋文鑑卷第十一

校者按：底本爲刻卷，據麻沙本刻卷校改。

律賦

有物混成賦虛象生在，天地之始。

王曾

妙物難模，先天有諸？著自無名之始，生乎立極之初。不縮不盈，賦象寧窮於廣狹？匪雕匪斲，流形罔滯於盈虛。原夫未辨兩儀，中含四象。雖欲兆於形質，曾莫知夫影響。問洪纖而莫得，自契胚渾；考上下以都忘，孰分天壤？及夫大樸將散，三光欲萌。清濁待茲而一判，昏明由是以相生。然後品彙咸覩，用作有形之始；淳和外發，或知至道之精。是何小不隱於纖介，大不充於寰海？配一氣以冥運，亘終古而斯在。縱陰陽之推盪，我質難移；任變化之紛紜，斯形不改。豈不以有者真有之筌〔一〕，物者生物之先？冥搜而兆朕斯顯，寂聽而音容莫傳。得我之小者，散而爲草木；得我之人者，聚而爲山川。視焉且無，訝深蟠於厚地；搏之不得，疑上極於高天。本自彊名，誠難取類。其始也，既出無而入有；其終也，亦規天而矩地。既不可指掌而窺，又不可因人而致。明君體之而成化，則所謂無爲而爲；君子執之而立身，亦同乎不器之器。無反無側，神之聽之。諒潛形於恍惚，實委化於希夷。傾毀何由，固秉持之在我；剛柔有體，將用捨以隨時。今我后掌握道樞，恢張天紀，將窮理以盡性，思反古而復始。巍巍乎執大象而撫域中，達妙有之深旨。

金在鎔賦金在良冶，求鑄成器。

范仲淹

天生至寶，時貴良金。在鎔之姿可覩，從革之用將臨。熠耀騰精，乍躍洪鑪之內；縱橫成器，當隨哲匠之心。觀其大冶既陳，滿籯斯在。俄融融而委質，忽曄曄而揚彩。英華既發，雙南之價彌高；鼓鑄未停，百鍊之功可待。況乎六府會昌，我稟其剛；九牧納貢，我稱其良。因烈火而變化，逐懿範而圓方。如令區別妍媸，願爲軒鑑；儻使削平禍亂，請就干將。國之寶也，有如此者，欲致用於君子，故假手於良冶。時將禁害，夏王之鼎可成；君或好賢，越相之容必寫。是知金非工而弗用，工非金而曷求？觀此鎔金之義，得乎爲政之謀。君諭冶焉，自得化人之旨；民爲金也，克明從上之由。彼以披沙見尋，藏山是務。一則求之而未顯，一則棄之而弗顧。曷若動而愈出，既踴躍以來〔二〕伸，用之則行，必周流而可鑄？美夫五行之粹，三品之英。昔麗水而隱晦，今躍冶而光亨。流形而不縮不盈，出乎其類；尚象而無小無大，動則有成。士有鍜鍊誠明，範圍仁義，俟明君之大用，感良金而自試。居聖人天地之鑪，亦庶幾於國器。

德車結旌賦 車結旌者，昭德之美。

宋庠

君有至德，時乘大車。當偃革以無外，乃結旌而有初。奉駕陳儀，采物雖資於備設；鳴鸞示禮，旂旒匪俟於垂舒。順考前經，鋪聞往説，謂戎事以既息，貴君車之有結。雍容撫軾，蓋藏飾以尚純；肅穆展鈴，詎垂旓而就列？蓋由抑乃盛飾，昭夫令名。雖冠品於輿服，蔑揚威於旆旌。肅軫無譁，方斂藏於斿厲；馳輪有度，靡赫奕於緌纓。且夫禮有質文，器隨用捨。車號乎德，則崇化於邦本；旌結其表，則示人於天下。意自象見，名非人假。君軒弭節，孰訝乎卷而懷之？國乘制容，益顯乎素爲貴者。是知車之用兮，充德以成大；旌之飾兮，輔威而孔昭。既武怒之不作，信軍容而外銷。組轡啓行，陋邦旄之孑孑；錯衡遵路，殊風旆之摇摇。若然則動有彝儀，文無異色。雖嚴駕以備物，終去華而表德。故使禮典攸重，民瞻不忒。皇皇整御，始中括於采章；轞轞肅容，豈外揚於藻飾？用能上載明德，旁昭縟儀。自駕言而戾止，殊幅裂以藏之。升降惟寅，僅比非心之扆；章明晝屏，寧同止獵之緌？大矣哉！邦禮是崇，帝儀資始，實務德以垂教，必收旌而昭理。宜乎國容備而兵器銷，率由兹而盡矣。

應天以實不以文賦 天應誠德，豈尚文爲。

歐陽脩

天灾之示人也，若響應聲；君心之奉天也，惟德與誠。固當務實以推本，不假浮文而治情。彼雖不言，讁見以時而下告；吾其脩德，禍患可銷於未萌。臣聞天所助兮，惟善則降祥；德苟至兮，雖妖而不勝。皆由人事之告召，然後天心之上應。若國家有闕失之政，則當頻見於衆灾；欲人主知戒懼之心，所以保安於萬乘。臣請述當今之所爲，引近事而爲證。至如陽能和陰則雨降，若歲大旱，則陽不和陰而可推；去年大旱。陰不侵陽則地静，若地頻動，則陰干於陽而可知。去年河東地頻動。又如黑者陰之色，晦者陰之時。或暴風慘黑而大至，白晝晦冥而四垂。康定元年三月，黑風起，白日晦。日食正旦，雨冰木枝，今春二月。如此之類，皆陰之爲。蓋陰爲小人與婦女，又爲大兵與蠻夷。若四方之爲患，則群陰之失宜。故天象以此告吾君，不謂不至。陛下所宜奉天戒，不可不思。是謂應以實者，臣敢列而言之。若夫慎擇左右而察小人，則視聽之不惑；肅清宫闈而減冗列，則恭儉而成式。況乎遠佞人者，孔宣父之明訓；放宫女者，唐太宗之盛德。又若西師久不利，宜究兵弊而改作；叛羌久未服，宜講廟謀之失得。在陛下之至聖，行此事而不忒；庶天意之可回，雖有灾而自息。方今民疲賦斂之苦，又值饑荒之年。貲財盡於私室，苗稼盡於農田。劫掠居人，盗賊並起；流離道路，老幼相連。陛下視民如子，覆民如天。在於仁聖，非不矜憐。故德音除刻削之令，赦書行賑濟之權。然而詔令雖嚴，州縣之吏多慢；人死相半，朝廷之惠未宣。天至高遠也，惟可動以精誠；民之休戚也，皆繫君之好尚。惟善政之能惠，則休符之並貺。富有四海之大，獨制萬民之上。一言之出兮，誰敢不從？百事責實兮，自然無曠。發號施令，在聖意之必行；變灾爲祥，則太平之可望。今《漢史》有

《五行》之志，《尚書》有《洪範》之文。願詔侍臣之講説，許陳古事於聽聞。可以見自召妖灾，雖由於時政；能招福應，亦自於明君。故禾偃於風，表周王之覺悟；雉鳴於鼎，成商帝之功勳。蓋恐懼脩省者實也，在乎不倦；祈禳消伏者文也，皆不足云。臣生逢納諫之聖明，不聞直言之狂斐。惟冀愚忠之可採，苟避誅夷而則豈？蓋賦者古人規諫之文，臣故敢上干於旒扆。

王畿千里賦 畿制千里，尊大王國。

宋　祁

王有一統，人無異歸。中四方而正位，畫千里以爲畿。揔大衆之奠居，式昭民極；據方來而處要，以重皇威。二代而還，維周有制。擘庶績以圖大，廓多方而爲衛。作我上國，垂諸永世。以謂地非中夏，無以示天子之常尊；土不一圻，無以待諸侯之入計。爾乃測圭於地，考極于天。風雨之所交者，道里之必均焉。郊野錯而回合，鄉遂亘而蟬聯。溝封斯萬，疆埸且千。差籍九畿，定夫家於都鄙；出車萬乘，括賦入於原田。是謂辨方，且非期侈。廓焉天府之國，巍乎王者之里。爵禄命賜之供億，朝覲會同之底止。不偪陋以取侮，不夸矜而役美。侔江海之重潤，乃據上游；法日月之徑圍，用張天紀。且其蠻夷面内，玉帛駿奔。内則百官承式，外則四國于蕃。化之遠者禮益廣，歸之衆者務愈繁。必在制廣輪於有截，示極摯於群元。倍十子男，大有由而御小；任包甸稍，卑不得以侔尊。亦由天之高燾，物而無外；地之厚廣，生而咸賴。使高而可度，則寥廓何仰？厚而易知，則沉潛有害。是用控天下以咸乂，極宸居而稱大。《詩》美四方之是則，理乃同歸；史稱後世之無加，事誠胥會。美夫！周原膴膴，禹畫芒芒。或處瘠爲教，或建瓴是防。然皆按成事於神甸，跡前謀於令王。所以漢相論都，首識金城之廣；召公相宅，前知墨食之祥。洪惟我朝，奄有方國。託宏基於天地，亘長藩於道德。所以中畫邦畿，是用守之無極。

長嘯却胡騎賦 清嘯聞外，胡騎潛去。

范鎮

制動者以静，善勝者不争。伊劉氏之長嘯，却胡人之亂兵。初歷歷以傳聞，合圍風靡；遂稍稍而引退，一境塵清。當其分晋室之憂勤，守并門之衝要。邊寇衆至，虜戰數挑。勝不可以近決，敵不可以前料。凌雲拔巘，誰爲趙壁之謀；訴月登樓，獨引蘇門之嘯。出自予口，期於衆聞。徽角更變，宫商互分。儼神意以不動，服戎心而若醺。終夜長吟，故異鷄鳴之客；遠人咸聽，遂收烏合之群。是知安可破危，利能圖害。攻而至，吾不爲之戚；服而去，吾不爲之泰。亦猶雅歌之樂，坐鎮軍中；不假射聲之威，横行塞外。豈不以嘯本予發，抑揚而自娱；騎雖爾衆，顧視而如無？既傾聽以知漢，乃散逃而入胡。若楚軍夜遁之時，聞歌於四面；殊漢將道窮之日，振臂而一呼。宜夫深謀者爲衆歸，尚力者必自匱。此以安而得儁，彼以彊而失利。因惟口之出好，去滿目之異類。遂使本朝雙闕，時有内面之人；廣莫一隅，不逢南牧之騎。大哉！人籟斯發，邊兵遂潛。蓋得先聲之術，曾無黷武之嫌。談笑而却秦軍，理宜共底；偃息而藩魏室，功亦難兼。是何據一郡之尊，憑百姓之助。勢至小也，以德而大；嘯甚微也，因誠以著。使被髮之醜類，咸審音而遠去。夫如是，則有天下之君，曷爲西北之慮？

首善自京師賦 崇勸儒學，爲天下始。

王安石

王化下究，人文内崇。繄京師首善之教，自太學親民之功。闓承師論道之基，先繇轂下；廣成俗化民之誼，甫暨寰中。古之聖人，君有天下。治遠於近，制衆以寡。不用文，何以修飾政教？非設校，何以崇明儒雅？廼建左學，率先諸夏。在郊立制，繄一人之本焉；養士興仁，形四方之風也。本仁祖義，取材斂賢。講制量於中土，邕聲明於普天。始於邦家，用廣師儒之衆；行乎鄉黨，斯爲庠序之先。是何拳拳諸生，亹亹先覺。所傳者道德仁義，所隸者《詩》《書》《禮》《樂》。以言乎功，則萬世用乂；以言乎化，則八紘匪邈。其流及於三代，率以明倫；此理達於諸侯，誰其廢學？故曰校官者，庶俗之原本；京邑者，群方之表儀。養源於上，則庶俗流被；設表於内，則群方景隨。惟時於變，繄上之爲。三王四代惟其師，使人知化；兆姓黎民輯於下，自我興基。向若俗敗隄防，朝隳統紀。教化之宫衰落，禮義之官廢弛。鄉風者無以勸於善，隸業者不能官其始。則撫封之主，毁鄉校者有之，承學之民，在城闕者多矣。必也啓胄子之祕宇，據神邦之奧區。憲先王而講道，風下國以恢儒。邑翼翼以宅中，契商人之詠；士彬彬而蒙化，參漢室之謨。噫！孝武，逸王也，而有興置之謀；公孫，具臣也，而有將明之論。矧睿明之主紹起，俊乂之僚並建。宜乎隆儒館以視方來，使元元之敦勸。

曆者天地之大紀賦 聖人以通，天地之數。

蘇　頌

昔聖王建官司地，因象知天。推曆用明於大紀，考星咸自於初躔。合三體以爲元，成書最密；舉二篇之定策，備數無愆。古有善談，載於前志。因太初創曆之首，述往聖知時之義。莫不究極象數，精窮天地。有時以記夫啓閉，有日以紀乎分至。躔離弦望也，於此而爲正；晦朔昏明也，於此而攸示。下可辨乎斗建，上靡差於辰次。惟君審璣衡之運，所以緒正於元功；使民知寒暑之來，然後順修於時利。況夫曆爲一歲之本，紀明太極之基。惟精祲之至妙，豈深思之與知？必也迎辰以策，定晷於儀。帝舜則羲和而分命，顓頊則重黎而是司。皆所以準厥二氣，乘於四時。聖有作也，人皆度之。制自清臺，得舉正履端之要；職由太史，盡觀文察理之宜。若乃辰集於房，月窮於紀。孟陬既協於月建，攝提亦隨乎杓指。國將班正朔以爲令，王乃觀情性而順理。章蔀元之書兮著於彼，子丑寅之正兮見於此。可以察發斂於未然，定舒慘之所以。推而生律，子陽午陰而互分；治以明時，春作秋成而是擬。且夫天之運也，日與星而代逢；地之道也，柔以剛而莫窮。非乃聖無以探其賾，非立法無以舉其中。我乃錯綜氣候，稽參變通。起建星而運筭，故積歲以成功。考連珠合璧之辰，得名尤邃；應大呂黃鍾之統，立道斯同。用能鈞校舊儀，審觀新度。成敗因之而遂紀，氣節於焉而可步。於以極陰陽之大端，於以備六五之中數。亦何異魯經比事，舉二中以歲成；羲易窮神，合五位而象布？後王以是知曆象不可不審，經紀不可不循。或立元而謹其始，或節事而授於民。馮相則致乎日月，保章則志夫星辰。以定五十五數，以通三百六旬。所謂見道而知治，何患以天而占人！彼爲刻漏以考中星，但紀曉昏之度；處璇璣而觀大運，蓋明氣候之因。猶未若測運動於二儀，齊往來於七政。建乃星紀，先夫筭命。吾皇所以監古曆之尤疏，頒新書而考正。天人之際，因以明焉，乃知夫作者謂聖。

圓丘象天賦圓丘就陽，上憲天體。

鄭獬

禮大必簡，丘圓自然。蓋推尊於上帝，遂擬象於高天。必在國南，蟠宏基之高厚；用符陽體，取大運之周旋。王者揆禮之文，爲民之唱。修明大禘，導迎景貺。有祭焉，格神於下；有祀焉，享帝於上。謂丘也，其形特異，我所以貴其自成；蓋天也，其體亦圓，我所以法之相尚。擇爾乃旋仲冬之序，迎至日之長。掃以除地，升而詔王。是必肇靈壤以高峙，模圓清而上當。擇吉土之成基，乃定其位；倣高穹之大體，以就乎陽。由是懽然神意交，穆然天貺授。徧群靈以從之祀，嚴太祖以爲之侑。焕爾盛容，配乎大就。成非人力，聳寶勢以下蟠；仰合乾儀，環太虛而高覆。然則禮有物也，其制可象；天無形也，其端可求。故我相法於厚地，取類於重丘。大崇崇其高，隱若積土之固；浩浩其大，渾如洪覆之周。是故有藁秸以藉誠，有陶匏以薦禮。大裘焉以彰其質，蒼璧焉以象其體。固異周朝授政，築層級之三成；漢祀命郊，兆重階之八陛。是則事至神者，物無以稱其德；接至高者，丘所以表其虔。與地居上，如天轉圜。對方澤之成形，乃殊其象；規大儀之冥運，自貴其全。聖人所以明禮大原，建邦茂憲。兆其成迹，符於至健。夫然，因天事天，得先民之至論。

濁醪有妙理賦 神聖功用，無捷於酒。

蘇軾

酒勿嫌濁，人當取醇。失憂心於昨夢，信妙理之凝神。渾盎盎以無聲，始從味入；杳冥冥其似道，徑得天真。伊人之生，以酒爲命。常因既醉之適，方識此心之正。稻米無知，豈解窮理？麴蘖有毒，安能發性？乃知神物之自然，蓋與天工而相並。得時行道，我則師齊相之飲醇；遠害全身，我則學徐公之中聖。湛若秋露，穆如春風。疑宿雲之解駮，漏朝日之暾紅。初體粟之失去，旋眼花之掃空。酷愛孟生，知其中之有趣；猶嫌白老，不頌德而言功。兀爾坐忘，浩然天縱。如如不動而體無礙，了了常知而心不用。坐中客滿，惟憂百榼之空；身後名輕，但覺一盃之重。今夫明月之珠，不可以襦；夜光之璧，不可以餔。芻豢飽我而不我覺，布帛燠我而不我娛。惟此君獨游萬物之表，蓋天下不可一日而無。在醉常醒，孰是狂人之藥？得意忘味，始知至道之腴。又何必一石亦醉，罔間州閭；五斗解醒，不問妻妾。結襪廷中，觀廷尉之度量；脱韡殿上，夸謫仙之敏捷。陽醉逷地，常陋王式之褊；嗚歌仰天，每譏楊惲之狹。我欲眠而君且去，有客何嫌？人皆勸而我不聞，其誰敢接！殊不知『人之齊聖』，匪昏之如；古者晤語，必旅之於。獨醒者，汨羅之道也；屢舞者，高陽之徒歟？惡蔣濟而射木人，又何狷淺；殺王敦而取金印，亦自狂踈。故我内全其天，外寓於酒。濁者以飲吾僕，清者以酌吾友。吾方耕於渺莽之野，而汲於清泠之淵，以釀此醪，然後舉窪樽而屬予口。

三階平則風雨時賦泰階既平，風雨時若。

孔文仲

圓極之運，泰階以平。表聖神之德盛，致風雨之時行。位正六符，炳光芒於常次；氣流四序，普散潤於群生。大儀之遠兮，其體高明。列宿之繁兮，其文交錯。君道修於下，則瑞爲之證；人事失於此，則變從而作。偉一德之温恭，感三階之炳爍。騰精於上，燭太微紫微之居；垂象於人，應時雨時風之若。爗爗華藻，蒼蒼昊穹。常煇乎太一之座，密次乎文昌之宫。則必天地協應，陰陽大同。沐之以膏雨，撓之以祥風。上燦高躔，既色齊而光大；俯呈休驗，俾根著之滋豐。靈臺齊政兮，知精祲之祥；太史占天兮，測宿離之會。上焉兩兩之悉正，下焉元元之永賴。盛澤鼓舞，洪恩雱霈。觀文察變，仰魁斗之均明；薄山流淵，蘇物情而交泰。豈不以天至邈也，其監無私；星至遠也，其應不欺。惟上階之成象，合元后之題期。或當乎卿大夫之列，或主乎士庶人之卑。率皆騰燿而有爛，守常而莫移。致此協氣，播於大時。薫兮解愠之美，沛若如膏之滋。順軌而居，展開德宣符之效；以節而至，無鳴條破塊之爲。斯蓋位焉不易其尊卑，行焉不差其經緯。使清微之令，均被乎率土；霡霂之澤，昭蘇乎品彙。

化養無外，涵濡罔既。相比而列，連炳焕於七星；仰觀其符，知協調於六氣。誠由至仁之化也，四表光被；太平之治也，兆民允懷。藹休功於萬宇，兆祥應於三階。載於傳，則微凄苦之戾；出於記，則無猋暴之乖。驗斗覆而歲穰，求端則正；占畢明而夷貢，取類其楷。班固志之也，曉然示人；方朔陳之也，勤於致主。修皇德以上動，焕台光而可覩。符作肅作聖之事，鮮極備極無之苦。又何必饗帝於郊，始能節乎風雨！

四海以職來祭賦 天下之職，能助王祭。

孔武仲

上聖孝至，諸侯職揚。當一人之奉祭，罄四海以來王。肅爾駿奔，各述修方之舊；翼如顯相，用嚴肆祀之常。夫惟承祖宗積累之休，處廉陛崇高之勢。尊其親也，既重假廟；大其禮也，又當配帝。化首正宁，教流當世。本至誠之恭愛，可以感人；極四海之欣歡，入而助祭。時也六服面〔三〕內，五侯至前。同姓異姓兮，各奉玉帛；大賓大客兮，迭承豆籩。並來享以悦懌，咸侍祠而吉蠲。造此闕庭，鏘八鸞於外屏；盛其饌貢，洽百禮於中天。擇於大射，則賓自得賢；誓以常刑，則臣無廢職。辨其吉禮之掌，同厥驩心之得。儼若將事，欣然獻力。分行遞見，居多振鷺之容；承命勤修，皆有和羹之德。誠以報本反始者，神聖之美教；尊祖嚴父者，朝家之上儀。在盛王之顒若，格緜宇以承之。故爾各備上服，並承約軝。所以周廟陳常，美群公之肅肅；湯孫致饗，詠列辟之祁祁。衆莫衆於侯方，尊孰尊於君者。大邦小國兮，至自畿外；美味和氣兮，實於堂下。共承上化，參德遜於前書；各盡臣恭，協祼將於《大雅》。夫盡九州之力，致五福之膺。殊免爵於西漢，異責茅於召陵。以極精禋之意，用全孝饗之能。薦牲惟時，推至誠而茂對；執膰有序，賛大事以靈承。噫！德教所加，惠心益著。外易俗於蠻貊，下感心於黎庶。矧乎茅土分寵，親賢同慮。幸丁萃亨之時，孰不驩虞而來助？

舜琴歌南風賦 帝舜作琴，以歌《南風》。

舒亶

帝意雖遠，琴音可通。欲發揚於孝道，遂歌詠於《南風》。寓意五絃，寫生成之至德；託言萬物，荷長養之元功。粤其耕稼陶漁至爲君，聰明睿智積諸己。日深致孝之念，躬盡事親之理。以謂鞠養之德，欲言之不足；生育之愛，欲報之何以？緣情指物，孰形孝子之思？流詠在琴，具載《南風》之旨。時其比屋熙乂，巖廊靚深。包我萬慮，寫於一琴。協天地以同趣，按絲桐而播音。作以叙情，適在無爲之日；薰兮入奏，永言至孝之心。蓋曰風之於物也，有化養之恩覃。親之於己也，有劬勞之德博。眷物理之明甚，假琴聲而遠託。一彈而歡意具寫，再鼓而群心咸若。按絃而奏，聲參《韶樂》之淳；寓象而言，義並《凱風》之作。議夫琴求以意，而不求乎形器；帝樂在孝，而非樂於絃歌。感民之義，豈並於《北里》？思親之志，固深於《蓼我》。藏韻於心，非止解一時之愠；寄聲於政，又將陶萬國之和。自是正音暢而化洽幽遐，協氣流而時消沴灃。閨門聽之，則翕爾和順；朝廷聞之，則歡然感厲。風被乃俗，功歸於帝。又得夔工之奏，同樂於民；不煩鄒律之吹，阜財於世。兹蓋淵默玩意，優游面南。歌孝風之遠暨，託琴理以中含。惜乎道與世汩，樂非德參。操變而亡，徒起後人之嘆；音調而理，空聞前史之談。夫豈知昔者導樂理之淳淳，達孝思之進進。内將報德之罔極，外以格民之大順。然則歌琴之意至矣哉，莫如虞舜！

公生明賦 公不偏黨，明則生矣。

許安世

事欲無蔽，心宜盡公。既守正以宅志，遂生明而在躬。袪一意之黨偏，不私乎物；照百爲之情僞，罔汩於中。若夫外交事變之繁，中固心誠之守。以謂虛己鑒物，則枉直昭晰；挾情適事，則是非紛糾。欲庶理之皆辨，捨至公而則不。中立不倚，始持正於群倫；旁燭無疆，遂致明於萬有。無陂無側，不阿不偏。非妄惡也，惡其衆之所棄；非作好也，好其衆之所賢。蓋依違牽制者固已去矣，則明白洞達者乃其自然。百志惟寧，居絶傾邪之漸；五綦不亂，遂覩昭曠之先。蓋夫智因窒而後昏，性以私而有黨。愛憎既絶，則真僞必審；取捨既平，則善惡不爽。抱純正以中執，涵機靈而内養。所以主心善治，湯無蔽塞之憂；直道欽承，文有照臨之廣。豈不以湛静者人之性，偏闇者性之情？知静爲本，故虛之則定；知闇爲害，故去之則明。正厥心官，始閑邪而制物；發爲智燭，終迪哲以通誠。大抵處有累之地者，莫不徇私；對無窮之變者，鮮能不惑。凡適理以非眩，由秉心之自克。得不保守天質，蹈行聖則？周而不比，無一曲之蔽情；静之徐清，有三知之入德。因知心乃物之鑒，公爲職之衡。係吝既屏，純明自生。以之察己，則事至不惑；推而成務，則物來敢名。是故君子養源，於以致忠邪之判；大人正己，豈徒無譖愬之行？嗟夫！有爲者易失其本心，無憚者或迷於至理。故伾文黨與以醜正，恭顯庸回而嫉士。智尚昧於自保，識敢期於遠視？惟夫以公正爲心，明則生矣。

智若禹之行水賦 明智之大，如禹行水。

孔平仲

古有大智，中潛至明。何行水以爲喻？蓋存心之自誠。淵然創物之謀，敏而外發；沛若決川之勢，順以東傾。夫惟靈萬類而生，毓五常之粹，不滯於物，其端曰智。然順其故，則不致於交譎；悖其本，則浸成於大僞。居惟適正，委美質之自然；舉若下鴻，措安流於無事。審利圖害，籌安計危。蘊千慮以無惑，包萬殊而不遺。每優游而處此，不汩亂以行之。内畜清明，陶天真而去詐；遠侔疏鑿，適地勢以流卑。湛然恬養於中，廓然識周於外。不滌源而滌性之垢，不治水而治情之害。較迹無間，成功亦大。可通塞壅，順意表以彌綸；如決懷襄，貫地中而滂沛。大抵多計者流於機巧，好辨者溺於空虚。其弊明甚，惟人戒歟！故我抱靈鑒以無隱，導沉幾而自如。心常惡其鑿也，勢若排而注諸。舜以是而察邇言，聰明並決；堯因之而急先務，障蔽皆除。夫運至計以利仁，紹徽謀於平土。德一也，何獨議乎智？人一也，何獨尊乎禹？蓋智之於物兮，必順適其理；而禹之於水兮，亦疏導其苦。苟能此道，宜效臯陶之謨；一失其原，或謂白圭之愈。後世蘇張之辯勝，莊老之道鳴。其耀才者，或籠愚而不正；其矯枉者，又絶聖以無營。皆與性以相戾，譬濬川而逆行。亦猶戕柳以爲之棬，並非其質；揠苗而助之長，反害其生。噫！喻玉瑩者，楚有屈平；侔蓍龜者，秦聞樗里。或以易變而貽誚，或以不知而爲恥。皆莫若順其性以行焉，所謂智者樂水。

周以宗彊賦 周以同姓，彊固王室。

沈初

古之建國，制莫如周。盛宗枝而作庇，强王室以承休。治尚以文，重恩親於同姓；世緜其祚，大形勢於諸侯。自昔后稷開基，公劉經始。盛德物被，豐功世美。文武大其業，成康繼其軌。奚永永以能然，蓋親親而得以。任先宗子，協圖夾輔之勳；本固王家，益植太平之趾。天邑中奠，侯封外崇。大邦小邦兮，我所錫壤；伯父叔父兮，汝其懋功。聳國勢於寖盛，粹民風於大同。膺木德以當天，王圖以永；法轄星而建屏，邦本其隆。有衮服以華其躬，有金路以優其命。寶玉分賜，脤膰均慶。所以等異諸臣，恩先庶姓。史稱乃德，盛陳過曆之期；《詩》大其功，茂著維城之詠。豈無異姓，與之翊昌？豈無列辟，與之贊襄？推本而治，尚親則强。故蒼籙之興起，始諸姬而阜康。忠厚一時，重本枝而相輔；儀刑百世，壯基緒於重光。至如魯衛之所分，邢茅之所附，衆列邦壤，一寧國祚。巋然盤石之安，屹然寶鼎之措。無煩兵革，坐收禦侮之功；不假山河，自得爲藩之固。曾夫木之殖，枝茂者幹必大；水之委，源深者流必長。繄爾列辟，輔予一王。秦室寖微，蓋削五侯之壤；漢邦未善，徒恢七國之疆。盛哉！本本之扶持，承承之操術。國五十兮，比如犬牙之制；年七百兮，縣如瓜瓞之實。方今宗也盛而國也强，跨基圖於周室。

佚道使民賦 民得終佚，勞固無怨。

林　希

古者善政，陶乎庶民。上安行於佚道，下無憚於勞身。教思有原，得樂趨於農役；人知足養，胥仰戴於君仁。始也井天下之田，比民居之域。乃闢疆里，乃營稼穡。寒則思爲之衣，飢則願爲之食。法既歸厚，利茲各得。蓋上執其道，務優佚以便民；衆樂其生，率歡娛而竭力。春使之作，熙然悦從；冬使之息，慶其有終。趨時也如鳥獸之至，收成也如寇盜之空。利而不庸，自足王民之用；厚而無困，本資〔四〕帝力之功。蠢惟有生，不能自恤。役之所以奉其己，利之然後知其佚。仰有以供其祭祀，俯足以寧其家室。穀播其始，化同豳俗之深；壤擊而歌，野有堯民之質。俾爾晝出於塾，俾爾宵索其綯。無力役以奪其節，無賦斂以爲之搔。曾動作之敢息，由醇醲之所陶。驅於足用之原，安而服業；圖厥終身之養，樂以忘勞。大抵强民者難使從，利衆者久益慕。及充其口腹之欲，由竭其手足之故。汝業既畢，汝居既固。爲之一日之蜡，怠心已忘；優爾三時之農，收功有素。然則于于其處，皞皞其趨。俾常産之各得，顧閑民之舉無。治貴優游，農者願耕耘於野；俗相廉遜，老而不負戴於塗。噫！藏其用者其政神，厚其本者其民願。化而不示其迹，勞而不知其困。斯道也，養生送死無憾焉，何有於怨？

王道正則百川理賦 王道公正，而百川理。

江衍

物格大順，化由至公。本一道以持正，致百川而會通。庶政修明，端若承天之意；衆流協應，沛然行地之中。嘗聞宰物之工，提平在聖。大而覆載者，既輔相以德；廣而融結者，皆管攝以政。故彼災祥，繫乎邪正。惟王有歸往之義，蓋在爲公；而水存平準之稱，遂皆得性。何則？明審刑罰，持循紀綱。亶聰明而作后，一好惡以遵王。執此之政兮，堅若金石；行此之令兮，信如陰陽。有猷有爲，屏邪心於黨附；或源或委，暢柔德於靈長。由是溫洛效珍，滎河薦祉。若江漢焉，莫不歸其潤；若畎澮焉，莫不循其理。民自絶於昏墊，物大蒙於豐美。坦周人之砥道，率履大中；協夏后之神功，敉寧洚水。豈非德之隆者，高深遠近而必及；道之公者，徧覆包含而不偏？博既通於化育，幽遂達於淵泉。上廣堯仁，有既陂之九澤；下殊幽暴，無皆震之三川。況夫中和發於聖誠，精祲交於神造。萬物之類，尚率育而揔揔；五行之本，宜分流而浩浩。平康在治，玆咸叙於彝倫；脉絡交通，遂安行於故道。向若所持悖繆，所向阿私。或盛外家之寵，或簡宗廟之儀。害既作矣，時將殆而。白馬沉而福益遠，金堤塞而民已疲。是以雅什貽譏，蓋念沸騰之失；漢臣建白，重興涌溢之悲。殊不知水之爲功，物資其澤。

以之浸潤也，其功倍；以之灌溉也，其利百。然而疏導則莫勝其勞，壅塞則悉罹其厄。惟王道公正而不頗，自然順適。

郭子儀單騎見虜賦 汾陽征虜，壓以至誠。

秦　觀

回紇入寇，汾陽出征。何單騎以見虜？蓋臨戎而示情。匹馬雄趨，方傳呼而免胄；諸羌駭矚，俄下拜以投兵。方其唐祚中微，胡塵内侮。承范陽猖獗之亂，值永泰因循之主。金繒不足以塞其貪嗜，鎧仗不足以止其攘取。雲屯三輔，但分諸將之兵；烏合萬群，難破重圍之虜。子儀乃外弛嚴備，中輸至誠。氣干霄而直上，身按轡以徐行。於是露刃者膽喪，控弦者骨驚。謂令公尚臨於金革，想可汗未厭於寰瀛。頓釋前憾，來尋舊盟。彼何人斯，忽去幢幡之盛；果吾父也，敢論戈甲之精。豈非事方急則宜有異謀，軍既孤則難拘常法？遭彼虜之悍勁，屬我師之困乏。校之力則理必敗露，示以誠則意當親狎。所以徹衛四環，去兵兩夾。雖鋒無鏌邪之鋭，而勢有太山之壓。據鞍以出，若乘擒虎之驄；失仗而驚，如棄華元之甲。金石至堅也，以誠可動；天地至大也，以誠可聞。矧爾熊羆之屬，困乎蛇豕之群。於是時也，將乘驕而必敗，兵不戢則將焚。惟有明信，乃成茂勳。吐蕃由是而引歸，師殲靈夏；僕固於焉而暴卒，禍息并汾。非不知猛虎無助也，受侮於狐狸；神龍失水也，見侵於螻蟻。曷爲鋒鏑之交下，遽遺紀綱而不以？蓋念至威無恃於張皇，大智不資於詠詭。遠同光武，輕行銅馬之營；近類曹成，獨造國良之壘。向若怨結不解，禍連未央。養威嚴於將軍之幕，角技巧於勇士之場。攻且攻兮天變色，戰復戰兮星動芒。如此則雖驍雄而必弊，顧創病以何長！苻秦夸南伐之師，坐投淝水；新室恃北來之衆，立潰昆陽。固知精擊刺者，非爲將之良。敢殺伐者，非用兵之至。況德善之身積，宜福祥之天畀。故中書二十四考焉，由此而致。

校勘記

〔一〕『筌』，麻沙本作『基』。

〔二〕『來』，麻沙本作『求』。明翻刻元本《范文正公文集》作『求』。

〔三〕『面』，麻沙本作『而』。

〔四〕『資』，麻沙本作『茲』。

新校宋文鑑卷第十二

校者按：底本爲刻卷，據麻沙本刻卷校改。

詩

四言

皇雅十首

尹洙

《天監》，受命也。自梁至於周，兵難不息。宋受命，統一萬方焉。

天監卜民，亂靡有定。甚武且仁，祚厥真聖。仁實懷徠，武以執競。匪虔匪劉，拯我大命。

自昔外禪，月經日營。令以挾制，政以陰傾。帝初治兵，志勤於征。奄受神器，匪謀而成。

淮潞弗虔，卒汙叛迹。戎輅戒嚴，皇威有赫。彼寇詿民，吾勇其百。殄厥渠魁，貸其反側。

帝朝法宫，左右宗公。忮夫悍士，以維以容。爾居爾室，爾工爾農。既息既養，惟天子功。

《天監》四章，章八句

《西師》，征蜀也。

主用西師，岷梁弗賓。匪曰負固，實交晉人。予訓予誓，合我將臣。正厥有罪，無庸傷民。矯矯虎士，載摧其壁。于嗟孟侯，亦果其策。迎師而降，靡抗鋒鏑。豈獨身謀？完是宗國。蜀都既平，將臣失律。此衆悍驕，彼民危慄。當塗叫呶，合萬爲一。匪懷則威，帝心是恤。帝曰將臣，予嘉乃庸。廢命毒民，爾弗有終。邦典用疑，惟罪惟功。靡殛而削，協於厥中。帝曰孟侯，受封於楚。淑旂琱戈，備物異數。俾爾族姻，及乃文武。服在王庭，靡不有序。蜀民呼歌，天子威靈。保我者封，暴我者刑。匪功是私，匪弱是陵。天子惠民，疇敢不承！

《西師》六章，章八句

《耆武》，受俘也。命將伐南海，平金陵，俘二王以獻。

耆武定功，時惟二方。淮服其義，海南遂荒。孰孱而盭，孰暴而猖？自底不諶，乃終滅亡。

帝戒二俘，同即爾誅。予惟民無辜，休息是圖。時其輯矣，寧威獨夫？帝嗟汙邦，久罹於兵。或暴下以征，或敷虐以刑。予命中典，協於國經。民服德音，室家以寧。

《耆武》三章，二章八句，一章六句

《憲古》，令守臣也。削其附庸，以强帝室焉。

帝懷永圖，治古是憲。四方守臣，惟屏惟翰。在昔艱難，弗惠訓典。跨都連城，高牙以建。有土有民，肆乃征繕。以息以容，終焉叛换。凡今帥臣，狃厥聞見。匪革亂原，曷清多難？

帝告庶邦，式是典彝。元侯顯父，戚臣宗支。正乃封圻，予一人是毗。凡曰附城，罔爾俾之。畜兵厚賦，靡爾得私。毋凶而國，作福作威。天子有命，疇敢不祗。子孫承承，唯萬世規。

《憲古》二章，章十六句

《大鹵》，王師討晉罪也。

冀州之疆，粤惟大鹵。俗忮而專，地扼而固。協比幽都，蕩摇邊圉。三垂既夷，兇威弗沮。帝御六師，百萬貔虎。剪其附庸，至於城下。鋒鏑始交，梯衝如舞。蠢爾孱王，請附降虜。我士奮揚，願究吾武。皇帝曰吁，念彼黎庶。匪鯨匪鯢，復爲王土。

晉郊既平，九區以寧。陳功太廟，告假威靈。在昔武王，於商觀兵。維我藝祖，亦勤於征。匪貸晉罪，俟厥貫盈。聖作聖繼，巍巍相承。皇矣二后，功莫與京。

《大鹵》二章，一章二十二句，一章十四句

《帝籍》，修故典也。躬耕以劭農焉。

帝籍於郊，典儀具陳。務農以訓，供祀以勤。祀在誠誠〔一〕，匪勤於人。訓農以實，匪訓以文。帝謹二物，乃躬乃親。公侯卿士，暨厥庶民。千甸有制，飭哉惟寅。

帝賚高年，式宴且喜。種種黄髮，族丘而議。我生艱難，暴亂以繼。耳狃金鼓，目狎戎器。

皇其我圖，親講農事。有子有孫，力田孝悌。鼓舞至仁，薰焉如醉。

《帝籍》二章，章十四句

《庶工》，任賢也。

帝咨庶工，疇其輔予？俊乂以登，厥勞乃圖。匪忘舊勳，非賢勿俞。巍巍衮台，盛德以居。

任賢伊何？昌言是庸。勉告爾猷，罔恤廼躬！豈無狷辭，怫於予衷？予不爾疵，爾無面從。

始時從官，戎容揚揚。今帝左右，儒冠煌煌。朝廷以尊，文物典章。得人之盛，奕世重光。

《庶工》三章，章八句

《帝制》，北方請盟也。

帝制萬邦，罔有弗賓。蠻夷戎狄，羈而勿臣。威格三方，稽顙獻珍。單于革心，願交使人。

帝謀公卿，列侯庶校。咸曰彼心，暴戾陰狡。既擾我疆，復利吾寶。無若勵兵，襲其還道。

皇曰有衆，予實念兹。戰無必勝，矧其歸師？借曰大獲，疇能盡之？益俾餘醜，毒吾朔陲。乃俞其盟，北州以綏。

在漢世宗，抗威北戎。暴農筭商，經用弗充。中土震騷，漢南始空。降及後世，猶稱厥功。

於穆聖考，德無與偕。匪勤於兵，北人遂來。逮是三紀，遠俗以懷。生民休息，嗚呼仁哉！

《帝制》五章，四章八句，一章十句

《皇治》，恤刑也。帝仁於用刑，在位者以寬恤爲治焉。

皇厎其治，欽哉惟刑。在疑而宥，罔察爲明。愛怒弗肆，孰爲重輕？毋一弗辜，惟典之平。

前世理官，倚法以刻。匪彼爲仇，蓋曰任職。今之蔽獄，務正其辟。鑒於前人，緊我仁德。

皇德在仁，寖而成風。公侯卿士，靡不率從。麛卵萌生，咸保厥終。不鄙不夭，樂哉融融。

《皇治》三章，章八句

《太平》，封祀告成功也。

噫！太平無象兮，世烏得而知？維盛德可迹兮，其封祀之儀。東岱宗兮西汾脽，禮上帝兮賓地祇。皇有征兮，吾民以嬉。皇有祈兮，吾民是私。天敷佑兮，俾皇之釐。永世億寧兮，無疆之基。

《太平》一章，章十四句

定州閱古堂

富弼

天下十八道，惟河北最重。河北三十六州軍，就其中又析大名府、定州、真定府、高陽關爲四路，惟定州最要。定爲一路治所，實天下要重之最。知是州者，兼本路兵馬都部署。居則治民，出則治兵。非夫文武才全，望傾於時者，不能安疆埸，屏王室也。然自國初已來，專以武臣帥諸路。慶曆七年，甘陵妖賊據城叛，河北妖黨相摇以謀應，卒驕將偄，人心大震。天子悟，始議選儒臣帥四路，以督諸將。廼起知鄆州資政殿學士給事中昌黎韓公帥真定，以遏亂萌。明年春，賊誅人安。既而夏大雨，河決商胡，東北入於海。河北灾，人復不寧，流徙失業者四出，咸不翅千里，僵殍滿道。天子恤然，且虞他姦，遂以公帥定。定既要重天下，宿兵素多，屬傷殘之後，官民枵，困征賦，逃無幾，而兵不少減。兵襲舊幸歉，益驕以悍。公夙夜裁整，以威以懷。兵之驕不從令者，捽其首惡，斬以徇。略爲條教，餘怗怗就約，不敢譁於室。至有調發者，遠而彌戢，如公親臨。已而招集逋亡，四流争還，如啼孩奔父母，惟恐其後。至則充然，各得其欲，農無廢壠，賦有餘粒。不旁誅横斂，而上下足，堙漏補罅，一面完固。公既擊彊梗之兵，又育彫瘵之民。左行斧鉞，右哺飲食，亂者畢治，亡者畢存。禮法政教，向之人所不得聞者，今漸濡酣飫，無不貫徹。自是邊人革其耳目，新其肝腸，優爲而樂從，故人易治而功成速也。又明年秋，天子圖公之功，詔加大學士。公先嘗表其志，幸終三年，不願亟易也。至天子抑騎召，而使即以授，姑遂公請，亦以慰斯人愛公之心也。公惕寵處官，雖無事，未嘗輒自豫，念兵與民之急，宜無過者，矧臨要重之路，憂虞所繫，凡是繪畫，不可以無法，廼擇取歷代賢守良將，揔若干人行事，創大屋，以類相次，繪於周壁，牓之曰閲古堂。蓋欲閲古之人所爲，而爲之法也。噫！

公雅文傑武，自當視乎古人。且天下方遲公入輔，以致太平，若其安疆場，屏王室，豈庸考古而後能哉？實公冲然不自有其有，而歸乎古人也。其懸知來者不師繪事，而公是師也。雖然，蹋古蒐善，惠人警己，公之意謂其至矣乎！公郵問索詩，因粗序所致之旨，以誌其始，而示於後。詩曰：

朔方之兵，勁於九土。尤勁而要，粤惟定武。兵勁在馭，用則羆虎。失馭而勁，驕不可舉。曰保曰貞，閉壁連阻。武爵斯守，束手就虜。皇帝曰噫，汝武曷取？有敝必革，以儒于撫。公來帥定，始以威怒。有兵悍横，一用干〔三〕斧。連營怛之，膽栗腰傴。既懼而教，如脂如乳。以刺以射，以鉦以鼓。無一不若，師師旅旅。列城自敕，靡不和附。陰沴爲梗，降此大雨。大河破洩，在河之滸。民被黜墊，田入污莽。流離蕩析，不得其所。公慼曰吁，予敢寧處？廼大招來，乃大保聚。乃營帛粟，寒衣飢茹。民歸而安，水下孰禦？彊弱死生，由公復慮。曰義曰仁，霜肅春煦。合和蒸天，天順以序。公境獨稔，爰麥爰黍。公俗獨樂，夫耕婦杼。人雖曰康，公亦奚豫？謂此一方，民與兵具。務劇任重，稽古人裕。人皆謂公，與古爲伍。公文化民，公武禦侮。何思古人？公不自許。遂擇奇將，繪於堂宇。列其行事，指掌可數。前有古人，在我門户。後有來者，依我墻堵。斯堂勿壞，有堂有故。堂之不存，來者曷覩？宏乎焕乎，千載是矩。

祫禮頌聖德

梅堯臣

溥哉孝享，將事於寧。文武卿士，冠劍在庭。奚俟帝齋，風霰其零。風霰不已，鉤陳豹尾。龍旂太常，立列比比。帝居路寢，百辟就次。至於穀旦，漫漫翳翳。帝入靈宮，左撞黃鍾。陛階置玉，日氣曈曈〔三〕。鴻鴻杲杲，氛駁陰掃。宿於太宮，月星皓皓。侍祠之臣，鵠舉鷺振。或捧其匜，或進其巾。輔相夾導，俯僂鮮鱗。圭瓚以陳，登歌以均。東向虛位，發爵親親。平明帝還，紫宸序班。望帝之顔，穆穆閑閑。簷步廊廊，雪浮陽光。大楹爛爛，朱陛煌煌。稱祝萬壽，萬壽無疆。却登寶輿，以御端門。揭雞肆赦，雷動乾坤。於時都人，於時婦女。於時蠻夷，異口同語。天子萬年，仁聖之主。臣時執册，與物咸覩。敢播於詩，庶聞九土。

魏京

劉敞

上二十年，治建北京，以章明先帝巡狩之德，以達孝思於下。於時野之處士，或相與議曰：『蓋文王都豐，武王都鎬，豐、鎬之間，不能數百里，文、武之位，不過侯伯，而詩人乃以聖人之德、天子之事歌之。有如聖朝，德位相侔，述作相繼，而無「遹駿」「烝哉」之詩，此乃處士之罪，非公卿之過也。』乃考聲譔辭，以繼《大雅》，垂之無窮。其文曰：

皇作大都，大都雄雄。奄定北國，四方來同。皇曰卿士，在昔聖考。祇遹文武，維慈幼老。

天監在上，既有明德。乃命於卜，罔有不服〔四〕。匪允命之，亦章慶之。匪允服之，亦保育之。時維玁狁，侮予之疆。靡度靡虞，跳呼以狂。業業烝黎，載震載驚。侵魏及澶，群心不寧。帝奮厥武，百萬其士。匪怒以棘，於三十里。如虎如貔，如霆如雷。靡有遠邇，天子其來。天子來止，士增其喜。孰偷其生，以不奮興？驅之渾渾，攘之賁賁。靡有軥張，殲厥鯨鯢。或獻其寶，或請其命。帝振於旅，維時既定。屹屹魏土，山河之固。匪山河則固，維上帝伊怒。既閟爾弓，既櫜爾矛。玁狁臣之，四方是休。皇曰卿士，聖孝之德。允於孝思，孝思維則。爾眎於魏，以作我都。以赫厥靈，俾後勿踰。皇曰卿士，維帝時功。時亦維人，維寇萊公。爾敬爾止，弼予於治。期爾前人，用迪爾事。皇曰卿士，維帝作武。垂是萬年，莫敢予侮。泰山之封，后土之禪。予監若兹，惟天是眷。翼翼魏土，天子國之。穆穆原廟，聖人則之。孰爲彊暴，來覲來覲。俾讋於威，於忠是訓。顯顯天子，孝德自躬。率是休烈，覃之北戎。河水東注，昭哉禹績！時萬斯年，天子之德。

古風

劉　敞

子欲富矣，何用爲富？農不若工，工不若賈。子欲貴矣，何用爲貴？德不若名，名不若勢。粹兮純兮，三五之人兮。終窶且貧兮，孰知其珍兮？

閔雨

劉　敞

臣伏見春首以來，天久不雨。曆官李用晦治大衍軌革，太醫趙從古治黄帝六氣，咸以謂風旱歲惡。然陛下焦心勞意，側躬修德，蕃樂損膳，議獄宥過，以迎導善氣。爰及言事得罪者唐介、杜樞之徒，復特見甄序。小大之臣，莫不欣然。人情悦，則天氣和矣。乃三月己巳，日入而雨，至於庚午。《詩》不云乎，『益之以霢霂。既優既渥，既霑既足，生我百穀』。以此見聖人之德，與天相符，言出而物應，行發而神助。雖水旱之占，有常數者，猶不能違之，況其眇者乎？竊觀《詩》《書》所載盛德之君，至誠動天之速，未有及陛下者也。臣不勝鼓舞之至，謹撰《閔雨》詩一首，十三章，章六句，投進以聞。

堪輿絪緼，一晦一明。或沉而毁，或亢而暘。自古以然，世習爲常。

民生冥冥，靡究靡知。其幸而吉，不幸而灾。猖狂妄行，唯所遇之。

天命降監，在我元聖。兼覆廣裕，四方既定。維民之恤，無所疵病。

伊年暮春，旱久不雨。人曰時哉！曆有常數。禹湯之賢，莫能弗遇。

帝獨喟息，是豈足言！化育萬物，若鎔以埏。患在誠薄，不能動天。

退而齋心，淵默以居。鍾鼓不拡，宴游不娯。左右肅然，一懷瞿瞿。

疏獄省刑，與物更始。内恕孔悲，引咎在己。爰及四海，愚智咸喜。

追悟讜直，褒進淹滯。聲色無近，式序在位。嬖習權近，慴威屏氣。己巳乃雨，若有鬼神。淒淒其風，渰渰其雲。自東徂西，罄無不均。匪震匪拔，匪溢匪洩。生曰百穀，區萌畢達。以享以食，小大胥悦。天子之德，視雨之施。肇自京師，達於四裔。無有蠻貊，孚我君惠。天子之政，視雨之時。養老長幼，速哉熙熙。更化易俗，而民不知。天子之慶，視雨之積。自天降康，時萬時億。眉壽無疆，以靖四國。

新田

王安石

唐治四縣，田之入於草莽者十九。民如寄客，雖簡其賦，緩其繇，而不可以必留。尚書比部郎中趙君尚寬之來，問弊於民，而知其故。乃使推官張君恂以兵士興大渠之廢者一，大陂之廢者四，諸小渠陂，教民自爲者數十。一年，流民作而相告以歸。二年，而淮之南、湖之北，操囊耜以率其妻子者，其來如雨。三年，而唐之土不可賤取，昔之菽粟者，多化而爲稌。環唐皆水矣，唐獨得歲焉。船漕車輓，負擔出於四境，一日之間不可爲數，而唐之私廩固有餘。循吏之無稱於世久矣，予聞趙君如此，故爲作詩。詩曰：

離離新田，其下流水。孰知其初，灌莽千里？其南背江，其北逾淮。父抱子扶，十百其來。其來僕僕，慢我雜屋。趙侯劬之，作者不饑。歲仍大熟，飽及鷄鶩。僦舡與車，四鄙出穀。

今游者處，昔止者流。維昔牧我，不如今侯。侯來適野，不有觀者。稅於水濱，問我鰥寡。侯其歸矣，三歲於兹。誰能止侯？我徃來之。

潭州新學

王安石

治平元年，天章閣待制興國吴公治潭州之明年正月，改築廟學於城東南。越五月，告成孔子，用幣。潭人曰：『公爲善政以德我，又不勤我，而爲此學以嘉我，士子誰能詩乎，以誦我公於無窮？』皆辭不敢，乃使來請。詩曰：

有嘉新學，潭守所作。守者誰歟？仲庶氏吴。振養矜寡，衣之褰襦。黔首鼓歌，吏静不求。乃相廟序，生師所廬。上漏旁穿，燥濕不除。曰嘻遷哉！迫阨卑污。當其壞時，適可以謀。營地慮工，伐梗楠櫧。徹故就新，爲此渠渠。潭人來止，相語而喜。我知視成，無豫經始。公升在堂，從者如水。公曰誨汝，潭之士子。古之讀書，凡以爲己。躬行孝悌，由義而仕。神聽汝助，况於閭里？無實而夸，非聖自是，雖大得意，吾猶汝恥。士下其手，公言無尤。請詩我歌，以遠公休。

明堂樂章二首

王安石

皇帝還大次憩安之曲

有奕明堂，萬方時會。宗子聖考，作帝之配。樂酌虞典，禮從周制。釐事既成，於皇來暨！

歆安之曲

穆穆在堂，肅肅在庭。於顯辟公，來相思成。神既歆止，有聞惟馨。錫我休嘉，燕及群生。

顏樂亭〔五〕

程　顥

天之生民，是爲〔六〕物則。非學非師，孰覺孰識？聖賢之分，古難其明。有孔之遇，有顏之〔七〕生。聖以道化，賢以學行。萬世心目，破昏爲醒。周爰闕里，惟顏舊止。巷汙以榛，井堙而圮。鄉閭蚩蚩，弗視弗履。有卓其誰？師門之嗣。追古念今，有惻其心。良價善諭，發帑出金。巷治以闢，井渫而深。清泉澤物，佳木成陰。載基載落，亭曰顏樂。昔人有心，予忖予度。千載之上，顏惟孔學。百世之下，顏居孔作。盛德彌光，風流日長。道之無疆，古今所常。

水不忍廢，地不忍荒。嗚呼正學，其何可忘！

何公橋

蘇　軾

天壤之間，水居其多。人之往來，如鵜在河。順水而行，雲駃鳥疾。維水之利，千里咫尺。亂流而涉，過膝則止。維水之害，咫尺千里。沔彼灩觴，蛙跳儵游。溢而懷山，神禹所憂。豈無一木，支此大壞？舞於盤渦，冰拆雷解。坐使此邦，畫爲兩州。鷄犬相聞，胡越莫救。允毅何公，甚勇於仁。始作石梁，其艱其勤。將作復止，更此百難。公心如鐵，非石則堅。公以身先，民以悦使。老壯負石，如負其子。疏爲玉虹，隱爲金堤。直欄横檻，百賈所栖。我來與公，同載而出。讙呼填道，抱其馬足。我歎而言，視此滔滔。未見剛者，孰爲此橋？願公千歲，與橋壽考。持節復來，以慰父老。如朱仲卿，食於桐鄉。我作銘詩，子孫不忘。

觀棊

蘇　軾

予素不解棊，嘗獨遊廬山白鶴觀，觀中人皆闔户晝寢，獨聞棊聲於古松流水之間，意欣然喜之。自爾欲學，然終不解也。兒子過乃粗能者，儋守張中日從之戲，予亦隅〔八〕坐，竟日不以爲厭也。

五老峰前，白鶴遺址。長松蔭庭，風日清美。我時獨遊，不逢一士。誰與棊者？户外屨二。不聞人聲，時聞落子。紋枰坐對，誰究此味？空鈎意釣，豈在魴鯉！小兒近道，剥啄信指。勝固欣然，敗亦可喜。優哉游哉，聊復爾耳〔九〕。

和陶淵明時運

蘇　軾

丁丑二月十四日，白鶴峰新居成，自嘉祐寺遷入，詠淵明《時運》詩云：『斯晨斯夕，言息其廬。』似爲余發也，乃次其韻。長子邁與予别三年矣，挈携諸孫，萬里遠至。老朽憂患之餘，不能無欣然。

我卜我居，居非一朝。龜不吾欺，食〔一〇〕此江郊。廢井已塞，喬木干霄。昔人伊何，誰其裔苗？

下有碧潭，可飲可濯。江山千里，供我遐矚。木固無脛，瓦豈有足？陶匠自至，嘯歌相樂。

我視此邦，如洙如沂。邦人勸我，老矣安歸。自我幽獨，倚門或揮。豈無親友？雲散莫追。

旦朝丁丁，誰欵我廬。子孫遠至，笑語紛如。剪髮垂髫，覆此瓠壺。三年一夢，乃復見余。

和陶淵明勸農

蘇軾

海南多荒田，俗以貿香爲業。所産秔稌，不足於食，乃以藷時諸切芋，雜米作粥糜以取飽。予既哀之，乃和淵明《勸農》詩，以告其有知者。

咨爾漢黎，均是一民。鄙夷不訓，夫豈其真。怨忿劫質，尋戈相因。欺謾莫訴，曲自我人。

天禍爾土，不麥不稷。民無用物，怪珍是植。播厥薰木，腐餘是穡。貪夫污吏，鷹摯狼食。

豈無良田？膴膴平陸。獸蹤交締，鳥喙諧穆。驚麏朝射，猛狶夜逐。芋羹藷糜，以飽耆宿。

聽我苦言，其福永久。利爾鉏耜，好爾鄰偶。斬艾蓬藋，南東其畝。父兄搢挺，以抶游手。

天不假易，亦不汝匱。春無遺勤，秋有後冀。雲舉雨決，婦姑畢至。我良孝愛，袒跣何愧。

逸諺戲侮，博弈頑鄙。投之生黎，俾勿冠履。霜降稻實，千箱一軌。大作爾社，一醉醇美。

江郊

蘇軾

惠州歸善縣治之北數百步，抵江少西，有盤石小潭，可以垂釣。作《江郊》詩云：

江郊葱曨，雲水蒨絢。碕岸斗入，洄潭輪轉。先生悦之，布席閒燕。初日下照，潛鱗俯見。意釣忘魚，樂此竿綫。優哉悠哉，玩物之變。

洞酌亭

蘇軾

瓊山郡東，衆泉觱發，然皆洌而不食。丁丑歲六月，軾南遷過瓊，始得雙泉之甘於城之東北隅。以告其人，自是汲者常滿。泉相去咫尺而異味。庚辰歲六月十七日，遷於合浦，復過之。太守承議郎陸公求泉上之亭名與詩，名之曰『洞酌』，其詩曰：

洞〔一二〕酌彼兩泉，挹彼注兹。一缾之中，有澠有淄。以瀹以烹，衆喊莫齊。自江徂海，浩然無私。豈弟君子，江海是儀。既味我泉，亦嚌我詩。

校勘記

〔一〕『誠誠』，麻沙本作『於誠』。

〔二〕『干』，麻沙本作『於』。

〔三〕『曈曈』，麻沙本作『曈鴻』。明萬曆刊《宛陵先生集》作『曈鴻』。

〔四〕『服』，麻沙本作『復』。

〔五〕篇題下，麻沙本有注：『爲孔周翰作。』明宣德刊《性理全書》題下注同，而題作《顔樂亭銘》。

〔六〕『爲』，麻沙本有注：『一作惟。』

〔七〕『之』，麻沙本有注：『一作其。』

〔八〕『隅』，麻沙本作『偶』。宋本《東坡詩集注》作『隅』。

〔九〕『聊復爾耳』，麻沙本作『聊以卒歲』。宋本《東坡詩集注》作『聊復爾耳』。

〔一〇〕『食』，麻沙本作『屆』。宋本《東坡詩集注》作『食』。

〔一一〕『洞』，麻沙本無。成化刊本《蘇文忠公全集》有『洞』字。

新校宋文鑑卷第十三

校者按：底本爲刻卷，據麻沙本刻卷校改。

詩

樂府歌行雜言附

桃花犬歌呈修史錢侍郎

李至

宫中有犬桃花名，絳繒圍頸懸金鈴。先皇爲愛馴且異，指顧之閒知上意。珠簾未卷扇未開，桃花摇尾長生至。夜静不離香砌眠，朝飢祇傍御牀餧。彩雲路熟不勞牽，瑶草風微有時吠。無何軒后鑄鼎成，忽遺弓劍棄寰瀛。迢迢松闕伊川上，遠逐龍輴十數程。兩眥漣漣似垂淚，骨見毛寒頓憔悴。萬人見者倍傷心，微物感思猶若是。韓盧備獵何足嘉，西旅充庭豈爲瑞？聞君奉詔修實録，一字爲褒應不曲。白魚赤鴈且勿書，願君書此懲浮俗。

江南春

寇　準

波渺渺，柳依依。孤村芳草遠，斜日杏花飛。江南春盡離腸斷，蘋滿汀洲人未歸。

西遊曲

錢　易

花銷秋老白日短，敗紅荒緑迷空館。擬將清血灑昭陵，幽谷蛇啼半山晚。十年辭家勤獻書，王孫不許延公車。江頭祖廟祭無血，重門生草寒離離。我有黄金三尺劍，姦骨餘痕古波艷。佩入函關無故人，玉握凋零七星暗。

伐棘篇

路　振

伐棘何所山之巔，秋風騷颾棘子丹。折根破柢堅且頑，斸夫趑趄汗汙顔。攢鋒束芒趨道還，薱之森森繚長藩。暮冬號風雪暗天，漏寒不鳴守犬眠。主人堂上多金錢，東陵暴客來窺垣。舉手觸鋒身隕顛，千矛萬戟争後先。襟袖結裂不可揎，蹠破指傷流血殷。神離氣沮走蹁躚，數尺之墻弗復攀。索頭醜奴搔河壖，朔方屯師連七年。木波馬領沙填填，氣脉不絶如喉咽。官軍虎怒思吼軒，强弩一發山河穿。將不叶謀空即安，翫養小醜成兇顛。推芻挽粟徒喧喧，邊臣無心静國艱，爲余諷此《伐棘篇》。

吴中曉寒曲　王琪

大澤穹天莽同色，碧瓦閶門曉花白。石岩左右斷行人，洞庭一夜冰千尺。曾持漢節單于北，雪舞金山風卷磧。却憐凍足幸雙摧，一生不向胡廷屈。今年補郡來南州，中吴風上清且柔。今嚴氣正天地肅，忽驚身被貂茸裘。玉蘭酒熟金醅溢，大白連雲尚難敵。長松雖老不須憂，幾日紅梅斷消息。

清輝殿觀唐明皇山水石字歌應制　王琪

皇家四葉恢聖功，天臨日燭清華戎。漢條静治洽柔教，堯〔一〕心稽古開神聰。有唐英主稱好文，仙毫灑落驅風雲。壯哉山水有奇字，焕乎八法存翠珉。自從棄置咸陽道，蘚駮煙滋委宫草。天開神贊會休辰，甄收再作皇居寶。如何淪廢三百春，迎逢睿鑒來紫宸。奎鈎粲粲光華動，群玉森森氣象新。丹籞春妍瑞靄深，文梁藻棟結芳林。鴻翔鳳翥徑方丈，杯流泉涌蒙親臨。鯫臣榮幸從金輿，鈎婉魂驚拭目初。多慙攬筆非清藻，唯慶千齡際帝圖。

鵯鵊詞效王建作。　歐陽脩

龍樓鳳閣鬱崢嶸，深宮不聞更漏聲。紅紗蠟燭愁夜短，緑窗鵯鵊催天明。一聲兩聲人漸起，金井轆轤聞汲水。三聲四聲促嚴粧，紅靴玉帶奉君王。萬年枝軟風露濕，上下枝間〔二〕聲轉急。南衙促仗三衛列，九門放鑰千官入。重城禁籞瑣池臺，此鳥飛從何處來？君不見，潁河東岸村陂闊，山禽野鳥常嘲哳。田家惟聽夏鷄聲，鵯鶋，京西村人謂之夏鷄。夜夜壠頭耕曉月。可憐此樂獨吾知，眷戀君恩今白髮。

明妃曲　歐陽脩

漢宫有佳人，天子初未識。一朝隨漢使，遠嫁單于國。絶色天下無，一失難再得。雖能殺畫工，於事竟何益？耳目所及尚如此，萬里安能制夷狄！漢計誠已拙，女色難自誇。明妃去時淚，灑〔三〕向枝上花。狂風日暮起，飄泊落誰家？紅顔勝人多薄命，莫怨春風當自嗟。

廬山高贈同年劉中允歸南康　歐陽脩

廬山高哉幾千仞兮，根盤幾百里，巀然屹立乎長江。長江西來走其下，是爲揚瀾左里兮，洪濤巨浪日夕相舂撞。雲消風止水鏡静，泊舟登岸而遠望兮，上摩青蒼以晻靄，下壓后土之鴻厖。試往造乎其間兮，攀緣石磴窺空谾。千巖萬壑響松檜，懸崖巨石飛流淙。水聲聒聒亂人語，六月飛雪灑石矼。仙翁釋子亦往往而逢兮，吾嘗惡其學幻而言哤。但見丹崖翠壁遠近映樓閣，晨鐘暮鼓杳靄羅幡幢。幽花野草不知其名兮，風吹露濕香澗谷，時有白鶴飛來雙。幽尋遠去不可極，便欲絶世遺紛痝。羡君買田築室老其下，插秧盈疇兮釀酒盈缸。欲令浮嵐暖翠千萬狀，坐卧常對乎軒窗。君懷磊砢有至寶，世俗不辨珉與玒。策名爲吏二十載，青衫白首困一邦。寵榮聲利不可以苟屈兮，自非青雲白石有深趣，其氣兀硉何由降？丈夫壯節似君少，嗟我欲説安得巨筆如長杠！

紫石屏歌寄蘇子美

歐陽脩

月從海底來，行上天東南。正當天中時，下照千尺潭。潭心無風月不動，倒影射入紫石巖。月光水潔石瑩浄，感此陰魄來中潛。自從月入此石中，天有兩耀分爲三。清光萬古不磨滅，天地至寶難藏緘。天公呼雷公，夜持巨斧隳嶄巖。墮此一片落千仞，皎然寒鏡在玉奩。蝦蟇白兔走天上，空留桂影猶杉杉。景山得之惜不得，贈我意與千金兼。自云每到月滿時，石在暗室光出簷。大哉天地間，萬怪難悉談。嗟予不度量，每事思窮探。欲將兩耳目所及，而與造化争毫纖。煌煌三辰行，日月尤尊嚴。若令下與物爲比，去聲。擾擾萬類將誰瞻？不然此石竟何物，有口欲説嗟如鉗。吾奇蘇子胸，羅列萬象中包含。不惟胸寬膽亦大，屢出言語驚愚凡。自吾得此石，未見蘇子心懷慚。不經老匠先指決，有手誰敢施鑱鑱。呼工畫石持寄似，幸子留意其無謙。

山鳥　梅堯臣

婆餅焦，兒不食。爾父向何之？爾母山頭化爲石。山頭化石可奈何，遂作微禽啼不息。

送撫州通判袁世弼寺丞　梅堯臣

帆疏疏，纖緑蒲，二十四幅輕江湖。高秋逆水上天去，朝過瓜步暮濡須。長風沙頭問鯉魚，大孤山側鳴寒烏。魚腹無書報家信，憑烏爲到西山區。西山松栢應更好，及取之官來拜掃。

永叔月石硯屏歌　蘇舜欽

日月行上天，下照萬物根。向之生榮背則死，故爲萬物生死門。東西兩交征，晝夜不暫停。胡爲虢山石，留此皎月痕常存？桂樹散疎陰，有若圖畫成。永叔得之不能曉，作歌使我窮其源。且疑月入此石中，分此兩曜三處明。或云蟾蜍〔四〕好溪山，逃遁出月不可關。浮波穴石恣所樂，常娥孤坐初不覺。玉杵夜無聲，無物來搗藥。常娥驚推輪，下天自尋捉。邂地掀江踏山岳，二物驚奔不復見，留此玉輪之迹在青壁，風雨不可剥。此説亦詭異，予知未精確。物有無情自相感，不間幽微與高邈。老蚌吸月月降胎，水犀望星星入角。彤霞爍石變靈砂，白虹貫巖生美璞。此乃西山石，久爲月照著。歲久光不滅，遂有團團月。寒輝籠籠出輕霧，坐對不復嗟殘缺。蝦蟇從汝惡觜吻，可能食此清光没？玉川子若在，見必喜不徹。此雖隱石中，時有靈光發。土怪山鬼不敢近，照之僵僕肝腦裂。有如君上明，下燭萬類無遁形，光艷百世無虧盈。

荒田行

劉　敞

大農棄田避征役，小農挈家就兵籍。良田茫茫少耕者，秋來雨止生荆棘。縣官募兵有著令，募兵如率官有慶。從今無復官勸農，還逐魚鹽作亡命。

桃源行

王安石

望夷宫中鹿爲馬，秦人半死長城下。避世不獨商山翁，亦有桃源種桃者。此來種桃經幾春，採花食實枝爲薪。兒孫生長與世隔，雖有父子無君臣。漁郎漾舟迷遠近，花閒相見驚相問。世上那知古有秦，山中豈料今爲晉。聞道長安吹戰塵，春風回首一霑巾。重華一去寧復得？天下紛紛經幾秦。

食黍行

王安石

周公兄弟相殺戮，李斯父子夷三族。富貴常多患禍嬰，貧賤亦復難爲情。自隨衣食南與北，至親安能常在側？謂言黍熟同一炊，歘見隴上黄離離。遊人中道忽〔五〕不返，從此食黍還心悲。

杜甫畫像

王安石

吾觀少陵詩，謂與元氣侔。力能排天斡九地，壯顔毅色不可求。浩蕩八極中，生物豈不稠？醜妍巨細千萬殊，竟莫見何以雕鎪。惜哉命之窮，顛倒不見收。青衫老更斥，餓走半九州。瘦妻僵前子仆後，攘攘盜賊森戈矛。吟哦當此時，不廢朝廷憂。嘗願天子聖，大臣各伊周。寧令吾廬獨破受凍死，不忍四海赤子寒颼颼。傷屯悼屈止一身，嗟時之人我所羞。所以見公像，再拜涕泗流。推公之心古亦少，願起公死從之游。

題燈

陳　烈

富家一椀燈，太倉一粒粟。貧家一椀燈，父子相聚哭。風流太守知不知，惟恨笙歌無妙曲。

鞠歌行

張　載

鞠歌胡然兮，邈余樂之不猶。宵耿耿其尚寐，日孜孜焉繼予乎厥修。井行惻兮王收，曰曷賈不售兮，阻德音其幽幽。述空文以繼志兮，庶感通乎來古。搴昔爲之純英兮，又申申其以告。鼓弗躍兮麾弗前，千五百年寥哉寂焉。謂天實爲兮，則吾豈敢？羌審己兮乾乾。

君子行

張　載

君子防未然，見幾天地先。開物象未形，弭灾憂患前。公旦立無方，不恤流言喧。將聖見亂人，天厭懲孤偏。竊攘豈予思，瓜李安足論。

上書行

劉　攽

仕不至二千石，賈不至五百萬。此事夸者憂，而非志士歎。君不見，下邳少年受書起，幄中運籌制千里。功成不受三萬户，拂衣歸從赤松子。君不見，計然〔六〕半策誅强吴，鴟夷扁舟浮五湖。三致千金不自擅，至今籍籍宗陶朱。大賢富貴不爲己，心事邈與常人殊。逢時致身如反手，雲烝龍變無時無。君勿愛，上書獻賦稱賢豪，刺繡倚市相矜高。丈夫昔曾笑徒勞，商賈旦旦争錐刀。

茂陵徐生歌　　劉攽

茂陵徐生老且迂，一心區區長信書。拜章北闕三待報，意欲霍氏安無虞。那知世主心不同，積惡未極難爲功。徙薪曲突事不爾，壯侯幾人當受封。高岸爲谷丘淵移，魯酒之薄邯鄲圍。人生快己各以時，舊意望君君不思。

熙州行　　劉攽

自胡請盟供貢職，關西二紀剽兵革。胡人歲來受金帛，地雖國本胡不惜。帝家將軍勇無敵，謀如轉圜心匪席。精誠動天天不隔，鑿空借籌皆碩畫。賈生屬國試五餌，買臣朔方發十策。偏師倏然盡西海，一月三捷猶餘力。百蠻解辮慕冠帶，五郡掃地開城壁。葱嶺陂陁蒲類深，回笑秦并與禹績。尚書論功易等差，御史行封自明白。武功貤爵十萬金，徹侯印組丈二尺。奮行過望理自爾，少從進熟來無極。憶昔漢武開西域，天下騷然苦征役。哀痛輪臺置肥美，割棄造陽捐斗僻。豈知洮河宜種稻，此去涼州皆白麥。女桑被野水泉甘，吴兒力耕秦婦織。行子雖爲萬里程，居人坐盈九年食。熙州歡娛軍事息，天王聖明丞相直。

江南曲

沈括

新秋拂水無行跡，夜夜隨潮過江北。西風卷雨上半天，渡口微涼含晚碧。城頭鼓響日脚垂，天際籠煙鏁山色。高樓索莫臨長陌，黄竹一聲無北客。時平田苦少人耕，唯有蘆花滿江白。

織婦怨

文同

擲梭兩肘倦，踏籋雙足趼。三日不住織，一疋纔可剪。織處畏風日，剪時審刀尺。皆言邊幅好，自愛經緯密。昨朝持入庫，何事監官怒？大字彫印文，濃和油墨汙。父母抱歸舍，抛下中門下。相看各無語，淚迸若傾瀉。質錢解衣服，買絲添上軸。不敢輒下機，連宵停火燭。當須了租賦，豈暇恤襦袴。前知寒切骨，甘心肩〔七〕骭露。里胥踞門限，叫駡嗔納晚。安得織婦心，變作監官眼！

自君之出矣

文同

自君之出矣，弔影度晨夕。中門一步地，未省有行迹。閨闈足儀檢，常恐犯繩尺。欲寄錦字書，知誰者云的？

五原行

文同

雲蕭蕭，草搖落，風吹黄沙昏寂寞。胡兒滿窟卧寒日，卓旗繫馬人一匹。夜來烽火連篝起，銀鶻呼兵捷如鬼。齊集弓刀上隴行，大譟狐嘷繞空壘。羗人鈔暴爲常事，見敵不争收若雨。自高聲勢叙邊功，歲歲年年皆一同。將軍玩寇五原上，朝廷不知但推賞。

法惠寺横翠閣

蘇軾

朝見吴山横，暮見吴山從。吴山故多態，轉側爲君容。幽人起朱閣，空洞更無物。惟有千步岡，東西作簾額。春來故國歸無期，人言悲秋春更悲。已泛平湖思濯錦，更看横翠憶峨眉。彫欄能得幾時好，不獨憑欄人易老。百年興衰更堪哀，懸知草莽化池臺。遊人尋我舊遊處，但覓吴山横處來。

於潛僧緑筠軒

蘇軾

可使食無肉，不可使居無竹。無肉令人瘦，無竹令人俗。人瘦尚可肥，俗士不可醫。旁人笑此言，似高還似癡。若對此君仍大嚼，世間那有揚州鶴？

河復

蘇軾

熙寧十年秋，河決澶淵，注鉅野，入淮泗，自澶魏以北皆絶流，而齊楚大被其害。彭門城下水二丈八尺，七十餘日不退，吏民疲於守禦。十月十三日，澶州大風終日，既止，而河流一枝已復故道。聞之喜甚，庶幾可塞乎！乃作《河復》詩，歌之道路，以致民願而迎神休，蓋守土者之志也。

君不見，西漢元光元封間，河決瓠子二十年。鉅野東傾淮泗滿，楚人恣食黄河鱣。萬里沙回封禪罷，初遣越巫沈白馬。河公未許人力窮，薪芻萬計隨流下。吾君仁聖如帝堯，百神受職河神驕。帝遣風師下約束，北流夜起澶州橋。東風吹凍收微緑，神功不用淇園竹。楚人種麥滿河淤，仰看浮槎棲古木。

禽言二首

蘇軾

南山昨夜雨，西溪不可渡。溪邊布穀兒，勸我脱破袴。不辭脱袴溪水寒，水中照見催租瘢。土人謂布穀爲脱却破袴。

姑惡姑惡，姑不惡，妾命薄。君不見，東海孝婦死作三年乾，不如廣漢龐姑去却還。姑惡，水鳥也。俗云婦以姑虐死，故其聲云。

書王定國所藏煙江疊嶂圖

蘇　軾

江上愁心千疊山，浮空積翠如雲煙。煙耶雲耶遠莫知，煙空雲散山依然。但見兩崖〔八〕蒼蒼暗絶谷，中有百道飛來泉。縈林絡石隱復見，下赴谷口爲奔川。川平山開林麓斷，小橋野店依山前。行人稍度喬木外，漁舟一葉江吞天。使君何從得此本，點綴毫末分清妍。不知人間何處有此景，徑欲往置二頃田。君不見，武昌樊口幽絶處，東坡先生留五年。春風摇江天漠漠，暮雲捲雨山娟娟。丹楓翻鵶伴水宿，長松落雪驚晝眠。桃花流水在人世，武陵豈必皆神仙？江山清空我塵土，雖有去路尋無緣。還君此畫三歎息，山中故人應有招我歸來篇。

書晁説之考牧圖後

蘇　軾

我昔在田間，但知羊與牛。川平牛背穩，如駕百斛舟。舟行無人岸自移，我卧〔九〕讀書牛不知。前有百尾羊，聽我鞭聲如鼓鼙。我鞭不妄發，視其後者而鞭之。澤中草木長，草長病牛羊。尋山跨坑谷，騰趠筋骨强。煙蓑雨笠長林下，老去而今空見畫。世間馬耳射東風，悔不長作多牛翁。

鶴歎　　蘇　軾

園中有鶴馴可呼，我欲呼之立坐隅。鶴有顔色側睨余，豈欲臆對如鵩乎？我生如寄良畸孤，三尺長頸閣瘦軀。俛啄少許便有餘，何至以身爲子娛。驅之上堂立斯須，投以餅餌視若無。嘎然長鳴乃下趨，難進易退我不如。

荔枝歎　　蘇　軾

十里一置飛塵灰，五里一候兵火催。填坑赴谷相枕藉，知是荔枝龍眼來。飛車跨山鶻横海，風枝露葉如新採。宫中美人一破顔，驚塵濺血留千載。永元荔枝來交州，天寶歲貢取之涪。至今欲食林甫肉，無人舉觴酹伯游。我願天公憐赤子，莫生尤物爲瘡痏〔一〇〕。君不見，武夷溪邊粟粒芽，前丁後蔡相籠加。争先取寵稱入貢，今年鬬品充官茶。吾君所乏豈在此，致養口體何陋耶！洛陽相君忠孝家，近時亦進姚黄花。

東方書生行　　蘇　軾

東方書生多愚魯，閉門讀書口生土。窗中白首抱遺經，自信此書傳父祖。辟雍新説從上公，册除僕射酬元功。太常弟子不知數，日夜吟諷如寒蟲。四方窺覘不能得，一卷百金猶復惜。康成潁達棄塵灰，老聃瞿曇更出入。舊書句句傳先師，中途欲棄還自疑。東鄰小兒識機會，半年外舍無不知。乘輕策肥正年少，齒踈唇腐真堪笑。是非得失付它年，眼前且買先騰踔。

和謝公定征南謡

黄庭堅

傳聞交州初陸梁，東連五溪西氐羌。軍行不斷蠻標盾，謀主皆收漢叛亡。合浦譙門腥血沸，晋興城下白骨荒。謀臣異時坐致寇，守臣今日愧包桑。已遣戈船下離水，更分樓船浮豫章。頗聞師出三鵶路，盡是中屯六郡良。漢南食麥如食玉，湖南驅人如驅羊。營平請穀三百萬，祁連引兵九千里。少府私錢不可〔一二〕知，大農計歲今餘幾？土兵蕃馬貔虎同，蝮虵毒草篁竹中。未論芻粟捐金費，直愁瘴癘連營空。我思荆州李太守，欲募蠻夷令自攻。至今民歌尹殺我，州郡擇人誠見功。張喬祝良不難得，誰借前箸開天聰？詔書哀痛言語切，爲民一洗横尸血。摧鋒陷堅賞萬户，塹山堙谷窮三穴。南平舊時頗臣順，欲獻封疆請旄節。廟謀猶計病中原，豈知一朝更屠滅。天道從來不争勝，功臣好爲可喜説。交州雞肋安足貪，漢開九郡勞臣監。吕嘉不肯佩銀印，徼側持戈敵百男。君不見，往年瀕海未郡縣，趙佗閉關罷朝獻。老翁竊帝聊自娱，白頭抱孫思事漢。孝文親遣勞苦書，稽首請去黄屋車。得一亡十終不忍，太宗之仁千古無。

以團茶洮州緑石研贈無咎文潛

黄庭堅

晁子智囊可以括四海，張子筆端可以回萬牛。自我得二士，意氣傾九州。道山延閣委竹帛，清都太微望冕旒。貝宫胎寒弄明月，天綱下罩一日收。此地要須無不有，紫皇訪問富春秋。晁無咎，贈君越侯所貢蒼玉璧，可烹玉塵試春色。澆君胸中《過秦論》，斟酌古今來活國。張文潛，贈君洮州緑石含風漪，能淬筆鋒利如錐。請書元祐開皇極，第入思齊訪落詩。

贈送張叔和

黄庭堅

張侯温如鄒子律，能令陰〔一二〕谷黍生春。有齊先君之季〔一三〕女，十年擇對無可人。箕帚掃公堂上塵，家風孝友故相親。廟中時薦南澗蘋，兒女衣袴得補紉。兩家俱爲白頭計，察公與人意甚真。吏能束縛老姦手，要使鰥寡無顰呻。但回此光還照己，平生倦學皆日新。我提養生之四印，君家所有更贈君。百戰百勝不如一忍，萬言萬當不如一默。無可簡擇眼界平，不藏秋毫心地直。我肱三折得此醫，自覺兩踵生光輝。團蒲日静鳥吟時，鑪薫一炷試觀之。

平南謡

楊　蟠

海南山似刀，溪惡如發弩。溪山毒煙中人骨，水有蛟蜃〔一四〕陸豺虎。蠻人傜賊行若飛，縱火劫民殺官府。溪中之水漲赤血，山頭積屍變成土。經年鬬戰兵已窮，磔將屠城不可數。官家發軍救死國，萬里歡喜得時雨。誅擒凶黨功德高，海水一清奏歌舞。山非無險，水非無阻。有地不城，城亦不武。將民赤肉致戈戟，口不能言心自苦。

打麥　張舜民

打麥打麥，彭彭魄魄，聲在山南應山北。五月太陽出東北，才離海嶠麥尚青，轉到天心麥已熟。鶡旦催人夜不眠，竹鷄呼雨雲如墨。大婦腰鐮出，小婦具筐逐。上壠先捋青，下壠已成束。田家以苦乃爲樂，敢憚頭枯面焦黑。貴人薦廟已嘗新，酒醴雍容會所親。曲終厭飫勞僮僕，豈信田家未入脣？盡將精好輸公賦，次把斗升求市人。麥秋正急又秧禾，豐歲自少凶歲多，田家辛苦可奈何？將此打麥詞，兼作插禾歌。

勿去草　楊傑

勿去草，草無惡，若比世俗俗浮薄。君不見，長安公卿家，公卿盛時客如麻。公卿去後門無車，唯有芳草年年加。又不見，千里萬里江湖濱，觸目凄凄無故人，唯有芳草隨車輪。一日還舊居，門前草先除。草於主人實無負，主人於草宜何如？勿去草，草無惡，若比世俗俗浮薄。

妾薄命　陳師道

主家十二樓，一身當三千。古來妾薄命，事主不盡年。起舞爲主壽，相送南陽阡。忍着主衣裳，爲人作春妍。有聲當徹天，有淚當徹泉。死者恐無知，妾身長自憐。

古墨行　陳師道

晁無斁有李墨半丸，云裕陵故物也。往於秦少游家見李墨，不爲文理，質如金石，亦裕陵所賜，王平甫所藏者。潘谷見之，再拜云：『真廷珪所作也。世惟王四學士有之，與此爲二矣。』嗟乎！世不乏奇，乏識者耳。敬爲長句，率無斁同作。

秦郎百好俱第一，墨丸如漆姿如石。巧作松身與鏡面，借美於外非良質。潘翁拜跪摩老眼，一生再見三歎息。了知至鑒無遁形，王家舊物秦家得。君今所有亦其亞，伯仲小低猶子姪。黄金白璧孰不有？古錦句囊聊可敵。睿思殿裏春夜半，燈火闌殘歌舞散。自書細字答邊臣，萬里風塵入長筭。初聞橋山送弓劍，寧知玉盌人間見。夜光炎炎衝斗牛，會有太史占星變。人生尤物不必有，時一過目驚老醜。念子何忍遽磨研，少待須臾圖不朽。明窗净几風日暖，有愁萬斛才八斗。徑須脱帽管城公，小試玉堂揮翰手。

校勘記

〔一〕「堯」，麻沙本作「老」。

〔二〕「間」，麻沙本作「聞」，附注：「一作閒。」宋慶元二年周必大刻本《歐陽文忠公集》、元本《歐陽文忠公集》作「間」。

〔三〕「灑」，麻沙本作「瀝」。宋慶元二年周必大刻本《歐陽文忠公集》、元本《歐陽文忠公集》作「灑」。

〔四〕「蟾蜍」，麻沙本「蟾」下附注：「一作兔。」清康熙刊本《蘇學士集》作「蟾兔」。

〔五〕「忽」，麻沙本作「勿」。宋本《臨川先生集》作「忽」。

〔六〕「計然」，麻沙本作「計倪」。

〔七〕「肩」，麻沙本作「扇」。

〔八〕「崖」前，麻沙本有一「差」字。宋本《東坡詩集注》無「差」字。

〔九〕「臥」，麻沙本作「坐」。宋本《東坡詩集注》作「臥」。

〔一〇〕「瘡痏」，麻沙本作「癐痏」。宋本《東坡詩集注》作「瘡痏」。

〔一一〕「可」，麻沙本作「敢」。元本《山谷外集注》作「可」。

〔一二〕「陰」，麻沙本作「隱」。宋乾道本《豫章黄先生文集》、日本翻刻宋紹興本《山谷内集詩注》作「陰」。

〔一三〕「季」，麻沙本作「孝」。宋乾道本《豫章黄先生文集》、日本翻刻宋紹興本《山谷内集詩注》作「季」。

〔一四〕「蜃」，麻沙本作「唇」。

新校宋文鑑卷第十四

校者按：底本爲刻卷，據六十四卷本、麻沙本刻卷校改。

詩

樂府歌行 雜言附

勞歌

張耒

暑天三月元無雨，雲頭不合惟飛土。深堂無人午睡餘，欲動身先汗如雨。忽憐長街負重民，筋骸長彀〔一〕十石弩。半衲遮背是生涯，以力受金飽兒女。人家牛〔二〕馬繫高木，惜恐牛軀犯炎酷。天工作民良久艱〔三〕，誰知不如牛馬福。

江南曲

張耒

江蒲芽白江水緑，江頭花開自幽淑。人家晨炊欲熟時，旋去綱魚惟所欲。往來送租只用船，未省泥沙曾汙足。有錢買酒醉鄰畔，終日數口常在目。不學長安貴公卿，每遣離心寄朱轂。朝游巖廊暮海島，譴人未歸身自逐。

牧牛兒　　張耒

牧牛兒，遠陂牧。遠陂牧牛芳草緑，兒怒掉鞭牛不觸。澗邊柳古南風清，麥深蔽目田野平。烏犍礪角逐草行，老牸卧噍飢不鳴。犢兒跳梁没草去，隔林應母時一聲。老翁念兒自携餉，出門先上崗頭望。日斜風雨濕蓑衣，拍手唱歌尋伴歸。遠村放牧風日薄，近村牧牛泥水惡。珠璣燕趙兒不知，兒生但知牛背樂。

孫彦古畫風雨山水歌　　張耒

山深巖高石壁青，白日忽變天晦冥。黑風驅雲走不停，驚電疾雨來如傾。山前雨點大如手，山下水涌危槎横。崩崖古樹老有靈，吼怒直與風雲争。枝披葉偃鬬不怯，萬竅却欲藏雷霆。鞭驢疾驅者誰子？石路嶮澀驢凌兢。目迷心懾愈走愈不及，來憩樹下如寒蠅。蒼茫直與鬼神接，恍惚不保龍虵驚。平居此樂忽入眼，孫家古圖才可辨。奈何一幅一尺餘，欲奪天地之奇變。我心愛之良有以，昔苦山行親遇此。一生兩足不下堂，輸爾朱門貴公子。

于湖曲

張　耒

蕪湖令寄示温庭筠《湖陰曲》，其序乃云：『晋王敦反，屯於湖陰。帝微行至其營，敦夢日遶之，覺而追，不及，故樂府有《湖陰曲》。』按《晋地志》有于湖，而無湖陰。本記云：『敦屯於湖。』又曰：『帝至于湖，陰察營壘而去。』予頃遊蕪湖，問父老湖陰所在，皆莫知之也。然則『帝至于湖』當爲斷句，乃作《于湖曲》以遺之，使正其是非云。

武昌雲旗蔽天赤，夜築于湖洗鋒鏑。巴滇綠駿風作蹄，去如滅没來不斷。日圍萬里濹孤壁，虜氣如霜已潛釋。虵矛賤士識天顔，玉帳髯奴落妖魄。君不見，銅駞陌上塵沙起，胡騎春來飲濹水。浮江天馬是龍兒，蹙踏揚州開帝里。王氣高懸五百秋，弃兵老濞空白頭。石城戰骨卧秋草，更欲君王分上流。

秋雨歎

許彦國

霖雨不出動隔旬，門前秋草長於人。江湖浩渺欲無岸，錦石最小猶生雲。微陽片月何曾見？只有莓苔昏筆硯。田家黍穗未暇悲，茅屋且爲螢火飛。

觀易元吉猿獐〔四〕圖歌

秦　觀

參天老木相樛枝，嵌空怪石銜青漪。兩猿上下一旁掛，兩猿熟視蒼蛙疑。蕭蕭叢竹山風吹，海棠杜宇相因依。下有兩獐從兩兒，花殘草嚙含春嬉。藝老筆精湖海推，書意忘形形更奇。解衣一掃神扶持，他日自見猶嗟咨。金錢百萬酒千鴟，荆南將軍欣得之。老禪豪取橐爲垂，白晝掩門初許窺。房櫳烱烱明冬曦，榛蘩羽革分毫釐。殘編未終且歸讀，歲暮有閒重借披。

豆葉黄

晁補之

蒹葭蒼，豆葉黄。南村不見岡，北村十頃强。東家車滿箱，西家未上場。豆葉黄，野離離。鼠竄之，兔入畦。豕母從豚兒，豕豚啼咿咿，銜角復銜萁。豆葉黄，穀又熟。翁媼衰，餔糜粥。豆葉黄，葉黄不獨豆，白黍堪作酒，瓠大棗紅皺。豆葉黄，穰穰何膴膴，腰鎌獨健婦，大男徃何許？官家散弓刀，要汝殺賊去。

漁家傲

晁補之

漁家人言傲，城市未曾到。生理自江湖，那知城市道。晴日〔五〕七八船，熙熙在清川。但見笑相屬，不省歌何曲。忽然四散歸，遠處滄州微。或云後車載，藏去無復在。至老不曲躬，羊裘行澤中。

蓮根有長絲

郭祥正

蓮根有長絲，不供貧女機。柳梢有飛綿，不暖寒者衣。朝歌悠悠暮歌短，下地沉沉上天遠。東生白日還西流，志士長懷萬古愁。

金山行

郭祥正

金山杳在滄溟中，雪崖冰柱浮仙宫。乾坤扶持自今古，日月髣髴躔西東。我泛靈槎出塵世，搜索異境窺神工。一朝登臨重太息，四時想像何其雄。卷簾夜閣掛北斗，大鯨駕浪吹長空。舟摧岸斷豈足數？往往霹靂鎚蛟龍。寒蟾八月蕩摇海，秋光上下磨青銅。鳥飛不盡暮天碧，漁歌忽斷蘆花風。蓬萊久聞未成往，壯觀絶致遥應同。潮生潮落夜還曉，物與數會誰能窮？百年形影浪自苦，便欲此地安微躬。白雲南來入我望，又起歸興隨征鴻。

驪山歌

李廌

君門如天深九重，君王如帝坐法宫。人生難處是安穩，何爲來此驪山中？複道連雲接金闕，樓觀隱煙橫翠紅。林深谷暗迷八駿，朝東暮西勞六龍。六龍西幸峨眉棧，悲風便入華清院。霓裳蕭散羽衣空，麋鹿來遊墟市變。我上朝元春半老，滿地落花人不掃。羯鼓樓高掛夕陽，長生殿古生青草。可憐吴楚兩醯鷄，築臺未就已堪悲。長楊五柞漢幸免，江都樓成隋自迷。由來流連多喪德，宴安鴆毒因奢惑。三風十愆古所戒，不必驪山可亡國。

築長堤

田晝〔六〕

築長堤，白頭荷杵隨者妻，背脅傴僂筋力微，以手置胸路旁啼。老夫七十嫗與齊，五尺應門生兩兒。夜來春雨深一犂，破曉徑去耕南陂。南鄰里正豪且强，白紙大字來呼追。科頭跣足不得稽，要與官長脩長堤。官長亦大賢，能得使者意。正堤駕軺軒，不復問餘事。終當升諸朝，自足富妻子。何惜桑榆年，一爲官長死。

叢臺歌

賀鑄

累土三百尺，流光二千年。人生物數不相待，摧頹故址秋風前。武靈舊壠今安在？秃樹無陰困樵采。玉簫金鏡未銷沉，幾見耕夫到城賣？君不聞，叢臺全盛時，綺羅成市遊春輝。一從瑚輦閉荒草，蕭散行雲無復歸。招〔七〕魂想像風流在，晴華露蔓猶依俙。縈〔八〕紆棘逕撩人衣，禾黍晚成貆貉肥。層簷壁瓦碎平地，夢作鴛鴦相伴飛。登臨弔古將語誰？城郭人民今是非。指君看取故時物，南有清流西翠微。彷徨華表不忍去，豈獨遼東丁令威？

五言古詩

誡兒姪八百字

范質

昨得謝課書，希於京秩之中更與遷轉。余以諸兒姪輩，生長以來，未諳外事，艱難損益，懵然莫知，因抒古詩一章曉之。

去年初釋褐，一命列蓬丘。謂謝課。青袍春草色，白紵棄如仇。適會龍飛慶，王澤天下流。爾得六品階，無乃太爲優。凡登進士第，四選昇校讎。歷官十五考，叙階與爾儔。如何志未滿，意欲陵雲遊？若言品位卑，寄書來我求。省之再三歎，不覺淚盈眸。吾家本寒素，門地寡公侯。先子有令德，樂道尚優游。生逢世多僻，委順信沉浮。仕宦不喜達，吏隱同莊周。積善有餘慶，清白爲貽謀。伊余奉家訓，孜孜務進修。夙夜事勤肅，言行思悔尤。出門擇交友，防慎畏薰蕕。省躬常懼玷，恐掇庭闈羞。童年志於學，不憚爲箕裘。二十中甲科，頳尾化爲虯。二十三進士及第，今舉全數。三十入翰苑，時三十三。步武向瀛州。四十登宰輔，年四十一。貂冠侍冕旒。備位行一紀，將何助帝猷？既非救旱雨，豈是濟川舟？天子未遐棄，日益素飡憂。黄河潤九里，草木皆寖漬。吾宗凡九人，繼踵昇官次。門内無白丁，森森朱綠紫。鵷行洎内職，亞尹州從事。府掾監省官，高低皆清美。悉由僥倖昇，不因資考至。朝廷懸爵秩，命之曰公器。才者禄及身，功者賞於世。非才及非功，安得專厚利？寒衣内府帛，飢食太倉米。不蠶復不穡，未嘗勤四體。雖然一家榮，豈塞衆人議？顒顒十目窺，齪齪千人指。曾參云『十目所視』，古人云『千人所指』，言可畏。借問爾與吾，如何不自媿？戒爾學立身，莫若先孝悌。怡怡奉親長，不敢生驕易。戰戰復兢兢，造次必於是。戒爾學干禄，莫若勤道藝。嘗聞諸格言，學而優則仕。不患人不知，惟患學不至。戒爾遠恥辱，恭則近乎禮。自卑而尊人，先彼而後己。《相鼠》與《茅鴟》，宜鑑詩人刺。《毛詩·相鼠》刺無禮，《左傳》『《茅鴟》』刺不恭。戒爾勿放曠，放曠非端士。周孔垂名教，齊梁尚清議。南朝稱八達，千載穢青史。戒爾勿嗜酒，狂藥非佳味。能移謹厚性，化爲凶險類。古今傾敗者，歷歷皆可記。戒爾勿多言，多言者衆忌。苟不慎樞機，灾危從此始。是非毁譽閒，適足爲身累。舉世重交游，擬結金蘭契。忿怨容易生，風波當時起。所以君子心，汪汪淡如水。舉世好承奉，昂昂增意氣。不知承奉者，以爾爲翫戲。所以古人疾，籧除與戚施。舉世重任俠，《史記》：輕死重義曰俠。呼俗爲氣義。爲人赴急難，往往陷刑死。所以馬援書，殷勤戒諸子。馬援告兒孫書，甚非此事。舉世賤清素，奉身好華侈。肥馬衣輕裘，揚揚過閭里。雖得市童憐，還爲識者鄙。我本羈旅臣，遭逢堯舜理。位重才不充，戚戚懷憂畏。深淵與薄冰，蹈之惟恐墜。爾曹當憫我，勿使增罪戾。閉門斂蹤跡，縮首避名勢。名勢不久居，畢竟何足恃？物盛必有衰，有隆還有替。速成不堅牢，亟走多顛躓。灼灼園中花，早發還先委。遲遲澗畔松，鬱鬱含晚翠。賦命有疾徐，青雲難力致。寄語謝諸郎，躁進徒爲耳。

懷賢詩

王禹偁

僕直東觀時，閲《五代史》，見近朝名賢立功立事者，聳慕不已，思欲形於謌詠而未遑。今待罪上雒，不與郡政，專以吟諷爲事業，因賦《懷賢詩》三首，仍以官氏列於篇首云。

桑魏公維翰

魏公王佐才，獨力造晉室。揮手廓氛霾，放出扶桑日。感慨會風雲，周旋居密勿。下民得具瞻，上帝賚良弼。沉沉帷幄謀，落落政事筆。品流遂甄别，法令頗齊一。跋勑朝據案，論兵夜造膝。多士若鴛鴻，官材咸有秩。諸侯如狼虎，請謁盡股栗。秉鈞多事朝，綽綽有紀律。遠將留侯比，近以贊皇匹。志在混車書，誓將闡儒術。皇天未厭亂，運去何飈欻。高祖猒寰區，少帝無始卒。老成既疏遠，群小相親暱。瀆武兵漸驕，倒懸人不恤。和親絶强虜，謀帥用悍卒。魏公在藩垣，上疏論得失。七事若丹青，辭切痛入骨。忠言殊不省，直道果見屈。鐵馬從北來，煙塵晝蓬勃。穹廬易市朝，左衽雜纓紱。主辱臣不死，囚縛自安逸。唯公獨遇害，身殞名不没。惜乎英偉才，濟世功未畢。一讀晉朝史，遺恨空鬱鬱。子孫亦不振，天道難致詰。

李兵部濤

有唐張曲江，盛名何暐曄。請誅安禄山，先覺不見納。胡鶵有反相，其事遠相接。賢人何代無，舊史聊可獵。兵部事晋朝，文學中科甲。强臣方跋扈，朝士多恇怯。獨持尚方劍，願斬犇鯨鬣。堂堂張彦澤，反勢凌閶闔。拜章請顯戮，直氣不可壓。三進叩玉墀，植笏立蓂莢。皇情彌慰撫，清問屢應答。終焉念小恩，曾不顧大業。高吟歸去詩，潺湲淚承睫。旋踵即亂華，有同虞不臘。張公領鐵馬，朝市胡塵合。刺謁甚閑詳，辭氣殊不慴。虎狼不敢害，加禮爲下榻。當年棄謇諤，異代居調燮。相位席不煖，帝澤安可洽？斯人既淪亡，此風亦蕭颯。滑稽何足累？大節世已乏。安用學腐儒，矻矻守禮法。

王樞密朴

西樞經緯才，慷慨遇真主。文學中甲科，風雲參霸府。直躬在密勿，未始畏强禦。憑案讀古書，箕踞視太祖。澤欲浸生民，化將還邃古。拆寺遇武宗，排佛如韓愈。盡發郡苾芻，使之藝禾黍。兵威遂强盛，人力不耗蠹。世宗征淮甸，委任當留務。馬前拜侯伯，堦下列椹斧。叱咤氣生風，將校汗如雨。手築太平基，胼胝不輟杵。具瞻人有望，衰運時不與。脩短天難忱，殲奪民何怙？恩深與小斂，撫椁甚悲沮。云亡復殄瘁，前哲非虚語。世豈乏賢良？材難具文武。曆象過羲和，文章敵燕許。可能隨〔九〕衆人，冥寞歸塵土。子孫雖衆多，必復事未覩。誰銘遷客詩，高揭王公墓？

五哀詩

王禹偁

予讀杜工部《八哀詩》，唯鄭廣文、蘇司業名位僅不顯者，餘多將相大臣，立功垂裕，無所哀矣。噫！子美之詩，蓋取『人之云亡，邦國殄瘁』而已，非哀乎時也。有未列於此者，待同志而嗣之云。

故尚書兵部侍郎琅琊王公祐

琅琊名父子，少孤起徒步。贄謁桑魏公，藻鑑非易與。撫頂久歎惜，王楊許爲伍。諸侯取爲官，佐幕大名府。主帥杜重威，功大心跋扈。天驥被縶維，神龜罹網罟。六師薄孤壘，三面開生路。主人既釋放，賓筵因詿誤。逼脅本非辜，貶謫尋不赴。折腰紆墨綬，揚翼父未舉。梁竦恥〔一〇〕州縣，長卿有辭賦。裹行旌邑政，柱史登朝序。抨彈志不樂，潤色身有素。錦窠應列宿，星垣吟藥樹。丹青生帝典，金玉鏗干度。東觀秉直筆，南宮司貢部。時英萃門下，藹藹騰嘉譽。鵬掀六月風，豹蔚七日霧。多才同列忌，嫉惡姦人怒。排斥屢專城，纖羅仍典午。名宦頗流離，衣食常貧窶。文明起代邸，振拔非不遇。紫微雖正拜，白髮已遲暮。史魚直有遺，棖也剛不吐。非才占清列，志欲投兕虎。英俊在草萊，力能生翅羽。毀譽兩無私，華衮閒蕭斧。掌選循故實，尹京恥鈎鉅。名位僅三事，疾瘵嬰二豎。告滿拜貳卿，君恩慰沉痼。終見哲人萎，蕭蕭空壠墓。鯉庭有令嗣，鳳閣登仙署。兩制列門生，九原應自許。蒼蒼猶足信，吾道似有訴。餘慶在子孫，明明深可據。

故尚書虞部員外郎知制誥貶萊州司馬渤海高公錫

文自咸通後，流散不復雅。因仍歷五代，秉筆多艷冶。高公在紫微，濫觴誘學者。自此遂彬彬，不蕩亦不野。惜哉傷躁進，忤旨出閤下。吾君登大寶，兗澤連雱灑。均陽又淮陽，移徙曾不暇。遂無牽復命，虛偶文明化。何路得自新，齎志入長夜。人謂責太深，終於郡司馬。

故殿中侍御史滎陽鄭公起

柱史有名跡，清才自天縱。運思慶雲合，落筆醴泉涌。歌詩與文賦，錚錚人口諷。揚袂入澤宮，鵠心一箭中。恃才善戲謔，負氣好侮弄。大志有誰知，細行乖自訟。小諫事世宗，惕惕佩光寵。太祖方歷試，握兵權已重。上書范魯公，先見不能用。歷數不在周，謳謠卒歸宋。泙漫[一二]失屠龍，接輿遂譏鳳。行荷伯倫鍤，高卧畢卓甕。神德不爲嫌，優待臺憲俸。晚求萬泉令，吏隱官資冗。一旦隨朝露，識者彌哀痛。無子副家聲，身世若一夢。文編多散失，人口時傳誦。空持一器酒，何處澆孤冢。

故國子博士郭公忠恕

汾陽飽經術，賦性甚坦率。在昔舉神童，廣陽推傑出。《尚書》誦在口，何《論》落自筆。公應舉時，口念《尚書》，手寫《論語》。總角取科名，弱冠紆纓紱。早佐襄陰幕，漢鼎入周室。失志罷屠龍，佯狂遂捫虱。周行亦僶俛，吏隱多放逸。滑稽東方朔，圖畫王摩詰。古文識蝌蚪，奥學辯萍實。字窮蒼頡本，篆證陽冰失。王績醉爲卿，伯倫居無匹。俸錢乏一囊，官路從三黜。朱衣多不著，白髮仍慵櫛。漸老羈旅年，方見昇平日。忽以伎術召，此意殊鬱鬱。放口忤無鬚，何門求造膝？遁逃終見捕，譴逐道中卒。遺孤落閭閻，荒塚鳴蟋蟀。手澤漸難求，誰家耀箱帙。投吊焚此詩，九原應有物。

故太子中允知洛陽縣事潁公贇

洛陽富文彩，峭拔四子流。提筆入廣場，辭氣干斗牛。擢第在芸閣，言事觸冕旒。左降宰百里，道勝心無憂。才高恥吏役，放蕩不檢脩。起應賢良科，下筆不見休。青宮尚淹恤，赤縣且優游。輕才糞土賤，高義雲天浮。懸磬任貧窶，盈樽長獻酬。知己彼何人，鳳閣與鼇頭。推挽終不起，壯志將焉收？晚年圯橋役，闤市良可羞。忽焉爲異物，寒草封一丘。嫠婦應凍餓，交友誰尋求。遺孫方稚齒，爽秀已遒遒。皇天若有憑，必使光貽謀。

橄欖

王禹偁

江東多果實，橄欖稱珍奇。北人將就酒，食之先顰眉。皮核苦且澁，歷口復棄遺。良久有回味，始覺甘如飴。我今何所喻？喻彼忠臣辭。直道逆君耳，斥退投天涯。世亂思其言，噬臍焉能追。寄語采詩者，無輕橄欖詞。

勸學篇

張詠

大化不自言，委之在英才。玄門非有閉，苦學當自開。世上百代名，莫遣寒如灰。晨雞固自勉，男子胡爲哉。胸中一片地，無使容纖埃。海鷗尚可狎，人世何嫌猜。勤慎君子職，顔閔如瓊瑰。刻薄小人事，斯輩直可哀。放蕩功不遂，滿盈身亦灾。將心須内疚，禍福本無媒。

悼蜀詩四十韻

張詠

至道紀號元祀，春正月，爲審官院考績引對。天子曰：『天厭西蜀，歲薦飢饉，任失其人，枉政殘剥民，興惡作孽。授命虎旅，殄滅凶逆。矧彼黔首，不聊其生。覩人安民，朕意罔怠。寬則育姦，猛則殘俗，得夫濟者，實難其人。爾惟方直，歷政有績。邛僰幽遐，往理其俗，克畏克愛，汝其欽哉！』祇奉命，乘軺西征。夏四月二十有八日，供厥職。噫！謀術庸陋，罔敢怠忽。豪猾抑之，賦斂乃息。存恤窮困，招綏流亡，杜厥剥削，宣揚皇風。間一歲而民弗克安，非郡縣之罪，偏將之罪也。有聽者孰不知民心上畏王師之剽掠，下畏草孽之强暴乎？良家困弊，漸復從賊，庶賒其死，深可愍也。天子遠九重，孤賤者憚權豪而不敢言。嗚呼！雖采詩之官，闕之久矣，然謌詠諷刺，亦不可寂然。詠敢作《悼蜀》古詩四十韻，書於視政之廳，有識君子，幸勿以狂瞽爲罪。

蜀國富且庶，風俗矜浮薄。奢僭極珠貝，狂佚務娱樂。虹橋吐飛泉，煙柳閉朱閣。燭影逐星沉，歌聲和月落。鬥雞破百萬，呼盧縱大噱。遊女白玉璫，驕馬黄金絡。酒肆夜不扃，花市春慚怍。禾稼暮雲連，紈繡淑氣錯。熙熙三十年，光景倏如昨。天道本害盈，侈極禍必作。當時市政者，罔思救民瘼。不能宣淳化，移風復儉約。情性非方直，多爲聲色著。從欲竊虚譽，隨俗縱貪攫。蠶食生靈肌，作威恣暴虐。佞罔天子聽，所利唯剥削。一方忿恨興，千里攘臂躍。火氣烘寒空，雪彩揮蓮鍔〔一一〕。無人能却敵，何假施擊柝。害物黷貨輩，皆爲白刃爍。瓦礫積臺榭，荆棘迷城郭。里第鎖苔蕪，庭軒喧燕雀。斗粟金帛市，束芻羅綺博。悲夫驕奢民，不能飽葵藿。朝廷僉元戎，帥師蕩凶惡。虎旅一以至，梟巢一何弱！燎毛焰晶熒，破竹鋒熠爚。兵驕不可戢，殺人如戲謔。悼耄皆罹誅，玉石何所度。未能剪强暴，争先謀剽掠。良民生計空，賒死心殞穫。四野起豺狼，五畝孰耕鑿？出師不以律，餘孽何由却？俾夫熾蜂蠆，寡術能籠絡。邊陲未肅清，胡顏食天爵。世方尚奔競，誰復振謇諤？黃屋遠萬里，九重高寥廓。時稱多英雄，才豈無衛霍？近聞命良臣，拭目觀奇略。

赴郡之初尋屬愆亢有司舉舊典取湫水徵巫覡以致禱而涉旬靡應農事方急〔一三〕遣罷去越翊日漸獲優洽

劉　筠

優詔將州任，視政纔旬時。田畯訴炎暵，坐虞多稼萎。雲將掉頭去，波臣涸轍危。行部殊未及，隨車杳難期。徃歎神父化，鮑德守南陽時，多荒灾，唯此郡豐穰，吏民愛悦，號爲『神父』。今取旱母嗤。蕭雅所臨〔一四〕，必赤地大旱，人號爲『旱母』。諸曹白事者，雩典舉舊規。郡北岐棘山，上有三湫池。衙吏絜齊徃，汲水置縹瓷。朝服領巫覡，詰旦迓諸岐。承以結綵輿，奉於五龍祠。自是率賓介，寅午款於斯。紛敷薦楮鏹，浸漬灑楊枝。瓦鑪松香鈍，瓢樽黍酌醨。四壁繪神變，正筵塑靈儀。怖若葉公牖，怪甚葛仙陂。老覡十數輩，勃屑頭如魑。童巫及伶倡，貌寢語嘍囉。但多饔盎質，曾乏婉孌姿。交手操鈴〔一五〕拂，合譟屢僛僛。喧塵著蓬髮，穢汗落粉頤。一聞且一嘔，掩鼻以攢眉。隮蔚朝待族，敗革震散之。巽飄暮欲息，竅竹呼復來。慢黷固已甚，誕妄相馮隨。如是者浹日，僅得沾服滋。嗟予政無狀，百拜胡敢辭。矧夫民習俗，姑用慰齎咨。抑聞古人言，天鑒實無私〔一六〕。神道貴得一，何乃託邪師！遽俾送湫勺，撤役勤繭絲。申明恤刑詔，挺重捨輕疑。從此四三日，油霈洽封圻。又聞堯湯世，水旱軫君慈。存救自有術，斂散適所宜。元元無菜色，九載尚熙熙。《周禮》地官職，皇舞雖有祈。道經涖天下，傷民誠弗爲。惟神稟聰正，遠鬼務肅祇。願守有常德，可戒興妖思。

寄岳陽劉從事

韓丕

秋來憶故人，寓目臨大野。遠近聞清商，依稀奏豳雅。經霜樹半紅，無風葉自下。一片洞庭心，聊憑塞鴻寫。

温泉詩

錢易

悲哉天寶時，帝耄政不修。寵幸尊婦人，陰極陽已柔。外戚盛本枝，櫛比封列侯。丞相大將軍，備位甚悠悠。天下安既久，積漸力不周。車服金玉焕，黎庶飢寒愁。驪山温泉宫，晝幸與夜游。一游百司備，萬費一日休。雖能心自快，化作社稷憂。國忠恣吞噬，林甫懷姦偷。胡雛據太原，鍾鼓無計收。黄塵滿長安，慘黷九廟羞。唐天未使絶，返正知疾瘳。自兹遊賞地，荆棘生荒秋。舊物悉已廢，蜘蛛挂重樓。覽者咸寒心，一過三廻頭。因知帝王業，堅固宜鴻猷。豈可信嗜欲，侮弄生瘡疣？雕墻峻宇誡，簡牘況有由。翻思《黍離》章，續之應可仇。

夏日山居詩　种放

陰陰林木静，寂寂無人境。紅綻紫葳香，嵐沈玉膏冷。看雲時獨坐，慎事常中省。何客馭風來，新篁動踈影。

諭蒙詩　种放

大盈卑百瀆，自成浮天溽。崇丘下累塊，竟爲蔽日深。王者在謙小，夙惟堯禹心。拜言尊賢仁，慎德棄珠金。自滿九族散，匪驕百善尋。炳兹夏商鑒，滅國因夸淫。

校勘記

〔一〕「㲉」，底本作「轂」，據六十四卷本改。舊鈔《張右史文集》作「㲉」。
〔二〕「牛」，六十四卷本作「犇」。舊鈔《張右史文集》作「牛」。
〔三〕「艱」，底本作「難」，據六十四卷本改。舊鈔《張右史文集》作「艱」。
〔四〕「猿獐」，麻沙本作「獐猿」。宋乾道刻宋元明遞修本《淮海集》作「獐猿」。
〔五〕「日」，麻沙本作「月」。明刊本《雞肋集》作「日」。
〔六〕「田晝」，底本誤作「田畫」，據六十四卷本改。
〔七〕「招」，六十四卷本作「韶」。明小草齋鈔本《慶湖遺老集》作「招」。民國宋人集本《慶湖遺老集》作

「招」，注云：「朱本作「韶」。」

〔八〕「縈」，底本無，據六十四卷本補。明小草齋鈔本《慶湖遺老集》、民國宋人集本《慶湖遺老集》俱作「盤」。

〔九〕「隨」，麻沙本作「推」。《四部叢刊》景宋本《小畜集》配吕無黨鈔葉作「隨」。

〔一〇〕「恥」，麻沙本作「聽」。《四部叢刊》景宋本《小畜集》配吕無黨鈔葉作「恥」。

〔一一〕「泙漫」，底本誤作「汗漫」，據六十四卷本改。

〔一二〕「鍔」，底本誤作「萼」，據六十四卷本改。《續古逸叢書》景宋本《乖崖先生文集》作「鍔」。

〔一三〕「急」下，六十四卷本有一「亟」字。

〔一四〕「臨」，麻沙本作「信」。

〔一五〕「鈐」，底本作「鈴」，據六十四卷本、麻沙本改。

〔一六〕「天鑒實無私」，麻沙本作「天墓入無私」。

新校宋文鑑卷第十五

校者按：底本爲刻卷，據六十四卷本、麻沙本刻卷校改。

五言古詩

新居感詠　杜衍

無似老且病，唯恐歸田遲。一旦得引年，九天還聽卑。尚需二品禄，俾盡百年期。恩深淪骨髓，感極橫涕洟。始營菟裘地，來向濉水湄。城隅冣窮僻，匠者寧求奇？卜築悉由己，軒牖亦隨宜。外以庇風雨，内以安妻兒。鸞雀莫群噪，鷦鷯才一枝。因念古聖賢，名爲千古垂。何嘗廣居室，儉爲後人師。亞聖樂簞食，寢丘無立錐。文終防勢奪，景桓恥家爲。文園四壁立，鄭公小殿移。伊余具員者，適會承平時。無術毗萬務，無才撫四夷。爲郡亦齪齪，勞心徒孜孜。保身已天幸，揣己宜自知。開卷顏間厚，復懼來者嗤。勗哉知止足，清白猶可追。

幽居即事　杜衍

寂寂復寂寂，告老閑居日。徑草高於人，林鳥熟如客。黄卷不釋手，清風常滿室。内顧平生心，無過此時適。

和王校勘中夏東園　晏殊

東園何所樂？所樂非塵事。野竹亂無行，幽花晚多思。閑窺魚尾赤，暗辨蜂腰細。樹影密遮林，藤梢狂罥袂。潘蔬足登膳，陶林徑取醉。幸獲我汝交，都忘今昔世。歡言捧瑶佩，顧以䟽麻繼。

列子有力命王充論衡有命禄極言必定之致〔一〕覽之有感　晏殊

大鈞播群物，零茂歸自然。默定既有初，不爲智力遷。禦寇導其流，仲任派其源。智愚信自我，通塞當由天。宰世曰臯伊，迷邦有顔原。吾道誠一槩，彼途鍾百端。卷之入纖毫，舒之盈八埏。進退得其宜，夸榮非所先。朝聞可夕隕，吾奉聖師言。

贈劉潛歸陶丘　石延年

丈夫未大用，身與仁義閑。可宜更聚散，風塵摧其顔。君今歸柯澤，路出梁宋間。梁宋有吾廬，親老待我還。矧復君先歸，因君頭應班。春老有時回，人老不再少。草白〔二〕有時榮，髮白不再好。人生不如春，髮生不如草。可堪送别春草前，青春未老人先老。

鄱陽酬泉州曹使君見寄　范仲淹

吾生豈不幸，所稟多剛腸。身甘一枝巢，心苦千仞翔。志意苟天命，富貴非我望。立譚萬乘前，肝竭喉無漿。意君成大舜，千古聞羶香。寸懷如春風，思與天下芳。片玉棄且在，雙足何辭傷？王章死於漢，韓愈逐諸唐。獄中與嶺外，妻子不得將。義士撫卷起，眦血一霑裳。胡弗學揭厲？胡弗隨低昂？於時宴安人，滅然已不揚。匹夫虎敢鬭，女子熊能當。況彼二長者，烏肯巧如簧？我愛古人節，皎皎明於霜。今日貶江徼，多慙韓與王。罪大禍不稱，所損傷纖芒。盡室來官下，君恩大難忘。酒聖無隱量，詩豪有餘章。秋來魏公亭，金菊何煌煌。登高發秘思，聊以攄吾狂。卓有梅聖俞，作邑郡之旁。矯首賦《靈烏》，擬彼歌《滄浪》。因成答客〔三〕戲，移以贈名郎。泉南曹史君，詩源萬里長。復我百餘言，疑登孔子堂。聞之金石音，純純自宮商。念此孤鳴鶴，聲應來遠方。相期養心氣，彌天浩無疆。鋪之被萬物，照之諧三光。此道果迂闊，陶陶〔四〕吾醉鄉。

四民詩　范仲淹

前王詔多士，咸以德爲先。道從仁義廣，名由忠孝全。美祿報爾功，好爵縻爾賢。黜陟金鑑下，昭昭媸與妍。此道日以疎，善惡何茫然。君子不斥怨，歸諸命與天。術者乘其隙，異端千萬惑。天道入指掌，神心出胸臆。聽幽不聽明，言命不言德。學者忽其本，仕者浮於職。節義爲虛言，功名思苟得。天下無所勸，賞罰幾乎息。陰陽有變化，其神固不測。禍福有倚伏，循環亦無極。前聖不敢言，小人爾能億。禆竈方激揚，孔子甘寂默。六經無光輝，反如日月蝕。大道豈復興，此弊何時抑？末路競馳騁，澆風揚羽翼。昔多松柏心，今皆桃李色。願言造物者，迴此天地力。

聖人作耒耜，蒼蒼民乃粒。國俗儉且淳，人足而家給。九載襄陵禍，此户獨安輯。何人變清風，驕奢日相襲？制度非唐虞，賦斂由呼吸。傷哉桑穀人，常悲大弦急。一夫耕幾壠？游墮如雲集。一蠶吐幾絲？羅綺如山入。太平不自存，凶荒亦何及。神農與后稷，有靈應爲泣。

先王教百工，作爲天下器。周旦意不朽，刊之《考工記》。嗟嗟遠聖人，制度日以紛。窈窕阿房宫，萬態横青雲。熒煌甲乙帳，一朝那肯焚？秦漢驕心起，陳隋益其侈。鼓舞天下風，滔滔弗能止。可堪佛老徒，不取慈儉書。竭我百家産，崇爾一室居。四海競如此，金碧照萬里。茅茨帝者榮，今爲庶人恥。宜哉老成言，欲攞般輸指。

嘗聞商者云，轉貨賴斯民。遠近日中合，有無天下均。上以利吾國，下以藩吾身。《周官》有常籍，豈云逐末人？天意亦何事，狼虎生貪秦。經界變阡陌，吾商苦悲辛。四民無常籍，茫茫僞與真。游者竊吾利，惰者亂吾倫。淳源一以蕩，頹波浩無津。可堪貴與富，侈態日日新。

萬里奉綺羅，九陌資埃塵。窮山無遺寶，竭海無遺珍。鬼神爲之勞，天地爲之貧。此弊已千載，千載猶因循。桑柘不成林，荆棘有餘春。吾商則何罪，君子恥爲鄰。上有堯舜主，下有周召臣。琴瑟願更張，使我歌良辰。何日用斯言，皇天豈不仁。

晝錦堂

韓琦

古人云〔五〕富貴，貴歸〔六〕本郡縣。譬若衣錦游，白晝自光絢。不則如夜行，雖麗胡由見？事累載方册，今復著俚諺。或紆太守章，或擁使者傳。歌樵忘故窮，滌器掩前賤。所得快恩仇，愛惡任驕狷。其志止於此，士固不足羨。兹予來舊邦，意弗在矜衒。以疾而量力，懼莫稱方面。抗表納金節，假守冀〔七〕鄉便。帝曰其汝俞，建纛徃臨殿。行路不云非，觀歎溢郊甸。病軀諧少休，先隴遂完繕。歲時存父老，伏臘潔親薦。恩榮孰與偕，衰劣愧獨擅。公餘新此堂，夫豈事飲燕？亦非張美名，輕薄詫紳弁。重禄許安閑，顧已常兢戰。庶一視題牓，則念報主眷。汝報能何爲，進道確無倦。忠義聳大節，匪石烏可轉？雖前有鼎鑊，死耳誓不變。丹誠難悉陳，感泣對筆硯。

歲晏出沐感事内訟

宋庠

山海有完士，希世無良籌。偶穿東郭履，遂别野人舟。不恥篆刻賦，來肩英俊游。私智甚梟短，塵容若鴟愁。備員太史氏，補屬富民侯。姑學了官事，何嘗分主憂。日食斗食利，歲感星躔周。中都富才彥，方駕若龍虬。茂先善《史》《漢》，平津治《春秋》。高文用司馬，格五寵吾丘。閈閎路逢葛，繽紛人召鄒。桑羊興賈豎，安國出縲囚。汲鄭貴交盛，徐陳英藻遒。況乃天下樞，雄雌來九州。衣冠經複道，鼓吹出長楸。席上萬錢箸，橋邊八列騶。雍容紱魯玦，意氣拂吴鈎。咨余良不韙，瓴甓厠琳璆。吹竽昔已濫，在梁今可尤。臺閣魏舒被，風霜蘇季裘。有志謝軒鶴，無機防海鷗。恭竢杜陵課，誅茅歸故疇。

秋日白鷺亭向夕風晦有作

王 琪

白鷺敞西軒，棟宇窮爽塏。千峰若聯環，翠色不可解。是時天宇曠，六幕無纖靄。金斗熨秋江，素練横衣帶。乾坤清且斂，氣象朝昏改。蘆花作雪風，飛舞來滄海。九宵汀鶴起，萬里檣烏〔八〕快。月上三山頭，烏没横塘外。滄茫洲渚寒，銀錯星斗大。開樽屏絲竹，披襟向簫籟。余生本江湖，偃蹇欣所會。清興雖自發，苦嗜亦吾累。魚龍憑夜濤，四面忽滂湃。安得犀燈然，煌煌發水怪。

水谷夜行寄子美聖俞

歐陽脩

寒鷄號荒林，山壁月倒掛。披衣起視夜，攬轡念行邁。我來夏云初，素節今已届。高河瀉長空，勢落九州外。微風動涼襟，曉氣清餘曖。緬懷京師友，文酒邈高會。其間蘇與梅，二子可畏愛。篇章富縱横，聲價相磨蓋。子美氣尤雄，萬竅號一噫。有時肆顛狂，醉墨灑霶霈。譬如千里馬，已發不可殺。盈前盡珠璣，一一難柬汰。梅公事清切，石齒漱寒瀨。作詩三十年，視我猶後輩。文詞愈清新，心意難老大。譬如妖韶女，老自有餘態。近詩尤古硬，咀嚼苦難嘬。初如食橄欖，真味久愈在。蘇豪以氣轢，舉世徒驚駭。梅窮獨我知，古貨今難賣。二子雙鳳凰，百鳥之嘉瑞。雲煙一翺翔，羽翮一摧鎩。安得相從游，終日鳴噦噦。問胡苦思之，對酒把新蟹。

讀徂徠集

歐陽脩

徂徠魯東山，石子居山阿。魯人之所瞻，子與山嵯峨。今子其死矣，東山復誰過。精魄已埋没，文章豈能磨。壽命雖不長，所得固已多。舊藁偶自録，滄溟之一蠡。其餘誰付與，散失存幾何。存之警後世，若鑑照妖魔。子生誠多難，憂患靡不罹。音羅。官學三十年，《六經》老研摩。問胡所專心，仁義丘與軻。揚雄韓愈氏，此外豈知他。尤勇攻佛老，奮筆如揮戈。不量敵衆寡，膽大身么麽。徃年遭母喪，泣血走岷峨。垢面跣雙足，鋤犁事田坡。至今鄉里化，孝悌勤蠶禾。昨者來太學，青衫踏朝靴。陳詩頌聖德，厥聲續《猗那》。羔鴈聘黄晞，晞驚走鄰家。施爲可怪駭，世俗安委蛇。謗口由此起，中之若飛梭。上賴天子明，不挂網者羅。憶在太學年，大雪如翻波。生徒日盈門，飢坐列鴈鵝。絃誦聒鄰里，唐虞賡詠謌。常續冣高第，騫游各名科。豈止學者師？謂宜國之皤。夭壽反仁鄙，誰尸此偏頗？不知詉詉者，又忍加詆訶。聖賢要久遠，毀譽暫諠譁。生爲舉世疾，死也魯人嗟。作詩遺魯社，祠子以爲歌。

重讀徂徠集

歐陽脩

我欲哭石子，夜開《徂徠編》。開編未及讀，涕泗已漣漣。勉盡三四章，收淚輒忻懽。切切善惡戒，丁寧仁義言。如聞子談論，疑子立我前。乃知長在世，誰謂已沉泉。昔也人事乖，相從常苦艱。今而每思子，開卷子在顔。我欲貴子文，刻以金玉聯。金可爍而銷，玉可碎非堅。不若書以紙，《六經》皆紙傳。但當書百本，傳百以爲千。或落於四夷，或藏在深山。待彼謗焰熄，放此光芒懸。人生一世中，長短無百年。無窮在其後，萬世在其先。得長多幾何，得短未足憐。惟彼不可朽，名聲文行然。讒誣不須辨，亦止百年間。百年後來者，憎愛不相緣。公議然後出，自然見媸妍。孔孟困一生，毀逐遭百端。後世苟不公，至今無聖賢。所以忠義士，恃此死不難。當子病方革，謗辭正騰喧。衆人皆欲殺，聖主獨保全。已埋猶不信，僅免斲其棺。此事古未有，每思輒長嘆。我欲犯衆怒，爲子記此冤。下紓冥冥忿，仰叫昭昭天。書於蒼翠石，立彼崔嵬巔。詢求子世家，恨子兒女頑。經歲不見報，有辭未能銓。忽開子遺文，使我心已寬。子道自能久，吾言豈須鐫。

獲麟贈姚闢先輩

歐陽脩

世已無孔子，獲麟意誰知？我嘗爲之説，聞者未免非。而子獨曰然，有如塤應篪。惟麟不爲瑞，其意乃可推。春秋二百年，文約義甚夷。一從聖人没，學者自爲師。峥嶸衆家説，平地生嶮巇。相沿益迂怪，各鬭出新奇。爾來千餘歲，舉世不知迷。焯哉聖人經，照曜萬世疑。自從蒙衆説，日月〔九〕遭蔽虧。常患無氣力，掃除浮雲披。還其自然光，萬物皆見之。子昔已好古，此經手常持。超然出衆見，不爲俗牽卑。近又脱賦格，飛黄擺銜羈。聖門開大道，夷路肆騰嬉。便可勦衆説，旁通塞多歧。正途趨簡易，慎勿事嶇崎。著述須待老，積勤宜少時。苟思垂後世，大禹尚胼胝。顧我今老矣，兩瞳蝕昏眵。大書難久視，心在力已衰。因思少自棄，今縱悔可追。戒我以勉子，臨文但吁嘻。

喜雨

歐陽脩

大雨雖霶霈，隔轍分晴陰。小雨散浸淫，爲潤廣且深。浸淫苟不止，利澤何窮已。無言雨大小，小雨農尤喜。宿麥已登實，新禾未抽秧。及時一日雨，終歲飽豐穰。夜響流霡霂，晨暉霽蒼涼。川源净如洗，草木自生光。童稚喜瓜芋，耕夫望陂塘。誰云田家苦，此樂殊未央。

飛蓋橋翫月

歐陽脩

天形積輕清，水德本虚静。雲收風波止，始見天水性。澄光與粹容，上下相涵映。乃於其兩間，皎皎掛寒鏡。餘暉所照耀，萬物皆鮮瑩。矧夫人之靈，豈不醒視聽？而我於此時，翛然發孤詠。紛昏忻洗滌，俯仰恣涵泳。人心曠而閑，月色高愈迥。惟恐清夜闌，時時瞻斗柄。

奉答子華學士安撫江南見寄之作

歐陽脩

百姓病已久，一言難遽陳。良醫將治之，必究病所因。天下久無事，人情貴因循。優游以爲高，寬縱以爲仁。今日廢〔一〇〕其小，皆謂不足論。明日壞其大，又云力難振。旁窺各陰拱，當職自逡巡。歲月寖隳頹，紀綱遂紛紜。坦坦萬里疆，蚩蚩九州民。昔而安且富，今也迫以貧。疾小不加理，浸淫將徧身。湯劑乃常藥，未能去深根。鍼艾有奇功，暫痛勿吟呻。痛定支體胖，乃知鍼艾神。猛寬相濟理，古語《六經》存。蠹弊革僥倖，濫官絶貪昏。牧羊而去狼，未爲不仁人。俊乂〔一一〕沈下位，惡去善乃伸。賢愚各得職，不治未之聞。此説乃其要，易知行每艱。遲疑與果决，利害反掌間。捨此欲有爲，吾知力徒煩。家至與户到，飽饑而衣寒。三王所不能，豈特今所難。我昔忝諫列，日常趨紫宸。聖君堯舜心，閔閔極憂勤。子華當來時，玉音耳嘗親。上副明主意，下寬斯人屯。江南彼一方，巨細到可詢〔一二〕。諭以上恩德，當冬反陽春。吾言乃其槩，豈止一方云。

感興二首　歐陽脩

懷禄不知慙，人雖不吾責。貧交重意氣，握手猶感激。煌煌腰間金，兩鬢颯已白。有生天地間，壽考非金石。古人報一飯，君子不苟德。憂來自悲歌，涕淚下沾臆。

仕宦希寸禄，庶無饑寒迫。讀書爲文章，本以代耕織。學成頗自喜，禄厚愈多責。挾山以超海，事有非其力。君子貴量能，無輕食人食。

讀書　歐陽脩

吾生本寒儒，老尚把書卷。眼力雖已疲，心志殊未倦。正經首唐虞，僞説起秦漢。篇章與句讀，解詁及箋傳。是非自相攻，去取在勇斷。初如兩軍交，乘勝方酣戰。當其旗鼓催，不覺人馬汗。至哉天下樂，終日在几案。念昔始從師，力學希仕宦。豈敢取聲名，惟期脱貧賤。忘食日已晡，燃薪夜侵旦。謂言得志後，便可焚筆硯。少償辛苦時，惟事寢與飯。歲月不我留，一生今過半。中間嘗忝竊，内外職文翰。官榮日清近，廩給亦豐羡。人情慎所習，酖毒比安宴。漸追時俗流，稍稍學營辦。盃盤窮水陸，賓客羅俊彦。自從中年來，人事攻百箭。非惟職有憂，亦自老可歎。形骸苦衰病，心志亦退懦。前時可喜事，閉眼不欲見。惟尋舊讀書，篇簡多朽斷。古人重温故，官事幸有間。乃知讀書勤，其樂固無限。少而干禄利，老用忘憂患。又知物貴久，至寶見百鍊。紛華暫時好，俯仰浮雲散。淡泊味愈長，始終殊不變。何時乞殘骸，萬一免罪譴。買書載舟歸，築室潁水岸。平生頗論述，銓次加點竄。庶幾垂後世，不默死芻豢。信哉蠹書魚，韓子語非訕。

感事　歐陽脩

空山一道士，辛苦學延齡。一旦隨物化，反言仙已成。開壙見空棺，謂已超青冥。尸解如蛇蟬，换骨蜕其形。既云須變化，何不任死生？

董永　葉清臣

董生少失母，老父鰥且貧。無田事耕稼，客作奉晨昏。朝推鹿車去，大樹爲庭藩。農家乏甘旨，糠籺苟自存。父死不得藏，鬻身奉九原。人道孝爲本，畎畒知所尊。傷嗟世教薄，至行豈足論。廩禄厚妻子，槁柎遺其親。靳吝一抔土，因循三尺墳。空令丘壟閒，凛凛慙英魂。

憫農　葉清臣

甲子孟冬，予隨牒之吴郡，汎舟丹陽、毗陵閒，徐步野次，周視民田，其苗甚豐，而穀皆秕。

問諸穫者，則曰：『是春無雨，中夏始布，秋未及實，霜降而秕。奔訴諸縣，已更季旦，吏曰：「農田之制，不是過也，子姑輸之。」雖然，予卒歲不粒矣。』聞之有感，故作是詩。

五月雨未沛，吾民耕固遲。中秋霜早至，我稼颯其委。膏澤歎苦晚，芃苗惜遽衰。盈疇皆秕稗，卒歲誤京坻。國謝三年蓄，人悲一頃萁。編齊陳牒訴，奔走失程期。懸籍拘彝制，官征有定規。勞歌不可繼，爲作憫農詩。

縣齋對雪

梅堯臣

密雪夜來積，起見萬物春。山川忽改色，草木一以新。古邑失荒穢，王路覆平均。從茲慶豐年，蹈詠慙小臣。

秋思

梅堯臣

梧桐在井上，蟋蟀在床下。物情有與無，節候不相假。寥寥風動葉，颯颯雨墮瓦。耳聽心自靜，誰是忘懷者？

郭之美忽過云往河北謁歐陽永叔沈子山

梅堯臣

春風無行迹，似與草木期。高低新萌芽，閉户我未知。忽聞人扣門，手把蟠桃枝。問我此

北歸時。蟠桃，緣何結子遲。但笑不復答，問者當自推。振衣向河朔，河朔人偉奇。以兹不答意，遲子

送王判官之江陰軍幙

梅堯臣

往時初渡江，頗愛江南美。誰知坐卧間，思極煙波裏。絮逐魮魚繁，鼓添蒓線紫。君行語風物，到日應相似。

范饒州坐中客語食河豚魚

梅堯臣

春洲生荻芽，春岸飛楊花。河豚當是時，貴不數魚蝦。其狀已可怪，其毒亦莫加。忿腹若封豕，怒目猶吴蛙。庖煎苟失所，入喉爲鏌鋣。若此喪軀體，何須資齒牙？持問南方人，黨護復矜誇。皆言美無度，誰謂死如麻。我語不能屈，自思空咄嗟。退之來潮陽，始憚餐龍蛇。子厚居柳州，而甘食蝦蟇。二物雖可憎，性命無舛差。斯味曾不比，中藏禍無涯。甚美惡亦稱，此言誠可嘉。

送薛氏婦歸絳州

梅堯臣

在家勖爾勤，女功無不喜。既嫁訓爾恭，恭己乃遠恥。我家本素風，百事無有侈。隨宜具

奩箱，不陋復不鄙。當須記母言，夜寐仍夙起。慎勿窺窗户，慎勿輒笑毁。妄非勿較競，醜語勿辨理。每順舅姑心，況逆舅姑耳。爲婦若此能，乃是儒家子。看爾十九年，門閫〔一三〕未嘗履。一朝陟大行，悲傷黄河水。車徒望何處，哭泣動鄰里。生女不如男，天親反由彼。

川上田家

梅堯臣

斜光隔河明，入照桑柘下。臯壠生麥苗，青青尚堪把。遠見牛羊歸，相親童稚野。醉歌秋草閒，頗與世家寡。

送王介甫知毗陵詩

梅堯臣

吴牛常畏熱，吴田常畏枯。有樹不蔭犢，有水不溉稌。孰知事春農，但知急秋租。太守迫縣官，堂上怒奮鬚。縣官促里長，堂下鞭撲俱。不體天子仁，不恤黔首逋。借問彼爲政，一一何所殊？今君請郡去，預喜民將蘇。每觀二千石，結束辭國都。絲韉加錦緣，銀勒以金塗。兵吏擁後隊，劍撾盛前驅。君又不若此，革轡障泥烏。徐行問風俗，低意騎〔一四〕疲駑。下情靡不達，略細舉其麤。曾肯爲衆異，亦罔爲世趨。學《詩》聞已熟，愛棠理豈無？

校勘記

〔一〕『極言必定之致』，六十四卷本無。
〔二〕『白』，底本作『自』，據六十四卷本改。
〔三〕『客』，底本作『爲』，據六十四卷本改。北宋刻本《范文正公文集》作『客』。
〔四〕『陶陶』，底本作『陶潛』，據六十四卷本改。北宋刻本《范文正公文集》作『陶陶』。
〔五〕『云』，底本作『之』，據六十四卷本改。明正德刊本《安陽集》作『之』。
〔六〕『貴歸』，底本作『歸於』，據六十四卷本改。明正德刊本《安陽集》作『貴歸』。
〔七〕『冀』，底本誤作『翼』，據六十四卷本改。明正德刊本《安陽集》作『冀』。
〔八〕『烏』，底本作『烏』，據麻沙本改。
〔九〕『月』，底本作『日』，據六十四卷本改。宋慶元二年周必大刻本《歐陽文忠公集》作『月』。
〔一〇〕『廢』，麻沙本作『費』。宋慶元二年周必大刻本《歐陽文忠公集》作『廢』。
〔一一〕『乂』，麻沙本作『人』。宋慶元二年周必大刻本《歐陽文忠公集》作『乂』。
〔一二〕『到可詢』，麻沙本作『則可詢』。宋慶元二年周必大刻本《歐陽文忠公集》作『到可詢（一作論）』。
〔一三〕『閫』，麻沙本作『閭』。明正統刊本《宛陵集》作『閫』。
〔一四〕『騎』，六十四卷本作『拊』，麻沙本刻作『撫』。明正統刊本《宛陵集》作『騎』。

新校宋文鑑卷第十六

校者按：底本爲刻卷，據六十四卷本、麻沙本刻卷校改。

五言古詩

檢書

蘇舜欽

煩心思所持，屏事入小閤。蹋撲下塵梁，侈哆張敗笈。雨爛百數番，蟲食三四夾。軒昂醉墨鬧，纖悉新書雜。魚子或破碎，蠹兒尚狎恰。快心伯長文，跋尾清臣搨。幼辭反知進，故句時自愜。墜亡多玩愛，存聚必券帖。踈密交及戚，前後生與殑。誨束儼父師，寒暑布兒妾。謔浪突忽還，私匿情再接。愴事涕涔涔，憫時歎唶唶。一餉誠寂寞，千里遽會合。遊心到句漏〔一〕，開眼見苕霅。京華歷歷復，節物忩忩涉。恍爾驚異方，遁去乃幾臘。回頭厭襞積，舉體覺疲茶。東閣聊欠伸，夢斷風一颯。

感興

蘇舜欽

後寢藏衣冠，前廟宅神主。吾聞諸禮經，此制出中古。秦嬴食先法，乃復祭於墓。漢衣以月遊，於道蓋無取。宣帝尊祖廟，失制偏九土。孝元酌前文，一旦悉除去。魏帝樂銅臺，遺令置歌舞。昏嗣竟從之，此事狂夫阻。唐制益紛華，諸陵鎖嬪御。曠女日哀吟，於先亦奚補？吾廟三聖人，乘雲不可覩。威靈已霄漢，嗣皇念宗祖。繪事移天光，刻象肖神武。偏勑舊遊地，輪材起宫宇。階墄釦以金，墻壁衣之黼。功既即奉迎，法仗疊簫鼓。玩好擇珍奇，目奪不可數。三京佛老家，已有十數處。朝家雖奉先，越禮古不許。君不祭臣僕，父不祭支庶。丹楹豈非孝？聖貶甚蕭斧。大祀當以時，寢廟即其所。惜哉恭儉德，乃爲侈所盬。痛乎神聖姿，遂與夷爲侣。蒼生何其愚，瞻歎走旁午。賤子私自歎，傷時淚如雨。

哭尹師魯

蘇舜欽

前年子漸死，予哭大江頭。今年師魯死，予方旅長洲。初聞尚疑惑，涕淚已不收。舉盃欲向口，荆棘生咽喉。憶初定交時，後前穆與歐。君顔白如霜，君語清如流。予年又甚少，學古衆所羞。君欲舉拔萃，聲偶日抉搜[二]。不鄙吾學異，推尊謂前脩。今踰二十年，迹遠心甚稠。後會國南門，夜談雪滿樓。青燈照素髮，酒闌氣益遒。昨君握兵柄，節制關外侯。予才入册府，俄作中都囚。飛章力辯雪，危言動前旒。時雖不見省，凛凛壓衆媮。旋聞君下獄，六月送渭州。渭州舊治所，昔擁萬貔貅。堂中坐玉帳，堂下森蛇矛。令嚴山石裂，恩煦春色浮。釁生無根牙，衆言起愆尤。返來入狴犴，吏對安可詶？法冠巧椎拍[三]，刺骨不肯抽。削秩貶漢東，驅迫日罝郵。窮塗無一簪，百口誰相賙？諸子繼死亡，清血漬兩眸。貿然幾喪明，憤苦結不瘳。君性本剛峭，安可小屈柔。暴罹此冤辱，苟活何所求。人間不見容，不若地下遊。又疑天憎善，專與惡報讎。二豎潛膏肓，衆鬼來揶歈。棄扃奔南陽，後事得所投。心膽尚卓犖，精明已彌留。生平經緯才，蕭瑟掩一丘。青天自茫茫，長夜何悠悠。萬物孰不死，死常在嚴秋。君齒方盛壯，衆期樹風猷。二邊況橫猾，四海皆瘡疣。斯時忽云亡，孰爲朝廷憂？予方編吴氓，日自親鋤耰。無緣匍匐救，兀兀空悲愁。時思莊生言，所樂唯髑髏。物理不可詰，此説誠最優。

秋懷

江休復

西風萬里至，曠然天地秋。暮雨生夕涼，百蟲鳴啾啾。楚山曉蒼蒼，楚水亦悠悠。騷人試登臨，感物增離憂。所思在遐方，欲往路阻脩。香草有蕙茝，嘉樹有梧楸。白露委芳馨，彫零使我愁。窮年倦羈宭，江湖思舊游。紉蘭製芰荷，飄泛一葉舟。肆情雲水間，意適何所求。

同持國宿太學官舍

江休復

翳翳雲月薄，泠泠雪風清。學省夜岑寂，天街斷人行。廣庭層閣陰，尋廊步餘明。松篠遞遥響，如聞絃誦聲。悠悠子佩詩，講坐塵埃生。廻就直舍休，亹亹談道精。心會境物融，泯然遺世營。寒眠屢展轉，寤言寫素誠。

牟駞岡閱馬

江休復

牧馬散近坰，閱視乘高秋。駞岡似沙苑，堆阜帶川洲。坡陁故梁城，縈薄西南陬。連棚映林樾，星羅倚層丘。回風吹陣雲，奔騰欻來游。野性脱羈馽，飲齕遂所求。腹幹頗肥張，鬱怒何彪休。群敺驟麞鹿，逸勢凌蛟虬。軍戎選輕捷，和鑾御調柔。毛物有千名，衆美歸驊騮。梁王愁思臺，佛刹居上頭。朅來憑眺，遺墟莽悠悠。信陵骨已朽，巖穴誰見收？當時英豪輩，事逐東波流。置酒臨風軒，聊以紓煩憂。

許希

顔太初

鍼工許希，下蔡人，住梁門西市三十年。及天聖中，皇躬遺裕。有内戚達其姓名，上召見，三進鍼而疾平。面授尚藥奉御，其賜予不可勝紀。謝恩畢，西向而拜。上詢其故，奏曰：『臣拜本師扁鵲也。』上惜其用心不忘本，給錢五十萬，爲立祠，封曰靈應侯。或曰：『人生乎世，慎乎習。希失其習者也。使希不習醫而習儒，其遇主之日，不忘先師明矣。』若然，則讀書爲儒，乘時取富貴，高冠長劍，昂昂廟堂之上，自負自得，不知素王之力者，許希之罪人也。因爲詩云：

京城名利塗，車馬相奔馳。其間取富貴，往往輸巫醫。前後十數輩，身没名已隳。獨有許希者，藴蓄何瑰奇。始自下蔡來，所處尤喧卑。西市三十年，汩汩無人知。一朝仗至藝，驟登文石墀。三鍼愈上疾，神速不移時。酬以六尚官，著藉通端闈。旌以三品服，佩紫垂金龜。於時稱謝畢，西向復陳儀。當宁驚且問，歷歷宣其辭。臣傳扁鵲術，遇主今得施。特此一展謝，臣心不自私。主上惜其意，擊賞爲噓唏。仍給水衡錢，國西命立祠。復加靈應號，金額照華榱。自此輦轂下，求禱何祁祁。我過慶成坊，見之心且悲。秦醫術雖妙，五腑及四肢。所習得其人，千齡祀不虧。魯聖術至大，帝道與民彝。所習非其人，一朝反相持。小吏師荀況，竊爲辯説資。作相勸焚書，詐云愚蚩蚩。後之爲儒者，其心皆李斯。昔在布衣日，動守先王規。朝談十二經，夕誦三百詩。依憑稽古力，榮進無他岐。及居廟堂上，劍長冠峨巍。自謂天所賦，焉知有宣尼。宣尼斷襲封，十經寒暑移。他姓爲邑官，鄉老皆驚疑。上章寢不報，九重遭面欺。諫官不舉失，御史不言非。盡爲許希笑，得路忘先師。

東州逸黨　顔太初

天之有常度，躔次絶乖離。地之有常理，沉潛無變虧。人之有常道，高下遵軌儀。三才各定位，萬古永不移。二儀設有變，修德可以祈。人道或反常，其亂何由支？昔在典午朝，國祚向陵夷。日向中夜出，赫赫來東陲。地向太極裂，中有蒼鵝飛。高厚灾且異，人妖亦繁滋。始有竹林民，怪誕名不羈。次有夷甫輩，高談慕無爲。沉湎多越禮，阮籍兼輔之。虚名能飾詐，光逸與王尼。何曾有先見，不能救其衰。張華徒竭力，無以扶其危。至今西晋書，讀之堪涕洟。爾來歷千年，炎宋運重熙。東州有逸黨，尊大自相推。號曰方外友〔四〕，蕩然絶四維。六籍被詆訶，三皇遭毁訾。坑儒愚黔首，快哉秦李斯。與世立憲度，迂哉魯先師。流宕終忘反，惡聞有民彝。或爲童牧飲，垂髽以相嬉。或作概量歌，無非市井辭。或作薤露唱〔五〕，發聲令人悲。或稱重氣義，金帛不爲貲。或曰外形骸，頂踵了無絲。不知二紀來，此風肇自誰？遥聞風波民，未見如調飢。偶逢紳帶士，相對如拘縻。塵聚復優雜，何者爲尊卑？都緣極顯地，多用寧馨兒。斯人之一唱，翕然天下隨。斯人之一趨，靡然天下馳。鄉老爲品狀，不以逸爲嗤。宗伯主計偕，不以逸爲非。私庭訓弟子，多以逸爲宜。公朝論人物，翻以逸爲奇。家國盡爲逸，禮法從何施。我常病其事，中夜起思惟。平地三尺限，空車登無歧。重載歷百仞，所來因陵遲。萬一染成俗，雖悔何由追？衆人皆若夢，焉能分其麋。衆人皆若醉，不知啜其醨。天下皆病痿，俾誰就魯醫？天下皆病狂，何暇炙其眉。幸有名教黨，可與決雄雌。所嗟九品賤，不得立文墀。賈誼唯慟哭，梁鴻空五噫。終削南山竹，冒死指其疵。願乘九廟靈，感悟宸心知。赫爾奮獨斷，去邪在勿疑。分捕復大索，憸人無孑遺。大者肆朝市，其徒竄海湄。殺一以戒萬，是曰政之基。千奴共一膽，膽破衆自隳。無使永嘉風，敗亂昇平時。

贈張績禹功

石介

李唐元和間，文人如蠭起。李翺與李觀，言雄破姦宄。孟郊及張籍，詩苦動天地。持正不退讓，子厚稱絶偉。元白雖小道，争名愈弗已。卒能霸斯文，昌黎韓夫子。吾宋興國來，文人如櫛比。黄州才專勝，漢公氣全粹。晦之號絶群，平地走虎兕。謂之然駁雜，亦文中騏驥。白稹洎盧震，江沱自爲水。朱巖兼孫僅，培塿對嶽峙。卒能霸斯文，河東柳開氏。嗟吁河東没，斯文乃屯否。汩汩三十年，淫哇滿人耳。粤從景祐後，大儒復唱始。文人如麻立，樅樅檟戰騎。徂徠山磊砢，生民實頑鄙。容貌不動人，心膽無有比。不度蹄涔微，直欲觸鯨鯉。有慕韓愈節，有肩柳開志。今讀禹功文，矛戟寒相倚。寶光千里高，飛出破屋裏。龍音萬丈長，拔出重淵底。雷霆皆藏身，日星或失次。我慙年老大，才力漸衰矣。禹功氣奔壯，今方二十二。前去吾之年，猶有十四歲。今讀禹功文，魂魄已驚悸。更加十四年，世應絶儔類。卒能霸斯文，吾恐不在已。禹功幸勉旃，當仁勿讓爾。

小孤山

劉敞

驚波觸南崖，反怒射北壁。蒼山與相排，所謂小孤石。蟠根萬仞淵，聳角百丈碧。祠堂豁精嚴，行旅進粉澤。或云婦女神，肸蠁頗有迹。吾知定名意，似欲旌介特。流俗失其真，傳聞莫開釋。居人私其利，禍福妄損益。競爲媢妒説，以誣聰明德。先王拱山川，禮典有廟食。奈何媚於竈，屈己忘正直？吾欲爲小孤，作書解行客。復恐不見從，嗟哉世多惑。

雜詩效玉川體

劉敞

毁巢鳳不至，竭澤龍不游。賢者有所歸，得非龍鳳儔？周公下白屋，聖德被九州。趙禹謝賓客，漢朝以爲優。澆淳不相襲，用舍[六]何其繆！苟徇一身利，不爲萬姓謀。哀彼《杕杜》詩，死生遺道周。

雜詩二首

劉敞

鑿井取泉飲，上山採薇食。豈不信憔悴，所願皆我力。泉也非難致，薇也亦[七]易得。志士恥徒飽，衆人苟所獲。犧牲畏芻豢，樊籠害羽翼。晤理宜在早，無爲晚更惑。

道薄德亦散，功名爲時須。用力世所賢，守正衆云愚。智者競蒿目，小人復邇圖。悠悠三季後，此風益已渝。安知治未病，舐痔而多車。堯舜無能名，越哉已矣夫！

示張直温

劉敞

築山必使高，鑿井必使深。百工戒淺近，盛德羞浮沉。焉有尺寸枝，能棲垂天禽？焉有升斗泉，能容横江鱘？借茲諭物理，足以開君心。隘在容不足，弱在力不任。大道如路然，固無古與今。

朝乘

劉敞

朝乘日車出，暮載星影還。顛冥朝暮中，出入咫尺間。已覺素志非，更知人理艱。小利專欲速，大德不踰閑。

哀張子厚先生

司馬光

先生負材氣，弱冠游窮邊。麻衣揖鉅公，決策期萬全。謂言叛羌輩，坐可執而鞭。意趣小參差，萬金莫留連。中年更折節，六籍事精研。羲農訖周孔，上下皆貫穿。造次循繩墨，儒行無少愆。師道久廢闕，模範幾無傳。先生力振起，不絶尚聯緜。教人學雖博，要以禮爲先。庶幾百世後，復覩三王前。釋老比尤熾，群倫將蕩然。先生論性命，指示令知天。聲光動京師，名卿争薦延。寘之石渠閣，豈徒脩簡編？丞相正自用，立有榮枯權。先生不可屈，去之歸卧堅。孤嫠聚滿室，餬口耕無田。欣欣茹菽藿，皆不思肥鮮。近應詔書起，尋取病告旋。舊廬不能到，丹旐風翩翩。人生會歸盡，但問愚與賢。借令陽虎壽，詎足驕顔淵？况於朱紫貴，飄忽如雲煙。豈若有清名，高出太白巔。門人俱經帶，雲梯會松阡。厚終信爲美，繼志仍須專。讀經守一作書舊學，勿爲利禄遷。好禮效古人，勿爲時所一作俗牽。修内勿修外，執中勿執偏。當今洙泗風，郁郁滿秦川。先生儻有知，無憾歸重泉。

今古路

劉　敞〔八〕

出門道路多，縱横不可測。我今欲遠行，須問曾行客。徐徐逢路人，借問青松側。客曰今何往，答之遊京國。客乃指要路，而言行有益。古路雖大道，不如今路直。但行今人路，猶如假羽翼。彼客别我去，獨自躊躇立。爲見今古路，信乃無苦忒。今路足輪蹄，古路多荆棘。欲行今人路，恐背古人跡。欲行古人路，今人笑迂僻。又擬不出門，奈何飢寒逼。哀哀此時路，悠悠蒼天色。不避今人嫌，路須行古陌。古陌雖然遠，且保無蹶失。勉哉自勉哉，前去難之適。不獲見楊朱，萬古凝愁魄。

漢文帝

王安石

輕刑死人衆，短喪生者偷。仁孝自此薄，哀哉不能謀。露臺惜百金，灞陵無高丘。淺恩施一時，長患被九州。

戴不勝　王安石

昔在宋王所，皆非薛居州。區區一不勝，辛苦亦何求？懷禄詎有耻，知命乃無憂。此士自可憐，能復識此不？

司馬遷　王安石

孔鸞〔九〕負文章，不忍留枳棘。嗟子刀鋸間，悠然止而食。成書〔一〇〕與後世，憤〔一一〕悱聊自釋。領略非一家，高辭殆天得。雖微樊父明，不失孟子直。彼欺以自私，豈啻相十百。

揚雄　王安石

孔孟如日月，委蛇在蒼旻。光明所照耀，萬物成冬春。揚子世其後，仰攀忘賤貧。衣冠眇塵土，文字爛星辰。歲晚天禄閣，强顔爲《劇秦》。趨舍迹少迕，行藏意終鄰。壤壤外逐物，紛紛輕用身。往者或可返，吾將與斯人。

楊劉　王安石

人各有是非，犯時爲患害。唯《詩》以譎諫，言者得無悔。厲王〔一二〕昔監謗，變雅今尚載。

末俗忌諱繁，此理寧復在。南山詠種豆，議法過四罪。玄都戲桃花，母子受顛沛。疑似已如此，況欲諄諄誨。事變故不同，楊劉可爲戒。

日出堂上飲　　王安石

日出堂上飲，日西未云休。主人箕而歌，客子歎以愀。指此堂上柱，始生在巖幽。雨露飽所滋，凌雲亦千秋。所託願永〔一三〕久，何言值君收。乃令卑濕地，百蟻上窮鎪。丹青空外好，鎮壓已堪憂。爲君重去之，不使一蟻留。蟻力雖云小，能生萬蚍蜉〔一四〕。又能高其礎，不爾繼者稠。語客且勿然，百年等浮漚。爲客當酌酒，何豫主人謀？

我欲往滄海　　王安石

我欲往滄海，客來自河源。手探囊中膠，救此千載渾。我語客徒爾，當還治崑崙。歎息謝不能，相看涕翻盆。客止我且往，濯髮扶桑根。春風吹我舟，萬里空自存。

少狂喜文章　　王安石

少狂喜文章，頗復好功名。稍知古人心，始欲老躬耕。低徊但志食，邂逅亦專城。仰慙冥冥士，俯愧擾擾氓。良夜未渠央，青燈數寒更。撥書置左右，仰屋慨平生。

今日非昨日　王安石

今日非昨日，昨日已可思。明日異今日，如何能勿悲？當門五六樹，上有蟬鳴枝。朝聽尚壯急，暮聞已衰遲。仰看青青葉，亦復少華滋。萬物同一氣，固知當爾爲。我友南山居，笑談解人頤。分我秋栢實，問言歸何時。衣冠汙窮塵，苟得猶苦飢。低徊歲已晚，恐負平生期。

田漏　王安石

占星昏曉中，寒暑已不疑。田家更置漏，寸晷亦欲知。汗與水俱滴，身隨陰屢移。誰當哀此勞，往往奪其時。

送潮州吕使君　王安石

韓君揭陽居，戚嗟與死鄰。吕使揭陽去，笑談面生春。當復進趙子，詩書相討論。不必移鱷魚，詭怪以疑民。有若大顛者，高材能動人。亦勿與爲禮，聽之汨彝倫。同朝叙朋友，異姓接昏姻。恩義乃獨厚，懷哉余所陳。

雜詠

王安石

懷王自墮馬，賈傅至死悲。古人事一職，豈敢苟然爲？哭死非爲生，吾心良不欺。滔滔聲利間，絳灌亦何知。

謝公墩

王安石

走馬白下門，投鞭謝公墩。昔人不可見，故物尚或存。問樵樵不知，問牧牧不言。摩挲蒼苔石，點檢屐齒痕。想此絓長檣，想此倚短轅。想此玩雲月，狼籍盤與罇。井逕亦已没，漫然禾黍村。摧藏羊曇骨，放浪李白魂。亦已同山丘，緬懷蒔蘭蓀。小草戲陳迹，《甘棠》詠遺恩。萬事付鬼録，恥榮何足論。天機自開闔，人理孰畔援。公色無懼喜，儻知禍福根。涕淚對桓伊，暮年無乃昏。

同昌叔賦鴈奴

王安石

鴈鴈無定棲，隨陽以南北。嗟哉此爲奴，至性能懇惻。人將伺其殆，奴輒告之亟。舉群寤而飛，機巧無所得。夜或以火取，奴鳴火因匿。頻驚莫我捕，顧謂奴不直。嗷嗷身百憂，泯泯衆一息。相隨入繒繳，豈不聽者惑？偷安與受紿，自古有亡國。君看鴈奴篇，禍福甚明白。

寓言四首

王安石

不得君子居，而與小人游。疵瑕不相摩，況乃禍釁稠。高語不敢出，鄙辭强顔酬。始云避世患，自覺日已偷。如無一齊人，以萬楚人咻。云復學齊言，定復不可求。仁義多在野，欲從苦淹留。不悲道難行，所悲累身修。

周公歌《七月》，耕稼乃王術。宣王追祖宗，考牧與宫室。甘棠能聽訟，召伯聖人匹。後生論常高，於世復何實。

瞢瞢俗所共，察察與世違。違世有百善，一疵惡皆歸。就求無所得，猶以好名譏。彼哉負且乘，能使正日微。

言失於須臾，百世不可除。行失几席間，惡名滿八區。百年養不足，一日毀有餘。諒彼恥不仁，戒哉惟厥初。

遊土山示蔡天啓

王安石

定林瞰土山，近乃在眉睫。誰謂秦淮廣，正可藏一艓。朝予欲獨往，扶憊强登涉。蔡侯聞之喜，喜色見兩頰。呼鞍追我馬，亦以兩騣挾。歛書付衣囊，裹飯隨藥笈。翛翛阿蘭若，土木老山脅。鼓鍾卧空曠，簨簴雕椄業。升堂廊無主，考擊誰敢輒？坡陀謝公冢，藏榑久穿劫。

百金買酒地，野老今行饁。紆懷起東山，勝踐比稠疊。於時國累卵，楚夏血常喋。外實備艱梗，中仍費調燮。公能覺如夢，自喻一蝴蝶。桓温適自斃，苻堅方天厭。且可緩九錫，寧當快一捷。彼哉斗筲人，得喪易矜怯。妄言屐齒折，吾欲刊史牒。傷心新城埭，歸意終難愜。漂摇五城舟，尚想浮河檝。千秋隴東月，長照西州堞。豈無華屋處，亦捉蒲葵箑。碎金諒可惜，零落隨秋葉。好事所傳玩，空殘法書帖。清談眇不嗣，陳迹怳如接。東陽故侯孫，少小同鼓篋。一官初嶺海，仰視飛鳶跕。窮歸放款段，高卧停遠蹀。牽襟肘即見，著帽耳纔擪。數椽危敗屋，爲我炊陳浥。雖無膏汙鼎，尚有羹濡筴。縱言及平生，相視開笑靨。邯鄲枕上事，且飲且田獵。或昏眠委翳，或妄走超躐。或叫號而瘖，或哭泣而魘。幸哉同勝時，田里老安帖。易牛以寶劍，擊壤勝彈鋏。追憐衰晋末，此上方岌嶪。强偷須臾樂，撫事終愁惵。予雖天戮民，有械無接摺。翁今貧而静，内熱非復葉。予衰極今歲，儻與雞夢協。委蜕亦何恨，吾兒已長鬣。翁雖歲長我，未見白可鑷。祝翁尚難老，生理歸善攝。久留畏年少，譏我兩呫囁。東火扶路還，宵明狐兔懾。蔡侯雄俊士，心憭形亦諜。異時能飛鞚，快若五陵俠。胡爲阡陌間，踠足僅相躡。諒欲交讆語，怯[一五]子不能嚐。

夜夢與和甫別如赴北京時和甫作詩覺而有作因簡純甫

王安石

水菽中歲樂，鼎茵暮年悲。同胞苦零落，會合尚凄其。况乃夢乖闊，傷懷而賦詩。詩言道路寒，乃似北征時。叔兮今安否，季也來何遲。中夜遂不眠，輾轉涕流離。老我孤主恩，結草以爲期。冀叔〔一六〕善事國，有知無不爲。千里永相望，昧昧我思之。幸唯季優游，歲晚相携持。於焉可晤語，水木有茅茨。晼蘭佇歸憇，遶屋正華滋。

獨卧有懷

王安石

午鳩鳴春陰，獨卧林壑静。微雲過一雨，淅瀝生晚聽。紅緑紛在眼，流芳與時競。有懷無與言，佇立鍾山暝。

校勘記

〔一〕『句漏』，底本作『句涌』，據六十四卷本改。清康熙刊本《蘇學士集》作『句涌』。

〔二〕『聲偶日抉搜』，麻沙本作『聲譽日搜搜』。清康熙刊本《蘇學士集》作『聲耦日抉搜』。

〔三〕『椎拍』，麻沙本作『權詐』。清康熙刊本《蘇學士集》作『追拍』。

〔四〕『友』，六十四卷本作『交』。

〔五〕『唱』，底本作『喝』，據六十四卷本改。

〔六〕『舍』，底本作『合』，據六十四卷本改。

〔七〕『亦』，底本作『不』，據六十四卷本改。

〔八〕作者名氏，底本卷目誤作『司馬光』，六十四卷本、麻沙本皆然。然詩前題署皆不誤。

〔九〕「孔鸞」，麻沙本作「自有」。宋本《臨川集》、宋本《王文公文集》作「孔鸞」。

〔一〇〕「書」，麻沙本作「見」。宋本《臨川集》、宋本《王文公文集》作「書」。

〔一一〕「憒」，麻沙本作「悱」。宋本《臨川集》、宋本《王文公文集》作「憒」。

〔一二〕「厲王」，麻沙本作「汾王」。宋本《臨川集》作「汾王」，宋本《王文公文集》作「厲王」。

〔一三〕「永」，麻沙本作「亦」。宋本《臨川集》作「求」，宋本《王文公文集》作「永」。

〔一四〕「蚍蜉」，麻沙本作「蜉蜉」。宋本《臨川集》、宋本《王文公文集》作「蚍蜉」。

〔一五〕「怯」，六十四卷本作「呿」。宋本《臨川集》作「怯」，宋本《王文公文集》作「呿」。

〔一六〕「冀叔」，底本誤作「異叔」，據六一四卷本改。宋本《臨川集》、宋本《王文公文集》作「冀叔」。

新校宋文鑑卷第十七

校者按：底本爲刻卷，據二十七卷本（存第二至十八頁）、麻沙本刻卷校改。

五言古詩

分題得瘿木壺

呂公著

天地産衆材，任材謂之智。棟桷與楹杙，小大無有棄。方者以矩度，圓者中規制。嗟爾木之瘿，何異肉有贅？生成擁腫姿，賦象難取類。檃括所不施，鈎繩爲爾廢。大匠睨而往，惘然乃有意。孰非造化功，而終朽不器。刳剔虚其中，朱漆爲之僞。鄭漿挹酒醴，施用惟其利。犧象非不珍，金罍豈不貴。設之於楹階，十目肯注視。幸因左右容，反見謂奇異。人之於才性，夫豈遠於是？性雖有不善，在教之揉勵。才亡不可用，由上所措置。飾陋就其長，皆得爲良士。執一以廢百，衆功何由備。是惟聖人心，能通天下志。

寄題徑山懷郎簡侍郎

張　瓌

天地一洲渚，北平南欹危。幽并深以厚，江淛清且奇。武林頗英秀，川匯仍山卑。應接殫天巧，類非人力爲。徑山冣佳處，有巖稱玉芝。居防俗士駕，地乃賢人宜。郎公留名德，平時爲羽儀。引年歸故里，不復衣朝衣。留侯黄石心，白傅香山期。結宇名勝外，日與塵事違。泉石景物狀，盡在諸賢詩。伊予來東藩，濫持使者麾。平生愛山水，弗憚命駕之。當候秋風高，遠造巖下扉。滌濯纓上塵，散步松閒綦。未能繼高躅，聊用慰所思。

過介甫歸偶成

曾鞏

結交謂無嫌，忠告期有補。直道詎非難，盡言竟多迕。知者尚復然，悠悠誰可語？

劉景升祠

曾鞏

景升得二蒯，坐論勝凶殘。正當喪亂時，能使憔悴寬。繽紛多士至，肅穆萬里安。能收衆材助，圖大信不難。諸公龍鳳姿，有待久盤桓。得一固足興，致之豈無端。廼獨採樗櫟，不知取椅檀。盖云器有極，在理良足歎。

看白雲愛而成詩

狄遵度

秋風吹白雲，觸處自何谷。初猶半洞門，欻出遍巖腹。零落依水湄，片段挂枯木。餘影透微白，滅跡混空緑。煙蘿自蘙薈，島溆徒縈曲。安知蒼梧野，下覆猿鳥哭。誰能久徘徊，返顧視黄鵠。

哀老婦

李泰伯

里中一老婦，行行啼路隅。自悼未亡人，暮年從二夫。寡時十八九，嫁時六十餘。昔日遺腹兒，今兹垂白鬚。子豈不欲養，母豈不懷居？繇役及下户，財盡無所輸。異籍幸可免，嫁母乃良圖。牽車送出門，急若盜賊驅。兒孫孫有婦，小大攀且呼。回頭與永訣，欲死無刑誅。我時聞此言，爲之長歎嗚。天民固有窮，鰥寡實其徒。仁政先四者，著在孟軻書。吾君務復古，旦旦師黄虞。赦書求節婦，許與旌門閭。繄爾愚婦人，豈曰禮所拘。蓬茨四十年，不知形影孤。州縣莫能察，詔旨成徒虚。而况賦役閒，群小所同趨。姦欺至骨髓，公利未錙銖。良田歲歲賣，存者唯萊汙。兄弟欲離散，母子因變渝。天地豈非大，曾不容爾軀。嗟嗟孝治主，早晚能聞諸？吾言又無位，反袂空漣如。

悠悠西江水送李殿丞

王回

殿中丞李侯清叔，莞潁之酒事，三年，入朝闕下，將别其徃還寮友，皆索言焉。長樂王回辱清叔之交最深，而慕其才志魁特，將有以成功名於世也。以謂挾此才，潛此志者，第循其本而完之，則物之應者自廣。然功名之成否，豈足道哉？故作《悠悠西江水》詩一章，以興其義，塞清叔之索，而聊寫其意云。

悠悠西江水，浩浩拍兩涯。深渟含淵潭，澄澄露陂池。介鱗育性命，跳泳各適宜。人謀濟任途，航楫又沿洄。飄風吼天地，白浪相翻𩗗。旁觀駭非常，水德自不虧。風收浪還恬，狎者終何疑。賢豪應世務，有本亦若兹。剛明發其用，愷悌以成之。外物雖横來，我心固如夷。功名豈足道，請監江水詩。

魯恭太師廟

韓　維

善教邈無跡，其流在民心。君看魯太師，廟食猶至今。豈如文俗士，朱墨坐浮沉。趨營止目前，不顧患害深。去漢餘千載，此弊竟相尋。我行道祠下，感激爲悲吟。不見田雉馴，啼鴉空滿林。

服除送兄弟還都

韓　維

日月忽已遠，再見新穀升。喪期有常數，吉我衣與纓。俯仰自悲叱，淚下肝膽崩。尚惟立身報，未即泯餘生。肅肅忠憲公，秉德輔休明。報國有遺意，訓言猶在聽。况兹世厚恩，兄弟秩王庭。一朝出門去，事業各有營。上當答君仁，下以爲親榮。獨此抱痌瘝，謝喧守柴荆。掃冢奉時祭，履田課春耕。既無公家責，聊徇狷者情。出處雖云異，要以道爲程。

靈溝道中

韓維

春風來無迹，泱莽天地和。群生樂時陽，衆鳥舞且歌。嗟爾道傍叟，寒餒獨見羅。短席不自蔽，皮骨檪枯柯。呼童問所以，口噤不得哦。所見且如此，況餘生齒多。吾聞古三代，仁術固匪他。老幼孤洎疾，餼養平不頗。斯道久寂寞，吾悲其奈何！

謁孔先生

韓維

月出高樹枝，影動酒樽處。樹深月色薄，稍以燈火助。主人喜我過，斟酌亦云屢。於時幸無累，所談非近務。涼風自遠至，清景淡吾慮。方斯西山秋，歷覽陪杖屨。

下横嶺望寧極舍

韓維

驅車下峻坂，西走龍陽道。青煙人幾家，緑野山四抱。鳥啼春意闌，林變夏陰早。應近先生廬，民風亦淳好。

景仁示去歲所賦菊屏菊塔二詩輒以一篇答之

韓維

斯民去古遠，日與巧僞遷。粲粲黄金花，揉屈同杯棬。列屏聳浮圖，光彩生盤筵。匪惟悦群兒，愛詠及華顛。我欲叱園吏，解結除其編。萬物有本性，各使歸自然。

讀書

傅堯俞

吾屋雖喧卑，頗不甚蕪穢。置席屋中閒，坐卧群書内。横風吹急雨，入屋灑我背。展卷殊未知，心與昔人會。有客自外來，笑我苦癡昧。且問何爲爾，我初尚不對。强我不得已，起答客亦退。聊復得此心，沾濕安足悔？

舉舉媢學子

王令

舉舉媢學子，居曰不吾知。知而有不能，無乃失於欺。不知未爲患，不欺浩難期。咄哉天下懷，何以天下爲？

呼雞

王令

雞呼雞來前，犬嗾犬至止。夫豈必可召，役以食乃爾。今吾曷爲悲？人而雞犬爲。自計無自存，西山謝夷齊。

秋懷　王令

槭槭庭樹葉，朝零非昔稠。呦呦草蟲鳴，暮急曉未休。爾蟲無不平，豈亦有哀憂？胡爲勞呻吟，與士感傷投。壯士亦何者，哀哦與蟲酬。所抱不列陳，調苦難謳謳。極目有遠見，直懷羞曲求。蒿藜襲久安，功名忘前收。日月忽未幾，天地今復秋。少壯負所懷，老大安能謀？生無及人功，死骨埋泉羞。胡爲不奮飛，徒與寒餓讎？

雜詩　王令

古人重非道，飢不苟豆羹。有爲非其心，或不脱冕行。如何後世人，以官業其生。鄙哉樂欺人，猶以學爲名。

采選示王聖美葛子明諸友　王令

酒樽厭運行，衆客喧已醉。忽得簿上籍，共出聲名外。孤昂忽雄軒，泯默亦馴致。追争相後先，得失自愚智。隨時有能稱，逐釁得訶訾。雖非人力爲，適與天幸值。或競以禍覆，亦有終自遂。卒無及物效，徒有高人氣。回樽變新局，忽若已異世。嗟人久以迷，高爵樂自嗜。誰爲衎衎飽，競逐孜孜利。矜驕侈雄奢，摧折嘆淹滯。昏昏忘所大，擾擾争其細。安知茫昧間，身非天所戲。是非未暇辨，歡戚先已至。退之昔裁詩，頗以豪横恃。暮年意氣得，金玉多自慰。買居紀廂榮，顧影樂冠佩。喜將閭巷好，持與妻子議。彼哉何足道，進退兹焉係？安知九列榮，顧是德所累。寧論聖人爲，適莫固以義。有時曲肱樂，不以易富貴。吾曹頗勉脩，兹道久自詣。何必問浮雲，斯理固可視。

介亭

孫　覺

真人昔未起，奔鹿駭四方。連延天目山，兩乳百里長。有地跨江海，無種生侯王。中霄燎穹旻，列右表壇場。朱旗大梁野，英氣呑八荒。寥寥百年後，故物亦已亡。所餘彼巉巖，峰巔屹相望。主人承明老，星斗工文章。築亭紫霄上，坐客蒼株旁。攀雲弄明月，曉星生扶桑。禹山隔波濤，簡書永埋藏。願逢希夷使，水土還故常。

讀魏世家

王安國

亹亹談先王，古今誰有得？施爲雖緒餘，要在情不匿。嗟彼三代後，淪胥入戰國。翟璜聞一言，僶俛慙李克。論材稱權衡，輕重無物惑。吾心能如此，乃可任人責。

夏日獨居二首　王安國

竹苗敷夏陰，蘿蔓蔽朝亮。感此節物佳，百骸適無恙。委蛇投廣厦，蕭瑟絶遺響。稍讎簡編餘，俄得冠裾放。身雖勢利乖，心遂弦歌尚。默然想聖賢，游世無得喪。抱關秉翟閒，未分棄冗長。人生適意難，聊各安所鄉。

晳晳池沼儵，緑萍隨下上。鷖鷖堂廡燕，白晝容俛仰。顧我亦晏如，環廬花藥長。無材助太平，得地幸閒曠。稍披千古書，日覺神明王。乘閒盼物情，自適忘外奬。涵濡覆載仁，誰廢《魚麗》唱？黄塵洮隴戍，黑霧荆衡瘴。奔波暍道邊，畢命營邊障。吾此獨何爲，飛潛樂能饗。何時聞解嚴，慰彼西南望。當使少陵翁，得見廉恥將。

堂上有遺羶　王安國

堂上有遺羶，堂下無聚蟻。但知嗜欲求，不必風雨至。客方笑營營，貪得故無幾。安知萬類中，趨舍忘彼己。天乎顧人寰，等是一時戲。受形巨細分，阽患後先爾。浸淫蚍蜉生，穴柱從此始。莊生亦知言，信矣當棄智。

忘言

王安國

宋國旌孝子，東門毁以㿺。楚王好細腰，後宫餒而殪。物情信可憐，徇外易生死。身存寵可誇，亡矣安所恃。吾今思彼哉，未足語擇利。擾擾智驚愚，卑卑學阿世。吹噓出虹蜺，頓挫入塵滓。愛憎雖人爲，榮辱乃天使。恩無斯須懷，怨已塞天地。百年呼吸中，毫髮誰豫己？達者默然窺，陰陽驅意氣。始終本何有，一息累萬世。由來適人適，宿昔多如此。喟余聊自欲，安得忘言士。

異服

王陶

辛有歎被髮，趙靈喜胡服。遂成陸渾戎，終有沙丘辱。用夷反變夏，亡禮以從俗。先王仁義術，詎用此求福。齊桓九合功，不以兵車轂。仲尼歎微管，幾爲左衽屬。爾來豪俠兒，往往異裝束。耀武何必然，禦戎有前躅。余敢告司關，異服宜禁肅。

採鳬茈

鄭獬

朝携一筐出，暮携一筐歸。十指欲流血，且急眼前飢。官倉豈無粟，粒粒藏珠璣。一粒不出倉，倉中群鼠肥。

兵器

陶弼

五代乏真主，奸雄何僭僞。橫磨闊刃劍，白日相篡弑，我宋有神祖，潛德動天意。故天意若曰，往爲我之嗣。神祖拜稽首，乃即皇帝位。不惠兆民樂，不怒諸侯畏。顛倒執玉帛，奔走恐後至。大商國三分，一朝有其二。太宗以義撫，真宗以仁治。王道竹箭直，誦聲金鼎沸。獨有陰山戎，時時寇邊地。天子赫斯怒，大警巡澶衛。射殺右賢王，遂斷匈奴臂。狼心帖然服，結好同昆弟。自此兩河間，寂寂無戎備。卒閑喜夜歌，將老貪春睡。自此爲太平，恍逾三十歲。戎昊乘我閒，南馳賀蘭騎。陽關久夜開，樞朽不可閉。陣雲起秦雍，殺氣橫涇渭。使臣股慄奏，宰相瞋目議。僉曰亟發兵，豎子坑甚易。倉惶築邊壘，未戰力先瘁。逼迫開庫兵，土蝕鋒鋩脆。防秋採舊屯，推轂謀新寄。舊屯老且死，少者無實藝。良由不訓練，手足迷擊刺。新寄將家子，從小生富貴。《六韜》未嘗讀，口但知肉味。師復從中御，進退由閹寺。權輕號令冗，兩戰無遺類。曹公棄七軍，晋人獲三帥。吾兵自此喪，有詔新其製。此器不預設，一旦何從致。朝廷急郡縣，郡縣急官吏。官吏無它術，下責蚩蚩輩。耕牛拔筋角，飛鳥秃翎翅。簳截會稽空，鐵烹堇山碎。供億稍後期，鞭撲異他罪。愁氛壅太虛，霽景晝冥晦。我聞郭汾陽，料敵多奇異。單箠諭突厥，蕃酋膝雙墜。又聞李西平，臨戎有英氣。身著紅錦袍，懷光肝膽碎。是知用兵術，在人不在器。君耳舜高聽，君目舜明視。願採謀略長，勿倚干戈鋭。

送同年蒲叔範察判杭州監酒

王疇

釋之久未調，王粲嘗從軍。謂言塞垣事，壯氣橫風雲。育材幸明代，薦賢無令君。如何漢酤冗，沉此荆山珍。萍氏本幾酒，《周官》有彝倫。孝武事攘卻，志清天地屯。連兵無時已，四海蕭然貧。官始操釀具，榷之飽師人。利源一以洩，頽波蕩無垠。糜穀費耒耜，良蘖爭清醇。酒禁著律令，犯笞及其身。狂藥乃陷穽，傷哉堯舜民。炎靈屬我后，天資英且仁。邦力早雄富，漢制仍相循。歲賦二千萬，經入固已勤。大農天下酒利，歲獲緡如此。彌年擁武節，乘邊清國氛。雄雄百萬師，跨邁聯燕秦。仰給傾府庫，賞賚圖戎勳。加斂猶不足，返古當何云。杭城東南劇，地將湖海鄰。榷利冠天下，旗亭壓重闉。彼雖斗筲職，亦擇才英臣。風露氣已肅，溪潭寒彌新。沙榜朝泛泛，吴濤暮沄沄。南州近牛斗，氣象雄霜旻。汀楓變老柿，赤葉晴相紛。嘗茶泊幽寺，觀魚下輕綸。行當收翹楚，寧復混蒸薪。無爲狎吴叟，坐戀秋江蓴。

四事

邵雍

會有四不赴，時有四不出。公會、生會、廣會、醵會。大寒、大暑、大風、大雨。無貴亦無賤，無固亦無必。里閈閑過從，身安心自逸。如此三十年，幸逢太平日。

高竹　邵雍

高竹碧相倚，自能發餘清。時時微風來，萬葉同一聲。道汙得夷理，物虚含遠情。階前閑步人，意思何清平。

巢烏　張先

烏啼東南林，危巢鷚五六。心在安巢枝，一日千往復。脱網得群食，入口不入腹。窮生俾反哺，豈能報成育？

臨水　黄亢

人生朝復暮，水波流不駐。去年昨日水，今日到何處。惆悵雨殘花，嫣紅隨水去。花落水東流，識盡人生事。

次韻和子儀問蟬　黄庶

落日掛樹閒，長我亭下陰。園林動秋意，高蟬忽微吟。清風轉餘聲，杳若下遠岑。微物感時節，鏗鏘吐商金。古樂久破碎，兹蟲抱金音。荒忽尚偃蹇，激起壯士心。願爲秋蟬操，被之朱絲琴。

白警

范純仁

憶昔爲小官，位卑職易營。朋知喜其勤，民口亦見稱。中閒忝臺諫，已覺言難行。然賴識者恕，尚謂無欹傾。數年忽遭遇，用大過其能。名虚稱不實，任重力難勝。具瞻不可欺，舉動招譏評。士論因不與，自知亦甚明。禄厚難報答，徒茲驕侈萌。子孫忘艱難，服用饒誇矜。清白素風減，冗長浮費增。親舊多責望，厚薄貽怨憎。貧賤勝富貴，古語信可憑。請病蒙罷免，方幸憂責輕。俄復統一道，撫民帥邊兵。寇狂適偃蹇，民疲未蘇醒。勝負繫司命，休戚及群氓。細務委將佐，大事稟朝廷。所稟有違從，委擇有不精。差失雖豪釐，致敗或丘陵。殞身何足道，誤國玷家聲。可不常惕懼，臨淵履春冰。庶幾免危溢，書此爲心銘。

檢覆郊城旱田示同官及寄河南諸賢

劉攽

昔歲歉無年，今麥仍薦飢。罷民去南畝，賤價捐東菑。藉藉道路閒，餓者何纍纍。藜藿不充腸，荼然瓶與倪。嗟我禄代耕，每食爲不怡。徒懷仲由志，身賤那得施！屬城上民訟，比牒皆苦詞。奉詔實有無，百閒謝一窺。星言説桑田，行與父老期。觸熱不敢休，重趼寧告疲。郊原赤如赭，秉穗無孑遺。蘋蘩不可分，四旁生蒺藜。流行誠代有，愚弱豈易欺。附上亦有刑，殘下罪攸司。鄙夫不忍此，告吏咸赦之。庶兹咻噢恩，足以蘇惸嫠。大農急經費，言利析毫釐。二吾猶不足，一切寧謂宜。國僑敏争承，鄭邑用不危。馮諼焚券書，田氏人若歸。區區二小邦，兩士能若斯。當官在必行，匪石安可移。諸公悉吾友，此志良弗非。當令徇路人，一聽狂者詩。

雜詩　劉攽

齊有梁丘據，晋有樂王鮒。據能愛晏嬰，鮒欲殘叔譽。二臣嬖兩朝，事君爲悦豫。景有尚賢志，據逆以爲助。平失宥善心，鮒乃速其去。毋以據爲賢，易地則同趣。丈夫處世間，必有遇不遇。豈無覺者乎，正色君亦悟。區區嬖幸徒，何忍就朋附。

齊魯　劉攽

齊魯大儒師，專門盛章句。應物非己長，何以責成務？乃其忠孝心，足以事君父。不如商利徒，反道趨詭遇。剥牀以及膚，泉貨山嶽聚。賜金再百斤，封邑成千户。若毋天事變，豈不厚且固。商鞅既誅夷，桑羊亦刀鋸。寄言逢衣人，施施幸安步。

擬古

劉攽

老萊隱窮楚，因與時世隔。暮歸怢車轍，夜起辟山澤。若人不可見，況肯低顔色。安知叢臺下，一旦三千客。西遷竟不還，嗟哉莫良畫。

漕舟

沈文通

漕舟上太倉，一鍾且千金。太倉無陳積，漕舟來無極。畿兵已十萬，三垂戍更多。廟堂方濟師，將奈東南何？

題福唐津亭

陳烈

溪山龍虎蟠，溪水鼓角喧。中宵鄉夢破，六月夜衾寒。風雨生殘樹，蛟龍喜怒瀾。殷勤祝舟子，移棹過前灘。

新校宋文鑑卷第十八

校者按：底本爲刻卷，據六卷本、二十七卷本、麻沙本刻卷校改。

詩

五言古詩

北山僧舍有閣曰懷賢南直斜谷西臨五丈原諸葛孔明所從出師也　蘇軾

南望斜谷口，三山如犬牙。西觀五丈原，鬱屈如長蛇。有懷諸葛公，萬騎出漢巴。吏士寂如水，蕭蕭聞馬檛。公才與曹丕，豈止十倍加。顧瞻三輔間，勢若風捲沙。一朝長星墜，竟使蜀婦髽。山僧豈知此，一室老煙霞。往事逐雲散，故山依渭斜。客來空弔古，清淚落悲笳。

和子由記園中草木二首　蘇軾

種柏待其成，柏成人亦老。不如種叢篲，春種秋可倒。陰陽不擇物，美惡隨意造。柏生何苦艱，似亦費天巧。天工巧有幾，肯盡爲汝耗。君看藜與藿，生意常草草。

蘆筍初似竹，稍開葉如蒲。方春節抱甲，漸老根生鬚。不愛當夏緑，愛〔一〕此及秋枯。黄葉倒風雨，白花摇江湖。江湖不可到，移植苦勤劬。安得雙野鴨，飛來成畫圖？

愛玉女洞中水既致兩瓶恐後復取而爲使者見紿因破竹爲契使寺僧藏其一以爲往來之信戲謂之調水符　蘇　軾

欺謾久成俗，關市有契繻。誰知南山下，取水亦置符。古人辨淄澠，皎若鶴與鳧。吾今既謝此，但視符有無。常恐汲水人，智出符之餘。多防竟無及，棄置爲長吁。

贈劉莘老　蘇　軾

江陵昔相遇，幕府稱上賓。再見明光宫，峨冠揖搢紳。如今三見子，坎坷爲逐臣。朝遊雲霄間，欲分丞相茵。莫落江湖上，遂與屈子鄰。了不見喜愠，子豈真可人。邂逅成一歡，醉語出天真。士方在田里，自比渭與莘。出試乃大謬，芻狗難重陳。歲晚多霜露，歸耕當及辰。

甘露寺　蘇　軾

欲遊甘露寺，有二客相過，遂與偕行。寺有石如羊，相傳謂之很石，云諸葛孔明坐其上，與孫仲謀論曹公也。大鐵鑊二，案銘梁武帝所鑄。畫獅子一，菩薩二，陸探微筆。李衛公所留祠在寺，手植柏合抱矣。近寺僧發古殿基，得舍利七粒并石記，乃衛公爲穆宗皇帝追福所葬者也。

江山豈不好，獨遊情易闌。但有相攜人，何必素所歡。我欲訪甘露，當途無閑官。二子舊不識，欣然肯聯鞍。古郡山爲城，層梯轉朱欄。樓臺斷崖上，地窄天水寬。一覽吞數州，山長江漫漫。却望大明寺，惟見煙中竿。很石卧庭下，穹隆如伏羱。緬懷卧龍公，挾策事琱鑽。一談收猘子，再説走〔二〕老瞞。名高有餘想，事往無留觀。蕭公古鐵鑊，相對空團團。坡陀受百斛，積雨生微瀾。泗水逸周鼎，渭城辭漢盤。山川失故態，怪此能獨完。僧繇六化人，霓衣挂冰紈。隱見十二疊，觀者疑夸謾。破板陸生畫，青猊戲盤跚。上有二天人，揮手如翔鸞。筆墨雖欲盡，典刑垂不刊。赫赫贊皇公，英姿凜以寒。古柏親手種，挺然誰敢干。枝撐雲峰裂，根入石窟蟠。薙草得斷碑，斬崖出金棺。瘞藏豈不牢，見伏理可歎。四雄皆龍虎，遺迹儼未刓。方其盛壯時，争奪肯少安？廢興屬造物，遷逝誰控摶。況彼妄庸子，而欲事所難。古今共一軌，後世徒辛酸。聊興廣武歎，不待雍門彈。

僧清順新作垂雲亭〔三〕　蘇軾

江山雖有餘，亭榭著難穩。登臨不得要，萬象各偃蹇。惜哉垂雲軒，此地得何晚。天功争向背，詩眼巧增損。路窮朱欄出，山破石壁很。海門浸坤軸，湖尾抱雲巘。葱葱城郭麗，淡淡煙村遠。紛紛烏鵲去，一一漁樵返。雄觀快新獲，微景收昔遁。道人真古人，嘯詠慕嵇阮。空齋卧蒲褐，芒屨每自捆。天憐詩人窮，乞與供詩本。我詩久不作，荒澁旋鋤墾。從君覓佳句，咀嚼廢朝飯。

西齋　蘇軾

西齋深且明，中有六尺牀。病夫朝睡足，危坐覺日長。昏昏既非醉，踽踽亦非狂。褰衣竹風下，穆然中微凉。起行西園中，草木含幽香。榴花開一枝，桑棗沃以光。鳴鳩得美蔭，困立忘飛翔。黄鳥亦自喜，新音變圓吭。杖藜觀物化，亦以觀我生〔四〕。萬物各得時，我生日皇皇。

司馬君實獨樂園　蘇軾

青山在屋上，流水在屋下。中有五畝園，花竹秀而野。花香襲杖屨，竹色侵盞斝。樽酒樂餘春，棊局消長夏。洛陽古多士，風俗猶爾雅。先生卧不出，冠蓋傾洛社。雖云與衆樂，中有獨樂者。才全德不形，所貴知我寡。先生獨何事，四海望陶冶。兒童誦君實，走卒知司馬。持此欲安歸，造物不我捨。名聲逐吾輩，此病天所赭。撫掌笑先生，年來效瘖啞。

除夜病中贈段屯田

蘇　軾

龍鐘〔五〕三十九，勞生已强半。歲暮日斜時，還爲昔人歎。樂天詩云：『行年三十九，歲暮日斜時。』今年一線在，那復堪把玩。欲起强持酒，故交雲雨散。惟有病相尋，空齋爲老伴。蕭條燈火冷，寒夜何時旦。勦僕觸屏風，飢鼯嗅空案。數朝閉閤卧，霜髮秋蓬亂。傳聞使者來，策杖就梳盥。書來苦安慰，不怪造請緩。大夫忠烈後，高義金石貫。要當擊權豪，未肯覷衰懦。此生何所似，闇盡灰中炭。歸田計已決，此邦聊假館。三徑粗成貲，一枝有餘暖。願君更信宿，庶奉一笑粲。

和頓教授見寄

蘇　軾

我笑陶淵明，種秫二頃半。婦言既不用，還有責子歎。無弦則無琴，何必勞撫玩。我笑劉伯倫，醉髮蓬茆散。二豪苦不納，獨以鍤自伴。既死何用埋，此身同夜旦。孰云二子賢，自結兩重案。笑人還自笑，出口談治亂。一生溷塵垢，晚以道自盥。無成空得懶，坐此百事緩。側聞頓夫子，講道出新貫。豈無一尺書？恐不記庸懦。陋邦貧且病，數米銖稱炭。慚愧章先生，十日坐空館。袖中出子詩，貪讀酒屢暖。狂言各煩慎，勿使輸薪粲。

京師哭任遵聖　　蘇軾

十年不還鄉，兒女日夜長。豈惟催老大，漸復成凋喪。每聞耆舊亡，涕泫聲輒放。老任況寄〔六〕逸，先子推輩行。文章少得譽，詩語尤清壯。吏能復所長，談笑萬夫上。自喜作劇縣，偏工破豪黨。奮髯走猾吏，嚼齒對姦將〔七〕。哀哉命不偶，每以才得謗。竟使落窮山，青衫就黃壤。宦遊久不樂，江海永相望。退耕本就君，時節相勞餉。此懷今不遂，歸見纍纍葬。望哭國西門，落日銜千嶂。平生唯一子，抱負珠在掌。見之齠齔中，已有食牛量。他年如入洛，生死一相訪。惟有王濬沖，心知中散狀。

張寺丞益齋　　蘇軾

張子作齋舍，而以益爲名。吾聞之夫子，求益非速成。譬如遠遊客，日夜事征行。今年適燕薊，明年走蠻荆。東觀盡滄海，西涉渭與涇。歸來閉户坐，八方在軒庭。又如學醫人，識病由飽更。風雨晦明淫，跛躄瘖聾盲。虚實在其脉，静躁在其情。榮枯在其色，壽夭在其形。苟能閲千人，望見知死生。爲學務日益，此言當自程。爲道貴日損，此理在既盈。願君書此詩，以爲益齋銘。

送鄭户曹　蘇軾

水遶彭祖樓，山圍戲馬臺。古來豪傑地，千載有餘哀。隆準飛上天，重瞳亦成灰。白門下吕布，大星隕臨淮。尚想劉德輿，置酒此徘徊。爾來苦寂寞，廢圃多蒼苔。河從百步響，山到九里回。山水自相激，夜聲轉風雷。蕩蕩清河壖，黄樓我所開。秋月墮城角，春風摇酒盃。遲君爲坐客，新詩出瓊瑰。樓成君已去，人事固多乖。他年君倦游，白首賦歸來。登樓一長嘯，使君安在哉！

送李公擇　蘇軾

嗟予寡兄弟，四海一子由。故人雖云多，出處不我謀。弓車無停招，逝去勢莫留。僅存今幾人？各在天一陬。有如長庚月，到曉爛不收。宜我與夫子，相好手足侔。比年兩見之，賓主更獻酬。樂哉十日飲，衎衎和不流。論事到深夜，僵仆鈴與騶。頗嘗見使君，有客如此不？欲别不忍言，慘慘集百憂。念我野夫兄，知名三十秋。已得其爲人，不待風馬牛。他年林下見，傾蓋如白頭。

懷西湖寄晁美叔同年　　蘇　軾

西湖天下景，遊者無愚賢。深淺隨所得，誰能識其全？嗟我本狂直，早爲世所捐。獨專山水樂，付與寧非天？三百六十寺，幽尋遂窮年。所至得其妙，心知口難傳。至今清夜夢，耳目餘芳鮮。君持使者節，風采爍雲煙〔〕清流與碧巘，安肯爲爾妍。胡不屏騎從，暫借僧榻眠。讀我壁間詩，清流洗煩煎。策杖無道路，直造意所便。應逢古漁父，葦間自寅〔七〕緣。問道若有得，買魚勿論錢。

種松得徠字　　蘇　軾

春風吹榆林，亂莢〔八〕飛作堆。荒園一雨過，戢戢千萬栽。青松種不生，百株望一枚。一枚已有餘，氣壓千畮槐。野人昜斗粟，云自魯徂徠。魯人不知貴，萬竈飛青煤。束縛同一車，胡爲乎來哉？泫然解其縛，清泉洗浮埃。枝葉傷尚困，生意未肯回。山僧老無子，養視如嬰孩。坐待老龍蛇，清陰滿南臺。孤根裂山石，直幹排風雷。我今百日客，養此千歲材。時去替不百日。茯苓無消息，雙鬢日夜催。古今一俛仰，作詩寄餘〔九〕哀。

以雙刀遺子由子由有詩次其韻　蘇軾

寶刀匣不見，但見龍雀鐶。何曾斬蛟蛇？亦未切琅玕。胡爲穿窬輩，見之要領寒？吾刀不汝問，有愧在其肝。念此刀自藏，包之虎皮斑。湛然如古井，終歲不復瀾。不憂無所用，憂在用者難。佩之非其人，匣中自長歎。我老衆所易，屢遭非意干。惟有王玄通，堦庭秀枝蘭。知子後必大，故擇刀所便。屠狗非不用，一歲六七刓。欲試百鍊剛，要須更泥蟠。作詩銘其背，以待知者看。

與王郎中昆仲及兒邁遶城觀荷花二首　蘇軾

昨夜雨鳴渠，曉來風襲月。蕭然欲秋意，溪水清可啜。環城三十里，處處皆佳絶。蒲蓮浩如海，時見舟一葉。此間真避世，青蒻低白髮。相逢欲相問，已逐驚鷗没。

清風定何物，可愛不可名。所至如君子，草木有嘉聲。我行本無事，孤舟任斜横。中流自偃仰，適與風相迎。舉杯屬浩渺，樂此兩無情。歸來兩溪間，雲水夜自明。

送俞節推尚之子，尚字退翁。　蘇軾

吴興有君子，淡如朱絲琴。一唱三歎息，至今有遺音。嗟余與夫子，相避如參辰〔一〇〕。退翁官于蜀，余在京師，余歸而退翁去。及余官於吳興，則退翁亡矣。猶喜見諸郎，窈然清且深。異時多良士，末路喪初心。我生不有命，其肯枉尺尋？

東坡七首

蘇軾

余至黄二年，日以困匱。故人馬正卿哀余乏食，爲於郡中請故營地數十畮，使得躬耕其中。地既久荒，爲茨棘瓦礫之場，而歲又大旱，墾闢之勞，筋力殆盡。釋耒而歎，乃作是詩，自愍其勤，庶幾來歲之入，以忘其勞焉。

廢壘無人顧，頹垣長蓬蒿。誰能捐筋力，歲晚不償勞。獨有孤旅人，天窮無所逃。端來拾瓦礫，歲旱土不膏。崎嶇草棘中，欲刮一寸毛。喟然釋耒歎，我廩何時高？

荒田雖浪莽，高庳各有適。下隰種秔稻，東原蒔棗栗。江南有蜀士，桑果已許乞。好竹不難栽，但恐鞭横逸。仍須卜佳處，規以安我室。家僮燒枯草，走報暗井出。一飽未敢期，瓢飲已可必。

自昔有微泉，來從遠嶺背。穿城過聚落，流惡壯蓬艾。去爲柯氏陂，十畮魚蝦會。歲旱泉亦竭，枯萍粘破塊。昨夜南山雲，雨到一犂外。泫然尋故瀆，知我理荒薈。泥芹有宿根，一寸嗟獨在。雪芽何時動，春鳩行可膾。蜀人貴芹芽膾，雜鳩肉作之。

種稻清明前，樂事我能數。毛雨暗春澤，針水聞好語。蜀人以細雨爲雨毛。稻初生時，農夫相語，稻針水矣。分秧及初夏，漸喜風葉舉。月明看露上，一一垂珠縷。秋來霜穗重，顛倒相撑拄。但聞畦隴間，蚱蜢如風雨。蜀中稻熟時，蚱蜢群飛田間，如小蝗狀，而不害稻。新春便入甑，玉粒照筐筥。我久食官倉，紅腐等泥土。行當知此味，口腹吾已許。

良農惜地力，幸此十年荒。桑柘未及成，一麥庶可望。投種未逾月，覆塊已蒼蒼。農夫告我言，勿使苗葉昌。君欲富餅餌，要須縱牛羊。再拜謝苦言，得飽不敢忘。

種棗期可剥，種松期可斲。事在十年外，吾計亦已慤。十年不足道，千載如風雹。舊聞李衡奴，此策擬可學。我有同舍郎，官居在灊岳。李公擇也。遺我三寸柑，照坐光卓犖。百栽儻可致，當及春冰渥。想見竹籬間，青黄垂屋角。

潘子久不調，沽酒江南村。郭生本將種，賣藥西市垣。古生亦好事，恐是押衙孫。家有十畝竹，無時容扣門。我窮交舊絶，三子獨見存。從我於東坡，勞餉同一飧。可憐杜拾遺，事與朱阮論。吾師卜子夏，四海皆弟昆。

冬至日贈安節　　蘇軾

我生幾冬至，少小如昨日。當時事父兄，上壽拜脱膝。十年閲凋謝，白髮催衰疾。瞻前惟兄三，顧後子由一。近者隔濤江，遠者天一壁。今朝復何幸，見此萬里姝。憶汝總角時，啼笑爲梨栗。今來能慷慨，志氣堅鐵石。諸孫行復爾，世事何時畢。詩成却超然，老淚不成滴。

陳季常見過三首

蘇軾

仕宦常畏人，退居還喜客。君來輒館我，未覺雞黍窄。東坡有奇事，已種十畮麥。但得君眼青，不辭奴飯白。

送君四十里，只使一帆風。江邊千樹柳，落我酒盃中。此行非遠別，此樂固無窮。但願長如此，來往一生同。

初秋寄子由

蘇軾

百川日夜逝，物我相隨去。惟有宿昔心，依然守故處。憶在懷遠驛，閉門秋暑中。藜羹對書史，揮汗與子同。西風忽淒厲，落葉穿户牖。子起尋裌衣，感歎執我手。朱顔不可恃，此語君勿疑。别離恐不免，功名定難期。當時已悽斷，況此兩衰老。失〔一二〕塗既難追，學道恨不早。買田秋已議，築室春當成。雪堂風雨夜，已作對牀聲。

過建昌李野夫公擇故居

蘇軾

彭蠡東北源，廬阜西南麓。何人修水上，種此一雙玉。思之不可見，破宅餘修竹。四鄰戒莫犯，十畮森似束。我來仲夏初，解籜呈新緑。幽鳥向我鳴，野人留我宿。裴回不忍去，微月挂喬木。遥想他年歸，解組巾一幅。對牀老兄弟，夜雨鳴竹屋。卧聽鄰寺鐘，書窗有殘燭。

栖賢三峽橋　蘇軾

吾聞太山石，積日穿綫溜。況此百雷霆，萬世與石鬭。深行九地底，險出三峽右。長輪不盡溪，欲滿無底竇。跳波翻潛魚，震響落飛狖。清寒入山骨，草木盡堅瘦。空濛煙靄間，澒洞金石奏。彎彎飛橋出，歛歛半月彀〔一二〕。玉淵神龍近，雨雹亂晴晝。垂瓶得清甘，可嚥不可漱。

高郵陳直躬處士畫鴈　蘇軾

野鴈見人時，未起意先改。君從何處看，得此無人態。無乃槁木形，人禽兩自在。北風振枯葦，微雪落璀璀。慘澹雲水昏，晶熒沙礫碎。弋人悵何慕，一舉眇江海。

次韻王覿正言喜雪　蘇軾

聖人與天通，有詔寬獄市。好語夜喧街，濕雲朝覆砌。紛然退朝後，色映宫槐媚。欲夸翦刻工，故上朱藍袂。我方執筆侍〔一三〕，未敢書上瑞。君猶伏閤争，高論亦少慰。霏霏止還作，盎盎風與氣。神龍久潛伏，一怒勢必倍。行當見三白，拜舞讙萬歲。歸來飲君家，酣詠追《既醉》。

故李承之待制六丈挽詞　蘇軾

青青一寸松，中有梁棟姿。天驥墮地走，萬里端可期。世無阿房宫，可建五丈旗。又無穆天子，西征燕瑶池。材大古難用，老死亦其宜。丈夫恐不免，豈患莫己知。公如松與驥，少小稱偉奇。俯仰自〔一四〕廊廟，笑談無羌夷。清朝竟不用，白首仍憂時。願斬横行將，請烹乾没兒。言雖不見省，坐折姦雄窺。嗟我大公久，江湖生白髭。歸來耆舊盡，零落存者誰。比公嵇中散，龍性不可羈。疑公李北海，慷慨多雄詞。凄凉《五君詠》，沉痛《八哀詩》。邪正久乃明，人今屬公思。九原不可作，千古有餘悲。

送范純粹守慶州　蘇軾

才大古難用，論高常近迂。君看趙魏老，乃爲滕大夫。浮雲無根蒂，黄潦能須臾。知經幾成敗，得見真賢愚。羽旄照城闕，談笑安邊隅。當年老使君，赤手降於菟。諸郎更何事，折箠鞭其雛。吾知鄧平叔，不鬬月支胡。

送千乘千能兩姪還鄉　蘇軾

治生不求富，讀書不求官。譬如飲不醉，陶然有餘歡。君看龐德公，白首終泥蟠。豈無子孫念，顧獨遺以安。鹿門上冢回，牀下拜龍鸞。躬耕竟不起，耆舊節獨完。念汝少多難，冰雪落綺紈。五子如一人，奉養真色難。烹雞獨食母，自饗苜蓿盤。口腹恐累人，寧我食無肝。西來四千里，敝袍不言寒。秀眉似我兄，亦復心閑寬。忽然捨我去，歲晚留餘酸。我豈軒冕人，青雲意先闌。汝歸蒔松菊，環以青琅玕。檻陰三年成，可以挂我冠。清江入城郭，小圃生微瀾。相從結茅舍，曝背談金鑾。

故周茂叔先生濂溪　蘇軾

世俗眩名實，至人疑有無。怒移水中蟹，愛及屋上烏。坐令此溪水，名與先生俱。先生本全德，廉退乃一隅。因抛彭澤米，偶似西山夫。遂即世所知，以爲溪之呼。先生豈我輩，造物乃其徒。應同柳州柳，聊使愚溪愚。

歐陽叔弼見訪道陶淵明事因語及元載之死歎其識有淺深退作此詩

蘇　軾

淵明求縣令，本緣食不足。束帶向督郵，小屈未爲辱。翻然賦《歸去》，豈不念窮獨？重以五斗米，折腰營口腹。如何元相國，萬鍾不滿欲？胡椒銖兩多，何用八百斛。以此殺其身，何啻抵鵲玉。往者不可悔，吾其返自燭。

竹間亭小酌懷歐陽叔弼季默呈趙景貺陳履常一首

蘇　軾

歲莫自急景，我閑方緩觴。醉餘西湖晚，步轉北渚長。地坐略少長，意行無澗岡。久知薺麥清，稍喜榆柳黄。盎盎春欲動，瀲瀲夜未央。水天鷗鷺静，月霧松檜香。撫景方婉娩，懷人重淒涼。豈無一老兵，坐念兩歐陽。我意正麇鹿，君才亦圭璋。此會恐難久，此歡不可忘。

東府雨中別子由

蘇　軾

庭下梧桐樹，三年三見汝。前年適汝陰，見汝鳴秋雨。去年秋雨時，我自廣陵歸。今年中山去，白首歸無期。客去莫歎息，主人亦是客。對牀定悠悠，夜雨空蕭瑟。起折梧桐枝，贈汝千里行。歸來知健否，莫忘此時情。

過高郵寄孫君孚　蘇軾

過淮風氣清，一洗塵埃容。水木漸幽茂，菰蒲雜游龍。可憐夜合花，青枝散紅茸。美人遊不歸，一笑當誰供。故園在何處，已偃手種松。我行忽失路，歸夢山千重。聞君有負郭，二頃收横從。卷野畢秋穫，殷牀聞夜舂。樂哉何所憂，社酒粥面醲。宦遊豈不好？毋令到千鍾。

次韻定慧欽老見寄　蘇軾

閑居蓄百毒，救此跛與盲。依山作陶穴，掩此暴骨横。區區效一溉，豈能濟含生。力惡不已出，時哉非汝争。

江月五首　蘇軾

嶺南氣候不常，吾嘗云：菊花開時乃重陽，良天佳月即中秋，不須以日月爲斷也。今歲九月，殘暑方退，既望之後，月出愈遲。然予嘗夜起登合江樓，或與客遊豐湖，入栖禪寺，扣羅浮道院，登逍遥堂，逮曉乃歸。杜子美云：『四更山吐月，殘夜水明樓。』此殆古今絶唱也。因其句作五首，仍以『殘夜水明樓』爲韻。

一更山吐月，玉塔卧微瀾。正似西湖上，涌金門外看。冰輪横海闊，香霧入樓寒。停鞭且莫上，照我一杯殘。

二更山吐月，幽人方獨夜。可憐人與月，夜夜江樓下。風枝久未停，露草不可藉。歸來掩關卧，唧唧蟲夜話。

三更山吐月，栖烏亦驚起。起尋夢中遊，清絶正如此。驅雲掃衆宿，俯仰迷空水。幸可飲我牛，不須違洗耳。

四更山吐月，皎皎爲誰明。幽人卧我約，坐待玉繩橫。野橋多斷板，山寺有微行。今夕定何夕，夢中遊化城。

五更山吐月，窗迥室幽幽。玉鈎還挂户，江練却明樓。星河澹欲曉，鼓角冷知秋。不眠翻五詠，清切變蠻謳。

遷居之夕聞鄰舍兒誦書欣然而作　蘇軾

幽居亂蛙黽，生理半人禽。跫然已可喜，況聞弦誦音。兒聲自圓美，誰家兩青衿。且欣習齊咻，未敢笑越吟。九齡起韶石，姜子家日南。吾道無南北，安知不生今。海闊尚挂斗，大高欲橫參。荆榛短墻缺，燈火破屋深。引書與相和，置酒仍獨斟。可以侑我醉，琅然如玉琴。

次韻子由所居　蘇軾

幽居有古意，義井分西牆。誰言三伏熱，止須一杯涼。先生坐忍渴，群囂自披猖。衆散徐酌飲，逡巡味尤長。

和陶淵明飲酒　蘇軾

道喪士失己，出語輒不情。江左風流人，醉中亦求名。淵明獨清真，談笑得此生。身如受風竹，掩冉衆葉驚。俯仰各有態，得酒詩自成。

和陶淵明怨詩楚調示龐主簿及鄧治中　蘇軾

當歡有餘樂，在戚亦頹然。淵明得此理，安處固有年。嗟我與先生，所賦良奇偏。人間少宜適，惟有歸耘田。我昔墮軒冕，毫釐真市廛。歸來卧重茵，憂愧自不眠。如今破茅屋，一夕或三遷。風雨睡不知，黄葉滿枕前。寧當出怨句，慘慘如孤煙。但恨不早悟，猶推淵明賢。

和陶淵明雜詩　蘇軾

真人有妙觀，俗子多妄量。區區勸粒食，此豈知子房。我非徒跣相，終老懷未央。免死縛淮陰，狗功指平陽。哀哉亦可羞，世路皆羊腸。

和陶淵明庚戌歲九月中於西田穫早稻　蘇　軾

蓬頭二獠奴，誰謂愿且端。晨興灑掃罷，飽食不自安。願此治圃畦，少資主遊觀。晝功不自覺，夜氣乃潛還。早韭欲争春，晚菘先破寒。人間無正味，美好出艱難。早知農圃樂，豈有非意干。尚恨不持鋤，未免騂我顔。此心苟未降，何適不間關。休去復歇去，食菜何所歎？

和淵明始作鎮軍參軍經曲阿　蘇　軾

虞人非其招，欲往畏簡書。穆生責醴酒，先見我不如。江左古弱國，强臣擅天衢。淵明墮詩酒，遂與功名疎。我生值良時，朱金義當紆。天命適如此，幸收廢棄餘。獨有愧此翁，大名難久居。不思犧牛龜，兼取熊掌魚。北郊有大賚，南冠解囚拘。眷言羅浮下，白鶴返故廬。

和陶淵明詠三良　蘇　軾

此生太山重，忽作鴻毛遺。三子死一言，所死良已微。賢哉晏平仲，事君不以私。我豈犬馬哉，從君求蓋帷。殺身固有道，大節要不虧。君爲社稷死，我則同其歸。顧命有治亂，臣子得從違。魏顆真孝愛，三良安足希。仕宦豈不榮，有時纏憂悲。所以靖節翁，服此黔婁衣。

和陶淵明詠貧士　蘇　軾

夷齊恥周粟，高歌誦虞軒。産禄彼何人，能致綺與園。古來避世士，死灰或餘煙。末路益可羞，朱墨手自妍〔一五〕。淵明初亦仕，弦歌本誠言。不樂乃徑歸，視世差獨賢。

夏晝　章望之

一日常百刻，轉若車輪忙。千日十萬刻，百年能幾長？達者齊古今，一生甚微茫。夏日豈爲永，而足以較量。人世不足惜，行善乃自彰。無及間暇時，般樂爲淫荒。夷齊餓人者，顔閔非公王。其人品孰亞，周氏與虞唐。亦用仁義積，豈今身未亡。富貴無可恃，莫與公道强。夜思晝以力，四序皆流光。示君《夏晝》誦，愓愓其自傷。

宿簡寂觀　袁　陟

名山崇祕祠，終夜得清賞。真氣溢空浮，流泉隨砌響。林巒片月散，殿閣高風行。天際斗杓直，庭中盤石横。即陸脩静朝斗之石。逸人今何之，故嶺不改秀。白鶴唳松梢，青燈覢巖竇。悦追汗漫駕，深悟逍遥言。四顧群動寂，冥心歸灝元。

再遊雲居登山有三路，去冬自溯潭由西莊而上，取姚田莊路，唯麥莊一路未行。

袁陟

風吹嶺頭樹，似欲招行客。緣雲過絶頂，復見紫霄宅。平觀三百里，下視八千尺。隼擊九秋嚴，鵬展萬里翮。五老鎮相望，西岫天與敵。可笑培塿群，亦自矜寸碧。氛埃卷宇宙，鴈鶩下川澤。既諧慧智心，若蹈聖賢域。危亭據中峰，回抱竦天壁。沈沈古帝坐，左右列夔稷。舉頭河漢通，直欲攀南極。合奏天地籟，兩耳清歷歷。吁嗟萬類微，胡爲競朝夕。安知太清上，我方適所適。尚思西巘路，去冬躡雙屐。高興挹洪厓，大句鼓天力。到今巖壑間，浩浩起金石。安得少陵翁，物外講新格？重來羈紲在，欲隱世累迫。多謝受命松，長存歲寒色。

覆驗餘姚道中

王存

一夫死非命，滁驗更兩吏。一囚坐法誅，三覆與衆棄。去年交阯敗，殺戮無賤貴。江淮屢歲眚，積殍溝壑穢。聖人於赤子，愛重若彼至。謹小以遺大，誰其原帝意？

雜興三首

鮮于侁

幽居觀物變，天道固虚盈。炎馭日方熾，微陰一已生。涼風動野草，桃李先飄零。蜩螗集高柳，絡緯響空庭。愁心獨耿耿，宵夢竟難成。

一氣斡元造，爲功未嘗煩。群生自委化，天地亦何言。鳧脛不可增，楮葉不可鐫。欲益固爲損，勞心非自然。不見平陽侯，醇酒聊終年。

三王貴養老，取重在乞言。酒醴副佳肴，黄髮斯皤然。朝廷本忠厚，風俗亦變遷。豈意漢道微，侍中惟少年。耆舊無備問，李公所以難〔一六〕。

新堂夜坐月色皎然由連理亭信步庭中徘徊久之因爲五言一首　鮮于侁

秋風動微涼，天雨新霽後。閑齋獨隱几，明月在高柳。振衣步庭下，顥氣入襟袖。天空雲漢明，隱約辨列宿。蒼蒼松檜上，零露霏欲流。去聲。脱葉滿閑園，繁華追衰朽。清宵望蟾彩，宜付一杯酒。多病謝樽罍，城頭轉寒漏。

海州觀放鶻搏兔不中而飛去　沈存中

秋霜濯空林，暮日在峰頂。冥冥起長風，稍稍絶遺影。驍禽值猛搏，俯取不待頃。豈非求者乖，矯翮成遠騁。未能謝榛莽〔一七〕，那用遽悻悻。此心竟可憐，得失未宜病。

觀餘姚海氛　謝景初

海上風與雨，未眣先氣升。澤鹵雜山雲，蓊鬱相薰蒸。交語面已障，安辨丘與陵。衣濡帶革緩，臭腥殊可憎。自非昌其陽，疾癘得以乘。君子却陰邪，何必醫師能。

餘姚董役海隄有作

謝景初

五行交相陵，海水不潤下。處處壞隄防，白浪大於馬。顧予爲其長，恐懼敢暫捨。董衆完築塞，跋履率曠野。使人安於生，兹不羞民社。調和陰與陽，自有任責者。

法喜堂

謝景初

虚堂庇風雨，結構不務壯。外飾無髹髵，置物況容長。開篋藥劑靈，拈棊白黑抗。階花澹亦夭，庭石碧交向。出門鳥雀喧，燕處物我喪。吴俗夸有素，佛徒侈相尚。獨能守質静，坐以矯流宕。棲之果自喜，何須山海上。

村居

文與可

日影滿松窗，雲開雨初止。晴林梨棗熟，曉巷兒童喜。牛羊深澗下，鳬鴈寒塘裏。田父酒新成，瓶甕饋隣里。

新晴山月　文與可

高松漏疎月，落影如畫地。徘徊愛其下，夜久不能寐。怯風池荷捲，病雨山果墜。誰伴予苦吟，滿林啼絡緯。

屬疾梧軒　文與可

高梧覆新葉，滿院發華滋。白日一何永，清陰閑自移。曖蟲垂到地，晴鳥語多時。病肘倚枯几，泊然忘所思。

校勘記

〔一〕「愛」，麻沙本作「憂」。宋本《東坡詩集註》作「愛」。

〔二〕「走」，麻沙本作「定」。宋本《東坡詩集註》作「走」。

〔三〕「亭」，麻沙本作「寺」。宋本《東坡詩集註》作「亭」。

〔四〕「生」，麻沙本作「行」。宋本《東坡詩集註》作「生」。

〔五〕「龍鐘」，麻沙本作「蠬蹱」。宋本《東坡集》作「龍鐘」。

〔六〕「寄」，二十七卷本作「奇」。宋本《東坡詩集註》作「奇」。

〔七〕「寅」，二十七卷本作「延」。宋本《東坡詩集註》作「寅」。

〔八〕「葉」，二十七卷本作「英」。宋本《東坡詩集註》作「莢」。
〔九〕「餘」，二十七卷本作「余」。宋本《東坡詩集註》作「餘」。
〔一〇〕「參辰」，二十七卷本作「辰參」。宋本《東坡詩集註》作「辰參」。
〔一一〕「失」，二十七卷本作「朱」。宋本《東坡詩集註》作「失」。
〔一二〕「彀」，底本作「㱿」，據二十七卷本、麻沙本改。宋本《東坡詩集註》作「彀」。
〔一三〕「侍」，麻沙本作「待」。宋本《東坡詩集註》作「侍」。
〔一四〕「自」，二十七卷本作「有」。宋本《東坡詩集註》作「自」。
〔一五〕「妍」，麻沙本作「研」。明成化刊本《蘇文忠公全集》作「研」。
〔一六〕「難」，二十七卷本作「歎」。
〔一七〕「莽」，麻沙本作「芥」。

新校宋文鑑卷第十九

校者按：底本爲刻卷，據六卷本、二十七卷本（存第一至十三頁）、麻沙本刻卷校改。

五言古詩

買炭　　蘇轍

苦寒搜病骨，絲纊莫能禦。析薪燎枯竹，勃鬱煙充宇。西山古松櫪，材大招斤斧。根槎委溪谷，龍伏熊虎踞。挑抉靡遺餘，陶穴付一炬。積火變深黳，牙角猶忿怒。老翁睡破氈，正晝出無屨。百錢不滿籃，一坐幸至莫。御爐歲增貢，圜直中常度。閭閻不敢售，根節姑付汝。升平百年後，地力已難富。知夸不知嗇，俛首欲誰訴？百物今盡然，豈惟一炭故。我老或不及，預爲子孫懼。

早行　　孔文仲

客興謂已旦，出視見落月。瘦馬入荒陂，霜花重如雪。海風吹萬里，兩耳凍幾脱。歲晏已苦寒，近北尤凜冽。況當清曉行，遡此原野闊。笠飛帶繞頸，指强不得結。農家煙火微，炙手粗可熱。豈能迂我留，而就苟且活。仰頭視四宇，夜氣亦漸豁。苦心待正晝，白日想不缺。

逍遥亭

潘興嗣

作亭名逍遥，此理誠不虚。寬於一天下，原憲惟桑樞。況我卜清曠，風雨庇有餘。方池容瀲灧，小徑足縈迂。花木頗窈窕，松筠亦扶疎。鳴蛙送鼓吹，好鳥來笙竽。可琴亦可詠，可飲亦可娛。盤雖無下筯，賓食亦有魚。恢論或申旦，隱几忘移晡。困來展足眠，醉倒從人扶。率爾但付暢，因煩而領無。鄴侯三萬軸，方朔五車書。棄置復棄置，任自相賢愚。無妨吾逍遥，此樂誠何如？

師道

潘興嗣

師道久不振，小儒咸自私。破崖求圭角，務出己新奇。惻惻去聖遠，六經秦火隳。不有傳授學，涉獵安所爲？漢儒守一經，學者如雲隨。承習雖未盡，摸法有根基。薦紳立朝廷，開口應萬機。附對皆據經，金石確不移。熟爛見本末，較然非可欺。吾願下學官，各立一經師。務盡道德業，不取章句辭。庶幾昔人風，炳然復在兹。

過百里大夫冢　黄庭堅

行客抱憂端，況復思古人。何年一丘土，不見石麒麟。斷碑略可讀，大夫身霸秦。虞公納垂棘，將軍西問津。安知五羊皮，自粥千金身。末俗工媒孽，浮言妬道真。幸逢孟軻賞，不愧微子魂。

寄秉夷　黄庭堅

少時誦〔一〕詩書，貫穿數萬字。爾來窺陳編，記一忘三二。光陰如可玩，老境翻手至。良醫曾折足，說病迺真意。

和子瞻粲字韻二首　黄庭堅

公材如洪河，灌注天下半。風日未嘗攖，晝夜聖所歎。名世二十年，窮無歌舞玩。入宫又見妬，徒友飛鳥散。一飽事難諧，五車書作伴。風雨暗樓臺，雞鳴自昏旦。雖非錦繡贈，欲報青玉案。文似《離騷》經，詩窺《關雎》亂。賤生恨晚學，曾未奉巾盥。昨蒙雙鯉魚，遠託鄭人緩。風義薄秋天，神明還舊貫。更磨薦禰墨，推挽起疲懦。忽忽未嗣音，微陽歸候炭。仁風從東來，拭目望齋館。鳥聲日日春，柳色弄晴暖。漫有酒盈樽，何因見此粲。

元龍湖海士，毀譽各相半。下牀卧許君，上牀自永歎。丈夫屬有念，人物非所玩。坐令結歡客，化爲煙霧散。武功有大略，亦復寡朋伴。詠歌思見之，長夜鳴鶡旦。東南望彭門，官道平如案。簡書束縛人，一水不能亂。斯文媲秬鬯，可用圭瓚盥。誠求活國醫，何忍棄和緩。開疆日百里，都内錢朽貫。銘功甚俊偉，迺見儒生懦。且當置是事，勿求冰作炭。上帝群玉府，道家蓬萊館。曲肱夏簟寒，炙背冬屋暖。只令文字垂，萬世星斗粲。

寄師載　　黄庭堅

齊地穀翔貴，排門無爨饙。二仲有甘旨，奉親亦良勤。原田水洸洸，何時稼如雲。無民願豐歲，政自不忘君。

過家　　黄庭堅

絡緯聲轉急，田車寒不運。兒時手種柳，上與雲雨近。舍傍舊傭保，少換老欲盡。宰木鬱蒼蒼，田園變畦畛。招〔二〕延屈父黨，勞問走婚親。歸來翻作客，顧影良自哂。一生萍託水，萬事雪侵鬢。夜闌風隕霜，乾葉落成陣。燈花何故喜，大是報書信。親年當喜懼，兒齒欲毀齓。繫船三百里，去夢無一寸。

上冢　黄庭堅

自公返蓬蓽，稅駕上丘隴。霜露此日悲，松楸十年拱。養雛數羽毛，初不及承奉。康州斷腸猿，風枝割永痛。少年不如人，登仕無前勇。髮踈牙齒摇，鯨波怒號洶。願爲保家子，敢議世輕重。稱觴太夫人，魚菜贍庖供。

題王黄州墨蹟後　黄庭堅

掘地與斷木，智不如機舂。聖人懷餘巧，故爲萬物宗。世有斲泥手，或不待郢工。往時王黄州，謀國極匪躬。朝聞不及夕，百壬避其鋒。九鼎安盤石，一身轉孤蓬。浮雲當日月，白髮照秋空。諸君發蒙耳，汲直與臣同。

和張文潛贈晁無咎二首　黄庭堅

龜以靈故焦，雉以文故翳。本心如日月，利欲食之既。後生玩華藻，照影終没世。安得八紘罝，以道獮衆智？

談經用燕説，束棄諸儒傳。濫觴雖有罪，末派瀰九縣。張侯真理窟，堅壁勿與戰。難以口舌争，水清石自見。

留王郎

黃庭堅

河外吹沙塵，江南水無津。骨肉常萬里，寄聲何由頻。我隨簡書來，顧影將一身。留我左右手，奉承白頭親。小邦王事略，蟲鳥聲無人。王生解鞍馬，夜語雞喚晨。母慈家人肥，女慧男垂紳。有田爲酒事，豚韭及秋春。生涯得如此，舊學更光新。索去何草草，少留慰蹻勤。百年才一炊，六籍經幾秦。要知胸中有，不與跡同陳。郢人懷妙質，聊欲運吾斤。

和孔常父雪

黃庭堅

春皇賦上瑞，來寧黃屋憂。下令走百神，大雲庇九丘。風聲將仁氣，灎灎生瓦溝。寒花舞零亂，表裏照皇州。千門委圭璧，曉日不肯收。元年冬無澤，穴處長螟蟊。兩宮初旰食，補袞獻良籌。有道四夷守，無征萬邦休。耆年秉國論，涇渭極分流。輟耒入班品，逸民盡歸周。股肱共一體，間不容戈矛。人材如金玉，同美異剛柔。政須衆賢和，乃可疎共吺。改弦張弊法，病十九已瘳。王指要不匿，蝕非日月羞。桑林請六事，河水問九疇。天意果然得，玄功與吾謀。此物有嘉德，占年在麥秋。近臣知天喜，玉色動冕旒。儒館無他事，作詩配《崇丘》。

次韻答邢惇夫　黄庭堅

爲山不能山，過在一簣止。渥洼麒麟兒，墮地志千里。岷山初濫觴，入楚乃無底。將升聖人堂，道固有廉陛。邢子好少年，如世有源水。方求無津涯，不作蛙井喜。兒中兀老蒼，趣造甚奇異。過閲王公門，袖中有漫刺。别來阻河山，望遠每障袂。斯文向千載，有志常寡遂。後生文楚楚，照影若孔翠。不應《太玄》草，晞價咸陽市。雨作枕簟秋，官閑省中睡。夢不到漢東，茗椀乃爲祟。聞君肺渴減，頗復佳食寐。讀書得新功，來鴈寄一字。

題竹石牧牛　黄庭堅

野次小峥嶸，幽篁相依緑。阿童三尺箠，御此老觳觫。石吾甚愛之，勿遣牛礪角。牛礪角尚可，牛鬭殘我竹。

贈秦少儀覯　黄庭堅

汝南許文休，馬磨自衣食。但聞郡功曹，滿世名籍籍。渠命有顯晦，非人作通塞。秦氏多英俊，少游眉最白。頗聞鴻鴈行，筆皆萬人敵。吾蚤知有覯，而不知有覿。少儀袖詩來，剖蚌珠的皪。乃能持一鏃，與我箭鋒直。自吾得此詩，三日卧向壁。挽士不能寸，推去輙數尺。才難不其然，有亦未易識。

謝公定和二范秋懷

黄庭堅

西風一葉脱，迹已不可掃。巷有白馬生，朝回焚諫草。誰云事君難，是亦父子間。所要功補衮，不言能犯顔。

宿舊彭澤懷陶令

黄庭堅

潛魚願深渺，淵明無由逃。彭澤當此時，沉冥一世豪。司馬寒如灰，禮樂卯金刀。歲晚以字行，更始號元亮。淒其望諸葛，骯髒猶漢相。時無益州牧，指撝用諸將。平生本朝心，歲月閲江浪。空餘詩語工，落筆九天上。向來非無人，此友獨可尚。屬余剛制酒，無用酌盃盎。欲招千載魂，斯文或宜當。

題宛陵張待舉曲肱亭

黄庭堅

仲蔚蓬蒿宅，宣城詩句中。人賢忘巷陋，境勝失途窮。寒葅書萬卷，零亂剛直胸。偃蹇勳業外，嘯歌山水重。晨雞催不起，擁被聽松風。

和邢惇夫秋懷二首

黄庭堅

王度無畦畛，包荒用憑河。秦收鄭渠成，晋得楚材多。用人當其物，不但軸與薖。六通而四闢，玉燭四時和。

相如用全趙，留侯開有漢。名登泰山重，功略天下半。讓頗封韓彭，事成群疑泮。天道常曲全，小智鶩後患。

次謝與迪所作竹

黄庭堅

吾宗墨脩竹，心手不自知。天公造化鑪，攬取如拾遺。風雪煙霧雨，榮悴各一時。此時抱明節，君又潤色之。抽萌或發石，懸筆有阽危。林梢一片雨，造次以筆追。猛吹萬籟作，微涼大音稀。霜兔束豪健，松煙泛硯肥。盤桓未落筆，落筆必中宜。今代捧心學，取笑如東施。或可遺巾幗，選愞如辛毗。生枝不應節，亂葉無所歸。非君一起予，衰疾豈能詩。憶君初解鞍，新月挂彎眉。夜月上金鏡，坐歎光景馳。我有好東絹，晴明要會期。漪漪淇園姿，此君有威儀。願作數百竿，水石相因依。他年風動壁〔三〕，洗我別後思。開圖慰滿眼，何時遂臻兹？

次韻楊明叔見餞十首

黄庭堅

平津喜牧豕，佽飛能斬蛟。終藉一汲黯，淮南解兵交。楊子有直氣，未忍死草茅。引之入漢朝，誰爲續弦膠。

楊君清渭水，自流濁涇中。今年貧到骨，豪氣似元龍。男兒生世間，筆端吐長虹。何事與秋螢，争光蒲葦叢。

事隨世滔滔，心欲自得得。楊君爲己學，度越流輩百。坐捫故衣蝨，垢襪春汗黑。睥睨紈袴兒，可飲三斗墨。

清浄草玄學，西京有子雲。太尉死宗社，大鳥泣其墳。寂寥向千載，風流被仍昆。富貴何足道，聖處要策勳。

桑輿金石交，既别十日雨。子輿裹飯來，一笑相告語。楊君困簞瓢，諸公不能舉。儻可從我歸，沙頭駐鳴櫓。

山圍少天日，狐鬼能作妖。睒閃載一車，獵人用鳴梟。小智窘流俗，蹇淺不能超。安得萬里沙，霜晴看射鵰。

元之如砥柱，大年若霜鶚。王楊立本朝，舉世作郛郭。觀公有膽氣，似可繼前作。丈夫存遠大，胸次要落落。

虚心觀萬物，險易極變態。皮毛剥落盡，唯有真實在。侍中乃珥貂，御史即冠豸。顧影或可羞，短蓑釣寒瀨。松柏生澗壑，坐閲草木秋。金石在波中，仰看萬物流。骯髒自骯髒，伊優自伊優。但觀百世後，傳者非公侯。老作同安守，蹇足信所便。胸中無水鏡，敢當吏部銓。恨此虚名在，未脱世糾纏。念作白鷗去，江南水如天。

拜劉凝之畫像

黄庭堅

棄官清潁尾，買田落星灣。身在菰蒲中，名滿天地間。誰能四十年，保此清浄退。往來澗谷中，神光射牛背。

跋子瞻和陶詩

黄庭堅

子瞻謫嶺南，時宰欲殺之。飽喫惠州飯，細和淵明詩。彭澤千載人，東坡百世士。出處雖不同，風味乃相似。

次徐仲車因婁行父見寄之詩

黃庭堅

前朝老諸生，太半正丘首。投荒萬里歸，煩公問健否。徃時望江宰，今爲夏津吏。它日可教之，玉音尚無棄。

游蔣彦回玉芝園

黃庭堅

春生瀟湘水，風鳴澗谷泉。過雨花漠漠，弄晴絮翩翩。名園上朱閣，覩後復覩前。借問昔居人，岑絶無炊煙。人生須富貴，河水清且漣。百年共如此，安用涕潺湲。蔣侯真好事，杖屨喜接連。車載溪中骨，堆排若差肩。厭看孔壬面，醜石反成妍。感君勸我醉，吾亦無間然。亂我朱碧眼，空花墜便翾。行動須人扶，那能金石堅。愛君雷式琴，湯湯發朱弦。但恨賞音人，太平隨逝川。平生有詩病，如痼不可痊。今當痛自改，三釁復三湔。

沐浴有感

彭汝礪

去垢如去邪，不欲留毫分。髮不止一沐，身不止三熏。如何迷本原，浴德不自勤。區區養樲棘，俯仰愧前聞。

就食　楊　蟠

未知田上勞，徒厭鼎中味。及與農事接，方驚食者貴。余生寡營求，念此豈易致。況敢懷寸禄，平居但羞愧。

古興　沈　遼

我不歎白髮，安得新少年？往者不失勢，後來豈能賢？世間亦多士，倚伏良有緣。寄語夸奪子，古人已皆然。

濰陽　徐　積

嘗聞唐李氏，世號爲賢妻。以力營七喪，或謂難庶幾。孰知蔡家婦，其事乃同之。豈特在中饋，無往而無儀。孝於其所尊，慈於其所卑。既知義所在，能終義所爲。我生至此極，我嫁逢百罹。其屬死略盡，其骨俱無歸。身爲未亡人，心乃真男兒。以己任其責，無忘須臾時。但恐事不濟，安知恤寒飢。乃捐奉生具，而爲送亡資。面不御膏沐，首不加冠笄。金珠鬻於市，文繡容何施？更無囊中裝，唯有身上衣。殆將截其髮，幸苟完其肌。所得蓋良苦，所積從細微。如此十年久，猶以爲文離。日時卜諸良，宅兆相厥宜。一舉十八喪，一旦得所依。手自植松楸，身亦沾塗泥。何暇裹兩足，但知勤四肢。居者歎於室，行者泣於歧。鳥亦助叫號，人思褋虆梩。冥冥長夜魂，所獲喜可知。鬱鬱佳城中，不爲中道尸。卒辦其家事，少慰而心悲。義深海可涸，行堅山可摧。孤誠貫白日，幽光凌虹蜺。吾聞古烈女，犖犖非無奇。一死盡易處，一節亦易持。至如張氏者，使人尤歔欷。誰爲孝婦傳，誰爲黄絹碑？亦有淮上翁，爲述《濉陽》詩。移書太史氏，無令兹逸遺。

别三子

陳師道

夫婦死同穴，父子貧賤離。天下寧有此，昔聞今見之。母前三子後，熟視不得追。嗟乎胡不仁，使我至於斯。有女初束髮，已知生離悲。枕我不肯起，畏我從此辭。大兒學語言，拜揖未勝衣。唤爺我欲去，此語那可思！小兒襁褓間，抱負有母慈。汝哭猶在耳，我懷人得知？

示三子

陳師道

去遠即相忘，歸近不可忍。兒女已在眼，眉目略不省。喜極不得語，淚盡方一哂。了知不是夢，忽忽心未穩。

田家

陳師道

雞鳴人當行，犬鳴人當歸。秋來公事急，出處不待時。昨夜三尺雨，竈下已生泥。人言田家樂，爾苦人得知？

送蘇公知杭州

陳師道

平生羊荆州，追送不作遠。豈不畏簡書，放麑誠不忍。一代不數人，百年能幾見。昔如馬口銜，今爲禁門鍵〔四〕。一雨五月涼，中宵大江滿。風帆目力短，江空歲年晚。

送李奉議亳州判官

陳師道

祁氏號外府，藏室多異書。自公有餘力，一覽意何如。爲學雖日益，受益不受誣。正須高著眼，濠梁有遊魚。

觀兖文忠公家六一堂圖書

陳師道

生世何用早，我已後此翁。頗識門下士，略已聞其風。中年見二子，已復歲一終。呼我過其廬，所得非所蒙。先朝群玉殿，冠佩環群公。神文焕王度，喜色見天容。御榻誰復登，帝書元自工。黄絹兩大字，一覽涕無從。似欲託其子，天意人與同。歷數況有歸，敢有貪天功？《集古》一千卷，明明並群雄。誰爲第一手，未有百世公。廟器刻科斗，寶樽播華蟲。緬懷弁服士，酬獻鳴瑽瑢。插架一萬軸，遺子以固窮。素琴久絶弦，碁酒頗闕供。向來一瓣香，敬爲曾南豐。世雖嫡孫行，名在惡子中。斯人日已遠，千歲幸一逢。吾老不可待，草露濕寒蛩。

咸平讀書堂

陳師道

昔人三百篇，善世已有餘。後生守章句，不足供囁嚅。一登吏部選，筆硯隨掃除。閉閤畫眉嫵，隔屋聞歌呼。奉公用漢律，寧復要詩書。俛首出跨下，枉此七尺軀。今代陶朱公，不作大梁屠。計然特未用，意得輕仝吳。爲邦得畿縣，政密自計疎。寧書下下考，不奉急急符。用意簿領外，築室課典謨。平生五千卷，還舍不問途。舊事更漢唐，稍以詩自娱。復作無事飲，醉卧擁青奴。桃李春事繁，軒窗晝景舒。鳴屋鳩喚雨，窺簷燕哺雛。休吏散篇帙，脩篁獻笙竽。听然一啓齒，斯民免爲魚。

次韻答晁無斁

陳師道

女生願有家，名妾以不聘。出里亦慕君，又惡不由正。欲行不問塗，已破寧顧甑。耕疆無一廛，庖井要三徑。還家憂患餘，挽須兒女競。十年寧有此，一寒可無命。平生晁夫子，得士公室慶。稍無車馬音，復作賓客請。論文到韓李，念舊説蘇鄭。長年斷消息，獨語誰和應。此生恩未報，他日目不瞑。歸卧無好懷，扣門有佳聽。誰來雪霜後，更覺天宇浄。少好老未工，持刃授子柄。

校勘記

〔一〕「誦」，底本作「調」，據二十七卷本、麻沙本改。元本《山谷詩集註》作「誦」。

〔二〕「招」，麻沙本作「昭」。

〔三〕「壁」，底本作「塵」，據二十七卷本改。宋乾道本《豫章黄先生文集》、日本翻宋紹興本《山谷詩集註》作「壁」。

〔四〕「鍵」，麻沙本作「鉉」。

新校宋文鑑卷第二十

校者按：底本爲刻卷，據六卷本、麻沙本刻卷校改。

五言古詩

寄楊道孚

張耒

士師我自出，爽邁凌清秋。年少不飲酒，昏燈夜問囚。君家外大父，聽獄代其憂。備飢朝煑飯，驅蚊夜張幬。獄成上府時，稽顙呼張侯。怒心臨縲紲，相盜以戈矛。無令市死厲，請帝號重幽。

旦起

張耒

漫漫東牖白，開帷納晨光。欠伸推攸枕，扣齒被朝裳。瓦盎汲石泉，漱甘齒頰涼。維茲孟夏初，宿雨清高堂。栖鳥起且啅，露鶯鳴更藏。悠悠晚花殷，落落古柳蒼。西舍初鳴舂，東隣出求糧。客馬已別櫪，商車欲踰岡。羲和一揚輝，群動皆擾攘。有生無不求，誰得偃於牀。人生但如此，勤苦亦可傷。況我病倦翮，飄飄信風翔。永懷中林士，栖志煙霞鄉。願言寄旅跡，棲託以徜徉。

夏日雜感　張耒

士而懷其居，孔子亦云非。賢臣事晉侯，夜載使逃齊。酖毒比燕居，君子不可懷。樂小必害大，安近遠之迷。野芻養騏驥，當念和鑾馳。一飽願即止，幾何非犬雞。高賢意有在，汲汲不敢違。安能守槽櫪，長伴兒曹嬉。

春日雜書　張耒

昨日爲雨備，今晨天乃風。障風謹自保，通夕雪迷空。備一常失計，盡備力不供。因之置不爲，拱手受禍凶。當爲不可壞，任彼萬變攻。築室如金石，何勞計春冬。此道簡且安，古來家國同。

感遇　張耒

穰侯擅關中，頗畏諸侯客。搜車計已遲，終困范公策。庸夫吝富貴，百計私自惜。勢移禍敗至，智巧竟何益。至公覽英俊，苴補乃無隙。請看桑林餓，亦脱趙子厄。

昭陵六馬

張耒

天將剗隋亂，帝遣六龍來。森然風雲姿，颯爽毛骨開。飈馳不及視，山立儼莫回。長鳴視八表，擾擾萬駑駘。秦王龍鳳姿，魚鳥不足摧。腰間大白羽，中物如風雷。區區數竪子，縛取如提孩。手持掃天箒，六合無塵埃。艱難濟大業，一一非常才。惟時六驥足，績與英衛陪。功成鏘八鸞，玉輅行天街。荒涼昭陵闕，古石埋蒼苔。

斑竹

張耒

重瞳陟方時，二妃蓋老人。安肯泣路傍，灑淚留叢筠。頗疑葛陂化，點點留斑鱗。慎勿脱水去，人世多埃塵。

寓陳詩

張耒

我不知暑退，但覺衣汗乾。頗怪庭中天，湛然清以寬。有物叫草根，啾啾自相喧。問知已新秋，大火流金丸。天工變寒暑，正爾事亦繁。靜觀付一笑，吾事寧相關。但使筋力健，悠然佳意還。喧喧憎鄰里，砧杵亂人眠。

糴官粟有感　　張耒

持錢糴官粟，日夕擁公門。官價雖不高，官倉常苦貧。兼并閉囷廩，一粒不肯分。伺待官粟空，騰價邀吾民。坐視既不可，禁之亦紛紜。擾擾田畮中，果腹才幾人？我欲究其原，宏闊未易陳。哀哉天地間，生民常苦辛。

賀雨拜表　　張耒

群雲雨事畢，振旅不復陣。掃天無一塵，千里還緑潤。晨朝大明賀，沙路萬蹄印。朝光泛翠瓦，佳氣去人近。頗聞避斧扆，侑膳徹龍筍。願君愛物心，從此至堯舜。

田居　　秦觀

雞號四隣起，結束赴中原。戒婦預爲黍，呼兒隨掩門。犂鋤帶晨景，道路更笑喧。宿潦濯芒屨，野芳簪髻根。霽色披宿靄，春空正鮮繁。辛夷茂横阜，錦雉驕空園。少壯已雲趨，伶俜尚鴟蹲。蟹黄經雨潤，野馬從風奔。村落次第集，隔塍致寒温。眷言月占好，努力競晨昏。

海康書事五首

秦觀

白髮坐鉤黨，南遷海瀕州。灌園以餬口，身自雜蒼頭。籬落秋暑中，碧花蔓牽牛。誰知把鋤人，舊日東陵侯。

荔子無幾何，黄柑遽如許。遷臣不惜日，恣意移寒暑。層巢俯雲木，信美非吾土。草芳自有時，鶗鴂何關汝！

卜居近流水，小巢依嶔岑。終日數椽間，但聞鳥遺音。鑪香入幽夢，海月明孤斟。鷦鷯一枝足，所恨非故林。

培塿無松柏，駕言出焉遊。讀書與意會，却掃可忘憂。尺蠖以時詘，其信亦非求。得歸良不惡，未歸且淹留。

海康臘已酉，不論冬孟仲。殺牛撾祭鼓，城郭爲沸動。雖非堯曆頒，自我先人用。大笑荆楚人，嘉平獵雲夢。

孤憤吟二首

張商英

平津諛武帝，堯舜未爲聰。歸來東閤士，稱頌比周公。勢利變人心，上下交相蒙。低顔望眉睫，一喜生春風。優游卒兹歲，安知朝野空。

青青一本桑，下可百夫息。泠泠一井泉，上有千人汲。千里以爲郡，百里以爲邑。生齒豈不繁，教化緊爾力。何事北窗人，歎此徒勞職。

接花　陳　瓘

色紅可使紫，葉單可使千。花小可使大，子少可使繁。天賦有定質，我力能使遷。自矜接花手，可奪造化權。衆聞悉驚詫，遣我屢嘆吁。用智固巧矣，天時可易歟？我欲春採菊，我欲冬賞桃。汝不能栽接，汝巧亦徒勞。雨露草必生，雪霜松不死。不死有本性，必生亦時爾。汝之所變易，是亦時所爲。時乎不可違，何物不隨時。

文選樓　李　廌

申轅應楚聘，鄒枚適梁苑。藩侯喜賓客，賢賢易鷹犬。黄綺游漢庭，羽翼繒繳遠。秦府十八公，攀附名益顯。昭明衆才子，文囿俾蒐選。高齋切浮雲，雉堞俯晴巘。尚應愧河間，筆削非大典。

寄陳履常　邢居實

十年客京洛，衣袂多黄塵。所交盡才彦，惟子情相親。會合能幾日，歡樂何遽央。春風東北來，飄我西南翔。驪駒已在門，白日行且晚。停觴不能飲，將夫更復返。把腕捋髭鬚，悲啼類兒女。人生非鹿豕，安得常群聚。朔別河上梁，莫涉關山道。匹馬逐飛蓬，離恨如春草。去去日已遠，行行淚横臆。昨日同袍友，今朝異鄉客。來時城南陌，始見梅花白。回首漢江頭，黄梅已堪摘。杖策登高城，極目迴千里。落日下青山，但見白雲起。遠望豈當歸，長歌涕如雨。歸心如明月，幽夢過潁汝。抱膝長相思，故人安可見。忽枉數行書，彷彿如對面。紛紜輦轂下，冠蓋争馳逐。吹嘘多賢豪，肯復念幽獨。空齋聽夜雨，深竹聞子規。此情不可道，此心君詎知？

雨後出城馬上作

邢居實

既雨天氣佳，微雲淡如掃。欲尋煙際鐘，騎馬河邊草。紫椹飽黄鸝，人家夏蠶老。田婦踏繅車，隔籬語音好。嗟我一何愚，讀書浪枯槁。不及此中人，終年客長道。

述懷

任伯雨

元符庚辰歲，孟冬十二日。任子忝大宗，碌碌奉朝籍。聖主訪落初，聽言勞日昃。諫路員有闕，求人恐不及。誰謂方遴選，邂逅首踈逖。詔旨忽中授，聞命但夕惕。不是憂不合，致君憂失職。既憂亦復喜，不是貪禄秩。平生慕古人，素願或可畢。精神倍疏瀹，激昂登文石。青雲開九天，清光親咫尺。每見情益交，肝膽盡剖析。敬承丁寧訓，重許以忠直。自喜千載遇，奮身遑他恤。志欲收主威，力先排巨室。切齒憤欽永，刻意望夔稷。不數千羊皮，豈讓一狐腋。勤勤履霜戒，不復慮不密。問夜欲自勞，百疏竟何益。哀哉愛君心，不能當衆嫉。投湘爲獨醒，得罪因懷璧。尚賴天德廣，閱歲已再謫。仇人意未厭，窮荒必投斥。轉海僅萬里，艱危備經歷。有時遭颶風，天地如抹漆。雪浪山崩頹，轟豗飛霹靂。扁舟甚桔槔，俯仰顛倒立。雙檣捲欲折，纜斷水蘸蓆。鯨鱷口垂涎，噴吒煙雨集。萬怪競周章，腥臊助噓吸。生平仗忠信，安敢保瞬息。寅緣脱魚腹，島嶼稍登陟。天氣鬱欲流，土色焦成赤。草木蒸氛霧，亭午日未出。荒徑少人行，悉窣走虺蜴。居民傍溪滸，横斜户百十。矮屋盡棚欄，臭穢如圈櫪。家家啖菜粥，雜米無十一。小魚與細鰕，相尚珍鼎食。鳥言紛嘲哳，卉服坌蒙羃。顔色盡黄腫，太半抱瘴疾。其風貪以淫，其俗拙以僻。殆非人間世，宜爾太荒闃。我生本匹夫，賦性自真率。雅有江海志，仕宦特牽迫。一日偶遭際，用捨何敢必。但思忠邪分，於國繫休戚。周嫠不恤緯，我意何窮極。漆女倚門嘯，我情第堙鬱。嗚呼謀身者，所宜念陰騭。

春風　　洪朋

春風吹桃李，欻然滿中園。群動不遑息，胡蝶紛飛翻。我亦感兹時，步屧遶林間。顔色豈不好，持久良獨難。置酒休其下，聊復罄余歡。君看桃與李，成蹊亦無言。

初行山

晁詠之

靄靄初蒸雲，落落欲墜石。山深多晚花，照水自紅碧。漁艇入煙小，松竹凌煙直。西風漾碧波，扁舟恣攲側。客從北方來，苦遭世俗迫。登臨雖夙願，山川多未識。浩蕩涉寒流，躋攀並蒼壁。捫蘿窺鳥道，踏逕窮人迹。清泉洗塵心，山鳥慣幽客。逸興良未已，日下千崖赤。十載孫承公，好具登山屐。

王立之大裘軒

謝逸

小人拙生事，三冬卧無帳。忍寒東窗底，坐待朝曦上。徐徐晨光熙，稍稍氣血暢。薰然四體和，恍若醉春釀。此法祕勿傳，不易車百兩。君胡得此法，開軒亦東向。蘇公名大裘，意豈在萬丈。但觀名軒心，人人如挾纊。

閨恨

謝逸

汲井澣我衣，伐石固我墉。塵埃不被體，寂無人迹通。洋洋西江水，我車不敢渡。夙駕豈不早，早行畏多露。行止既有義，離合亦有時。衆人豈無心，不如我所之。

酴醿依柏引蔓上冒其顛

崔鷗

春風亦已老，自厭丹采媚。獨留白雪花，灑此千尺翠。嵯峨珠籠冠，縹緲冒佛髻。幽香勿襲人，恐爲真色累。但願保明姿，終日奉清對。要之萬物夥，汙潔自有類。

江月圖

崔鷗

冥冥一葉輕，不知水與天。獨於灝氣中，仰見素璧圓。超然狂道士，起視清夜闌。自拈白玉笛，吹此江月寒。想當萬籟息，逸響流空煙。我從江海來，形留意先還。何當買魚蓬，追此水墨仙。

雨餘

鮑欽止

礎潤雨欲作，好風每相先。蕭蕭清入簾，令我心洒然。閉門倦永夏，枕書日昏眠。快此風雨餘，端如濯飛泉。盆山有佳趣，草木更幽妍。井華養文石，香篆横雲煙。俯仰方丈間，勝事亦可憐。永懷觸熱子，我勞良獨賢。

寄友人

張　繹

有客厭事事，潔身山之幽。寒暑不相貸，乃有卒歲憂。有生此有事，簡之成贅疣。澄江本無浪，不如信虚舟。《六經》乃道要，無以利心求。一朝與理會，萬境真天遊。伊水正清泠，子行無滯留。西風昨夜至，送子馳中流。落月灑殘夢，已著古岸頭。我病强送君，是行良難儔。異時青門下，誰識東陵侯？

秋日書懷

毛　滂

秋日吐微明，寒葉墮半碧。娟娟竹弄影，冉冉香引脉。窗明棐几净，水石涵虚白。茶開睡足眼，苔上嬾行屐。屋寒無燕雀，豈獨少賓客。顧我警露友，佇此遼天翮。相對雖不言，孤高比三益。邇來世外心，漸覺眼界窄。兒時喜功名，今念真戲劇。平生翻羹手，欲爛誰能炙？豈待二頃田，初無一廛宅。第當營糟丘，努力期百尺。頽然寄疎慵，坐看駒過隙。韓郎食不足，苦心定誰惜。那知落英繁，吾食豈無夕。舉手謝飛鳶，一鼠何勞嚇。

次韻毛達可給事秋懷念歸

倪　濤

結茅遠人村，破屋水半扉。涼葉墮清響，空山轉斜暉。微官卧江漢，素心久依依。十年天涯秋，摇落幾芳菲。馬蹄歲月去，蝶夢東南飛。平生丘壑志，有言輒乖違。不如孤征鴻，春風自知歸。

贈趙正之

林敏功

君爲稻田官，君非力田科。我今耕田夫，爲君奏田歌。南畝茨粱稼，東郊煙雨蓑。田家不作苦，奈此歲暮何？憫憫望有年，一失成蹉跎。立苗非不踈，稊稗常苦多。小人剥良善，蓬蒿賤嘉禾。去惡藉老農，芟夷戒騈羅。夫君邦之彦，妙年加切磋。治國與治身，此道終靡他。人心不相遠，如以斧伐柯。願君日顯榮，吾言期不磨。

奉同程致道著作次鮑溶冬夜答客韻送趙叔問奉議歸南都

方元修

清秋不相借，白髮日更多。塵埃困煩促，原野懷經過。聊當倚滂潤，資以生吾禾。豈不念離群，鶯鵲寧擇窠。王孫別都去，澹若依松蘿。暫别亦復難，賡詩飲無何。我行那爾爾，渺邈踰江河。賸須作佳句，相我《滄浪》歌。

張牧之竹溪

林敏修

張牧之隱於竹溪，不喜與世接。客來，蔽竹窺之，或韻人佳士，則呼船載之，或自刺舟與語。

俗子十反不一見，怒駡相踵，弗顧也。人或以少漫郎，余獨喜其與古人意合，乃作《竹溪詩》。

幽閒古城陰，結屋清溪曲。溪流湛回映，上有青青竹。漫郎欣得之，緑髪詠空谷。高風及前脩，勝趣隨遠矚。惡客徒擾人，立談非我欲。麾去寧汝嗔，真意聊自足。或言不當爾，往往相謗讟。答云豈吾私，恐作林泉辱。源流别涇渭，臭味同草木。肯當百事勝，容此一物俗。獨餘嵇阮輩，蕩槳戒臣僕。濁醪澆古胸，日没還秉燭。僕忝瓜葛後，意氣頗相屬。平生幾兩屐，共老三徑菊。行年事無定，此計諾已宿。徑須買牛衣，兒亦荷書簏。從子竹間游，溪魚剁寒玉。

山行

曹緯

日出過山頭，日入宿山下。我行山亦行，隱隱似奔馬。朝昏山送迎，山意自傾寫。借問征途間，誰如此山者？

燭蛾

賀鑄

鬼蛾來翩翩，慕此堂上燭。附炎竟何功，自取焚如酷。感彼萬動微，保生在無欲。不見青林蟬，飲風聊自足。

新校宋文鑑卷第二十一

校者按：底本爲刻卷，據六卷本、麻沙本刻卷校改。

詩

七言古詩

禁直　　楊億

鳳樓鴛瓦蟾波濕，衆籟聲沉百蟲蟄。仙盤雲表露成霜，何人夜半牛衣泣。芝泥香熟封詔書，河漢西傾移斗車。陰風摵摵起庭樹，寒澌戛戛鳴宫渠。千廬迭唱傳宵警，海山鼇背蓬壺頂。金釭珠網結綺錢，玉井銀牀垂素綆。前席受釐詢碩生，觀書百斤須中程。投籤乍應嚴鼓節，求衣誤聽蒼蠅聲。渴烏漏盡繁星曙，魚鑰建章開萬户。初日曈曨艷屋粱，鳴鞭一聲下天路。

滄浪亭

歐陽脩

子美寄我《滄浪吟》，邀我共作滄浪篇。滄浪有景不可到，使我東望心悠然。荒灣野水氣象古，高林翠阜相回環。新篁抽筍添夏影，老枿亂發争春妍。水禽閒暇事高格，山鳥日夕相啾喧。不知此地幾興廢，仰視喬木皆蒼煙。堪嗟人迹到不遠，雖有去路曾無緣。窮奇極怪誰似子，搜索幽隱探神仙。初尋一逕入蒙密，豁見異境無窮邊。風高月白最宜夜，一片瑩浄鋪瓊田。清光不辨水與月，但見空碧涵漪漣。清風明月本無價，可惜秖賣四萬錢。又疑此境天乞與，壯士憔悴天應憐。鴟夷古亦有獨往，江湖波濤渺翻天。崎嶇世路欲脱去，反以身試蛟龍淵。豈如扁舟任飄兀，紅蕖緑浪揺醉眠。丈夫身在豈長棄，新詩美酒聊窮年。雖然不許俗客到，莫惜佳句人間傳。

希真堂東手種菊花十月始開

歐陽脩

當春種花唯恐遲，我獨種菊君勿誚。春枝滿園爛張錦，風雨須臾落顛倒。看多易厭情不專，鬭紫誇紅隨俗好。豁然高秋天地肅，百物衰陵誰暇弔。君看金蘂正芬敷，曉日浮霜相照耀。煌煌正色秀可餐，藹藹清香寒愈峭。高人避喧守幽獨，淑女静容羞窈窕。方當揺落看轉佳，慰我寂寥何以報。時攜一罇相就飲，如得貧交論久要。我從多難壯心衰，迹與世人殊静躁。種花不種兒女花，老大安能逐年少！

哭梅聖俞

歐陽脩

昔逢詩老伊水頭，青衫白馬渡伊流。灘聲八節響石樓，坐中辭氣凌清秋。一飲百盞不言休，酒酣思逸語更遒。河南丞相稱賢侯，後車日載枚與鄒。我年最少力方優，明珠白璧相報投。詩成希深擁鼻謳，師魯卷舌藏戈矛。三十年間如轉眸，屈指十九歸山丘。凋零所餘身百憂，晚登玉墀侍珠旒。詩老虀鹽太學愁，乖離會合謂無由。此會天幸非人謀，頷鬚已白齒根浮。子年加我貌則不，歡猶可强閑屢偷，不覺歲月成淹留。文章落筆動九州，釜甑過午無饋餾。良時易失不早收，篋櫝瓦礫遺琳璆。薦賢轉石古所尤，此事有職非吾羞。命也難知理莫求，名聲赫赫掩諸幽。翩然素旐歸一舟，送子有淚流如溝。

和賈相公覽杜工部北征篇

宋祁

唐家六葉太平罷，宮豔醉骨恬無憂。孽虜詬天翠華出，模糊戰血腥九州。乾瘡坤痍四海破，白日殺氣寒颼飀。少陵背賊走行在，採梠拾橡填飢喉。眼前亂離不忍見，作詩感慨陳大猷。《北征》之篇辭最切，讀者心隕如摧〔二〕輈。莫肯念亂《小雅》怨，自然流涕袁安愁。才高位下言不入，憤氣鬱屈蟠長虬。今日奔亡匪天作，向來顛倒皆廟謀。忠骸佞骨相撐拄，一燎同燼悲崑丘。相君覽古慨前事，追美子美真詩流。前王不見後王見，願以此語詒千秋。

白鶻圖得黄荃事於景仁。

梅堯臣

雙睛射空眼角聳，筋爪入節韝絛垂。翅排霜刀毛綴甲，雪色怒突秋雲披。當時始得不知價，朝發海東夕九疑。世爲奇俊玩不足，奪質移神歸畫師。而今推向深堂上，燕雀屏絶寧來窺。畫師黄荃出西蜀，成都范君能具知。范云荃筆不取次，自養鷹鸇觀所宜。毰毛植立各有態，剜奇剔怪乃肯爲。尋常飼鷹多捕鼠，捕鼠往往驅其兒。其兒長大好飛走，其孫賣鼠迭又衰。范君語此亦有味，欲戒近習無他移。

送葛都官南歸

梅堯臣

不羨新爲赤縣尹，惟羨暫向江南歸。江南羃羃梅雨時，風帆差差並鳥飛。罾竿夾岸長若桅，水籠畜魚鮮且肥。家在千山古溪上，先應喜鵲噪門扉。

和吴沖卿元會

梅堯臣

千官車馬閶闔來，晝漏始上閶闔開。峨峨左右升龍進，昨夜雪飛雲作堆。殿前冠劍魚鱗立，東風入仗旗脚回。黄鍾一奏寶扇掩，玳簾捲起香霧排。鳴鞘未盡霹靂響，翠輦已退黄金階。聖人端冕御法座，大樂旅作聲和諧。群公抃蹈丹墀下，尚書奏瑞四夷懷。乘輿却入更衣閣，通天絳袍陞玉榻。百拜稱觴萬歲聞，兩廊賜食饛裾匝。曲傳大定舞綴疎，波旋煙斂飭宫車。衛官解嚴多士退，日光停午氣象舒。吴君才筆天下傑，歸來作詩傳石渠。石渠秘邃無凡愚，石渠酬唱皆嚴徐。我慙短學復在後，收餘掇棄聊以書。

諭學

孫　復

冥觀天地何云爲，茫茫萬物争蕃滋。羽毛鱗介各異趣，披攘攫搏紛相隨。人亦其間一物爾，飢食渴飲無休時。苟非道義充其腹，何異鳥獸安鬚眉？人生在學勤始至，不勤求至無由期。孟軻荀况揚雄氏，當時未必皆生知。因其鑽仰久不已，遂入聖域争先馳。既學便當窮遠大，勿事聲病淫哇辭。斯文下衰吁已久，勉思駕説扶顛危。擊暗敺聾明大道，身與姬孔爲藩籬。是非豐悴若不學，慎無空使精神疲。

漁翁

劉　敞

白頭老翁披敗蓑，求魚終日罩淮波。波深水闊望不絶，網目雖繁能幾何？大魚鱣鱏入淵底，小魚鯤鯢登網裏。手皸足趼吁可憐，何不爲網大如天。

朱雲

劉敞

志士不忘棄溝壑，勇士不忘喪其元。伏雞搏狸狗覊虎，感激只在精神存。漢朝陵替外戚盛，五嶽振蕩三辰昏。臣彊主弱上不悟，廷中唯唯誰能言？朱生節義邁金石，面刻不避師傅尊。願求上方斬馬劍，誅一厲百清其源。天威震怒不我受，利刃接頸雷霆奔。當前折檻色不變，命在頃刻誰攀援？昔時仲尼魯司寇，七日行戮端乾坤。嗟哉此生志不就，冥冥后土埋其冤。漢家社稷變王氏，張禹虛蒙師保恩。卓然先見在物表，佞臣敗國誰復論。我願乘雲款天閽，巫陽掌夢招其魂。立朝謇謇辨邪正，無復姦諛開幸門。

道傍田家

司馬光

田家翁嫗俱垂白，敗屋蕭條無壯息。翁攜鐮索嫗攜箕，自向薄田收黍稷。静夜偷舂避債家，比明門外已如麻。筋疲力弊不入腹，未議縣官租税促。

虎圖

王安石

壯哉非羆亦非貙，目光夾鏡當坐隅。横行妥尾不畏逐，顧盻欲去仍躊躇。卒然一見心爲動，熟視稍稍摩其鬚。固知畫者巧爲此，此物安肯來庭除。想當盤礴欲畫時，睥睨衆史如庸奴。神閑意定始一掃，功與造化論錙銖。悲風颯颯吹黄蘆，上有寒雀驚相呼。槎牙死樹鳴老烏，向之俛噣如哺雛。山墻野壁黄昏後，馮婦遥看亦下車。

張良

王安石

留侯美好如婦人，五世相韓韓入秦。傾家爲主合壯士，博浪沙中擊秦帝。脱身下邳世不知，舉國大索何能爲。素書一卷天與之，穀城黄石非吾師。固陵解鞍聊出口，捕取項羽如嬰兒。從來四皓招不得，爲我立棄商山芝。洛陽賈誼才能薄，擾擾空令絳灌疑。

寄贈胡先生

王安石

孔孟去世遠矣，信其聖且賢者，質諸書焉耳。翼之先生與予並時，非若孔孟之遠也，聞薦紳先生所稱述，又詳於書，不待見而後知其人也。歎慕之不足，故作是詩。

先生天下豪傑魁，胸臆廣博天所開。文章事業望孔孟，不復睥睨蔡與崔。十年留滯東南州，飽足藜藿安蒿萊。獨鳴道德驚此民，民之聞者源源來。高冠大帶滿門下，奮如百蟄乘春〔二〕雷。惡人沮伏善者起，昔時蹻跖今騫回。先生不試乃能爾，誠令得志如何哉。吾願聖帝營太平，補葺廊廟扶傾頽。披旒發纊廣耳目，照徹山谷多遺材。先取先生作梁柱，以次構架桷與榱。群臣面〔三〕向帝深拱，戴仰堂陛方崔嵬。

丙中歲余在京師鄉人陳景回自南來棄其官得太子中允景回舊有地在蔡今將治園圃於其間以自老余嘗有意於嵩山之下洛水之上買地築室以爲休息之館而未果今景回欲詩遂道此意景回志余言異日可以知余之非戲云爾　　蘇　洵

岷山之陽土如腴，江水清滑多鯉魚。古人居之富者衆，我獨厭倦思移居。平川如手山水蹙，恐我後世鄙且愚。經行天下愛嵩岳，遂欲買地安妻孥。晴原漫漫望不盡，山色照野光如濡。民生舒緩無夭札，衣冠堂堂偉丈夫。吾今隱居未有所，更後十載不可無。聞君厭蜀樂上蔡，占地百頃無邊隅。草深野闊足狐兔，水種陸收身不劬。誰知李斯顧秦寵，不獲牽犬追黄狐。今君南去已足老，行看嵩少當吾廬。

和涣之深秋月夜書事　　狄遵度

洞庭葉下涼颼颼，凍天頑白凝不流。圓月擬缺不忍缺，輕露欲浮終未浮。憶吹朱籟鳳軿上，更採紫芝雲嶠陬。玉樓天半幾千尺，珠樹玲瓏懸上頭。

雨

狄遵度

高林風怒雨聲黑，小閣燈背人語闌。誰知雲外月高照，定是葉間鶯最寒。時覺急飄愁未已，似聞徐滴喜初乾。驪駒北首榆關路，天晴煙樹沙磧寬。

有賓復者世居鎮戎能道邊事

王　陶

君不見，鎮戎德順弓箭手，耕種官田自防守。相團置堡禦蕃軍，下視賊庭殊不有。殺羊取骨燃艾炙，試卜賊兵知入寇。都校招呼入堡居，堡外重圍百里餘。墻低城小不難破，賊箭如棚城上過。堡中不及數十人，且鬭且駡且欣欣。登陴斫門謂平取，應弦死傷已無數。窗間定箭射酋豪，一箭已聞哭聲舉。争將錦囊裹賊尸，鳴金收衆唯恐遲。不惟城堡依然固，吾衆不傷毫與鳌。自從干戈動四鄙，覆軍殺將曾無恥。朝廷未省遺邊功，何事此勳不聞紀。安得天兵百萬衆，盡如此輩堅且勇。

大孤山

黄　庶

彭蠡百里南國襟，萬頃蒼煙插孤岑。不知天星何時落，《春秋》不書不可尋。石怪木老鬼所附，玆乃與水司浮沉。嗚鵶大藤樹下廟，祭血不乾年世深。舳艫千里不敢越，割牲釃酒來獻斟。我行不忍隨人後，許國肝膽神所歆。落帆夜宿白鳥岸，睥睨百繞寒藤陰。銀山大浪獨夫險，比干一片崔嵬心。宦遊遠去父母國，心病若有山水淫。江南畫工今誰在，拂拭東絹傾千金。

通判國博命賦假山

陳襄

去年水潦百穀死，居民無食食糟粃。州之餓者數千人，黄巖之民猶倍蓰。攜持老少出城郭，盡徹墻屋無居止。鬻妻棄子人不售，價例不復論羊豕。白日市井聞號叫，夜堆廊廡如蟲虺。縣官哀憐發賑救，一飯纔得一盂爾。出門未暇充喉咽，已有數十填溝水。我時過之不忍顧，往往悲咽胸填委。豈無智慮裨萬一，遠地不得號君耳。錢侯作倅忠且仁，悲憐餓殍如親子。日開官廩與之食，又令豪石發儲峙。昨日持書白轉運，披陳肝腎獻金矢。更乞兵儲二萬斛，民之大命方有倚。侯從新年作假山，自聞民飢不得視。非無泉石可盤樂，人今方瘁何能喜。願侯勿遽愛此山，念此膢臘存狐蟻。天無疫癘五穀熟，生者保聚歸田里。此山之石堅不堅，將與侯德無窮已。

與子由别於鄭州西門之外馬上賦詩一篇寄之

蘇軾

不飲胡爲醉兀兀，此心已逐歸鞍發。歸人猶自念庭幃，今我何以慰寂寞。登高回首坡隴隔，惟見烏帽出復没。苦寒念爾衣裘〔四〕薄，獨騎瘦馬踏殘月。路人行歌居人樂，僮僕恠我苦悽惻。亦知人生要有别，但恐歲月去飄忽。寒燈相對記疇昔，夜雨何時聽蕭瑟。君知此意不可忘，慎勿苦愛高官職。嘗有「夜雨對牀眠」之言，故云。

送安惇秀才失解西歸　蘇　軾

舊書不厭百回讀，熟讀深思子自知。他年名宦恐不免，今日栖遲那可追。我昔家居斷還往，著書不復窺園葵。朅來東遊慕人爵，棄去舊學從兒嬉。狂謀謬筭百不遂，惟有霜鬢來如期。故山松柏皆手種，行且拱矣歸何時。萬事早知皆有命，十年浪走寧非癡。與君未可較得失，臨别唯有長嗟咨。

送劉道原歸覲南康　蘇　軾

晏嬰不滿六尺長，高節萬仞陵首陽。青衫白髮不自歎，富貴在天那得忙。十年閉户樂幽獨，百金購書收散亡。朅來東觀弄丹墨，聊借舊史誅姦强。孔融不肯下曹操，汲黯本自輕張湯。雖無尺箠與寸刃，口吻排擊含風霜。自言静中閲世俗，有似不飲觀酒狂。衣巾狼籍又屢舞，旁人大笑供千場。交朋翩翩去略盡，惟我與子猶徬徨。世人共棄君獨厚，豈敢自愛恐子傷。朝來告别驚何速，歸意已逐征鴻翔。匡廬先生古君子，挂冠兩紀鬢未蒼。定將文度置膝上，喜動隣里烹猪羊。君歸爲我道姓字，幅巾他日容登堂。

和錢安道寄惠建茶

蘇軾

我官於南今幾時，嘗盡溪茶與山茗。胸中似記故人面，口不能言心自省。爲君細説我未暇，試評其略差可聽。建溪所産雖不同，一一天與君子性。森然可愛不可慢，骨清肉膩和且正。雪花雨脚何足道，啜過始知真味永。縱復苦硬終可録，汲黯少憇寬饒猛。草茶無賴空有名，高者妖邪次頑獷。體輕雖復强浮泛，性滯偏工嘔酸冷。其間絶品豈不佳，張禹縱賢非骨鯁。葵花玉銙不易致，道路幽險隔雲嶺。誰知使者來自西，開緘磊落收百餅。嗅香嚼味本非別，透紙自覺光炯炯。粃糠團鳳友小龍，奴隸日注臣雙井。收藏愛惜待佳客，不敢包裹鑽權倖。此詩有味君勿傳，空使時人怒生癭。

韓幹馬十四匹

蘇軾

二馬竝驅攢八蹄，二馬宛頸騣尾齊。一馬任前雙舉後，一馬却避長鳴嘶。老髯奚官騎且顧，前身作馬通馬語。後有八匹飲且行，微流赴吻若有聲。前者既濟出林鶴，後者欲涉鶴俛啄。最後一匹馬中龍，不嘶不動尾摇風。韓生畫馬真是馬，蘇子作詩如見畫。世無伯樂亦無韓，此詩此畫誰當看？

贈寫御容妙善師

蘇　軾

憶昔射策干先皇，珠簾翠幄分兩廂。紫衣中使下傳詔，跪捧再拜聞天香。仰觀眩晃目生暈，但見曉色開扶桑。迎陽晚出步就坐，絳紗玉斧光照廊。野人不識日月角，髣髴尚記重瞳光。三年歸來真一夢，橋山松檜淒風霜。天容玉色誰敢畫，老師古寺晝閉房。夢中神授心有得，覺來信手筆已忘。幅巾常服儼不動，孤臣入門涕自滂。元老侑坐鬚眉古，虎臣立侍冠劍長。平生慣寫龍鳳質，肯顧草間猿與獐。都人踏破鐵門限，黄金白璧空堆牀。爾來摹寫亦到我，謂是先帝白髮郎。不須覽鏡坐自了，明年乞身歸故鄉。

定慧院寓居月夜偶出

蘇　軾

幽人無事不出門，偶逐東風轉良夜。參差玉宇飛木末，繚繞香煙來月下。江雲有態清自媚，竹露無聲浩如瀉。已驚弱柳萬絲垂，尚有殘梅一枝亞。清詩獨吟還自和，白酒已盡誰能借？不辭青春忽忽過，但恐歡意年年謝。自知醉耳愛松風，會向霜林結茅舍。浮浮大甑長炊玉，溜溜小槽如壓蔗。飲中真味老更濃，醉裏狂言醒可怕。但當謝客對妻子，倒冠落佩從嘲罵。

豆粥

蘇　軾

君不見，呼沱流澌車折軸，公孫倉皇奉豆粥。濕薪破竈自燎衣，飢寒頓解劉文叔。又不見，金谷敲冰草木春，帳下烹煎皆美人。萍虀豆粥不傳法，咄嗟而辦石季倫。干戈未解身如寄，聲色相傳心已醉。身心顛倒自不知，更識人間有真味。豈如江頭千頃雪色蘆，茆簷出没晨煙孤。地碓舂秔光似玉，沙瓶煑豆軟如酥。我老此身無著處，賣書來問東家住。卧聽雞鳴粥熟時，蓬頭曳履君家去。

答西掖諸公見和

蘇　軾

雙猊蟠礎龍纏棟，金井轆轤鳴曉甕。小殿垂簾碧玉鉤，大宛立仗朱絲鞚。風馭賓天雲雨隔，孤臣忍淚肝腸痛。羨君意氣風生坐，落筆縱横盤走汞。上樽日日寫黄封，賜茗時時開小鳳。閉門憐我老《太玄》，給札看君賦雲夢。金奏不知江海眩，木瓜屢費瓊瑶重。豈惟蹇步困追攀，已覺侍史疲奔送。春還宫柳腰支活，雨入御溝鱗甲動。借君妙語發春容，顧我風琴不成弄。

虢國夫人夜游圖

蘇軾

佳人自鞚玉花驄，翩如驚燕踏飛龍。金鞭争道寳釵落，何人先入明光宫。宫中羯鼓催花柳，玉奴弦索花奴手。坐中八姨真貴人，走馬來看不動塵。明眸皓齒誰復見，只有丹青餘淚痕。人間俯仰成今古，吴公臺下雷塘路。當時亦笑潘麗華，不知門外韓擒虎。

郭熙畫秋山平遠路公爲跋尾。

蘇軾

玉堂晝掩春日閑，中有郭熙畫春山。鳴鳩乳燕初睡起，白波青嶂非人間。離離短幅開平遠，漠漠疎林寄秋晚。恰似江南送客時，中流回頭望雲巘。伊川佚老鬢如霜，卧看秋山思洛陽。爲君紙尾作行草，炯如嵩洛浮秋光。我從公遊如一日，不覺青山映黄髪。爲畫龍門八節灘，待向伊川買泉石。

任氏閲世堂前大檜

蘇轍

君家大檜長百尺，根如車輪身弦直。壯夫連臂不能抱，孤鶴高飛直上立。狂風動地舞枝幹，大雪翻空洗顔色。人言此檜三百年，未知此是何人植。君家大夫老不遇，一生直氣未嘗屈。没身不説歸故里，遺愛自知懷舊邑。此翁此檜兩相似，相與閲世何終極。汝南山淺無良材，櫟社棟椽聊障日。便令殺身起大厦，亦恐衆材無匹敵。且留枝葉撓雲霓，猶得世人長歎息。

韓信二首　黄庭堅

韓信高才跨一世，劉項存亡翻手耳。終然不肯負沛公，頗似雍容得天意。成皐日夜望救兵，取齊自重身已輕。躡足封王能早悟，豈恨淮陰食千户。雖知天下有所歸，獨憐身與噲等齊。蒯通狂説不可撼，陳豨孺子胡能爲？予嘗貰酒淮陰市，韓信廟前柏十圍。千年事與浮雲去，想見留侯決是非。丈夫出身佐明主，用捨行藏要自知。功名邂逅軒天地，萬事當觀失意時。

韓生沈鷙非悍勇，笑出胯下良自重。滕公不斬世未知，蕭相自追王始用。成安書生自聖賢，左仁右義兵在咽。萬人背水亦書意，獨驅市井收萬全。功成廣武坐東鄉，人言將軍真漢將。兔死狗烹姑置之，此事已足千年垂。君不見，丞相商君用秦國，平生趙良頭雪白。

杜子美浣花醉歸圖　黄庭堅

拾遺流落錦官城，故人作尹眼爲青。碧雞坊西結茅屋，百花潭水濯冠纓。故衣未補新衣綻，空蟠胸中書萬卷。探道欲度羲皇前，論詩未覺《國風》遠。干戈峥嶸暗寓縣，杜陵韋曲無雞犬。老妻稚子且眼前，弟妹漂零不相見。此公樂易真可人，園翁溪友肯卜鄰。鄰家有酒邀皆去，得意魚鳥來相親。浣花酒船散車騎，野墻無主看桃李。宗文守家宗武扶，落日蹇驢馱醉起。顧聞解兵脱兜鍪，老儒不用千户侯。中原未得平安報，醉裏眉攢萬國愁。生綃鋪墻粉墨落，平生忠義今寂寞。兒呼不蘇驢失脚，猶恐醒來有新作。常使詩人拜畫圖，煎膠續弦千古無。

送范德孺知慶州　黄庭堅

乃翁知國如知兵，塞垣草木識威名。敵人開户玩處女，掩耳不及驚雷霆。平生端有活國計，百不一試薶九京。阿兄兩持慶州節，十年麒麟地上行。潭潭大度如卧虎，邊人耕桑長兒女。折衝千里雖有餘，論道經邦政要渠。妙年出補父兄處，公自才力應時須。春風旍旐擁萬夫，幕下諸將思草枯。智名勇功不入眼，可用折箠笞羗胡。

送謝公定作竟陵主簿　黄庭堅

謝公文章如虎豹，至今斑斑在兒孫。竟陵主簿極多聞，萬事不理專討論。澗松無心古須鬣，天球不琢中粹温。落筆塵沙百馬奔，劇談風霆九河翻。胸中恢疎無怨恩，當官持廉且不煩。吏民欺公亦可忍，慎勿驚魚使水渾。漢濱耆舊今誰存，駟馬高蓋徒紛紛。安知四海習鑿齒，拄笏看度南山雲。

出城送客過故人東平侯趙景珍墓

黄庭堅

朱顔苦留不肯住，白髮政爾欺得人。嬋娟去作誰家妾，意氣都成一聚塵。今日牛羊上丘壟，當時近前左右嗔。花開鳥啼荆棘裏，誰與平章作好春。

武昌松風閣

黄庭堅

依山築閣見平川，夜闌箕斗插屋椽。我來名之意適然，老松魁梧數百年，斧斤所赦今參天。風鳴媧皇五十弦，洗耳不須菩薩泉。嘉二三子甚好賢，力貧買酒醉此筵。夜雨鳴廊到曉懸，相看不歸卧僧氈。泉枯石燥復潺湲，山川光輝爲我妍。野僧早飢不能饘，曉見寒溪有炊煙。東坡道人已沉泉，張侯何時到眼前。釣臺驚濤可晝眠，怡亭小篆蛟龍纏。安得此身脱拘攣，舟載諸友長周旋。

書磨崖碑後

黄庭堅

春風吹船著浯溪，扶藜上讀《中興碑》。平生半世看墨本，摩挲石刻鬢成絲。明皇不作包桑計，顛倒四海由禄兒。九廟不守乘輿西，萬官已作鳥擇栖。撫軍監國太子事，何乃趣取大物爲。事有至難天幸爾，上皇蹋蹐還京師。内間張后色可否，外間李父頤指揮。南内凄凉幾苟活，高將軍去事尤危。臣結《春秋》二三策，臣甫《杜鵑》再拜詩。安知忠臣痛至骨，世上但賞瓊琚詞。同行野僧六七輩，亦有文士相追隨。斷崖蒼蘚對久立，涷雨爲洗前朝悲。

滄洲亭懷古　沈遼

灞水悠悠天際來，夾江古木抱山回。柵中人物不滿把，日晏市散多蒼苔。九疑巉天古雲埋，遥想帝子龍車廻。心哀目極何可望，《九歌》寂寂令人哀。

縱步湘西　張舜民

今朝不易得天晴，閑過江西取意行。忽然林外見山色，又向橋邊聞水聲。緑竹長松間桃李，天然翠幕圍羅綺。日暮歸舟醉不知，晚風吹過湘江水。

寒夜　張耒

暗空無星雲抹漆，邑犬叫野人履霜。歲云莫矣風落木，夜如何其斗插江。屋頭眠雞正寂寂，野縣嚴鼓先逢逢。摩挲老面起吹火，春色牀頭酒滿缸。

謁客

張耒

入門投謁吏翩翩，我非欲見禮則然。異哉賓主兩無語，客起疾走如避燃。我已不恭愧昔賢，忍使塗炭朝衣冠。人生暫聚鴻集川，春風吹飛何後先。

有感

張耒

群兒鞭笞學官府，翁憐兒癡傍笑侮。翁出坐曹鞭復呵，賢於群兒能幾何。兒曹相鞭以爲戲，翁怒鞭人血流地。等爲戲劇誰後先，我笑謂翁兒更賢。

北鄰賣餅兒每五更未旦即繞街呼賣雖大寒烈風不廢而時略不少差因爲作詩且有所警示秬秸

張耒

城頭月落霜如雪，樓頭五更聲欲絶。捧盤出户歌一聲，市樓東西人未行。北風吹衣射我餅，不憂衣單憂餅冷。業無高卑志當堅，男兒有求安得閑。

奉先寺

張耒

荒涼城南奉先寺，後宮美人官葬此。角樓相望高起墳，草間柏下多石人。秩卑焚骨不作塚，青石浮屠當丘壠。家家墳上作亭亭，朱門相向無人聲。樹頭土梟作人語，月黑風悲鬼摇樹。宫中養女作子孫，年年犢車來作主。廢后陵園官道側，家破無人掃陵域。官家歲給半千〔五〕錢，街頭買餅作寒食。

美哉　張耒

美哉洋洋清潁尾，西通天邑無千里。舸艑大艑起危檣，淮潁耕田倍收米。芒芒陂澤帶平原，古時溝澗還相連。昔人屯田戍兵處，今人阡陌連丘墓。今年雨足種麥多，北風吹桑鳴空柯。高城回望鬱嵯峨，豐年閭井聞笙歌。河邊古隄多老柳，去馬來船一回首。百年去住不由人，歲暮天寒聊飲酒。

紫騮馬　許彦國

黄金絡頭玉爲鞿，蜀錦障泥亂雲葉。花間顧影驕不行，萬里龍駒空汗血。露牀秋粟飽不食，青芻苜蓿無顔色。君不見，東郊瘦馬百戰場，天寒日暮烏啄瘡。

墨染絲　郭祥正

繅絲自喜如霜白，輸入官家吏嫌黑。手持退印競傳呼，倏見長條染深墨。墨絲歸織家人衣，別買輸官吏嗔遲。寄言夷狄與三軍，汝得豐衣民苦辛。

浯溪

潘大臨

公泛浯溪春水船，繫帆啼鳥青崖邊。次山作頌今幾年，當時治亂春風前。明皇聰明真晚謬，乾坤付與哥奴手。骨肉何傷九廟焚，蜀山騎驢不回首。天下寧知再有唐，皇帝紫袍迎上皇。神器蒼忙吾敢惜，兒不終孝聽五郎。父子幾何不豺虎，君臣寧能責胡虜。南内淒涼誰得知，人間稱家作端午。平生不識顔真卿，去年不答高將軍。老來讀碑淚横臆，公詩與碑當共行。不賞邊功寧有許，不殺奉皇猶敢語。雨淋日炙字未訛，千秋萬歲所鑒多。

豫章别李元中宣德

謝逸

舊聞諸李隱龍眠，伯時已老元中少。一行作吏各天涯，故人落落踈星曉。西山影裏識君面，碧照章江眸子瞭。向來問道渺多歧，只今領袖歸玄妙。老鳳垂頭噤不語，古木查牙噪春烏。身在幕府心江湖，左胥右律但坐嘯。第愁一葉釣漁舟，不容七尺堂堂表。我今歸卧靈谷雲，君應紫禁鶯花繞。相思有夢到茅齋，細雨青燈坐林杪。

聞徐師川自京師還豫章　謝逸

九衢塵裏無停輈，君居陋巷不出遊。滿城惡少弋鳧鴈，對面故人風馬牛。別後夢寒燈火夜，歸來眠冷江湖秋。馮驩老大食不飽，起視八荒提蒯緱。

早春偶題　崔鶠

寒風淅瀝鳴枯葦，小鴨睡殘猶未起。更教細雨結輕寒，坐聽蕭蕭打窗紙。石盆養蒲已抽翠，雕斛栽花先弄紫。擁爐閉閤賦幽香，未怕春冰生硯水。

阻風雨封家市　李彭

往時李成寫驟雨，萬里古色毫端聚。行人深藏鳥不度，便覺非復鵝溪素。龍眠老腕作《陽關》，北風低草雲埋山。行人客子兩愁絶，未信葡萄能解顏。兩郎了了解人意，似是畫我封家市。戲作新詩排晝〔六〕睡，忽有野鴈鳴煙際。

夢訪友生　李彭

少年結客長安城，妄喜縱酒工章程。支離老去一茅屋，枕書卧聞長短更。友生相望止百里，寒夜寥閴無微聲。夢中乘輿輒見戴，剡溪聊爾扁舟行。覺來蘧蘧一榻上，不用僮僕爭歡迎。吹燈弄筆欲書寄，窗前白月方亭亭。

校勘記

〔一〕『摧』，麻沙本作『摇』。
〔二〕『春』，麻沙本作『雲』。
〔三〕『面』，麻沙本作『南』。
〔四〕『裘』，麻沙本作『裳』。宋本《東坡詩集註》作『裘』，明成化刊本《蘇文忠公全集》作『裳』。
〔五〕『千』，麻沙本作『年』。
〔六〕『晝』，底本誤作『畫』，據麻沙本改。

新校宋文鑑卷第二十二

校者按：底本爲刻卷，據六卷本、麻沙本刻卷校改。

詩

五言律詩

中秋月　王禹偁

何處見清輝，登樓正午時。莫辭終夕看，動是隔年期。冷濕流螢草，光凝睡鶴枝。不禁雞唱曉，輕別下天涯。

送枝江秦長官罷秩　鄭文寶

衆論才名外，親人似古人。官嫌容易達，家愛等閑貧。解印詩權在，移風澤國春。政聲交不得，慚見數鄉民。

送曹緯劉鼎二秀才　鄭文寶

旦夕春風老，離心共黯然。小舟聞笛夜，微雨養花天。手筆人皆有，曹劉世所賢。郴侯重才子，從此看鶯遷。

夜泊江上　寇準

歲暮峽中村，維舟古樹根。群峰初落月，夜後獨聞猿。流水自無盡，客愁那可論。平明離楚岸，迢遞指吴門。

春日登樓懷歸　寇準

高樓聊引望，杳杳一川平。野水無人渡，孤舟盡日横。荒村生斷靄，古寺語流鶯。舊業遥清渭，沉思忽自驚。

楚江夜懷　寇準

西風生遠水，蕭颯度吟臺。明月夜還滿，故人秋未來。寒蛩啼暗壁，敗葉下蒼苔。誰念空江水，年年首重回。

題太湖　羅處約

三萬六千頃，湖侵海内田。逢山方得地，見月始知天。南國吞將盡，東溟勢欲連。何當洒爲雨，無處不豐年。

受詔修書述懷感事三十韻　楊　億

太極垂裳日，中原偃革初。樓船秋發詠，衡石夜程書。好問虛前席，徵賢走傳車。蓬萊侔漢制，煨燼訪秦餘。紬繹資金匱，規模出玉除。紛綸開四部，祕邃接千廬。飫賜雙雞膳，親廻六尺輿。華芝下閶闔，白羽擁儲胥。望氣成龍虎，披文辨魯魚。清光無咫尺，玄覽亦躊躇。群彥揮鉛筆，微生濫石渠。嵇康真懶慢，謝客本空踈。講學慚田堉，談經腹笥虛。月評依許劭，文體慕相如。雅飲歡娛合，清言鄙吝袪。彌旬容出沐，終日喜群居。撫己慙鳴玉，歸田憶荷鋤。池籠養魚鳥，章服畏猿狙。圜府愁尸禄，天閽愧弊裾。虛名同鄭璞，散質類莊樗。國士誰知我，鄰家或侮予。放懷齊指馬，屏息度羲舒。寡婦宜憂緯，三公亦灌蔬。危心惟觳觫，直道忍籧篨。往聖容巢許，先儒美寗蘧。晨趨歎勞止，夕惕念歸歟。秦痔踈盃酒，顏瓢頼斗儲。如諧曲肱卧，猶可直鈎魚。矯矯黿銜印，翩翩儲隼旟。一麾終遂志，阮籍去騎驢。

至郡累旬惡風　楊　億

鄧禹功曹器，馬周令長才。叨臨萬室郡，驟致五風灾。大木行將拔，繁雲黯不開。自知蒙闇極，民吏竊相咍。

獄多重囚

楊億

鐵鑠銀鐺衆，金科伏念頻。絶聞空獄奏，深愧片言人。清潁黄公接，黄霸爲潁川守，八年獄無重罪囚。甘棠召伯鄰。懷賢不能繼，多辟豈由民。

梁縣界蚜蚄蟲生

羅處約

方喜雲油〔一〕布，俄聞葉膴牛。田神何縱虐，稼政自非明。潁鳳那充食，吴牛已絶耕。牛多疫死。黄堂厭粱肉，惕爾自心驚。

禁中庭樹

錢惟演

紫闥分陰地，丹條擢秀時。高枝接温樹，密葉覆辛夷。夜影瑶光接，晨英玉露滋。乘春好封殖，爲賦《角弓》詩。

寄楊塤

趙湘

閉門苔自長，春恨極天涯。落日山横水，空城雨過花。斷狂曾避蝶，多病更聞蛙。江上無消息，風吹渡柳斜。

答徐本　　趙　湘

天遠草離離，秋霖寄信遲。相思逢葉盡，獨坐聽蟬悲。岳色寒前見，松心雪後知。頻招猶未至，時復檢清辭。

喜故人至　　王　操

地僻無賓侶，柴門晝始開。溪山寒葉落，江國故人來。話舊驚霜鬢，論詩滯酒杯。相留喜同宿，不寐曙光迴。

送人南歸　　王　操

相送當摇落，孤舟泛渺瀰。去帆看已遠，臨水立多時。別浦寒鴻下，空山夜鶴移。他年重會面，冷鬢共成絲。

南兵　　錢　易〔二〕

曾見南兵苦，征遼事一如。金瘡寒長肉，紙甲雨生蛆。山小蠻霜骨，河枯䑋腐魚。黎元無處哭，丁户日相疏。

上知府寇相公

魏　野

文武稟全才，何人更可陪。有官居鼎鼐，無地起樓臺。聖主詩方和，親王狀始迴。鎮臨求二陝，調燮輟三台。鳳閣須重去，龍旌暫擁來。下車三度雨，上事數聲[三]雷。未暇瞻珪璧，先蒙話草萊。幾思趨相府，恐懼復徘徊。

書友人屋壁

魏　野

達人輕禄位，居處傍林泉。洗硯魚吞墨，烹茶鶴避煙。閑唯歌聖代，老不恨流年。静想相尋者，還應我最偏。

閑居書事

魏　野

無才動聖君，養拙住山村。臨事知閑貴，澄心覺道尊。成家書滿屋，添口鶴生孫。仍喜多時雨，經春免灌園。

述懷

魏　野

東郊魏仲先，生計只隨緣。仜懶自掃地，更貧誰怨天。有名閑富貴，無事小神仙。不覺流光速，身將半百年。

夏日宿西禪　潘閬

此地絕炎蒸，深疑到不能。夜涼如有雨，院静若無僧。枕潤連雲石，窗明照佛燈。浮生多骨賤，時日恐難勝。

叙吟　潘閬

高吟見太平，不〔四〕恥老無成。髪任莖莖白，詩須字字清。搜疑滄海竭，得恐鬼神驚。此外非關念，人間萬事輕。

歲暮自桐廬歸錢塘晚泊漁浦　潘閬

久客見華髪，孤櫂桐廬歸。新月無朗照，落日有餘輝。漁浦風水急，龍山煙火微。時驚沙上鴈，一一背南飛。

銘坐右　張齊賢

慎言渾不畏，忍事又何妨。國法須遵守，人非莫舉揚。無私仍克己，直道更和光。此箇如端的，天應降吉祥。

酬陳齊民見寄

种放

竹扉常晝掩，幽僻置身安。自委漁樵分，因思出處難。周庭方設燎，漢將尚封壇。莫問漁樵意，人寰事萬端。

勘書

孫僅

儒家無外事，招客勘青編。筆墨東西置，朱黄次第研。頻憂傷點竄，細恐誤流傳。改易文辭正，增加字數全。目因繁處倦，心向注中專。端坐窮今古，披襟見聖賢。疲勞時舉白，遊息或談玄。得興忘昏旭，題名記歲年。棲毫思確論，廢卷恨亡篇。魚魯皆刊定，誰人敢間然。

江南立春日

吕夷簡

灰律何時應，江春昨夜來。細風先動柳，殘雪不藏梅。餘冷迷清管，微和發凍醅。閉門無客到，樽俎爲誰開？

秋日旅懷　江爲

迢迢江漢路，秋色又堪驚。半夜聞鴻鴈，多年别弟兄。高風雲影斷，微雨菊花明。欲寄東歸信，徘徊無限情。

江行　江爲

越信隔年稀，孤舟幾夢歸。月寒花露重，江晚水煙微。岸直帆相望，沙空鳥並飛。何時洞庭上，春雨滿蓑衣？

經戰地　魯交

西邊用兵地，黯慘無人耕。戰士報國死，寒草迎春生。沙飛賊風起，晝黑陣雲横。未持天下筭，何以掃欃槍？

大雪　魯交

萬象曉一色，皓然天地中。楚山雲母障，漢殿水精宫。遠近梅花信，高低柳絮風。吟魂清不徹，和月上晴空。

野水

錢昭度

野水光如璧，澄心不覺勞。與天無表裏，共月見分毫。緑好磨長劍，清宜汎小舠。淡交今已矣，惆悵越波濤。

塞上作

唐異

防秋人不到，萬里絶妖氛。馬放降來地，鵰閑戰後雲。月依孤壘没，燒逐遠荒分。未省爲邊客，宵笳懶欲聞。

閑居書事

唐異

幽居經〔五〕宿雨，屐齒徧林塘。一境無過客，千山自夕陽。晝禽多獨語，夏木有餘涼。招隱詩慵寄，時清誰肯忘。

瀑布

石延年

飛勢挂岳頂，無時向此傾。玉虹垂地色，銀漢落天聲。萬丈寒雲濕，千巖暑氣清。滄浪不足羨，就此濯塵纓。

曹太尉西師　石延年

仁者雖無敵，王師尚有征。獨乘金厩馬，都領鐵林兵。肅氣關河暮，屯煙部落晴。旗光秋燒去，甲色夜江横。士喜擊中鼓，虜疑聞後鉦。無私乃時雨，不殺是天聲。濯濯前誰拒，堂堂彼自傾。寒逾博望塞，春燕隗囂城。外使戎心伏，旁資帝道平。公還如畫像，爲賛學班生。

春　石延年

一氣回元運，恩含萬物深。陰陽造化首，天地發生心。有信來還去，無私古到今。和風激遺暢，南轉入薰琴。

赴桐廬郡至淮上遇風　范仲淹

聖宋非彊楚，清淮異汨羅。平生仗忠信，盡室任風波。舟楫顛危甚，蛟鼉出没多。斜陽幸無事，沽酒聽漁歌。

瀑布　　范仲淹

迥與衆流異，發源高更孤。下山猶自在，到海得清無。勢鬭蛟龍惡，聲吹雨雹麄。晚來雲一色，詩句自成圖。

堯廟　　范仲淹

千古如天日，巍巍與善功。禹終平洚水，舜亦致薰風。江海生靈外，乾坤揖讓中。鄉人不知此，簫鼓謝年豐。

野色　　范仲淹

非煙亦非霧，羃羃映樓臺。白鳥忽點破，夕陽還照開。肯隨芳草歇，疑逐遠帆來。誰會山公意，登高醉始迴。

八月十四夜月　　范仲淹

光華豈不盛，賞宴尚遲遲。天意將圓夜，人心待滿時。已知千里共，猶訝一分虧。來夕如澄霽，清風不負期。

題養真亭　韓琦

新葺公居北，虚亭號養真。所期清策慮，不是愛精神。滿目林壑趣，一心忠義身。吏民還解否，吾豈苟安人。

有將獨鶴行都市道上者左右奔迫野態憔悴因成短韻　宋庠

明心本霄漢，此路極喧埃。何意鳴皋罷，翺同舞市來。波臣憂轍涸，海鳥避風灾。寄語昂昂質，非君羽獨摧。

春夕　宋庠

暝色蔽孤齋，空軒向夕開。花低應露下，月暗覺雲來。燭牖輕蛾聚，風枝倦鳥猜。無言聊隱几，萬境一靈臺。

群玉殿賜宴　歐陽脩

至治臻無事，豐年樂有成。圖書開祕府，宴飫集群英。論道皇墳奥，貽謨寶訓明。九重多暇豫，八體極研精。筆力千鈞勁，豪端萬象生。飛牋金灑落，拜賜玉鏘鳴。盛際崇儒學，愚臣濫寵榮。惟能同舞獸，聞樂識和聲。

下直呈同行三公　歐陽脩

午漏聲初轉，歸鞍路偶同。天清黄道日，街闊緑槐風。萬國舟車會，中天象魏雄。戢戈清四海，論道屬三公。自愧陪群彦，從來但樸忠。時平容竊禄，歲晚歎衰翁。買地淮山北，垂竿潁水東。稻粱雖可戀，吾志在冥鴻。

東閣雨中　歐陽脩

直閤時偷暇，幽懷坐獨哦。緑苔人迹少，黄葉雨聲多。雲結愁陰重，風傳禁漏過。瑶圖新嗣聖，玉塞久包戈。相府文書簡，豐年氣候和。還將鳳池句，聊雜野人歌。

秋懷　歐陽脩

節物豈不好，秋懷何黯然。西風酒旗市，細雨菊花天。感事悲霜鬢，包羞食萬錢。鹿車終自駕，歸去潁東田。

東晋　宋祁

倉卒浮江日，聲明建號初。群臣讓禁巒，上宰製單練。氣鋭燒[六]桁戰，心歡折屐書。纖兒競撞壞，不念好家居。

詠史　宋祁

古有容容福，人譏齪齪員。生貪巧作奏，死戒直如弦。欲重高門地，非論媚竈天。詩書大儒家，絲竹後堂旃。東閤翻芻馬，西園竊瘞錢。道謀誰執咎，户選不因賢。朱鼓成妖日，羌雛入賀年。須防反室詔，終取闔門憐。異日讒成錦，先時默似蟬。空貽後人歎，流涕掩青編。

遺吏視諸公塋樹回有感三首　宋祁

文正王丞相

兩朝推巨德，萬務罄斯猷。漢日左右手，堯年忠孝侯。名言天下滿，故事省中留。宸篆旌碑首，刊文又幾秋？予作碑陰述其事。

文靖吕丞相

慶曆公三入，虜謀摇太平。啖金真問敵，撓呼高反。酒不寒盟。上印情雖切，公被病求退，不許。然髭疾遽輕。上翦髭賜公服之，病愈。惜哉天弗憖，宸幄淚先横。公訃至，上在崇政殿，聞之，對東府長慟。

宣獻宋公

昔去勸明辟，明肅朝公勸還政。俄歸參大鈞。公孫未及相，諸葛已傷神。名待天淵蔽，文争日月新。英魂同玉樹，不向土中春。

僻居

燕肅〔七〕

蓬茅城市遠，草徑接魚村。白日偶無客，青山長對門。藥鑪留火暖，花塢帶煙昏。静坐搜新句，冥心傍酒罇。

校勘記

〔一〕『油』，麻沙本作『田』。

〔二〕作者名氏，底本無，據底本卷目及麻沙本補。

〔三〕『聲』，麻沙本作『星』。宋紹定刊本《東觀集》作『聲』。
〔四〕『不』，六卷本作『有』。
〔五〕『經』，麻沙本作『輕』。
〔六〕『燒』，麻沙本作『開』。宋本《景文宋公文集》作『燒』。
〔七〕作者名氏，底本無，據底本卷目及麻沙本補。